○ 소태산의 첫 9인 제자 | '10인 1단' 조직법에 따라 각 제자들이 배정받은 방위를 고려한 배치도(237~240쪽 참고)

이재풍
(일산一山 이재철, 1891~1943)

이인명
(이산二山 이순순, 1879~1941)

김성구
(삼산三山 김기천, 1890~1935)

김성섭
(팔산八山 김광선, 1879~1939)

송도군
(정산鼎山 송규, 1900~1962)

오재겸
(사산四山 오창건, 1887~1953)

유성국
(칠산七山 유건, 1880~1963)

박한석
(육산六山 박동국, 1897~1950)

박경문
(오산五山 박세철, 1879~1926)

○ 소태산의 여성 9인 제자

일타원一陀圓 박사시화
(1867~1946)

이타원二陀圓 장적조
(1878~1960)

삼타원三陀圓 최도화
(1883~1954)

사타원四陀圓 이원화
(바랭이네, 1884~1964)

오타원五陀圓 이청춘
(1886~1955)

육타원六陀圓 이동진화
(1893~1968)

칠타원七陀圓 정세월
(1896~1977)

팔타원八陀圓 황정신행
(1903~2004)

구타원九陀圓 이공주
(1896~1991)

○ 소태산이 마주한 사람들

◀ 불법연구회를 감사하던 황가봉黃二天
순사의 법복 입은 모습

▲ 1928년(원기 13년) 5월 16일 창립 제1회를 기념하여, 신축 강당(현 구조실)을 배
경으로 모든 참석 회원들과 촬영한 사진. 뒤에 게양된 기는 불법연구회 회기이다.

▲ 1928년(원기 13년) 5월 16일, 소태산이 봉래정사에서 수양할 당시 시봉진들과 촬영한 사진. 중앙 소태산, 좌우 지게 진 제자는 오재겸, 김남천. 왼쪽부터 이청풍, 장적조, 송도군, 장정수, 이만갑, 송월수, 구남수, 송도성, 최도화, 김해월.

▶ 1933년(원기 18년) 9월 소태산, 일본인 이리경찰서장 가와무라 일행과 구조실 앞에서 찍은 사진

▲ 1943년(원기 28년), 소태산의 발인 날 상여를 둘러싸고 대각전 문을 나서는 회장자 일동

○ 소태산이 머무른 자리들

▲ 노루목. 1916년(원기 1년) 4월 28일 이른 아침, 소태산은 이곳 삼간 오두막집에서 일원상의 진리를 크게 깨쳤다.

◀ 영촌 마을에 있던 소태
산의 생가 모습

▼ 11세경부터 오 년간 산
신山神을 만나기 위한 기
도를 올렸던 삼밭재 마당
바위

▲ 타리 파시의 모습. 부친상을 당하고 부채에 시달리는 생활을 하다가 타리섬 민어 파시 장사에 다녀와 채무 상환을 했다.

▲ 정관평 작은 언답(방언공사 당시 언답 모습)

▲ 길룡리 앞 개펄의 방언공사 광경

▲ 구간도실 터에서 옮겨온 영산원(옛 구간도실)

▲ 1943년(원기 28년)의 불법연구회 총부 정문

▲ 총부 대각전 옛 모습

▲ 현재 익산 총부

소태산평전

소태산 평전

솥에서 난 성자

김형수 지음

문학동네

차례

프롤로그

발견자

0

그 이야기를 듣던 날 나는 흥분을 가라앉힐 수 없었다. 내가 태어난 마을은 불갑산 앞쪽이고, 성자가 발견된 곳은 불갑산 뒤쪽이었다. 주막집 아들이었던 내게 그곳도 하필 주막집이었다는 사실이 얼마나 신기했는지 모른다. 둘의 경계에 밀재가 있었던 점도 예사롭지 않다. 예나 이제나 그곳은 세상에 회자될 때 늘 기이한 소식뿐이었다.

돌이켜보면, 신비가 넘치는 곳에 풍문도 넘친다. 그 시절에는 나도 이상한 노래를 입에 달고 살았다.

무너미재 넘지 마소

무너미재 넘지 마소

화적들이 산다네

여기서 무너미재가 밀재이다.

진실은 때로 위험한 것에 속한다. 세상은 자신의 모습이 치명적일수록 특유의 소문과 낭설의 치맛자락을 펼쳐 얼굴을 가린다. 나의 유년기는 일거수일투족이 그런 안개 같은 보자기에 덮여 있었다. 길가에 뱀이 나타나면 돌팔매질을 하면서 부르던 노래 "즉사 박사 조박사"도 그런 뜻이었을까? 진작 죽어야 마땅한 것이 왜 아직도 돌아다니느냐? '즉사 박사'에서 계열화되고 있는 뱀巳과 죽음死은, 잊을 만하면 나타나 가슴을 철렁하게 만든다는 공통점이 있다. 한데, 조박사는 뭔가 말이다. 구비가요의 허사虛辭 같은 것이려니 했다가 새삼 듣기를, 황성신문에 활빈당이 조부자를 털었단 기사가 났다 해서 뒤져보니 사실이었다.

조박사는 조부자의 아들이었다. 몇만 석인지 모를 대지주가 주름잡던 전통의 시대가 가고 신식 교육을 받은 아들의 시대가 열리던 무렵에 성자는 그곳의 저잣거리를 방황했다. 육척 거구에 힘이 장사였지만 폭력의 유혹에 시달린 흔적이라곤 남기지 않았다. 1904년 영광 조부자를 턴 것이 의적이었음은 의심할 여지가 없다. 『홍길동전』에 나오는 활빈당의 이름을 빌려 극빈자들을 구휼하려 했으니, 연구자들은 그들이 동학 잔존 세력이었을 것으로 추정한다. 활빈당은 곡식 삼백 석을 탈취하여 빈민에게 나눠주려 했는데, 영광 지방에서는 다들 두려워하면서 받지 못하자 함평 지방의 빈민들에게 차례가 돌아갔다. 여기서 영광과 함평은 멀어 보이지만 파도의 밀물과 썰물처럼 그냥 불갑산의 뒷면과 앞면일 뿐이다. 어쩌면 함평 쪽 골짜기에서 앓고 있었을 나의 할아버지도 쌀 몇 됫박쯤 얻었을지 모르겠다.

　재미있는 것은 내가 태어난 주막에서 성자가 발견된 주막에 이르는 산기슭을 이렇게 화적들이 메우고 있었다는 사실이다. 필시 땅에게도 팔자가 있다. 당시 불갑산을 앞뒤로 하여 밀래미에서 구수미에 이르는 어간, 특히 영광 백수 길룡리 인근을 가득 메운 숱한 풍문들이 극악한 화적과 함께 거룩한 성자도 길렀다는 사실을 어떻게 기념해야 할지 모르겠다. 그러나 내가 지금 당장의 흥분을 어쩌지 못하는 것은 오직 그 어린 날의 미혹 속에서 듣던 하찮은 풍문들이 모두 허구가 아닌 것으로 판명된 순간에 몰려온 알 수 없는 환희 탓이다.

1

동서고금의 어떤 성자도 고향에서 발견된 전례는 없다. 철부지 시절에 코 묻지 않은 인격체가 어디에 있단 말인가? 벌거벗은 생명체에게서 흘러나온 땟자국을 실컷 목격하고도 구원을 의탁할 사람은 없다. 왕자 출신이었던 석가모니 이야기조차 '출가'라는 극적 장치가 있었다. 하지만 소태산은 다르다. 그를 처음 발견한 사람은 구수미 마을의 주모였다. 고귀한 성자가 어쩌자고 주모 따위에게 발견된단 말인가?

그 사실은 나를 흥분하게 한다. 수심 깊은 바다의 전복은 가장 궁핍한 여성의 손에 채취되는 법이다. 해녀를 깊은 바다 밑까지 끌고 들어가는 것은 호기심이 아니라 굶주림이다. 나는 주막집 아들로서, 조선시대를 측정할 가장 치명적인 잣대가 주모일 거라는 상상을 금할 수 없다. 주모는 그 시절 사회적 불운의 박물관이었다.

조선은 지상에 출현한 숱한 체제 중에서 가장 명민한 통치자들에 의해 도덕적 위엄을 떨친 기품 있는 선비 사회였다. 백일장에서 엄선된 시인들이 관리로 등용되고, 동리마다 배운 자의 공덕功德이 비석으로 서서 삼강오륜을 웅변한다. 하지만 그 깊고 깊은 세속의 기슭에는 음습한 맹독성 치부가 자라고 있었다. 시인 고은은 "음란함이란 창녀의 것이 아니라 규수의 것"이라고 일갈한 바 있다. 정결한 양반 지식인 사회는 절대적 가부장제를 철통같은 이념으로 수호했다. 조선에서 핏줄의 절대성을 거역하는 것은 내란음모보다 무서운 대역죄에 속했다. 그리하여 남존여비를 바탕으로 한 내외법, 축첩제, 과부의 개가 금지, 조혼, 씨받이 같은 악습이 성행했으며, 그 이데올로기적 거점으로서 가족제도가 절대화되는 것을 『논어』『맹자』 같은 인문 고전들도 전혀 억제하지 않았다. 특히 조혼은 가계를 이을 아들을 쉽게 생산할 수 있는 방법이었을 뿐 아니라, 결혼을 통해 맺게 될 인척간 동맹으로 가문의 세력을 유지하고 확장하는 비겁한 기제이기도 했다. 그래서 6세 여아는 칠십 냥, 7세는 팔십 냥, 10세 이상은 수백 냥으로 나이에 따라 가격이 매겨지는 매매혼이 독버섯처럼 자랐다.

구수미 마을의 주모는 그러한 폐단들이 모여서 만든 가혹한 운명의 표본 같은 존재였다. 질곡으로 점철된 생애에 구원의 영감을 주지 못하는 자는 성자가 아닐 것이다. 그녀는 존재의 신비를 불신할 모든 조건이 갖춰져 있었다. 예컨대, 이름 따위도 없었다. 어려서는 애기, 자라서는 큰애기, 호적에는 이씨 성을 가진 여자라 해서 이성녀李姓女라 기입됐다. 하지만 본이 어디인지, 참으로 이씨이기나 한 건지 증명할 것이라곤 없었으니, 사람들은 그녀가 낳은 아이의 별명을 따서 바랭이네라고 불렀다. 바랭이란 질긴 생명력을 가진 풀 이름이다. 훗날, 본인이 구술한 기록에는 '갑신년(1884년) 전라도 나주 영산포 출신'이라 되어 있다. 네 살 때 어떤 아저씨가 엿을 사주겠다고 꾀어 따라나선 뒤 양갓집 행랑에 모습을 드러낸 건 상품 가치로 절정을 향하는 나이가 되어서였다.

납치한 사내는 매우 우발적 범행자인지 모른다. 그는 어린 소녀를 납치하기는 했지만 적절한 보상을 얻지는 못했다. 오히려 숨어 다니느라 죽을 고생을 했을 것이다. 이성녀를 인수한 영광 김진사 댁은 당시 그녀의 나이를 아홉 살로 셈한다. 납치에서 매매까지 오 년이 걸렸다면 그 사이를 잇고 있을 시간의 가혹함을 건너뛸 수 없다. 내 가슴의 떨림은 이런 데서 기인한다. 이성녀가 곧장 팔려가지 못하고 변방을 돌고 돌아 영광 바닷가 마을에 닿기까지 겪었을 풍찬노숙의 시련이 머릿속에 그려지는 까닭이다. 내 어림에는 아무리 손가락을 꼽아도 납치에서 매매까지 너끈히 오 년은 소요된다.

김진사 댁에서는 애기의 얼굴이 얽었어도 밉상은 아니었다고 했다. 틀림없이 잘생긴 여아였을 것이다. 그렇다면 부자에게 팔아야 하는데 장물아비는 이 물건을 데리고 어디로 튀어야 할까? 한반도의 곡창지대 전라도는 황금 들판을 탐내는 외부의 욕망들이 쉼없이 밀려드는 수난과 시련의 텃밭이었다. 위정자들은 바다와 들판이 겹치는 곳에 창고를 짓고 해군 사령부를 두어 지켜야 했다. 요즘의 사단급 규모에 이르는 '만호진'이 있던 자리가 그곳이다. 조선조 초기에는 나주 영산창과 영광 법성창이 전라도의 2대 조창漕倉에 속했다. 특히 법성포는 어물을 사고파는 장사치들이 들끓고, 술 먹고 놀기 좋은 곳이라 파시波市 철이면 장고 치는 소리가 끊이지 않았다. 더욱이 영산강이 임진왜란 이전에 이미 토사로 메워지기 시작하여 영산창이 폐쇄되자 이제 법성창에서 전라도 27개 고을의 전세田稅를 모두 갈무리하게 된다. 개경 이남에서 가장 규모가 큰 조창이 된 것이다. 그렇다면 경제적으로 보나 문화적으로 보나 장물아비의 눈길은 그쪽을 향하는 수밖에 없었을 것이다.

사내는 납치한 여아를 영광 법성창 근처에서 팔아야 수지를 맞출 수 있었다. 나주에서 영광으로 가자면 영산포에서 배를 타거나 무안, 함평에서 해변을 타면 된다. 하지만 그곳은 관아의 눈길을 피할 수 없다. 양반들이야 무슨 상관일 것인가. 질긴 목숨 하나를 삼신할미가 떨어뜨린 곳이 전라도 변방이 되는 순간 그는 이미 동학군 잔당, 땡추, 역도, 화척, 유민이 아니면 고를 신분이 없었다. 그들이 도회로 여길 만한 곳이 숨은 장터뿐이라면, 화순 운주사 아래에서 비밀리에 열리는 중僧장터를 통하지 않고는 도주로를 만날 수 없었을 것이다. 영광으로 닿는 지명들, 홍덕 부안 함평 무장 장성 정읍 고부 고창 옥과 담양 곡성 등 열두 고을의 큰길은 서울 경창으로 운반할 곡식을 모으는 곳이므로 항용 관군의 감시하에 들어 있었다. 그래서 중장터를 빠져나와 무등산을 넘는다면 송정을 거쳐 황룡강을 따르다 외칫재를 넘어야 서해를 향한다. 한데, 그 길은 군데군데 해 떨어지는 고갯마루가 버티고 있어서 몇백 리가 몇만 리보다 멀다. 화적이 끓을 수밖에 없다는 말이다. 그런데 동학 잔당 내지는 활빈당이 들끓는 길은 양반에게야 도적 소굴이지만 도망자에게는 관군의 습격을 피할 보호막이기도 했다. 더욱이 꼬깃꼬깃한 산기슭이라 사람이 살까 싶으면 마을이 나오고, 여기가 끝이 아닐까 싶어도 또 마을이 나온다. 마침내 서해에 닿아도, 갯가에 오막조막 붙은 게딱지 같은 집들이 말끔할 리 없다. 귀신 형상의 굴뚝들이 꽂힌 곳을 대개는 반도의 꼬랑지라 여기기 십상이지만 정작 땅 이름들은 부처님 외갓집보다 거룩했다. 석가모니의 가르침을 가진 신성한 사람이 들어온 포구라 해서 법성포, 부처님의 광명인 듯 신령스러운 빛이 머문다 하여 영광, 절 이름도 불교가 시작된 곳이라 해서 불佛의 갑甲, 뜻인즉 부처의 첫 마당 불갑사인 것이다.

이 머나먼 도주로 위에서 애기가 홍역을 앓았다면 몇 계절을 허비하지 않을 수 없고, 곰보가 되는 것도 피할 길이 없다. 사내는 영광에 이르러 더는 버티지 못하고 대충 부잣집을 찾아서 이 가엾은 여아를 흥정하되 제값을 부르지 못하고 떨이로 넘겼다. 팔려온 아이가 '얼굴이 얽었어도 밉상은 아니'라는 간단한 문장 속에 이미 이런 내력이 숨어 있는 것이다.

인간의 운명을 정하는 이가 누구인지는 아무도 모른다. 영광에서 애기를 맞은 것은 슬하에 자식이 없는 김진사였다. 사내는 그 앞에 엎드려, 미천한 집 아이가 부모를 잃고 의지할 곳이 없으니 약간의 보상을 주고 거두어달라고 읍소했다. 김진사는 이를 받아들여 애기를 부엌 동자치로 부리게 되었다. 그리고 곧 반전이 일어난다. 그 아이가 하루는 진사 어른의 갓을 보고 자기 할아버지의 것과 똑같이 생겼다고 말한 것이다. 세상에! 집 없는 아이도, 미천한 아이도 아니었다는 얘기이다. 김진사는 아이를 면천免賤시켜 수양딸로 삼고 열일곱 살이 되자 시집을 보냈다. 하지만 첫애를 낳고 남편이 병사하여 홀몸이 되었다. 열녀로 수절하려 드는 것은 팔려온 계집의 내력에 너무나 어울리지 않는다. 여기서 김진사 댁의 덕성이 빛을 발한다. 이성녀는 수양어머가 반겨주는 친정집에 얹혀살다가 다시 한번 사내를 만났다. 이번에는 대장간 사내와 살림을 차리고 또 한 차례 아이를 낳았는데, 야속하게도 대장장이조차 도주를 해서 다시 홀몸이 되었다. 씨 다른 자식만 둘 가진 과부가 살기에 패망 직전의 조선은 너무도 힘들었을 것이다. 서방을 둘씩이나 잃은 여편네가 서 있을 땅은 조선 천지에 없다. 바랭이네는 세상에서 가장 낮은 밑바닥에 엎드려 겨우 숨이나 쉬어야 되는 처지였다.

2

세상에는 어처구니없는 필연이 너무도 많다.

훗날 성자에 대한 목격담의 태반은 주모에게서 나온다. 그러나 주모는 말주변이 없고, 성자가 구도에 나선 모습도 본 적이 없었다. 게다가 길가에 나앉을 때까지 별과 별 사이만큼이나 존재의 거리가 멀었다. 그럼에도 마치 백년가약이라도 맺은 듯이 발을 맞춰 저잣거리에 나온다. 너무도 흥미진진한 것은 삼류 신파극을 연상시킬 만큼 황당한 그 만남의 장면이다.

성자는 오랫동안 아버지의 그늘 밑에 감춰져 있었다. 조부자의 마름 박성삼은 자신의 셋째아들이 대각할 것을 믿었다. 그래서 기골이 장대한 사내자식에게 농사일도 시키지 않고 세속의 짐도 지우지 않았다. 소에게 꼴을 뜯기는 일조차 면제시켰다. 다른 사람의 눈에는 그런 황당한 꿈이 이루어지리라는 어떤 전망도 징후도 없었다. 도대체 칠흑 같은 골짜기에 사는 일개 촌부에게 어떻게 제세구민濟世救民의 꿈이 발아될 수 있었느냐 말이다. 나는 그것을 영광 일대의 지정학적 요인을 빼고는 설명할 길이 없다고 본다.

한반도의 척추는 백두산에서 시작되어 동쪽 해안선을 끼고 남쪽으로 달리다가 태백산 부근에서 선회하기 시작한다. 그리고 지리산을 거쳐 서해로 내닫던 산줄기가 맥이 뚝 끊기는 자리가 영광 법성포 칠산 바다 앞이다. 그곳에서 보면 물결 너머로 가물거리는 것이 중원 대륙인데, 삼국시대 때는 바다 건너에서 책 읽는 소리도 들렸다고 한다. 과연, 인도에서 동진국(당시 남중국)으로 내려온 스님 마라난타가 불교 선양을 위해 목선을 타고 서해를 건너다 풍랑을 만난다. 도인道人이란 위기 속에 빠져도 길을 잃지 않는 자를 말하는 건지 모른다. 스님도 배 한 척이 부서지고 남은 널빤지를 붙들어 포구에 닿았으니, 그곳이 법성포 백제불교 도래지였다. 마라난타가 섬기던 돌부처는 배가 좌초된 뒤 두상 부분이 파도에 떠밀려와 불갑산 암자 해불암海佛菴이 되었다.

이런 고을에 매향비가 세워지면 의미가 더욱 커질 수밖에 없다. 향나무를 그대로 말려 태우면 그을음이 생기지만 바닷물이나 개펄에 절이면 이물질이 없는 귀한 것이 된다. 그래서 선인들은 강물과 바닷물이 만나는 갯고랑에 향나무를 묻으며, 마치 그것이 황홀하게 떠오르듯이, 미륵이 주재하는 새 세상이 오기를 간절히 기원했다. 그 자리에 세우는 염원의 비가 매향비이다. 영광 법성포 일대는 선조들이 미륵의 출현을 기다리는 매향비의 땅이었다.

박성삼은 전래 미신을 곧이곧대로 믿었음이 틀림없다. 미륵의 기운이 자신의 아들에게 닿으리라는 몽상은 옛이야기 속에나 나올 법한 것이다. 그런데도 이웃들은 전혀 이상하게 여기지 않았다.

백수면 길룡리 앞길은 세상이 어지러울 때마다 언제나 풍문으로 넘쳤다. 거대한 미혹에 덮인 바닷가 마을의 민심 속에서는 어떤 사상도 '절대 권력'을 누릴 수 없다. 모진 풍랑에서 살아남은 뱃사람들에게 사상의 국경 따윈 발붙일 자리가 없으니, 인근 장터들은 각지에서 흘러온 종교적 상상력의 서식처가 되고도 남았다. 그래서 저마다 논두렁만 벗어나면 유가니

선사니 진인이니 짝퉁 도사가 아닌 자가 없었다. 마름 박성삼은 그중에서도 알아주는 길룡리 6걸의 하나였다. 자전字典깨나 펼치고 필묵깨나 다룬 바는 없으나 귀에 담긴 풍월이 몇 보따리는 되었다. 그걸 지켜본 마을 사람들의 감탄도 입에서 입으로 건너다니다 노래가 된다.

경우 바르다 박성삼
이문理文 바르다 박성삼

과연 박성삼은 길룡리 소작인들의 형편을 대변하는 동네 보살의 하나였다. 콧대 높은 대지주가 일개 마름의 말에 설득되는 장면 하나로도 그의 입지는 우뚝할 수 있었다. 그 밑에서 장차 이무기가 될지 용이 될지 모르는 상건달이 뒹군다 해도 비웃을 이웃이 없었다. 그런데 활빈당이 다녀간 후 조부자도 병들고 박성삼도 몸져눕고, 와중에 왜 빚쟁이가 되었는지 모른다. 그리하여 조부자 아들 조박사가 새로운 지주 행색을 갖췄을 즈음에는 죽은 박성삼의 가계가 혹독한 빚 독촉에 내몰려 금방이라도 길가에 나동그라질 만큼 각박했다.

시인 서정주는 "가난이야 한낱 남루에 지나지 않는다"는 구절로 지탄을 받은 바 있다. 가난은 문화적인 것이 아니라 사회적인 것이다. 가난한 자는 언제나 사회적 폭력 앞에 맨몸으로 노출돼 있어야 한다. 가난뱅이가 숨쉬는 시간은 밖으로는 자연의 공격과 싸우는 시간이요 안으로는 내면의 울화와 씨름하는 시간이다. 그중에서도 특히 가혹한 것은 숨통을 조여오는 빚 독촉이다. 지상의 어떤 적도 그만큼 무섭지는 않다는 것을, 적 앞에서 자결하는 경우보다 채권자 앞에서 자살하는 숫자가 훨씬 많다는 사실이 증명한다.

박성삼의 셋째아들 처화處化는 사면초가였다. 아버지가 남긴 부채는 많고, 자신은 농사에 어둡고 장사도 모른다. 날마다 빚 독촉은 조여오고 가족들은 굶주리며 의지할 보호처도 없었다. 장터에도 나가보고 저잣거리도 돌아다녀보지만 도대체 달아날 데라곤 보이지 않았다. 수렁에 빠진 자는 몸부림칠수록 더욱 빠져드는 법이다. 이럴 때 사람들은 어떤 표정을 지을까. 그는 막다른 절벽에서 탄식처럼 들리는 주문을 외우곤 했다.

"내 이를 어찌할꼬."

너무도 범속해 보이는 이 넋두리가 의미하는 바를 아무도 알지 못했다. 내 이를 어찌할꼬.

바랭이네가 등장하는 건 이때였다.

그녀 역시 생의 변곡점에 서 있었다. 은인 같은 수양어머니를 여의고 지상의 모든 연고가 소멸되던 참이었다. 이승에 남은 실낱같은 끄나풀이 수양어머니의 오라버니 김성서였다. 하루는 그분이 부르니 앞뒤 가릴 것 없이 달려가 머리를 조아린다.

"모든 처분을 외숙에게 맡기옵나이다."

신통한 것은 그 김성서가 박성삼의 단짝이었다는 사실이다. 길룡리 6걸 중에서도 두 사람은 특히 친했다. 역사가들이 지옥 같은 시대와 장소로 지목하는 것을 차지했으면서도 두 사람은 서로의 우정으로 한 생을 풍미했다. 그는 죽은 친구의 아들이 아무런 방비도 없이 환란에 처하자 그 앞가림도 함께 고민해야 했다. 그래서 찾은 묘안이 두 문제를 한몫에 해결하는 것이었다.

"내 누이가 아끼던 수양딸이여. 바랭이네라 하네. 솜씨가 좋으니 데려다 주막집이라도 해보소."

나이가 일곱 살이나 많은, 아이 둘 딸린 아낙네를 마치 서툰 농사꾼에게 소 한 마리를 안기듯이 덥석 내준 것이다. 처화는 그 뜻을 흘려들을 처지가 아니었다. 한학 공부를 많이 한 양반이 과부가 된 조카를 들이밀 때는 그만한 이유가 있을 것이다.

이게 구수미 주막이 차려진 내막이다.

장사가 안 된 것은 아니었다고 한다. 나는 그 방면의 풍속을 안다면 아는 축에 속한다. 주막집 아들로서 향후 추이가 자동 연상되는 것도 막을 수 없다.

그 무렵 영광 백수 일대만큼 민심이 흉흉한 곳은 없었을 것이다. 조박사의 등장으로 소작들을 떼인 터에 구수미 앞길이 얌전하길 바라는 건 허사다. 하필 일제가 조선을 강탈한 해라 백성 노릇 하기조차 너무 쓸쓸하였다. 촌락의 범부들도 술 없이는 하루를 넘길 수 없던 때, 넘치는 신세타령들의 집결처로는 길가의 주막을 따를 곳이 없다. 게다가 바랭이네는 부엌데기 노릇도 상당히 잘했다 한다. 아마도 김진사 댁에서 익힌 주정을 써서 고두밥을 발효시킨 증류주가 날마다 사람들을 끌었을 것이다.

법성포 토주는 독하기로 유명하다.

"써글 것이! 모르믄 잠자코 있어부러. 순하면 술이 된다? 독해야 뱀을 담가도 요로코롬 대가리를 꼿꼿이 세우고 있지."

주모가 곰보만 아니라면 사달이 나도 몇 번은 나야 될 형편이었다. 사내들이 연일 코가 비뚤어져서 외상술로 해를 넘겼을 것은 정해진 수순이다.

그러나 상기할 것은 그렇다고 주막이 잘된 건 아니라는 사실이다. 시골 주막은 모름지기 장사로 승부를 보는 데가 아니라 외상값을 잘 받는 것으로 명맥을 이어야 하는 곳이다. 그런데 기둥서방이 누구인가. 처화는 엉터리도 그런 엉터리가 없었다. 우선, 세상 물정에 어둡기가 해불암 돌부처하고 쌍벽을 다퉜다. 약관에 하는 짓이 별나서 주인장 노릇은 뒷전이고 틈만 나면 인근 바위굴에 들어가 입정삼매에 빠졌다. 손님들이나 고분고분하면 좀 좋을까? 객점의 팔자가 드세어서 연일 기생들이 흥타령을 뽑아도 모자랄 판에 산적 같은 장정들이 세상 투정을 늘어놓기가 숫제 국기문란 수준을 넘나들었다. 의지가지없는 늙은이 얘기, 병들고 찌든 아낙네 얘기, 한술 더 떠서 갑오년 동학군입네 구한말 의병입네 하는 비적들 얘기, 그 피붙이들이 더러는 목숨을 은닉하고, 더러는 연좌제를 기피하고, 더러는 비명횡사한 원혼들을 몰래 달래는 얘기.

영광은 그런 곳이었다. 동학 봉기도 전봉준 부대보다 두 달 앞서 있었고, 그것이 수포로 돌아간 것에 대한 한탄도 아홉 해, 열 해, 열아홉 해가 지나도록 걷히지 않았다. 주막에서는 다들 되든 안 되든 쑥덕거렸을 것이다.

"첨에는 궁궁을을 부적이 있으면 됐제."

"자네, 궁궁을을이 뭔지나 안가?"

"써글 것이! 성님이 말할 때는 좀 들어. 긍게, 동학군 대장한테 총 쏴봤자라고 생각한 거여. 왜놈들이 콩 볶듯이 갈겨댄 담에 동학 대장이 아랫목에서 일어나 도포 자락을 탈탈 터니 꼴마리에서 총알이 와르르 쏟아지더란 말이 많았단 마세. 헌데, 실제로는 따꿍, 소리가 났다 하면 여지없이 죽어 나자빠지니 농민군이 풍비박산이 나분 거여."

여기에 훔치교(태을도의 다른 말. 강증산을 따르는 사람들이 훔치, 훔치, 하고 주문을 외운다 해서 증산도를 훔치교라고도 불렀다) 신도가 끼어들면 후천개벽에 천지공사까지 하느라 온 우주가 무사하지 못한다.

"하루는 오밤중에 문을 두드려. 누가, 물 좀 주소, 물 좀 주소, 한단 말여. 그래 나가서 바가지에다 물을 떠주니 턱이 없어서 못 먹겠다여. 턱주가리가 없어져버렸다는 거제. 그게 왜 떨어져나갔냐, 총알이 마구 돌면서 날았거등."

"맹물에 애기 서는 소리 허들 말어."

"음마, 턱이 박살나부렀당게. 근디 물을 부어줘도 못 먹어. 도깨비였던 거여."

이렇게, 주인은 제쳐놓고 객들이 나서서 콩 놓고 팥 치는 새에 주막은 문을 닫고 말았다. 그 마지막 장면을 생각하면 가슴이 아프다. 바랭이네는 하다 하다 사내들의 술상을 보는 일에서조차 실패하고 말았다. 이 기구한 여인이 갈 곳은 어디인가? 영광 백수 해안은 칠산 바다에 바짝 붙어 고불고불 몇 십 리를 뻗어 있어서 달빛 풍경이 장관이었다. 아마도, 먼길 날아가는 기러기들이 앞서거니 뒤서거니 떠드는 달밤 어느 날을 골라 처화는 예의 주문을 외웠을 것이다.

"이 일을 장차 어찌할꼬?"

3

인간에게는 저마다 타고난 심판의 본능이 숨어 있다. 주모는 처화의 어느 구석에서 성자의 냄새를 맡을 수 있었을까? 그 무렵 인접 주민들 중에는 성자에 대한 악담을 지어내는 예도 없지 않았다. 그가 주막에 나타나면 다들 쉬쉬하고 피했다거나 노름방에서도 술과 고기를 내주고 비위를 맞췄다거나 심하게는 구수미, 읍내, 법성, 무장 등지로 장사를 다녔는데 아주 모사꾼이었다는 모함도 흔했다. 하지만 주모의 믿음은 흔들린 적이 없어 보인다. 이후의 행적이 그것을 증명한다.

처화는 좀처럼 출구를 찾지 못했다. 그러다 팔자에 없는 길을 떠나는 건 자기 존엄을 지키려는 마지막 몸부림에 가까웠다. 성자가 험한 장사꾼으로 나선 것은 생애에 딱 한 번이었다. 거기에 주모가 동참하여 전모를 목격한다.

사람이 하는 일에는 반드시 고수가 있기 마련이다. 처화 주변에서 주막이 망할 거라고 염려하던 이가 있었다. 이름은 이인명. 처화의 생모의 남동생 유성국의 친구인데, 그는 살림도 궁하지 않고 세상 견문도 넓었다. 흔히 농사짓는 촌부들이 장터에 가면 겨우 방물 구경이나 하고 오던 시절에 이인명은 바깥 구경깨나 해본 값을 하느라 장터를 숫제 떠메고 오다시피 했다. 그가 파시 이야기라도 꺼냈다 치면 뱃놈들이 설치는 커다란 장터 하나가 꼼짝없이 제사상에 오른 조기 신세가 된다. 그래, 주막에 다녀오는 날이면 제 친구 유성국에게 목이 쉬어라 떠들었다.

"조기가 효자여. 불심도 깊당게. 마라난타가 놓쳐버린 돌부처를 요것들이 슬금슬금 포구로 떠밀어왔거등."

돈을 벌려면 파시로 나가는 수밖에 없다는 소리였다. 하긴, 외상 장사가 아닌 현찰 장사가 가능한 곳은 누가 봐도 그 파시밖에 없었다.

칠산 바다에 사람이 끓는 것은 참조기 탓이었다. 덩치는 붕어보다 크고 길이는 어른 팔뚝에 버금가는, 잿빛 비늘에 은빛 광택을 쓰고 있는 이 생선 종자는 본래 발해만 일대, 중국해 일대, 대만 근해를 누비는 중생이었다. 매년 겨울에 제주도 남서방이나 상해 남쪽에서 추위를 피하고, 3월 초순경에 떼 지어 북상하여 4월 하순에서 5월 중순에 연평도 근해까지 오르다가 얕은 간석지를 골라 알을 낳는다. 칠산 바다는 그곳 생명체들의 우물이라 부득불 농사로 먹고사는 길룡리 사람들에게까지도 정치요 경제요 문화였다.

유성국도 결국은, 이인명의 말이 옳기야 옳다, 동의하지 않을 수 없었다.

"논바닥에 절을 천 배 만 배 해봐야 곡식이 목구녕을 넘어오지 못허제."

조기는 나라님 수라상에 오르는 어물이라 제사상에서도 귀빈이었다. 배를 갈라 넓적하게 펴서 소금에 절인 다음에 통으로 말리면 굴비가 된다. 이걸 구워서 한 마리만 밥상에 얹어도 흰쌀밥을 소복이 올린 고봉밥이 금방 빈 그릇이 된다. 별명이 밥도둑이라 입맛을 잃으면 누구나 찾게 되어 있었다. 그러니 조기떼가 남쪽에서 북상하여 칠산 바다가 대어장이 되면 팔도 어선들이 총집결을 했다. 조기잡이는 어로 방법상 짐배들이 근거지에 정박하지 않을 수 없기 때문에 어김없이 일시적 촌락이 생긴다. 그리하여 조기가 알을 낳고 황해도 앞바다로 옮겨갈 때까지 한 달 반 남짓 영광 법성포 일대에는 각지에서 모여든 상인, 선주, 선원들이 북적거려서 난리가 아니었다.

하지만 파시는 요식업, 접객업자들이 살판나는 곳이니 주변이 일대 환락가로 둔갑하는 것을 막을 수 없다. 그래, 천하의 잡놈들이 모이는 곳이라 돈을 한푼이나 만진다 해도 어지간히 대가 센 사람이 아니고서는 뒷감당이 안 된다. 이인명이 보기에 인근에서 그럴 깜냥이 되는 인재는 유성국의 조카 박처화가 유일했다.

처화는 어려서부터 겁이 없었다. 네 살 때 길가에 뱀이 나타나 아이들이 갖은 소란을 피워도 도망가지 않았다. 거기에 기골이 장대하고 체구가 우람하여 어지간하면 우러러보지 않을 수 없었다. 어린 나이에 이미 동네 고샅에서부터 자자하게 소문난 그 침착함, 대범함, 태연함 때문에 골목놀이를 해도 꼭 열 살씩이나 나이든 친구들과 짝을 맺었다.

"내가 밑천을 댐세."

이렇게 해서 이인명이 처화에게 장사 밑천으로 보리 석 섬을 대주기로 하고 파시 행차를 나서게 된 것이다.

바랭이네는 거기에 난데없이 동참할 것을 요청받았다. 주막을 닫은 후, 사는 일이 하도 힘들어서 한숨만 푹푹 쉬는 판인데 처화 쪽에서 부른 것이다. 파시에 갈 터인즉 밥을 해주고 살림을 돌봐줄 이가 필요하다는 것인데,

"길게 다녀올라는디."

염치없는 부탁이라는 소리였다.

"아재가 가면 따를라요."

"남정네들뿐이요."

"어쩔랍디여?"

무심한 척했지만 바랭이네로서는 남은 목숨을 맡기는 일이었다. 그러나 또한 감지덕지이기도 해서 오히려 제철을 놓치는 게 걱정이었다.

"철쭉이 지고 있던디."

칠산 연안에서는 철쭉꽃이 만발할 때가 참조기의 산란기였다. 그때가 되면 법성 일대가 장관이었다. 바다에서는 참조기가 산란장으로 모여들면서 내지르는 소리가 마치 수풀 사이를 통과하는 갈바람 소리처럼 시끄럽다. 물속에서는 조기떼가 알을 낳느라 산통을 하는 아우성이 마치 비 오는 날 연못의 개구리떼가 박자를 맞춰가며 우는 소리보다 컸다. 때맞추어 땅 위에서는 철쭉꽃이 만발하여 새소리가 시끄럽고 파시에는 소리깨나 하는 기생들이 모여들어서 남정네를 홀리느라 혼을 쏙 빼놓는 것이다. 아니나 다를까 선주들은 파시를 지키느라 칠산 바다 수신水神에게 제를 올린다. 전국 각지에서 한다하는 배꾼이며 장사꾼, 거간꾼들이 판을 치고 논다니들까지 모여들어 흥청거리는 이 대목장의 영향은 영광 법성포 일대를 파다하게 흔들어놓기 일쑤였다. 그 여파가 구수산 아래 길룡리 강변 나루까지 밀려들기 마련이라 철쭉이 피면 누구든 한몫 잡고픈 마음을 들뜨게 하였다.

"조기 파시가 아니라 민어 파시여."

"워매."

더 먼 곳으로 간다는 얘기였다.

사실은, 당시 서해 어업의 노른자는 조기잡이가 아니라 민어잡이였다. 굴비도 원래 조기가 아니라 민어로 만들었다고 정약전이 『현산어보』에 썼다. 민어 파시를 만나려면 임자도 타리섬으로 가야 한다. 어선 오백 척가량이 정박할 수 있는 타리항에서 이삼십 해리쯤 떨어진 곳에 전국 제일의 민어 어장이 있었다. 그곳에서 잡히는 민어는 동북아 최고의 품질을 자랑하는지라 어부가 건지자마자 일본으로 팔려가기 바빴다. 그래, 삼백여 년 전부터 파시가 시작돼 매년 6월 상순에서 10월 하순까지 대략 오 개월 동안을 흥청거리되 최대 성어기는 8월이었다. 바로 그곳을 향해 길을 나설 일행은 네 사람이었다. 길잡이 이인명, 이인명의 친구 유성국, 유성국의 조카 박처화, 박처화의 조력자 바랭이네.

선창에는 돛을 내린 채 정박해 있는 어선과 상선이 꽉 차 있었다. 이인명이 돛이 달린 목선 한 척을 빌렸다. 그리고 이삼 일 머물면서 떠날 날씨를 점쳐야 했다. 영광 법성포에서 임자도 타리섬으로 가는 뱃길은 격랑으로부터 안정을 보장받을 수 없다. 그곳은 시골 어부들이 그물을 던지는 평화로운 섬마을 앞도 아니고, 관광객이나 낚싯배들이 드나드는 여유로운 동네 뒷바다도 아니었다. 천 년 전부터 조선 반도를 거쳐 러시아, 중국, 일본으로 통하던 무역선들이 수장된 보물선의 매장지가 바로 인근이다.

배가 출발하자 바랭이네는 주인 양반을 따르듯이 처화 뒤로 바짝 붙었다. 남서쪽으로 뱃머리를 잡고 구수산 해안을 옆에 끼고 칠산 바다로 나가면 수평선 멀리 일곱 개 섬이 보인다. 가만히 바라보면 점점이 산으로 보이는, 영광 절경으로 꼽히는 7산 3봉은 때로는 사람 같기도 하고 때로는 집 같기도 해서 자꾸 눈길을 돌릴 수 없게 만든다. 이것이 일산도 이산도 삼산도 사산도 오산도 육산도 칠산도이다. 그 앞에서 염산 바다를 지나면 진달이 해역을 만나고, 임자도는 그 너머에 있었다.

4

타리섬은 파시가 열리지 않을 때는 집 한 채 없는 바위섬에 불과했다. 그러나 매년 6월 상순이 되면 백사장 위로 듬성듬성 초막이 선다. 상인들이 기둥을 세우고 벽과 지붕을 마람이엉으로 덮은 다음, 어부와 어상들을 상대로 영업을 시작하는 것이다. 파시가 절정에 오를 때는 타리 건너 임자도 백사장이 수백 호의 초막과 항구에 정박한 어선들로 불야성을 이룬다.

처화 일행이 당도했을 때는 고기를 사러 온 배와 팔러 온 배, 수천 명의 어부 및 상인들로 들끓고 있었다. 항에는 이미 일본인들의 냉동 창고선이 들어와 있었고, 파시가 들어선 이동 마을에는 예순 채 남짓한 집들이 술집, 여관, 요릿집, 잡화상, 목욕탕 순으로 늘어서 있었다. 장사꾼들은 성어기를 따라 4, 5월은 위도, 6월 초순에는 연평도, 그리고 하순이 되어서 타리로 옮겨온 사람들이라 이루 말할 수 없이 거칠고 사나우며 배짱들이 두둑했다. 그들 틈에 처음 발바닥을 들여놓는 농투성이들은 사뭇 긴장될 수밖에 없다. 처화와 관련된 자료 읽기의 어려움이 여기에 있다. 전승 자료에는 모든 흥분이 생략돼 있어서 마치 바다를 그리되 파도가 날뛰는 것을 고무로 지워버린 민바다 같은 느낌을 준다. 일행이 짐을 푸는 광경도 순박하다못해 낭만적이기까지 하다. 가령, 섬에 닿자 이인 명이 나서서 번듯한 객줏집에 방을 정해 들었다고 되어 있다. 이어서 통성명을 하니 마침 주인이 밀양 박씨라 처화에게 일 가같이 지내자며 허물을 트기로 했다고 한다. 그리고 고기잡 이 배꾼들을 상대로 하는 객줏집이라 주인 박씨가 뭍에도 토 지가 상당하고, 배도 여러 척 부리며, 섬 안에서 유세하는 위 인이었다는 설명이 따르는 것이다. 일행은 그에게 융숭한 대 접과 도움을 받는다. 그러나 그렇게 쉽게 친구가 되고 아무렇 게나 상호부조가 이루어진다면 세상살이를 어려워할 사람이 누가 있겠는가? 하지만 이게 바랭이네의 전언이라면 허풍과 과장이 들어설 자리라곤 없는 이 담백한 진술 밑으로 보이지 않게 흐르는 것이 한두 가지가 아닐 터이다. 예컨대, 파시에 들어선 초막이 예순 가구 정도면 재래시장 규모로 쳤을 때 후 미진 시골 장터에 지나지 않는다. 거기에 중뿔난 주막이 기십 가구가 될 턱도 없고, 여관이 여럿일 턱도 없다. 그러나 성격 은 국제적인 장터이다. 문화와 풍속의 차이에서 빚어지는 숱 한 폭력이 잠재된 긴장을 버텨내는 숙소가 고작 '번듯한 객줏 집'이라는 정도로 술회되어서야 어떻게 그 진면목을 상상할 수 있을까?

타리 파시는 조선시대부터 전국 제일의 파시로 명성을 날렸다. 일본의 선상船商들이 장사를 위해 들어와 일으킨 사건들만 간추려도 대하소설 한 편은 너끈히 나온다. 1896년 6월에 이런 일이 있었다.

신안 지도에 거주하던 천삼용이라는 자가 타리 파시로 고기를 사러 왔을 때 일본 배 세 척이 정박해 있었다. 장사차 온 상인들이 같은 주막에 나란히 앉아서 술을 마시는 것은 흔한 일이다. 천삼용이 곁에 앉은 일본인에게 물었다.

"너희들은 우리말을 잘하는데 옷은 왜 우리 걸 입지 않았느냐?"

시비조의 말 같아서 일본인도 무뚝뚝하게 답했다.

"비록 남의 말을 쓸지라도 눈속임을 하려고 옷을 바꿔 입지는 않는다."

이 퉁명스런 응답이 꼬투리가 되어 시작된 말다툼이 금방 주먹다짐으로 번졌다. 이내 수적으로 우세한 일본인들이 천삼용의 머리채를 잡아끌면서 집단 구타를 시작했는데, 하필 그게 임자도 파감派監 김복연의 눈에 띄었다. 조선 사람 하나가 다수의 일본인에게 얻어맞는 것을 못 본 척하면 그는 조선의 관리가 아니다. 당연히 대로하여 주민들을 부르자 여기저기에서 응답하듯이 돌을 던져 천삼용을 구했다. 위기를 느낀 일본인들은 배 안으로 도망쳐 갔으나 분이 덜 풀렸던지 포를 두 발이나 쏘아댔다. 파감은 통역자를 불러 훈계하는 선으로 사태를 수습하고 지도로 배를 돌렸다. 그런데 일본 배 세 척이 몰래 뒤를 밟아서는 사방이 어두워지자 김복연의 배로 난입하였다. 그때부터 해적이 따로 없었다. 일본인들은 배에 탔던 조선 사람을 모두 바다로 내던지고, 김복연을 몽둥이로 때려서 살해한 후 도주해버렸다. 처참한 시신이 실린 배는 저 홀로 바람과 조류에 밀려 임자도 저동 앞바다에 닿았다.

이같은 일은 일제강점 체제가 시작되면 훨씬 잦아진다. 1920년 7월의 일이다.

타리 어부 우명길이 고기를 잡으러 가느라 집을 나섰다. 일본인이 운영하는 색주가 앞을 지나는 참인데 방정맞게 고양이가 울어댔다. 뱃일을 나갈 때 고양이가 울면 재수가 없다는 말은 뱃사람들의 정설이다. 어부에게 재수가 없다는 말은 풍랑을 만난다는 말이요 자칫 죽을 수도 있다는 의미가 숨어 있다. 화가 난 우명길이 맥주병을 집어서 냅다 던졌는데 그게 고양이를 맞히지 못하고 색주가 안으로 날아들고 만다. 그러자 일본인 여자 두 명이 뛰쳐나와 다짜고짜 싸움을 걸었다. 하필 일본인 사내 세 명이 근처에 있다가 소란을 말리는 척 우명길에게 덤벼들어 집단 폭행을 가했다. 이윽고 조선인 어부가 일본인들에게 몰매를 맞았다는 소리를 듣고 타리의 주민들이 분개하여 형세가 험악해졌다. 그것을 방치하고 편파적으로 수습한 주재소에도 항의하지 않을 수 없었다. 사태가 다급해지자 목포경찰서에서 무장 순사를 급파하여 사건의 전말을 조사한다 했으나 이내 유야무야 뭉개버렸다.

처화가 타리섬에 갔던 해는 첫번째 사건으로부터 십오 년 후, 두번째 사건으로부터 구 년 전이었다.

물살이 거센 곳에는 사나운 고기가 산다. 수시로 난감한 사건에 휘말리는 바다 장터의 주인장 노릇을 아무나 할 턱은 꿈에도 없다. 1928년 동아일보에 게재된 임봉순 기자의 기행문에는 객줏집 박씨 같은 역할을 하는 사람을 '서해 왕西海王'이라 불렀다고 되어 있다. 아마도 무관의 제왕이라는 말은 이런 곳에 써야 제격일 것이다. 임자도 맞은편에 있는 십수 개의 섬들이 모두 씨의 소유이며, 서해안에서 나는 어물들도 씨의 손을 거치지 않고는 매매되지 못했다고 한다. 처화 일행이 묵었던 집주인과 모든 조건이 비슷하다. 객줏집 박씨가 바로 그런 사람이라는 얘기이다. 그렇다면 이를 '타리 왕'이라 불러야 마땅할 것이다. 그것을 뒷받침할 만한 사실로 타리 왕의 아내가 절세의 미인이었고 뱃사람들에게 미치는 영향력이 매우 컸다고 돼 있다. 필시 기생들과 연관되었을 것이다.

이 상태에서 다음의 장면이 연출되었다.

"외람된 말이지만 일가 양반께서는 이런 데 올 어른이 아닌디?"

주인장이 처화에게 한 말이다. 처화가 보기 드물게 기골이 장대하고 위풍 늠름한 데 압도되어 주인장은 처음부터 대접을 각별히 하였다. 이에 처화가 답한다.

"돈 쓸 일이 있어서 왔지라우. 주인 양반, 돈 버는 방법 좀 안 가르쳐줄라우?"

여기서 이미 결판이 났을 것이다. 타리 왕은 객줏집 주인장 노릇을 수십 년 동안 해오면서도 자신에게 이같이 답변하는 인물을 처음 봤을 것이다. 곧장 응수하는 어투에 환희의 빛이 실려 있다.

"참말로 그랍디여?"

그리하여 처화는 객줏집 내외의 도움을 많이 받았다고 되어 있다. 왜냐하면 종친이었기 때문이다.

다시 말하지만 이인명 일행이 타리에 간 것은 1911년이었다. 새로 개장되는 파시는 전년도에 파장되던 기억 위에 세워진다. 이것이 중요하다. 장터에도 역사가 있고 장사에도 맥락이 있는 법이다. 1910년 타리에는 조선의 기생들과 일본의 게이샤들이 도합 일백 명쯤 일하고 있었다. 파시가 열리는 내내 "에라 노아라, 못 놓겠다" 하는 양산도 가락이 장고 소리에 실리고, "조센도시나 도노아 노사가이" 하는 샤미센 섞인 소리가 끊이지 않았다. 그리하여 눈만 뜨면 술과 노래와 춤이 어우러지던 어느 날, 일본인 한 떼가 조선 기생들을 불렀다. 그리고 흥이 오르자 창을 하던 여인들에게 잠자리를 요구한다. 기생들은 단호히 거절하였다.

"창이나 춤이라면 모르나 몸을 허락할 수는 없소. 우리는 조선 여인이오."

그때 술에 취한 일본인 하나가 격분했다고 한다.

"감히 조선 기생년이 건방지게 굴어."

일제강점이 시작되던 해, 일본 낭인들의 기세는 하늘을 찌르고도 남았다. 민어가 조선에서는 귀중품이 아니나 일본에서는 횟감으로 최고로 쳤다. 나름대로 국경을 넘나들며 해적과 마주치는 장사치들이라는 얘기이다. 그들의 술자리가 최고조에 이르렀을 때, 당시 분위기라면 안하무인 격이 되지 않았을 리가 없다. 여기에 조선 기생은 당돌하게 응한다. 일본은 무사들의 나라다. 사무라이 앞에서 여성이 반론을 펴는 법도 없다. 이런 문화충돌이 빚어낸 사고였을 수도 있다. 조선 여인에게 자존심이 상한 일본 사내가 기세 좋게 칼을 뽑아서 하늘 높이 쳐들었다가 그대로 내리치고 만 것이다. 기생은 자상을 입고 쓰러져 그 자리에서 즉사하였다.

흔히 간과하지만 기생도 조직이다. 우두머리가 있고 규율이 있으며 의리와 기강이 있다. 곧장 저항이 시작됐다. 머리기생의 명에 따라 다들 영업을 작파하고 결기를 세웠다. 그러나 장고나 치던 여인들이 칼 찬 낭인들을 무슨 재주로 당할까? 단식밖에 도리가 없었다. 그와 더불어 파시 장터에 있던 조선인들이 거들고 일어나 바닷가에는 큰 난리가 났다. 그러나 당시 일본의 기세는 국가도 빼앗는 판에 아녀자의 목숨 하나쯤이야 아무것도 아니었는지 모른다. 기생의 죽음이 결코 일본인들을 어떻게 움직이지는 않았다. 타리 왕은 곧장 관아에 호소하러 육지로 떠났다. 그러거나 말거나 일본인들은 자신들의 일을 다 보고 유유히 섬을 빠져나갔다. 그들이 보란듯이 웃으며 떠나던 날 타리 파시의 오십여 기생들은 분을 참지 못하고 모두 바닷가 모래톱에 퍼질러 앉아 대성통곡을 했다. 종일 울다 지친 그녀들은 밤이 되자 일제히 머리기생의 초막으로 집결하였다. 그리고 일본인의 횡포에 항의하는 뜻을 만방에 알리기 위해 분연히 양잿물을 마시고 목숨들을 끊는다.

나는 이것이 지금까지 소리없이 묻혀온 이유를 도무지 이해할 수가 없다. 아직까지 내가 알던 제삼세계의 어떤 사건도 이렇게 충격적이지는 않다. 역사의 진로를 바꾸는 대사건들이 모두 한두 사람의 죽음에서 발단된다. 지상 어디에 여성

오십 명이 스스로 목숨을 끊어 항의의 뜻을 남긴 적이 있었단 말인가?

타리 왕은 억울함을 풀고자 백방으로 뛰었지만 어디에서도 도움을 얻지 못했다. 그리고 빈손으로 돌아올 때 자괴감이 이만저만이 아니었을 것이다. 이제 타리섬에서 오만한 일본인들이 자취를 감추지 않는 이상 그는 스스로 더이상 타리 왕이라 생각할 수도 없을 터! 참담해져서 돌아왔을 텐데, 웬걸 섬에 남은 기생들까지 모두 죽고 난 후였다. 기가 막혔을 것이다. 그녀들의 주검은 뱃사람들에게 수습되어 바닷가 모래밭에 매장되었다. 그리고 해풍이 불 때마다 모래먼지가 날려 한없이 마음을 어지럽히지만 눈앞의 현실은 거듭해서 어디에도 호소할 곳이 없다는 사실만 확인시킬 뿐이다.

1911년 파시는 그런 신산스러운 분위기 속에서 개장되었다. 타리 왕은 우두머리의 자의식으로 내심 괴로워하지 않을 수 없었다. 자기 코가 석 자인데, 감히 누구를 도울 엄두가 난단 말인가? 반대로 누군가의 도움을 간절히 필요로 했을 것이다. 당해년 타리 파시의 현안은 전년도 사건에서 한 발짝도 벗어날 수 없는 상황이었다. 긴장되고 무섭고 어지러웠다. 이를 관리하자면 어느 때보다 더욱 조선인 인재가 갈구되었다. 큰 인물이 있어야 했다. 이미 망해버린 임금과 나라와 공권력 같은 것 말고라도 전년도의 왜놈 횡포 같은 것에 맞서서 타리섬의 질서를 잡을 수 있는 사람이 필요하지 않을 수 없었다. 딱 그 시점에서 이인명 일행이 객줏집에 들었고, 일행들 속에 용모부터 예사롭지 않은 처화가 끼어 있었다. 그리고 처화가 머무르는 동안 서로 도움을 주고받게 되었으며, 그해에는 정말 감쪽같이 아무 일도 일어나지 않았다. 일본인들도 말썽 부리는 자가 없었다. 한 해 장사가 이토록 원만히 끝날 수 있다니!

그림을 이렇게 그려놓고 나면 처화의 장사는 잘될 수밖에 없다.

그 결과를 박용덕의 『원불교 초기 교단사』는 이렇게 기록한다.

주인 박씨는 흔연히 승낙하고 선창가에 집 한 채를 마련해주고 물자도 후원하고 고기잡이 나가는 배를 알선해주기까지 하였다.

"내게 노는 배가 여러 척이니 거기에 물건을 대주시라오. 그 배가 고기를 많이 잡아오면 내게 이윤이 많이 생기니 그걸 떼주지라."

이렇게 하여 뱃사람들에게 식량 등 물자를 대주고 잡아온 고기와 교환하여 장사꾼들에게 넘기는 일을 시작하였다.

그 전 과정을 가장 근거리에서 목격한 사람이 바랭이네였다. 전년도에 기생들이 자결한 사건이야 큰 소리로 말할 사안이 아니었으니, 남정네들이 건네는 긴장된 목소리, 두려움에 찬 표정, 조바심치는 몸짓들을 바랭이네는 실컷 느꼈을 것이다. 처화는 그런 긴장을 얼굴 자체로 누그러뜨리는 마술을 가진 사람이었다. 그렇지만 말주변이 없는 그녀는 기껏, 처화가 객줏집 내외의 도움을 '많이' 받았다는 말로 회고할 수밖에 없었다. 그렇다면 객줏집 주인이 처화를 "세상에 보기 드문 양반이라고 위하고 모시자 그의 부인도 자기 살림을 도외시하고 좋은 이부자리를 해 올리고 맛있는 음식이 생기면 수시로 해 올렸다"는 전언이 이해가 된다. 그리고 모든 것이 원만했다는 얘기를 몇 사람 건너서 듣는다면 자세한 내막을 놓친 채 안이한 의역을 하기가 십상이다. 즉, 처화에게서 양식과 물자를 빌려간 고깃배들이 모두 변덕 심한 바다 날씨에도 파선은커녕 돛 하나 안 다치고 만선이 되어 돌아왔을 거라는 추측, 또 박씨 가게에서 물자를 가져가면 재수 좋다고 소문이 돌았으리라는 추측 같은 것 말이다. 그렇지 않다면 경험 하나 없는 농투성이가 해상의 국제시장에 나서서, 그것도 칼을 찬 사무라이까지 몰려드는 틈바구니에서, 객줏집 주인의 후원을 받아냈다는 이야기도, 그리하여 단 몇 달 만에 무거운 가계 부채를 탕감할 만큼 큰돈을 벌 수 있다는 가정도 성립되지 않는다.

5

처화가 타리섬에 갔던 일은 한동안 달이섬에 간 것으로 오인되었다.

영광 백수 길룡리 사람들에게 익숙한 섬은 타리가 아니라 달이였다. 전라도 변방 사투리는 '달이'와 '타리'를 분별하지 않는다. 우리 고향에서도 오랫동안 '가수'와 '카수'를 혼용했다. 지는 달이 아름답다 하여 달이섬이라 불리던 곳은 머잖아 낙월도落月島로 개명된다. 여기서 생겨나는 문제가 있었다. 바랭이네가 타리섬 이야기를 하면 다들 달이섬 이야기로 듣는다. 어쩌면 바랭이네 스스로 타리섬과 달이섬을 구별하지 못했을 수도 있다. 사실인즉, 달이섬에서는 파시가 열리지 않고, 행정구역도 영광군에 속한다. 그깟 정도를 오가며 괴물 바다를 만난 이야기를 한다면 귀담아들을 사람이 아무도 없을 것이다. 다들 경험적 모순에 논리적 모순이 겹치는 것이 식상해

이야기의 결말조차 유야무야 지나쳤을 것이다. 그럼에도 바랭이네는 돌아오는 길에 겪었던 일만을 절대화한다. 그만큼 그 일은 처화를 상징하는 힘이 컸던 건지 모른다.

파시란 본시 거품 같은 것이다. 인파가 들끓던 장터도 한철 부풀었다 가라앉고 나면 해일이 지난 바다처럼 호젓해지고 만다. 타리섬 파시도 여름이 지나면 쉬 썰렁해지기 마련이었다. 처화는 장사에 이미 재미를 본데다 애당초 빚 갚을 요량도 충족된 참이라 미련 없이 떠날 채비를 하였다. 추석을 나흘 앞둔 음력 8월 열하룻날, 선창가에서 객줏집 안주인은 처화를 아쉽게 전송해야 했다. 그녀가 포구 가장자리에 서서 작별할 때는 숫제 통곡하다시피 이별을 슬퍼했다고 한다. 그해 조선 팔도는 어디나 그랬듯이 다들 마음의 갈피를 잡을 길이 없어서 기둥 같은 사람을 만나면 누구나 쉽게 의지하려 들었다. 수습하기 어려운 사고라도 만나면 존재의 불안은 더욱 커지게 돼 있다.

길룡리 일행 네 사람은 다시 갑판에 앉았다. 올 때의 모습 그대로 갈 때도 역시 바랭이네는 처화의 등뒤에 숨었다.

배는 둔탁한 돛폭을 올린 다음 선창의 빽빽한 선체 사이를 밀쳐내며 넓은 곳으로 빠져나갔다. 명주같이 잔잔하고 보드랍던 물결 위를 건너가는 가을바람도 한동안은 아주 다소곳했다. 이윽고 섬에서 벗어나 큰 바다를 만나면서 생기는 현상인지 돌연한 날씨 변화가 일기 시작한다. 배가 임자도 근해를 빠져나가자 계절풍에 놀란 물결이 숨가쁘게 포말을 뿜어서 간간이 갑판 위로 뛰어들곤 했다. 이내 곳곳에 암초가 있고, 물살은 거칠며, 험하기 짝이 없는 해역을 마주하게 되었다. 안개가 자주 끼어 해난사고가 잦았던 곳이다.

이인명과 유성국은 타리섬에서 얻은 수확을 놓고 계산하기에 바쁘고, 동승한 상인들은 저마다 무엇엔가 정신이 팔려 떠들고 있었다. 처화는 어떻게 하고 있었을까? 그의 성격을 투영해보는 것은 어렵지 않다.

배를 타고 가다보면 정면에 놓여 있던 화면의 틀이 사라지고, 모든 사물과 현상들이 있는 그대로 신체에 닿는 접촉이 이루어진다. 아무것도 없는 허공 속이라도 물리학자, 화학자의 눈에는 무엇인가로 가득차 있다. 대기 속에서 보이지 않게 떠돌아다니는 것들은 여차하면 생명의 조립과정에 개입하기도 한다. 그 숱한 '물것'과 '날것'들은 다 어디에서 생겨나는가? 그런 허공의 움직임들에 대한 의심과 관찰로 성장기를 온통 날려보낸 사람이 처화였다. 그는 목선을 타고 가면서도 끊임없이 이어지는 파도와 바람 한가운데에서 무엇인가를 찾는 버릇을 버리지 못했다. 대기와 완벽한 접촉을 이룬 상태에서 바다의 단조로움과 지루함을 견디고 나면 때때로 눈앞에 다가서는 게 있다. 다른 사람들의 눈에는 보이지 않는, 멀리 검은빛을 띠고 있는 하늘의 가장자리가 읽히는 것이다.

"처화는 돌아가는 기분이 어떠신가?"

이인명이 다가와 묻는 말에도 건성으로 대답한다.

"고맙지라우."

이내 혼자가 되는 것도 바랭이네는 세심히 봐두었을 것이다.

여자 고운 것과 바다 고운 것은 믿지 말라고 했다. 멀리서 폭풍우가 다가오고 있는 것을 다들 모르고 있었다. 그런 광경은 허공과 맞서서 하늘의 낯빛을 변화시킨 게 무엇인지 묻는 자의 눈에나 보이는 것이다. 아마도 처화는 오래된 버릇대로 바다의 동작을 심상히 보아 넘기지 않았을 것이다. 그 정도의 습기와 바람이라면 십중팔구 폭풍우를 가져올 것이라는 사실을 내내 마음에 담고, 이후의 변화를 예의 주시했을 것이 틀림없다. 폭풍우를 동반하는 구름 덩어리가 점점 커지지만, 생각했던 것만큼 빠른 속도로 다가오지는 않는다. 그게 좋지 않은 징조라는 것도 알았을지 모른다. 빠른 속도로 다가오는 것은 빠른 속도로 지나가지만, 더딘 속도로 다가오는 것은 더디게 지나간다. 그것이 폭풍우라면 발동기도 없는 돛단배는 대양 위에서 상당한 시간 동안 붙들려 있어야 한다. 과연, 해는 숨어 보이지 않고 바람은 차갑다. 시시각각 강도를 더해가는 잿빛의 대기가 거대한 담벼락처럼 눈앞에서 어른거린다. 서늘한 공기는 엄청나게 크고 막강한 힘을 지닌 괴물처럼 느껴진다. 눈앞의 바다도 광활하지만, 그 위에서 뒹굴고 있는 불길한 잿빛 덩어리 역시 크고 섬뜩하다. 이제 뱃길은 그 괴물의 꿈틀거림에 좌우될 수밖에 없다. 거대한 잿빛이 언제 어디에서 일행을 덮칠지는 아무도 모른다. 그것은 통제할 수 있는 것이 아니다. 인간에게 허용된 일이라고는 그것이 목선을 향해 가까이, 더 가까이, 그리고 더 가까이 접근해오는 것을 망연히 지켜보는 것뿐이다.

뱃길이 칠산 바다로 접어들면서 바람은 더욱 커지고 풍랑이 거세어졌다. 초가을의 거친 해풍에 집채만한 파도가 너울진다. 노련한 어부 둘과 심부름꾼 총각 하나, 거기에 몸을 맡긴 열 명 남짓한 승객들은 배가 탁류 밖으로 나아가면서 부딪친 격랑에 흔들려 이미 멀미를 시작했다. 처화는 손을 뻗어 습기를 만져본다. 습한 정도가 지나치면 허공의 괴물이 일종의 '발작 증상'을 일으킬 수 있다. 타리섬에서 돌아가는 도중에도 사실은 바다 괴물이 세 번이나 발작을 일으켰다. 하늘 괴물이 발작을 일으키면 불길한 정도가 심해진다. 이내 발작 증세가 시작되자 배에 탄 사람들은 모두 머리를 앞으로 내리박았으며, 뒤에 있던 사람과 짐들이 우르르 몰려 앞사람들의 몸 위로 엎어졌다. 그리고 곧장 폭풍이 일더니 기세가 더욱 세어져 돛대가 꺾일 듯했다. 그와 함께 해풍 속에 가득찬 바람 소리와 격렬한 파도 소리에 파묻혀 옆 사람의 말소리도 알아듣기 어려웠다. 배는 나무접시처럼 기우뚱거린다. 성난 바다는 물결인지 섬인지를 분간할 수 없게 하고, 이 물결 저 파도가 서로 부딪쳐 깨어지며 자욱한 안개를 일으켜 지척을 구별하기 어렵게 되었다. 바람은 더욱 요란해진다. 칫다리^{방향키}도 부러지고 풍석도 찢어졌으며 돛은 끊어져서 이편 물 저편 물을 치고 뱃장 안에는 물이 들어와서 얼마 안 되어 배는 파손되고 사람은 모조리 수중고혼이 될 상황에 놓이게 되었다.

육지를 떠나면 다들 난바다의 멈출 줄 모르는 분노의 동작 앞에서 철저히 수동체가 될 수밖에 없다. 사람들은 뱃전에 기대어 빈속까지 토해내는 고통에 빠져 있는 게 더 나을지 모른다. 정신을 가누는 자는 사나운 서북풍과 사나운 파도 더미가 마구 울부짖는 걸 들어야 한다. 그날은 성난 파도가 마치 무너지는 산채 같았다. 뱃전이 높을 때는 온몸이 잿빛 하늘로 솟아오른 듯하고, 아래로 내려갈 때는 깊은 땅 밑으로 꺼지는 듯하며, 산채가 서로 부딪쳐 때리는 소리가 하늘과 땅을 찢는 듯하였다. 파도 더미 사이의 이랑을 오르내리는 배는 아이들의 종이배와 다를 게 없었다. 그때 돌도구통이 배 안을 마구 돌아다녔다. 거기에 여러 사람이 머리를 찧어서 돌도구통에 피 얼룩이 생겼다.

배가 표류하게 되었을 때 바다는 죽음의 공간이 된다. 안개가 자욱하고 삼대와 같은 굵은 비가 내리고 산과 같은 성난 파도가 넘실대는 바다의 형상은 죽음을 받아들일 수밖에 없게 만드는 무시무시한 공포감으로 와 닿는다. 처화 뒤에 숨어 있던 바랭이네조차 혼절하여 뱃장 안에 쓰러지고 노를 젓던 사람들도 이제는 영영 죽었다고 서로 붙잡고 통곡을 한다. 산더미 같은 파도 하나가 뱃머리에 부딪치자 배는 물결을 따라 크게 한 번 기우뚱하더니 뱃장 안에 실었던 짐들이 우르르 한곳으로 몰린다. 배 안 사람 전부가 정신을 놓았다. 사공도 아주 단념한 듯이 한편에서 엉엉 울 뿐. 이제 바다는 오도 가도 못할 커다란 공간으로서 공포만 가득히 몰고 와서 겁에 질린 시야 앞에서 지워져가고, 지워져가는 파도 소리의 무한으로부터 사람들은 영영 놓여날 수 없었다.

인간은 약하다. 파리 한 마리만 귓전에서 소리를 내도 인간은 바른 판단을 못한다. 하지만 처화는 더 큰 것을 보았다. 바른 사고를 방해하기 위해서는 꼭 대포의 굉음을 필요로 하지 않는다. 파리는 쫓아버릴 수 있고 대포 소리도 멀리할 수는 있다. 인간이 바른 사고를 할 수 없도록 만드는 것은 외부에서 오는 게 아니라 내부에 도사리고 있다. 인간의 마음 안에서 격정이 몰아칠 때 사람들은 도저히 이성의 자유로운 활동을 유지할 수가 없다. 격정은 인간의 마음 안에서 들끓고 정신을 꽁꽁 묶어버린다. 인간은 내부의 방해자를 이기기 위하여 어떤 대책을 강구해야 할 것인가? 그것은 기도도 아니고 주술도 아니고 초자연적인 기적의 힘도 아니다. 그것은 바깥의 권위의 힘을 기대할 것이 아니라 내면의 등불을 켜는 것이다. 오직 정신을 바짝 차려야 하는 것, 자신이 의지할 곳은 자신의 신성뿐이다.

처화가 움직이기 시작한 것은 이때였다. 혼자 앉아 있던 자리에서 일어나 울고 있는 사공 옆으로 뚜벅뚜벅 걸어가더니 난데없이 따귀를 갈긴 것이다.

"이놈아, 죽게 된 마당에 정신까지 잃을 게 뭐란 말이냐?"

사공은 깜짝 놀라 울음을 그쳤다.

"빨리 노를 움직여라. 너를 잡아먹는 건 바다가 아니라 네 마음이니라."

그러고 나서 처화는 하늘을 향해 연거푸 외쳤다.

"여보시오. 왜 겁을 주는 거요? 이미 굴복했잖소. 벌을 주려거든 당신님께 대든 내게 줘야지. 여기 바랭이네가 무슨 잘못이란 말요?"

그러자 이상하게도 그의 호통소리와 함께 바람이 잦아들고 물결도 잔잔해지더니 순식간에 건너편 바다 위로 까치 머리처럼 생긴 게 하나 나타났다.

처화는 사공을 불러 손으로 가리키며 물었다.

"저기 검게 보이는 게 무어냐? 섬인강?"

"오메, 맞어라우."

"무슨 섬인고?"

"까치섬이어라우."

"거기도 사람이 사냐?"

"야."

처화가 더욱 목청을 높여 호통을 쳤다.

"저거이 참말로 까치섬이냐?"

"야."

"까치섬 맞냐?"

"야."

"까치섬이 저리 생겼어?"

"야."

그러는 동안 그야말로 삽시간에 배는 섬 앞에 섰다. 다들 공포의 바다에서 느닷없이 섬을 만난 상황을 이해하지 못했다.

배가 차차 선창가로 밀려들자 섬에서 반가운 소리가 들리기 시작했다. 모두 멀미와 구토로 초주검이 되었다가 뭍에 닿자 기적처럼 정상으로 되돌아왔다. 그 순간 놀라서 입을 쩌억 벌린 섬 주민들이 보이기 시작했다.

6

크지 않은 섬이었다. 섬 안에 작은 어촌이 있었는데, 개펄 기슭에 마을이라고 할 것도 없는 대여섯 가구의 오두막집들이 다정했다. 부두는 천연 포구라 연안에나 띄울 수 있는 돛 하나의 목선과 주낙 놓은 작은 배 몇 척이 말뚝에 매여 있었다.

섬사람들은 큰 풍파가 일면 언제나 높은 곳에 올라가 바다를 살핀다 한다. 그러다 풍랑을 만나 밀려오는 배가 보이면 힘껏 구조하는 미풍양속이 있는데, 이날도 모두 선창가에 나와 부서져가는 배 한 척을 보았다. 이미 속수무책이라 발만 동동 구르던 참인데 그것이 신기하게 파도를 뚫고 쏜살같이 밀려오는 것을 보고 크게 놀라서 허둥지둥 달려와 줄을 던졌다 한다.

"배 연장도 다 부서지고, 저 꼴로 어떻게 석고삐을 잡았을까라우? 천우신조한 일이요. 아마 하늘이 아는 양반이 타셨나보네."

배에서 내릴 때 가장 무거운 짐은 대강 쪼아 만든 돌도구통이었다. 배에서는 풍랑에 굴러다니는 통에 여러 사람이 다쳐 유혈이 낭자했다. 섬에 내릴 때도 사람들이 옮기지 못해 쩔쩔매자 처화가 두 손으로 번쩍 들어서 가지고 내렸다.

인심 두터운 집에서 호의를 베풀어 된장국과 생선찌개 따위를 내왔다. 주인집 내외는 말끝마다 '하늘 아는 양반'이라 들먹거리며 우리가 몇 해를 해변에 살지마는 처음 이런 일을 본다 하며 각별히 대접을 한다. 일행은 입맛이 돌아온 행복만으로도 긴급 상황이 몰고 온 공포에서 벗어날 수 있었다.

그날 밤을 지내고 이튿날, 바람도 물결도 누가 감춘 것처럼 조용히 개고 여파가 잔잔한 수평선 위로 다른 배들은 유유히 왕래한다. 명절은 섬에도 오는 것이다. 이 집 저 집 떡치는 소리가 들렸다. 그래서 더욱 섬사람들은 후한 대접을 베풀었다. 열엿새까지 배 수선이 끝났다 한다. 때는 1911년 추석.

그해에 유럽을 대표하는 선박회사는 타이태닉호를 제작하느라 법석이었다. 문명의 가공할 기술력이 만들어낸 해상 선

박의 압도적인 결정체는 그러나 얼마 지나지 않아 사나운 바다 위에서 초토화가 된다. 인간은 어떻게 해도 자연의 미세한 일부일 뿐이었다. 그것을 잘 아는 자는 널빤지 몇 개만 남고 부서진 배의 파편 위에서도 광풍이 이는 대양의 한 곳을 무사히 건넜다. 위기 속에 감춰진 길을 찾아낸 것이다.

까닭에 섬사람들은 배가 출항하는 순간까지 귀인이 어디서 온 분인지 묻고는 했다. 다들 정신을 잃었으므로 이인명도 유성국도 대답할 말을 찾지 못했다. 오직 한 사람 바랭이네만 모든 과정을 바로 처화의 등뒤에서 목격했지만 이야기를 전할 요령이 없었다. 대신에 처화를 아무도 성자로 받들지 않던 시절에 이미 돌이킬 수 없는 신자가 되어버렸다. 나머지는 끝내 처화가 누구인지 알 수 없었다.

1장
궁궁을을 弓弓乙乙

1

내 이제 귀인 이야기를 해볼까 한다. 호가 소태산이다.

소태산은 신묘년(1891년) 음력 3월 27일에 태어나서 1943년 양력 6월 1일에 서거하였다. 세간에서는 '평범한 성자'였다고 말한다. '평범함'이 도대체 어떻게 해서 '거룩함'을 남길 수 있었는지 말하는 사람은 없다. 현장에 동참했던 눈빛들은 사멸했고, 전해오는 후일담은 풍문뿐이다. 그가 일으킨 생애의 거품들, 그의 색신色身이 빚어낸 파문들, 특히 성자의 단서가 될 만한 숱한 기행奇行과 이적異蹟의 장면들은 본인의 뜻에 따라 모두 암장暗葬되었다.

난처한 일이다. 소태산이 마름의 아들로 태어나서 성자의 위용을 얻기까지 사용한 무대는 오롯이 고향 마을 안이었다. 논두렁 밭두렁에 숱한 목격담이 나뒹굴지 않을 수 없었다. 그 것은 오늘날 전해지는 소태산 이야기의 귀중한 자료가 된다. 하지만 그것을 액면 그대로 받아서 생애사를 구성하는 것은 우직한 소이일 것이다. 그가 자연인의 신분을 포기한 것은 스물여섯이었다. 이후에는 '시루가 아니라 솥단지에서 살았던 사람'이라 하여 '솥에 산'을 한자로 음사한 호號를 썼다. 소태산少太山! 얼마나 우스꽝스러운 이름인가? 한때는 석두거사 石頭居士라 쓴 적도 있었다. 석두는 말 그대로 돌대가리라는 뜻이며, 거사는 출가하여 중이 되지 못한 반거충이 도꾼을 일컫는다. 일제 순사에게 추궁받을 때는 농판이라 하여 촌부 이미지 뒤에 자신을 감췄다. 그러나 잊지 말아야 할 것은 그가 어릴 때는 정신의 탐험자요 나중에는 굴지의 사상가였다는 사실이다. '솥'은 '시루'와 구별되는 말이고, 시루는 강증산의 호를 한글로 부른 것이다. 그래서 한국 토착사상사라는 하나의 장구한 궤적 위에 그를 올려놓는 순간 시시껄렁해 보이던 일화들은 전혀 다른 것이 된다.

사람들은 흔히 언표言表된 사실 뒤에 숨은 비의祕意를 쉽게 간과하는 습성이 있다. 세계의 모든 제국주의자들이 가장 두려워한 것은 식민지 내부에서 정신적 응집력이 발생되는 일이다. 특히 일제는 조선을 찬탈하는 과정에서 동학농민혁명의 사상적 위력을 뼈저리게 실감했다. 조선인 사상가가 출현할까봐 잠시도 눈을 떼지 않고 촉각을 곤두세웠을 것은 당연한 일이다. 또한 소태산의 탄생에서 열반까지는 정확히 민족 수난의 절정기였다. 일제는 이 시기에 조선어를 말살시키고, 토착정신의 대지를 남김없이 갈아엎고자 했다. 민족 정기가 흐르는 곳에는 쇠말뚝을 박고, 조선 혼을 들먹이는 작자들의 입에는 재갈을 물렸다. 불법연구회에 가담한 제자들조차 남김없이 신원조회를 받았다. 소태산은 누구보다도 신중하게 일본 제국주의의 사상 검증을 견딜 수 있는 에피소드들만을 남기기 위해 각고의 노력을 하면서 살았을 것이다. 그의 연보는 모두 이같은 시련과 감시 속에서 기록된 것이다. 백 년 뒤의 이야기가 복잡해지지 않을 수 없는 이유가 여기에 있다. 그래서 나도 밀양 박씨의 족보보다 사유의 족보를 뒤지는 것이 훨씬 중요하다는 사실을 한참 나중에야 깨달아야 했다.

내가 이제부터 하는 이야기는 모두 이같은 정황을 전제로 재해석된 것이다.

2

소태산 이야기를 소태산이 전할 수 있었다면 서두를 어떻게 시작했을까? 예컨대, 괴테는 스스로의 탄생을 이렇게 기록했다.

1749년 8월 28일 정오 12시 종소리와 함께 나는 프랑크푸르트암마인에서 이 세상에 태어났다. 성좌星座는 매우 좋았다. 태양은 처녀궁處女宮 좌표座標에 떠 있었고 그날의 자오선을 가리키고 있었다. 목성과 금성은 다정스럽게 태양을 쳐다보고 있었으며 수성도 반감적反感的이지 않았고 토성과 화성은 무관심한 태도를 취하고 있었다. 때마침 만월이 된 도시에 유성시遊星時에 드러난 달만이 그 대일조對日照의 힘을 한층 더 발휘하고 있었다. 그래서 달이 나의 탄생을 방해했고 이 시각이 지나버리기 전에는 나의 탄생을 끝낼 수가 없었다.

하나의 자아가 발아되는 과정을 이토록 우주적인 자의식을 갖고 들여다볼 수 있는 사람은 흔치 않을 것이다. 괴테는 목성, 금성, 수성, 토성, 화성의 움직임까지도 무의미하게 보지 않았다. 하지만 한 생명의 탄생에 머나먼 별들의 움직임까지 관여된다는 발상이야말로 사실은 진정 소태산스러운 인식론에 속하는 것이다. 그는 모든 생명체가 저마다 천지의 움직임으로부터, 동시대의 생물들로부터, 또 낳고 기른 자로부터, 그리고 그것들의 질서와 윤리들을 규명한 계율로부터 은혜를 입는다고 보았다. 그러나 정작 자신을 말할 때는 결코 그같은 화법을 사용하지 못하도록 철저하게 금지시켰다. 자신의 출생을 신비스럽게 만들지 못하도록 제자들에게 거듭 못박았던 것이다.

공자님도 나실 때 이가 나 있었다고 하고, 부처님도 옆구리로 나셨다 하여 (그렇지 못한 사람이 공자가 되거나 부처님이 될 수 있는) 길을 막았어. 위대한 분들이 모두 기적을 일으켜 옆구리로 낳고 동정녀가 낳고 하였다 하여 다음 성자가 못 나오도록 길을 막으셨다.

놀라운 혜안이다. 인간에게는 자신의 뜻을 감격적으로 전하기 위해 때로 본말을 전도시키는 우스꽝스러운 서사 본능이 있다. 부처님이나 예수님 이야기를 전하는 자들도 그랬을 것이다. 범인에게 구원의 길을 찾은 전범典範을 보여주고 싶어서 성자 이야기를 꺼냈다가, 결국 옆구리에서 태어나지 않은 사람은 부처님이 될 것을 꿈도 꾸지 말라는 뜻을 만들거나 숫처녀에게서 태어나지 않은 사람은 예수처럼 살아볼 엄두도 내지 못하도록 만드는 결과를 야기한 셈이다.

이래서 소태산 이야기는 끝내 소태산이 말해서는 안 되는 사건이 된다. 근사한 일이다. 인간이 어떻게 태어났느냐 하는 것은 전혀 중요한 일이 아닌지 모른다. 볼품없는 탄생 설화를 가진 인간도 얼마든지 훌륭한 생애를 살 수 있고, 비단보에서 자란 영혼도 한심한 추문만 남기고 가는 수가 얼마든지 있다. 그래서 자주 속지만 '나'라는 자아는 우주의 주체도 아니고 세상의 원점도 아니다. 사회화 과정에서 불균등한 권력관계에 의하여 상처받고 상처 주면서 구성된 하나의 허상에 지나지 않는다.

소태산은 그런 호들갑에 언제나 무관심하고자 했다. 그의 삶에서 금강석처럼 빛나는 장면들은 모두 지상의 온갖 식자들이 빚어내는 현란한 '할리우드 액션'에 결코 속지 않은 순간들이다. 잠시도 문제의 본질을 놓치지 않는다는 것이야말로 소태산의 생애 최초의 일화부터 마지막에 이르기까지 공통되는, 즉 소태산의 생 전체에 관철된 불멸의 특질이었다.

3

참혹하게 부서져가는 세계에서 그토록 온전한 태도가 유지될 수 있었다는 것은 실로 놀라운 일이 아닐 수 없다.

소태산이 살았던 시대는 엄청난 불안과 공포 그리고 새카만 어둠이 지배하던 때였다. 안으로는 몰락의 길에 접어든 이씨 조선의 가부장적·주자학적·봉건적인 지배 밑에 모든 민중이 고통받고 억눌리고 빼앗기고 있었고, 밖으로는 서양 제국주의 세력의 침략으로 사람은 물론 축생이나 산천초목까지도 겁에 질려 떨고 있었다. 당시의 서울 풍경을 기록한 영국의 한 언론인은 조선의 마지막 밤 풍경을 마치 나사NASA의 연구원이 화성을 탐사하듯이 중계한다. 매켄지가 대원군 시절을 취재하고 쓴 글에는 지금도 눈뜨고 볼 수 없는 장면들이 수두룩하다.

극심한 가뭄이 들었을 때 농사는 흉작이었고, 국고는 고갈되었으며, 군대와 관리들에게는 봉급이 지불되지 못할 만큼 기근이 들었다.

이같은 호기심은 확실히 근대적이다. 자연의 동태보다 체제, 제도의 움직임이 훨씬 중요한 몫을 차지한다. 매켄지의 눈에는 백성들이 '양이洋夷가 들어온 탓'에 '하늘이 노했다'고 수군거리는 것이 자못 신기하기만 했을 것이다.

저잣거리에서는 서양인들이 어린아이들을 잡아먹는다는 소문을 잡을 길이 없었다. 외국인에 대한 민심이 하도 험악하여 왕이 칙령을 발표한다.

우리는 외국에 대한 견문이 좁다. 유럽과 미주에서는 신기한 물건들이 많이 발명되었다.

급기야 통치권자의 입에 담기 곤란한 소리도 감추지 못한다.

외국은 강하고 우리는 약하다. (…) 외국인들이 들어오면 그들을 따뜻하게 대하라. (…) 이제 우리는 서양 여러 나라들과 수교를 맺었으며 외국인의 접근을 금하는 서울 밖의 비석은 제거되어야 한다.

참담한 항복 선언이다. 그로부터 소위 문명이라는 것이 들이닥치기 시작하는데, 서울에 전차가 개설되자 사람들이 철로를 베개 삼아 잠을 자는 통에 운전사와 차장들이 내리 골탕을 먹었다. 선비들이 나서서 전차의 운행을 반대하는 상소를 올렸다. 잠을 자는 것은 인간에게 자연스런 현상이므로 백성들이 잠을 깰 때까지 전차가 멈췄다 가도록 칙령을 공포해줄 것을 간청한 것이다. 세상에! 어쩌면 좋단 말인가. 길가에서 낮잠 자는 원주민을 위하여 전차가 멈췄다 가게 해달라고 지식인들이 국왕에게 상소하는 이야기를 지금의 초등학생들이 들으면 폭소를 금치 못할 것이다. 이 어처구니없는 선조들을 무뇌아로 취급하고 싶겠지만 당시 상소를 올린 선비들의 학문세계가 얼마나 깊었는지를 이해하자면 신세대들은 몇 날 몇 밤을 새워도 모자랄지 모른다.

문제는 너무나 낯선 세상이 도래했다는 데 있었다. 세계에 대한 인식이 바뀔 때 어떤 일이 일어나는지, 그 시절 문서들의 행간에 자욱하게 깔린 공포의 표정을 모른 체하기란 쉬운 일이 아니다. 지상은 이미 낡은 지식으로는 어찌해볼 도리가 없는 속수무책의 현장이 되었다. 전차가 철로 위에서 잠든 사람을 만날 때마다 화가 난 차장이 뛰어내려 집어던져야 했다. 그래도 자주 깔려 죽는 사건이 돌발한다. 인간이 천명을 누리지 못하고 자기의 마을에서 자기도 모르는 사고를 당해 죽는 일은 백성이 겪을 수 있는 가장 황당한 괴기에 속한다. 폭동이 일어나지 않을 수 없었다. 서울에서는 여러 차례 전차를 부수고 운전자에게 몰매를 때리는 사건이 일어났다. 서양 기자가 흥미진진한 기삿거리를 그냥 놔둘 리 없다. 인터뷰를 청하자 난동의 주모자가 강변한다.

조상들의 말씀에 의하면, 어떠한 이유로도 성문 밖에서 잠자고 있는 돌거북海胎象의 잠을 방해해서는 안 된다. 그가 잠을 깨기라도 하는 날이면 나라에 큰 난리가 일어난다.

전차의 소음에 돌덩이가 놀라는 것을 두고 볼 수가 없어서 시위를 했다는 주장인 것이다.

안타깝고 또 안타까운 일이다. 서울에서 자동차를 처음 본 사람들은 혼비백산해서 사방으로 흩어지고, 심지어 들고 있던 짐도 내팽개친 채 숨었다고 한다. 어떤 사람들은 무서운 괴물로부터 자신을 지켜달라고 천지신명님께 기도하기도 했다. 사람뿐 아니라 짐수레를 끌던 소나 말들도 주인들만큼이나 깜짝 놀라 아무 민가로나 뛰어들었다. 희화화되기에는 너무도 애처로운 현실을 사람들은 이제 점점 당연한 고통으로 알고 견디는 쪽으로 선회해야 했다.

소태산이 태어날 때는 이같은 혼란이 극에 달해 있었다.

4

서양이 신식 군함과 대포를 앞세워 마구 쳐들어와서 토착민들의 우주가 붕괴되는 사태를 근대 정치사는 문호 개방이라고 말한다. '근대'가 배를 타고 와서 문호를 '개방'시킨다는 말은 원주민들로서는 너무도 낯선, 그러면서 엄청난 파괴력을 가진 거대한 외계인의 급습과도 같았다. 마치 콜럼버스가 인디언들이 사는 땅을 보고 '신대륙 발견'이라고 말했던 것처럼 그것은 때때로 '발견'을 의미했다. 또한 그것은 계몽과 자유무역주의를 의미하기도 하고 이념적 복속과 정치적 예속을 뜻하기도 했다. 특히 조선의 개방은 그 모든 뜻을 한꺼번에 담고 있어서 일본과 서양의 지도자들이 오직 '진보'를 앞세우는 것만으로도 그들이 원하는 바를 노골적으로 추구할 수 있는 명분이 돼주었다. 하지만 어떻게 설명해도 그것은 옛 조선이, 조선이 속한 중국이라는 우주 안에서 치열한 고투 끝에 습득한 하나의 사고방식 체계 전체에게 종언을 고함을 의미했다. 기존의 경서經書들은 여염집의 도깨비나 귀신들처럼 새로운 태양 아래에서 아무 맥을 쓸 수가 없었다.

백성들은 이제 전혀 다른 하늘 아래 놓여야 했다.

연기가 바로 올라가면 날씨가 맑고 옆으로 흐르면 비가 온다!

저마다의 신체에 내장된 이같은 상식들은 하루라도 빨리 털어내지 않으면 안 될 허물이 되어간다.

별이 반짝이거나 구름이 빨리 움직이면 낮 바람이 강하다!

이런 시적 감수성 같은 것도 촌스럽기 그지없는 '핫바지'의 덕목이 되었다. 사람이 걸을 때 발바닥으로 걸어야 하느냐 발뒤꿈치로 걸어야 하느냐, 말하자면 범의 방식이 좋은가 곰의 방식이 좋은가 하는 토착 지식인들의 설왕설래도 더는 설 자리가 없다. 사람의 문화가 본떠온 것들—어떤 지역, 어떤 지형, 어떤 기후에 따라 그에 알맞은 동물이 살아남도록 적응을 해왔다는 생활상의 슬기나 규범까지도, 동물을 숭배하고 그 습성의 어떤 점을 번안飜案하여 스스로 체질화시킨 민족의 독특한 기질과 생활양식으로 전승되어온 토템들도 죄다 쓸모없는 취급을 받아야 했다.

미국의 브루스 커밍스는 훗날 이렇게 일갈한다.

그것은 콜럼버스의 달걀처럼 한번 깨지면 영원히 복구될 수 없는 것이었다.

인간의 세상을 이끌어가는 것은, 한번 설득력을 잃고 나면 한낱 무형의 골동품에 불과해지고 마는 각종 인식의 도구들이다. 근대 지성에 의하면 조선 사람들이 사용하던 인식의 도구로서의 '귀신과 도깨비'들은 질량과 에너지를 지니지 않는 허깨비에 불과한 것이었다. 객관적 실체가 있는 것이 아니라 미개한 사람들의 마음속에나 존재하는 황당무계한 것이 되었다. 그러나 물리학의 여러 법칙이나 논리학의 규칙, 근대 수학의 공식 같은 숫자 체계들도 질량과 에너지를 지니고 있지 않으며, 실재하는 것이 아니라 근대인의 마음속에나 존재하는 관념의 일종이었다. 조선의 귀신이나 도깨비가 성聖과 속俗을 가르는 도구이듯이 근대 서양의 자연법칙 같은 것들도 주체가 객관을 다루는 발명품이었다. 그럼에도 서양 배에 실려서 들어온 공학 기술, 근대과학, 각종 사상의 밑바닥에 숨어 있는 합리성이라는 유령은 그간 지구상에 출현한 어떤 관념들보다도 무서운 파괴력을 지니고 있었다. 유럽의 산업혁명이 낳은 물리력들을 동반한 그 엄청난 유혹 앞에 한번 노출된 재래식 개념들은 만나는 대로 모두 초토화되었다. 그로부터 중국은 태평천국의 난·아편전쟁·북경 방화·남경 함락을 겪었다. 아시아의 나머지 국가, 또 아랍·아프리카·라틴아메리카에서도 대혼란의 폭거들을 차례로 경험한다.

그토록 거칠었던 사상적 대쟁투의 시기에 소태산은 하필 전라도 바닷가 산골 사람으로 태어났다.

5

한반도에서 전라도 사람으로 태어난다는 말은 단지 시골 사람이 된다는 것만을 뜻하지는 않는다. 언필칭 백제, 후백제의 유민들이 살고 있는 서남해안 변경의 사람들은 무려 천 년 동안 발효된 폐허의 정신유산을 상속받고 있었다. 가령, 고려의 왕건은 훈요십조에서 차령 이남을 역리의 고장이라 하여 등용을 금지하도록 했다. 고려 조정은 이들 저항 유민들에게 경작할 땅을 주거나 정착지를 주지 않고 갯가의 못 쓰는 땅에서 살도록 했다. 그들이 화척이라는 최하층의 천민이 되었고, 물가에서 자라는 왕골이나 갈대를 끊어다가 돗자리 고리 등속을 만들어 부역에 값하는, 일명 광대, 백정 따위의 사회 말단 계층을 형성시켰다. 그리고 그들을 박대하는 전통은 조선

시대에도 고스란히 물려져 각종 민란의 거점이 되었다.

역사의 상처가 깊을수록 백성에게는 근원적인 치유와 변화에 대한 소망도 깊어지기 마련이다. 서양의 '합리성'이라는 유령이 지구의 변방을 점령해가던 시기의 전라도 사람들처럼 고집불통들은 더 없었을 것이다. 그들은 언제나 지배자들에게 불순했고, 유행 앞에 독자적이며, 외세에게 토착적이었다. 백제군이 깨어지고 후백제군이 깨어지고 각종 반란군이 깨어진 자리에서 돋아난 어떤 염원, 즉 참담하고 깜깜한 현실 속에서 동이 터오는 새벽 같은 사상이 발효되었던 것을 통칭 토착사상이라 한다. 그것을 신봉하는 사람들이 의존했던 역학, 풍수, 미래의 불국토를 제시하는 미륵불 사상, 장생불사를 말하는 선가仙家의 정신들 속에는, 비단 오늘을 견디는 지혜뿐 아니라 언젠가는 새로운 극락이 이루어질 거라는 믿음도 담겨 있었다. 그들에게 바깥세상으로 열린 바다가 주어진다면 불온성은 한층 커질 것이다.

전라도 나주목에 딸린 갯마을들은 온갖 토착사상이 봉건적 신앙 형태로 살아 꿈틀대는 경연장 같았다. 그중에서도 국제 무역선이 지나다닐 심해를 가진 난바다 일대는 그것이 더욱 심했다. 여러 문명의 화물선이 교직되는 머나먼 복판, 특히 칠산 바다는 그냥 바다가 아니었다. 갯물에도 지명이 붙는 것을 모르는 이들은 물귀신들에게도 수도首都가 있다는 것을 상상하지 못한다. 그 속에 가라앉은 청나라 밀수선이 몇 척이고, 그 밑에 시댁을 둔 심청 혹은 그 사촌쯤 되는 아씨들이 얼마나 묻혔는지 아무도 모른다. 수시로 러시아 배도 들어왔고, 청나라 배도 들어왔으며, 일본 배도 들어왔다. 세상 좁고 약은 것보다 세상 넓은 못난이가 낫다는 속담이 그래서 나왔을까? 모진 풍랑에서 살아남은 뱃사람들에게는 지식의 족보 따위, 사상의 국경 따위가 보리떡보다 못한 게 된다. 그곳에서는 한때 맹위를 떨치던 대원군 절정기의 쇄국정책조차 앙앙불락이었다. 은밀하지만 광활하고 버려져 있지만 열린 곳이었다는 얘기이다.

그 깜깜한 어둠 속의 세계와 그 광활한 뱃길이 잇는 바깥 통로 사이의 격랑 위에 소태산이 태어난 영광 백수가 있었다.

한반도의 지붕에서 흘러내린 백두대간은 반도 서남쪽에 이르러 마침내 서해 앞에 닿는다. 반도에서 가장 높은 산자락들이 가장 낮은 바다 앞까지 내려와 한껏 똬리를 튼 아흔아홉 개의 봉우리들이 뭉친 곳을 구수산이라 한다. 백에서 하나가 모자라는 99봉의 산언저리를 일컫는 지명이 영광 백수이다. 그래서 깊은 오지로 취급해도 할말이 없었다. 그 일대에 이르면 땅도 말 잘 듣게 생긴 게 드물고 죄다 말 안 듣게 생긴 것뿐이었다. 하늘의 구름조차 길을 잃는지 초겨울부터 애먼 곳에 폭설을 쏟기 일쑤여서 눈사태가 나는 날이 오일장이 열리는 횟수보다 많았다. 볕은 좋고 눈비는 잦고, 그래 봄에는 춘란, 가을에는 꽃무릇이 지천이다. 인적이 귀하면 자연환경도 순박해진다. 티 없는 하늘에서 기러기 한 마리만 미끄러져도 눈이 내리고, 꿩 한 마리만 산에 처박혀도 눈사태가 일었다. 그런 곳에서 바깥으로 빠져나가는 민로民路를 옛사람들은 '조도鳥道'라고 불렀다. 새들이나 지나다니는 좁은 길을 이르는 말인데, 요즘 같으면 아이들이 질문할 것이다. 그런 길을 왜 사람이 넘어야 하는가?

관로, 공로, 국로가 아닌 민로야말로 급한 길이고 달려가야 사는 길이었다. 포수들은 야수들을 쫓아서 달리고, 군포軍布를 못 낸 놈은 관원에게 쫓겨 달리고, 부역賦役을 피한 놈은 구실아치에 쫓겨 달리고, 나그네는 화적떼를 피하여 달리고, 동학도와 활빈도는 초토사에 쫓겨 달리고, 천주학쟁이들은 군교軍校 사령使令을 피해 달리고, 채약꾼 나무꾼 나물꾼은 산짐승들의 울음소리에 달리고……

이렇게 전라도에, 바닷가에, 하나를 더 얹어 산골짜기이기까지 한 후미진 고을, 전라도 영광 백수는 그러나 세상의 어떤 지배 이데올로기에도 쉬 허물어지지 않는 놀라운 면역체계를 갖춘 자들이 살기에 좋았다. 한반도 토착사상의 정점을 찍은 수운 최제우의 활인活人 사상을 담은 부적처럼 궁궁을을弓弓乙乙의 땅이었던 것이다.

구수산 가운데는 첩첩산중처럼 산기슭뿐이었다. 옛날에는 바닷물이 내지 깊숙이 흘러들어 옥녀봉 산꼭대기에도 조개껍질이 붙은 바위들이 흔했지만, 소태산이 태어날 무렵에는 수평선을 보려면 구수산 봉우리나 올라가야 구경할 수 있었다. 길룡리에서 칠산 바다가 보이는 법성포까지는 십 리四킬로미터 거리인데, 그 어간을 개울 같은 바닷물 줄기가 구불구불 산협을 끼고 들어가 하루에도 두 차례씩 마을 앞 개펄 바다를 채웠다. 그리고 소태산이 태어난 영촌 부락은 그 속에 끼어든 십여 호 남짓한 궁벽산촌으로 산의 속이 깊어서 마치 엉덩이 큰 여편네 같았다. 마을이 산굽이를 끼고 돌아서 바깥에서는 눈에 띄지 않으며, 마을의 한복판에 들어서기 전에는 산수의 줄거리조차 가늠할 수 없었다. 옛사람들은 이런 곳을 명당이라 했다.

우리나라 산들은 정상에서 아래로 칠 분가량이 급사면을 이루고 나머지 삼 분 정도가 완사면을 형성하여 그 안에 마을

이 있고 그 위에 조상의 묘를 쓴다. 그래서 산의 정상에서 내려다볼 때 궁궁ㄹㄹ으로도 보이고 을을乙乙로도 보이는 파상형波狀形 지대를 사람들은 선호했다. 조상들의 '비결祕訣'을 타고 전해오는 『정감록』의 십승지도 궁궁을을의 골짜기를 일컫는다. 이런 지형은 전쟁이 전국을 휩쓸어도 화를 면하기 마련이다. 전략적으로나 전술적으로나 하등의 가치가 없는 구석까지 굳이 병력이나 군사물자를 투여할 까닭이 없는 탓이었다. 당시 백성들은 반촌 토호들의 가렴주구와 삼정三政의 문란, 서양 이양선의 상륙 등으로 사회불안 요소가 점증하자 『정감록』이 예언한 벽촌을 찾아드는 예가 많았다. 세상에 대한 불안과 공포가 그만큼 컸던 것이다.

소태산의 고향이 딱 그런 믿음에 부합되는 곳이었다.

6

인간의 문화는 자연과 관계 맺는 방식에 따라 다르게 형성된다.

백수 길룡마을이 명당이라고는 하지만 주민들을 언제까지고 사로잡고 있던 이야기는 구한말에 겪은 무서운 재앙이었다. 조선이 일본과 병자수호조약을 체결하고 개국을 단행한 1876년에, 전라도 특히 영광, 함평, 나주, 무안 등 서해안 지역을 잿더미로 만드는 엄청난 가뭄이 닥쳐왔다. 농업은 지상의 풀들을 모두 곡식과 잡초로 나눈다. 들판에 가득찬 풀을 먹을 수 있는 것과 먹을 수 없는 것으로 나누어서 두렁 이쪽저쪽으로 가리는 것이 농사였다. 모를 심고 나서 퇴비를 만들고, 수확하고 나서 퇴비를 만들며, 한밤중에도 물꼬를 봐야 하는 수고로부터 벗어날 수 있는 사람은 하나도 없었다. 그래서 더욱 일손이 필요하고, 그래서 자식이 하나라도 더 있어야 하며, 그래서 더욱 조상의 은덕이 필요했다. 그러나 농사꾼들은 흔히 오풍십우五風十雨라 하여 닷새 만에 바람 한 번 불고 열흘 만에 비 한 번 내리면 곡식은 저절로 익는다고 말한다. 자신들의 노동보다 자연의 은혜를 몇 갑절 크게 보는 것이다. 그리하여 하늘에 변고가 생겨서 오풍십우가 고장이라도 나게 되면 인간의 공동체가 연옥으로 바뀐다. 그 무서운 병자년의 연옥이 시작되었을 때 다들 얼마나 치를 떨었던지 마을 사람들은 오랫동안 입만 열면 쑥덕거렸다.

그 시절 이야기는 몇 번을 들어도 안쓰럽기 그지없다.

처음에는 날씨에 별다른 주의를 기울이지 않았다. 2월부터 건조해지기 시작했지만 3월 하순에 비가 조금 내렸으니까.

나주 쪽에는 쟁기질을 딱 한 번 할 정도의 양, 영광 쪽에는 김을 딱 두 번 맬 만큼의 양을 얻고, 4월에 이틀간 비가 와서 먼지만 겨우 적실 정도였지만 대부분 그것으로 모판에 물을 대어 간신히 볍씨를 뿌릴 수 있었다. 그때까지도 별다른 걱정들을 않고 있었으나, 점차 논바닥이 갈라지기 시작하자 농민들의 마음도 금이 가기 시작했다. 그래, 고대하던 비가 4월 막바지에 찔끔 기척하다 말자 이내 모판이 쩍쩍 벌어지고, 밭에 있는 보리 이삭이 누렇게 시들어갔다. 사람들은 점점 절실해졌다. 5월 중순에도 이틀간 비가 내렸으나 먼지만 적시고 말자 관청에서 기우제를 지내기 시작했다. 그러나 모두 허사였다. 예년 같으면 모내기가 끝나갈 시기인데도 모를 내지 못했다. 논바닥은 거북의 등처럼 갈라지고 밭작물은 타들어갔다. 기다리는 비는 아무리 고사를 지내도 소식이 없고, 해는 중천에서 더욱 뜨거운 열기를 쏟아부었다. 5월 중순에 잠시 소나기가 내렸지만 그 역시 시늉뿐이라 땅을 적시는 둥 마는 둥 갈증이 더욱 심해졌다. 억지로 심어놓은 모들도 위 논 아래 논 가릴 것 없이 말라 죽었다. 이제 당장 비가 온다 하더라도 때가 늦어 추수를 바라기 어려운 지경이 되었다.

내 고향 사람들은, 복은 쌍으로 오지 않지만 화는 떼를 지어서 몰려온다는 말을 자주 한다. 정확히 그때가 그랬다. 가뭄으로 무참히 농사를 망치고 나서, 그토록 속썩이던 비가 7월 중순이 되자 엄청난 양으로 쏟아지기 시작했다. 거센 바람과 함께, 양동이로 마구 퍼붓듯 폭우가 내린 것이다. 작물이 모두 타 죽은 자리에 내린 폭우는 재앙을 몰고 왔다. 겨우 남아 있던 곡식들은 홍수에 쓸려가고 바람에 넘어졌다. 여기에 병충해가 퍼져 땅 위의 푸성귀가 남김없이 작파되었다. 논 곡식과 밭곡식의 수확이 없게 되자 아사자가 속출하고, 굶주림을 견디다못해 스스로 목숨을 끊는 사람도 생겼다. 영양실조에 걸린 아이들이 귀신을 보는 등 환시, 환청을 겪자 사람들은 살길을 찾아 뿔뿔이 흩어져야 했다. 땅은 붉게 타들어갔고, 버려진 땅에는 갈대와 물억새만 자라났다. 동네는 텅 비고, 닭 울음소리 개 짖는 소리도 사라져버린 마을이 부지기수였다.

그러고도 재앙은 끝나지 않는다. 이듬해 정축년, 호열자라 불리는 전염병이 서해안 지역에 창궐하였다. 예전에 괴질이라 불렀던 역병 호열자는 다가오는 기척도 없이 아무 마을에나 나타나 느닷없이 민가를 덮친다. 그럼 방금 전까지 멀쩡했던 사람들이 맥없이 쓰러진다. 누구는 걸리고 누구는 걸리지 않는다고 아무도 예측할 수 없다. 남녀노소, 신분과 계급의 차이도 없이 오직 느닷없이 몸이 반응을 보이면 곧장 죽음의 세계로 붙들려가기 때문에 공포는 이루 말할 수 없이 배가된다. 다들 넋 놓고 바라볼 뿐이었다. 다리에서 경련이 일어나기 시작해 온몸을 비틀고, 입으로는 모든 것을 토하고 설사가 멈추지 않는다. 그러면 금방 심장이 약해지고, 사지가 차갑게 식고, 정신이 오락가락하다가 이윽고 숨을 거둔다. 높은 전염률과 치명적인 사망률에 비해 예방과 치료 방법은 전무하다. 병자년 대흉에 겨우 목숨을 부지한 사람들은 이 역병 앞에서 손써볼 겨를도 없이 그냥 쓰러져야 했다. 그로 인해 변방에는 가족을 잃은 어른과 아이들이 울부짖으며 떠돌아다녔다. 난리가 일어날 수밖에 없는 환경이었다. 이에 영광군수 박제교는 다급히 중앙에 보고한다.

병자·정축년의 큰 가뭄은 읍이 설치된 이후 가장 심하였고, 거기에다가 전염병이 더하였습니다. 사람들은 큰 흉년으로 인하여 스스로 목숨을 끊었고, 전염병이 창궐하여 비참의 극에 빠져 있습니다. 마을에는 사람의 그림자가 끊기고, 들에는 벼가 없어졌습니다. 열 집 중 아홉 집은 비어 있고, 열 곳의 전답 중 아홉 곳이 황폐해버렸나이다.

후임으로 부임한 군수 홍대중 역시 지체할 것 없이 세금부터 감면해달라고 대책 마련을 호소했다.

옛날의 기름진 땅은 졸지에 황무지가 되어 있어, 그 쓸쓸한 모양을 보고 있노라면 슬퍼져 마음이 울적하나이다. 진실로 백성들이 모여서 땅을 경작하지 않는다면 읍이 읍으로서의 기능을 할 수 있겠습니까?

이같은 시련 속을 그나마 덜 다치고 통과한 마을은 서해안 일대에서 길룡리 정도가 유일했다.

7

당시 길룡리에는 세파에 '내성耐性'이 큰 사람이 꽤 여럿 살고 있었다. 겉으로는 깜깜한 촌놈 모양을 하고 있지만 속으로는 천지를 뒤엎을 사상을 감춰둔 것처럼 심지가 곧은 사람이 물경 여섯이었다. 마을에서는 그들을 길룡리 6걸이라 하여 노래를 만들어 부르곤 했다.

경우 바르다 박성삼

풍채 좋다 박윤중

글 잘한다 문자삼

혜삭하다 김성서

말 잘한다 이화숙

허성부성 김학서

서로 다른 세계를 가진 여섯 중 누가 더 내공이 큰지는 알
수 없었다. 가령, 박성삼의 친구 김성서는 일찍이 한문 사숙私塾
을 마치고 경서들을 두루 섭렵한 유가 지식인이었다. 양반 문
화를 암매하는 처지에 있었지만 인정이 많고 행동거지에 기품
이 있어서 존경받았다. 마을에서는 그가 호랑이와 친해서 마치
개를 다루듯이 한다는 소문이 돌았다. 서당 훈장 이화숙은 말
잘하고 수완이 좋아서 주인을 외지에 둔 여러 문중의 산장山莊
을 수호하는 일을 했다. 당시에는 장작, 솔가리, 숯 등 땔감을
강변 주막 나루터에서 거룻배로 실어 법성포에 내다파는 것이
수지맞았는데, 이화숙은 매년 겨울 산에서 벌채한 땔감을 독
차지해서 온 부러움의 대상이 됐다. 그런가 하면 객지에서 흘
러들어와 길룡리 입석골에 자리를 잡은 박윤중은 풍채가 어찌
나 근사한지 수염을 쓸어내리는 동작만으로도 남의 집 술을
노상 공짜로 얻어먹고 다닐 수 있었다. 풍수, 택일, 묏자리 등

지관 일도 잘 보고, 근동에서 알아줄 만큼 남의 집안의 족보며 내력까지 쭉 꿰는 위인이었다. 특히 재담이 뛰어나서 그가 초저녁에 사랑방에 들면 마을 노인들이 모여들어 삼국지 이야기를 듣느라 밤새는 줄 몰랐다.

중요한 것은 이들로 인해 마을 사람들이 범상하지 않은 '세속 밖의 세계'를 체험할 수 있었다는 사실이다. 이를테면, 박윤중은 어느 날 특별히 앓는 곳도 없이 급사하였다. 그에게는 풍채가 좋은 자식이 여섯이나 되어서 황망히 모여들어 다들 머리들을 풀고 곡을 하는 것을 온 동네 사람이 들었다. 이내 초상을 치르느라 술도 장만하고, 부고도 내고, 상여 준비까지 하느라 분주한 참인데, 웬걸, 박윤중이 하룻밤을 송장으로 지내고 다음날 홀연히 깨어나버렸다. 돌아가신 양반이 희귀하게 살아난 것이다. 자식들이 놀라서 울음 범벅 웃음 범벅으로 에워싸자 그가 아들과 며느리들을 다 내보내게 하더니 큰아들만 따로 불러 이상한 얘기를 꺼냈다.

"내가 진짜로 죽었었느니라. 여기를 떠났제. 문밖에 나가니까 청의동자가 수십 명 나와 있어. 푸른 옷 입은 총각들이 원숭이처럼 생겼더라. 그란디 고것들이 영접하는 디로 따라가니 무변대해여. 거기에 배다리가 놓여 있더라. 한참을 건너서 뭍에 올라가보니 일망무제 대지가 펼쳐지는디, 큰 누각이 있어. 기와집이더라. 현판에 육님소六任所라고 써 있어. 옥황상제님이 있는 곳을 옥경대라 하는디, 내가 무릎을 꿇고 엎드렸드니, 니가 박윤중이냐? 묻고는, 아직 올 때가 아닌데 왔구나, 너는 가거라, 해놓고는 엉뚱한 말을 하는 거여. 그란디 니가 알아둘 일이 하나 있다. 너희 밀양 박씨 중에 빛날 빈彬자 두 개를 쓴 이름을 가지는 이가 나올 게다. 이래놓고는 얼씨구, 그가 천하의 법도를 마련할 대성大聖이니라, 이러는 거여."

장남이 눈을 동그랗게 만들어서 듣고 있자 박윤중이 더욱 낮은 소리로 속삭였다.

"나보고는 그만 가거라, 이랬어. 그란디 너 가고 난 뒤에 니 다섯째아들이 오게 될 테니 그리 알아라, 이렇게 말하더라. 희귀한 일 아니냐?"

하필, 열한 살짜리 막내가 앓고 있는 상태였다. 장남이 숨이 막혀서 일어서려는데 박윤중이 옷자락을 잡고는 오금을 박았다.

"함부로 입을 열지 마라. 천기누설이다. 아무리 자식이지만 여자들이 알아서 사방에 퍼지면 뒤죽박죽 와전되지 않겠냐? 그리고 니 막냇동생이 죽는지 안 죽는지는 내일 봐야 알제."

박윤중의 막내아들은 그 이튿날에 죽었다.

장남은 이 이야기를 꼭꼭 감추고 살다가 십 년 후에 박처화가 느닷없이 중빈이라고 개명하자 깜짝 놀라서 일가 어른에게 이실직고를 한 것이다.

"중빈重彬이면 빛날 빈彬자 두 개가 아닌게라우?"

이런 신통력이 가장 큰 사람은 문자삼이라 불리는 은둔 선비였다. 그는 정처도 없이 흘러들어와 자신을 아들 자子에 석삼三으로 불러달라고 했는데, 본디 객지를 떠돌다가 구수산이 명산이라 해서 찾아온 이인異人이었다. 일가친척도 없이, 언제 얻었는지 모를 마누라 하나를 데리고 와서 한학이고 역학이고 가릴 것 없이 줄줄이 꿰는 도학군자였다. 그는 길룡리에서 조그만 방 한 칸을 얻어서 물욕을 탐하지 않는 신선의 풍모를 하고 글을 가르치며 살았다. 점점 따르는 제자가 많아져 나중에는 그 밑에서 과거 급제하는 사람까지 나왔다. 육척 장신에 흰 수염을 하고 늙은 나이에 아들 하나를 낳고 살다가 칠십이 넘어서 단칸방에서 생애를 마쳤는데, 그가 죽던 날 느닷없이 소나기가 쏟아지고 천둥 번개가 치다가 문 앞에 무지개가 떴다고 한다. 사람들은 그것을 문자삼의 서기瑞氣로 알고 그가 신선이 되어서 무지개를 타고 하늘 너머로 돌아갔다고 후일담을 남겼다.

이렇게 저마다 전설을 하나씩 거느리고 사는 길룡리 6걸은 자기들끼리 자주 모여 놀았다. 마을 사람들은 길룡리 6걸이 없으면 하루도 무사하지 못했다. 세상살이가 막막하고 눈앞이 캄캄할 때마다 그들의 동태를 보면서 슬픔과 외로움과 두려움을 달랬다. 산중 바닷가 마을이라 술 먹고 싸우는 사람들이 많았는데, 매양 나 잘났다 너 잘났다 하고 다투는 일들도 6걸이 없으면 수습되지 않았다. 마을 사람들이 복잡한 송사에 휘말릴 때마다 대표적으로 질서를 잡아주는 이가 정해져 있었으니 그가 바로 영광 조부자의 마름 박성삼이었다.

사람들은 사리 분별의 귀재 박성삼을 머슴의 자식으로 기억한다. 가난하고 못 배웠지만 똑똑했다는 얘기이다. 세상을 살자면 누구나 겪게 되는 인간사의 잦은 소란들, 이웃 간의 충돌에서 논두렁 물꼬 싸움에 이르기까지 복잡하고 머리 아픈 분쟁들을 그는 아주 손쉽게 수습하는 특기가 있었다. 그래서 별명이 '판관', 저잣거리의 재판관이었다. 길룡리 일대에서는 아무리 까다로운 다툼도 그를 부르면 말끔히 해결됐다고 한다. 감히 무서워서 말대꾸 한마디도 꺼낼 수 없는 대지주 조부자와 얽힌 악연조차도 박성삼이 나서서 가닥을 잡으면 해결이 되었다. 봉건 농업 촌락에서 보기 드문 해결사 재주를 가진 덕에 그는 옆 마을 나주 임씨 집에 장가를 들어 한동안 처가 덕을 보았다.

가난한 사람들은 처복을 오복 중 하나라고 풍자한다. 네

가지 복을 못 받아도 처복 하나로 신세가 펴지는 사람이 세상에는 반드시 있다. 박성삼이 그런 이상한 복을 받아서 슬하에 아들 둘 딸 하나를 두었다. 소시에 가난하여 남의집살이를 전전하던 이가 그 명민함 덕분에 처가로 불려가 떵떵거리며 살았던 것이다. 그런데 모든 일에는 우여곡절이 있기 마련이다. 오래지 않아 아내가 병사하는 화를 입는다. 죽음이 아주 흔했던 시절이었다. 졸지에 보금자리를 잃었건만, 그래도 능력이 있는 사내에게는 홀아비 신세를 면할 기회가 없지 않았다. 이웃 동네에 돌림병으로 남편을 잃은 과부 유씨가 살고 있었는데, 그녀 역시 아들 하나를 두고 남편을 잃었다. 과부의 재혼이 엄격히 금지된 사회지만 산골 오지에 사는 농투성이야 그런 이상한 법도를 좀 어기고 산들 흠될 것도 없었다. 둘이 다시 결합하여 씨 다르고 배다른 형제자매들이 뒤섞인 가족사회가 만들어진다. 당시로서는 별난 가족의 탄생이었다. 그 속에서 삼 년 만에 딸을 낳고 또 사 년 만에 아들을 낳아 호적에 올린다. 그 아이의 이름이 박진섭, 훗날의 소태산이다.

2장
눈보라 사이 별빛같이

1

소태산이 태어난 해를 딱히 특별한 때였다고 말할 사람은 없다. 위키백과도 거리낌없이 단정짓는다.

1891년은 목요일로 시작하는 평년이다.

그해에는 주목할 일이 일어나지 않았다. 토머스 앨바 에디슨이 최초의 등사기를 공개했고, 시베리아 횡단 철도가 착공되었으며, 러시아 니콜라이 황태자가 기공식에 참석한 후 일본을 방문했다가 순사에게 칼을 맞았다. 그해에 새로 태어난 인사들도 옹색한 편이어서 독일의 군인 발터 모델, 러시아의 작곡가 세르게이 프로코피예프, 한국의 독립운동가 김마리아 등이 열거되고 있으나 사실 내게도 생소한 이름들이다. 요즘 사람들은 연표年表를 좋아하지만 당시 조선에는 서기 1891년 같은 숫자가 존재하지도 않았다. 청나라도 광서光緒 17년이었고, 일본도 메이지 24년이었다. 하지만 시선을 조금만 돌려보면 전혀 다른 이야기가 펼쳐진다.

한 사람의 생이 어디에서 시작되느냐 하는 것은 객관적인 사실 같지만 매우 주관적인 것이다. 사람들은 낱낱의 특수를 보편의 개념 속에 항용 파묻어놓고 산다. 그러니 한 랍비 철학자의 말은 얼마나 경청할 만한 것인가?

우리가 진심으로 경이를 느껴야 할 대상은 잎사귀의 (개념적) 형상이 아니라 현실에 존재하는 이십오만 개의 서로 다른 종류의 잎사귀이며, 본질적인 새가 아니라 지금 이 땅에 존재하는 구천 종의 새이고, 다른 모든 언어를 포괄하는 초超언어가 아니라 전 세계에서 실제로 통용되는 육천 개의 언어이다.

소태산은 자신의 전생前生이 수운이었음을 암시하는 발언을 여러 번 했다고 한다. 수운 최제우는 19세기의 조선이 서양 문명 앞에서 겪을 대혼란을 헤쳐갈 토착사상의 선구자이다. 동학농민혁명을 그리는 신동엽의 서사시 「금강」도 그 점을 빼놓지 않는다.

1824년
경상도 땅에서 나
열여섯 때 부모 여의고
떠난 고향.
(…)
이십 년을 걸으면서,
수운은 보았다.
팔도강산 뒹군 굶주림
학대,
질병,

수운은 자기의 땅에서 버림받은 민중에게 바로 그들이 딛고 선 자리가 후천개벽의 중심지가 될 것을 선포했다. 도道는 동양이나 서양이나 마찬가지로 하나지만 학學은 동학이라고도 했다. 그것은 곧 조선에서 탄생한 정신적 성채를 불교의 미륵 사상, 기독교의 종말 사상에 비견되는 우주론적 미래 대망 사상으로 올려놓는 종교사적 대사건이었다. 소태산이 언제부터 마음속에 수운을 품고 있었는지는 알려진 바 없다. 하지만 흔적은 곳곳에 남아 있다.

바로 그 수운의 묘를 찾았을 때였다. 소태산은 묘소 앞에서 한참 동안 묵념을 올렸다가 동행한 제자들에게 말했다.

"자기 묘 앞에 자기가 절을 하는 것을 보았나?"

나는 '전생'의 과학을 알지 못한다. 이를 소태산이 수운과 동일한 영혼을 사용했다는 뜻으로 받아들여야 하는지, 아니면 소태산이 수운의 색신을 넘겨받았다는 말로 알아들어야 하는지도 알 수 없다. 하지만 분명한 것은 소태산이 자신의 존재 형식을 단발적인 사건으로 이해하지 않았다는 점이다. 각종 민족종교 연구서에서 소태산은 곧잘 후천개벽계界의 세번째 행성行星으로 등장하곤 한다. 지구는 태양계의 세번째 행성이다. 둘의 거리가 조금만 멀거나 가까웠어도 너무 춥거나 더웠을 것이다. 지구에 대기층이 없었다면 태양의 공기를 가두지 못해 밤마다 달처럼 추웠을 것이다. 태양은 그 때문에 또한 우주 어느 곳에 자신의 빛을 본능적으로 외경하는 생명체들을 갖게 된다. 여기에 소태산의 천운天運과 시운時運을 은

유하는 절묘한 문법이 숨어 있다.

이야기를 다시 1891년으로 돌려서—

그해에는 조선의 하늘이 바뀌는 엄청난 사태가 진행되고 있었다. 움직임이 감쪽같아서 아무도 알아볼 수 없었다. 우리는 그것을 '사상의 태풍'에 비유해도 될 것이다.

태풍은 처음에 탄생 전야의 숨죽인 고요 속에서 사나울 기미라곤 없는 눈동자 하나를 내보인다. 엄청난 평지풍파의 전조가 한없이 무심한 표정을 짓는 것은 참으로 흥미로운 현상이다. 한사코 잠잠하지만 언제 폭발할지 모르는 무시무시한 동공을 태풍의 눈이라 한다. 그것이 희미하면 미구에 닥쳐올 길손의 자취도 희미하다. 그 눈빛이 번뇌 하나 없이 또렷하면 미구에 나타날 가공할 물체도, 마치 날갯짓 한 번으로도 구만리장천을 휘젓고 가는 '미친 붕새'와 같은 광기를 얻는다. 조선의 낡은 하늘을 쓸고 갈 붕새의 눈빛이 나타난 곳은 운현궁이었다. 그것을 포착한 이광재의 소설 『나라 없는 나라』는 대원군이 난을 치다 연거푸 파지를 내는 장면으로 서두를 시작한다. 요약하면 이렇다.

대원군은 몽니를 부릴 곳이 없어서 심통스럽게 울던 까치를 탓한다. 당장 저놈을 잡아오렷다. 이때 토방 아래 키 작은 사내가 나타난다. 소인이 잡아오겠나이다. 난데없이 등장한 사내에게 심상치 않은 기백이 엿보여서 대원군이 묻는다. 나라에서 철통같이 에워쌌거늘 무슨 재주로 들어왔던가? 응답이 가관이다. 세상을 위해 한번 죽고자 하나이다. 초목을 떨게 한다던 대원군도 아연 긴장하지 않을 수 없었다. 그대가 꿈꾸는 부국강병책이 따로 있단 말인가? 사내가 답한다. 백성이 가난한 부국이 무슨 소용이며 이역만리 약소국을 치는 전장에 제 나라 백성을 내모는 강병이 무슨 소용이겠나이까? 반박할 틈이 없는 결기이다. 대원군이 재차 묻지 않을 수 없었다. 하면 상常이 반班이 되고 반이 상이 되면 그것이 그대의 원인가? 사내가 정곡을 피할 위인이었으면 애초에 나타나지도 않았을 것이다. 반상이 뒤집히기로 세월이 흘러 다시 오늘이 되고 말진대 이는 또하나의 폐단입니다. 대원군은 할말을 잃는다. 보통내기가 아니로다. 그런데 도대체 어느 고을에서 뭘 하던 자란 말인가? 이름을 묻자 사내는 김봉집이라 하였다. 퍼뜩, 지난봄 광화문 앞에 꿇어앉아 백성의 소리를 들어달라고 소란을 떨던 무리의 우두머리가 떠올라 대원군이 다시 묻는다. 그것이 진정 그대의 이름인가? 형편에 따라 골라 쓰므로 어찌 성명이 따로 있다 하오리까? 천하의 대원군도 어느새 매달리는 모양새가 되어간다. 정녕 그대의 이름은 무엇인고? 사내는 막힘이 없다. 어려서는 철로라 하였고, 병호라고도 하였습니다. 전봉준이라 쓰기도 하고, 김봉집이며 김봉균이 모두 이름이요, 자는 명숙이라 하며 동무들은 녹두라 부르기도 합니다. 그러고는 마지막 말꼬리가 처연하기까지 하다. 항차 백성의 가슴에 새겨지고 그네들이 불러주는 이름이 참이름이 될 것입니다.

이날 대원군이 보았던 눈동자가 전라도로 이동한 것이 동학농민혁명이었다.

놀라운 일이다. 백성을 무지렁이로 알던 위정자들은 간담이 서늘했을 것이다. 봉건 신분제 사회에서 향리의 훈장 하나가 불과 두어 해 어간에 수십만 농민군을 조직하는 기염을 토한다. 조선 농민을 보호하던 두레는 향리 내부에서는 위대한 조직이었지만 두레와 두레 간의 연대가 불가능했다. 그곳에서 어떻게 기백 명이 넘는 위계조직이 가능할 수 있는가? 그런데 순식간에 십만 명이 넘는 전투조직이 나서서 척양척왜의 깃발을 든다. 신동엽의 「금강」에는 이렇게 나온다.

갑오년서 다음해 봄까지 사이
전국에 오십만 명의 농민이 봉기,

싸웠다,

그리고
십만 명이 죽고
다치고
집을 잃었다.

사상적 발화자 수운도 기꺼이 감읍했을 것이다. 삶은 죽음
과 맞서 있는 것이 아니라 삶과 맞서 있는 법, 죽은 자는 산
사람을 결코 방해할 수 없다. 압제자는 언제나 살아 있는 자
이다. 그렇다고 그때를 혁명이 성공할 계기였다고 볼 수 있는
가? 다들 혀를 내두를 때였다. 최시형이 사찰을 보내 '현묘한
기틀이 아직 드러나지 않았으니 마음을 성급하게 하지 말라'
했지만, 전봉준은 결단을 내렸고 삼남의 농민들은 목숨을 맡
겼다. 전봉준은 거듭 숙고했을 것이다. 철이 다소 이르더라도
씨앗을 뿌린 자는 수확을 하고, 때를 놓친 자는 타작할 것도
없다. 앉아서 기다리기만 한다면 백성이 살 가망은 영 없지
않겠는가? 거대한 사상의 발로요 전무후무한 지도력의 출현
이었다.
생각해보면, 그때 그 거사가 없었다면 조선 오백 년의 황

혼은 얼마나 참담했을 것인가? 사람을 한울로 받드는 사상, 해원상생解冤相生의 길을 여는 사상, 물질문명의 과속주행을 경고하는 사상도 항차 미궁의 바다 속으로 멸렬되었을지 모른다. 근대 서구가 전가의 보도처럼 휘두르는 제도적 민주주의 경험도 이양선 따위가 아니라 동학군 지자체地自體 '집강소'에서 구현되었다. 그리고 더욱 중요한 것은 오랜 세월 발효된 토착사상의 상속자를 길러내고 그 가능성과 한계를 찾게 했다는 점이다. 그래서 신동엽은 「금강」에서 노래한다.

이 세상은,
우주에 있는 모든 생물은
한 가지 목숨의
강물일까요,

그래서
죽음도, 삶도
없는 걸까요,

영원한
바람만 있는 걸까요,

정상을 향한.

당신도, 나도
한 가지 강물의 흐름 위에
돋아난 잠깐의
표정일까요,

　이같은 그림을 그려놓고 보면 당대의 시대사적 의미가 한층 명확해진다. 1891년은 후천개벽이 민중의 염원에서 하나의 역사歷史 행위로 둔갑되기 시작하던 시점이다. 예컨대 수운 정신이 땅 위에서 어린아이의 인격체를 다시 얻는 해에 소태산의 색신이 태어나고 있었다는 말이다. 그런 중요한 염원을 밀어올리는 세상의 부력 속에서, 또한 그런 부력이 만들어 올린 생명체들 속에 그가 박진섭이라는 이름의 새싹으로 끼어 있었다. 이는 중요한 문제이다. 소태산은 혼자만의 삶을 산 게 아니라 박진섭의 탄생 이전에도 존재했던 어떤 생명의 흐름을 이어서 산 것이다. 그가 전생에 수운이었다는 말이 우리에게 전하는 바가 이것이다.
　이제 그 고향 마을로 가보자.

2

그해에 길룡리 사람들은 마음의 평정을 유지하기가 쉽지 않았다. 세상살이의 어려움이 바닥을 치고 있었다. 몇 해 전부터 전라도 나주목 일대 탐관오리들의 횡포가 극악해서 변경의 양민들이 다투듯이 유랑을 떠나가나 화전민으로 전락했다. 조정도 심각성을 인지하여 의정부에서 임금에게 건의한다.

읍진邑鎭의 하속下屬들이 제멋대로 백성들을 약탈, 불쌍하고 죄 없는 백성들이 봇짐을 싸 줄을 이어 떠나가고 있습니다. 이곳을 변통해주어야 한다는 의론이 오래전부터 있어왔으니, 이 섬들을 부근의 영광군으로 이속시키도록 하십시오.

하지만 영광 사람들은 그같은 사실에 전혀 위안을 얻을 수 없었다. 세상에는 아직 자신들보다 어려운 사람들이 많음을 알지만 그래도 어쩔 수 없이 제 코가 석 자였다. 무자년에 시작된 가뭄이 내리 사 년째 지속되고 있었다. 저 무서운 호열자를 몰고 온 병자·정축년의 상처를 십여 년간 노력 끝에 겨우 이겼는가 싶던 차에 또다시 무서운 흉년이 찾아온 것이다. 마을 사람 김형오는 말한다.

구수산이란 산은 초목이 고갈되어 노변의 잔디 풀밭이 전멸되고, 산에 불을 지르면 하루아침에 다 탈 정도로 수기가 고갈되어 땅이 벌어지고 땅속에 곤충이 다 기어나와 죽고 무서운 세상이 되었어.

경인년 세안에는 구수산이 통째로 울어대기까지 했다 한다.

눈이 쌓인 적설 산하에 산이 울었어. 변고가 났어. 그러면 인심이 흉흉하여 못 살겠다는 아우성이 날 거 아녀.

천지가 요동치는 소란이 말달리는 소리 같기도 하고 대청마루 위로 바가지를 밀고 가는 소리 같기도 해서 밤에도 잘 수가 없고 낮에도 두려움에 떨지 않는 자가 없었다. 야밤에 들짐승이 몇 마리만 울어도 소름이 끼치는데 대낮에 산더미가 통째로 우는 것은 얼마나 등골이 오싹한 일인가. 그렇게 해서 더할 데 없이 흉흉해진 민심을 겨우 가라앉힌 것이 은둔 선비 문자삼의 예언이었다.

"천재지변이 나쁜 것만은 아녀. 흉하게 생각하지들 말아라. 구수산은 자고로 명산이라 위대한 양반이 나올 걸 알리는 징

조여. 봐라. 산이 우는 것이 산모가 앓는 소리 아니냐. 구수산 밑에서 장차 큰 경사가 날 것이니라.”

현자의 역할이 이런 데 있다. 사람들은 변고를 오히려 희망으로 삼게 되었다. 산모를 둔 박성삼의 집에서도 문자삼의 말을 믿고 출산일을 기다렸다. 그러자 천지의 기운에 변동이 오기 시작한다.

신묘년 봄부터 비가 와가지고 산천초목이 모두 해갈이 되고, 땅에 푸른 잎이 나고 나무에는 새싹이 길르고 농부들 모두 식수 해결이 되고, 씨 뿌려서 곡식이 길어나고 인심이 풀리기 시작했단 말이여.

박성삼은 자식이 많지만 대를 이을 법통이 없었다. 가족관계가 복잡한 탓에, 태어날 아이가 반드시 고추를 달고 나오기를 원했고, 3월에 정말 그런 일이 일어났다. 한 명의 이복누나와 두 명의 이복형, 그리고 의붓형, 또 동복의 누나를 둔 적자가 탄생한 것이다.

그래도 박성삼은 득남을 자랑하고 다닐 계제가 못 되었다. 그해에는 여러 고을에서 꾸물거리며 세상에 나온 아이들이 절반은 일찍 죽어 온 곳으로 돌아갔다. 유아 사망률이 생존율을 훨씬 웃돌았다. 사람으로 태어나서 하늘 한 번 보지 못하고 백지나 헝겊에 똘똘 말려 뒷산 풀숲에 파묻히지 않은 아이는 그 자체로 축복이었다. 핏덩이 같은 것이 땅에 떨어져 살아남는다 해도 이내 기아에 허덕이고 영양실조를 앓기가 다반사였다. 사람들은 부실한 목숨 하나가 죽는 것을 달걀 하나가 깨지는 것에 불과한 낭패감을 겪는 정도로 알았다. 빈민층에는 유아 유기나 유아 매매조차 흔했다. 3월에 태어난 아이도 빈농들 속에서는 얼마든지 그런 불안한 영혼의 하나일 수 있었다. 그런데 무사히 일곱이레 사십구 일을 넘기고 백일이 되면 생존의 가능성이 보였다. 백일잔치란 그런 슬픈 내력을 가진 풍속이었다. 대부분의 농민들은 자식을 낳았다고 자발없이 굴다가 낭패를 보느니 아예 호적에도 올리지 않고 방치해뒀다가 첫돌을 맞아서야 비로소 이웃에 알리고 잔칫상을 차렸다.

박성삼은 그런 아슬아슬한 과정을 늠름히 통과한 아들에게, 바로 문자삼이 지어준 박진섭이라는 이름을 안겨주었다. 진리를 밝히라는 뜻이었다. 이로부터 박진섭의 역사가 시작된다.

3

모든 이름은 제 몫의 시간과 장소를 갖는 독자적 우주에 속한다. 그곳으로 통하는 비밀의 길을 찾아갈 열쇠가 인간의 첫 기억에 있다는 것은 흥미로운 일이다. 박진섭의 첫 장면은 어머니의 등짝에 업혀 올려다보던 밤하늘이었다.

지금은 '영산 성지'가 된 영광 백수 길룡리 일대는 황혼이 아름답기로 유명한 곳이다. 백수 해안도로는 우리나라에서 낙조가 가장 아름다운 곳이라 하여 '한국의 10대 드라이브 코스'로 얘기되는 곳이다. 하지만 옛사람들은 그곳에 가려면 보름을 택하라 했다. 보름날 밤을 기해 커다랗게 떠오르는 달덩이가 일품이었던 것이다. 그것이 특별히 장관을 이루는 장소가 노루목, 구수산 위에서 아래를 내려다보면 마치 겁에 질려 엎드려 있는 짐승의 목덜미같이 보이는 땅이었다. 누구의 눈에나 꼼짝없이 노루목으로 보이는 자리에서 위를 올려다보면 구수산 99봉이 빙 둘러선 형세가 흡사 커다란 호랑이 아홉 마리가 가엾은 짐승 한 마리를 삼키려고 노려보는 것 같은 느낌을 준다. 지명이 구호동九虎洞이 된 까닭이 여기에 있었다.

박진섭이 태어난 길룡리 영촌 옛집에서 항용 바라다보이는 지점이 노루목이었다. 그곳의 야트막한 등고선을 뚫고 보름달이 쑤욱 솟구쳐올라올 때는 주위의 것들이 모두 붉은 얼굴을 가진 농부의 낯빛을 하게 된다. 엉덩이가 비뚤어진 소나무들도 흡사 하늘에 감읍하여 어쩔 줄 몰라하는 형국이다. 그것들을 굽어보듯이 우렁찬 달덩이는 중천 쪽으로 옮겨가며 만물을 사열한다. 그것이 어찌나 장엄한지 세파에 시달리는 어머니도 그때만은 마음이 달떠 사립문 밖을 서성대고는 했다. 진섭은 그 등에 업혀 졸랐다고 한다.

"엄마, 저것 잡으러 가."

"오메, 달을 어떻게 잡는다냐?"

그래도 보챘다는 것이다.

"얼른 가봐. 달 잡으러 가."

어머니는 달랠 여유조차 없었을 것이다.

식객이 끓는 것은 운현궁만이 아니었다. 시골 농가에도 과객질하는 사람이 흔했다. 아무리 가난해도 어둑어둑해서 길손이 찾아들면 하룻밤의 잠자리와 끼니는 물론 술대접까지 베푸는 것이 당시의 법도였다. 전염병이 묻어와도 아무 대책 없었건만 비단 갓 쓰고 장죽을 든 소위 점잖은 나그네들만 대접하는 게 아니라, 주제꼴이 추저분한 엿장수, 독장수, 황아장수, 방물장수, 소금장수, 점쟁이, 거간꾼에 그 비스름한 도붓장수들에게도 마찬가지로 대했다. 거지나 나병 환자에게도 더운밥과 국을 반드시 상에 갖추어 내가야 했다. 사람이 한울이었다. 문제는 그같은 미풍양속을 지탱하는 노역이 죄다 아낙네들에게 맡겨진다는 점인데, 그것은 서양인의 눈에는 참으로 가혹한 처사에 속했다. 그 무렵에 조선을 다녀간 영국 여인이 그것을 괴이하게 여겨 기록에 남긴다.

농촌 여성들은 가족의 모든 의복을 만들고 모든 식사를 준비하고 무거운 공이와 절구로 쌀을 탈곡하고 찧고, 무거운 짐을 시장까지 머리에 이고 나르며, 또한 물을 긷고 멀리 떨어진 지역까지 나가 밭일을 해야 한다. 그들은 일찍 일어나고 자정이 넘어서야 휴식하며, 틈날 때마다 실을 뽑고 베를 짠다.

19세기의 조선에서 시골의 아녀자들은 신분제와 노예적 노동, 성차별 등 온갖 형태의 멸시와 천대, 소외 속에서 출산의 고통과 생계 노동의 질곡을 견뎌야 했다. 이름도 없고 밥상 공동체에 참여할 권리도 없었다. 온 식구가 먹다 남긴 찌꺼기들을, 부엌 바닥에 쭈그리고 앉아서 깨진 바가지에 담아 마치 꿀꿀이죽처럼 허접하게 먹으며, 새벽같이 일어나 별이 지기도 전에 일을 시작해서 노을이 지고 난 후에야 절뚝거리며 집으로 돌아왔다. 그러고도 곧장 밥을 짓고, 자투리 시간에 겨우 아이를 돌보고, 이내 베틀에 앉아 베를 짜고, 깊은 밤에는 남편의 성적 유희까지 받아내야 했다. 그 시절에 시골 아이로 산다는 말은 그런 아녀자의 자식이 된다는 걸 의미했다.

하지만 생명체에게 내재된 성품의 대소는 도시와 시골을 골라서 오는 것도 아니고 부자와 빈자를 차별해서 내리는 것도 아니다. 박진섭은 보기 드물게 인물이 걸출했다. 생김새만 잘난 게 아니라 성정도 넉넉해서 무엇에게 함부로 대들지도 않고 도망치지도 않았다. 강자 앞에 비굴할 까닭도 약자 앞에 자만할 필요도 알지 못했다. 통 나대지 않았으므로 어른들이 보기에 원만하고 아이들이 보기에 넉넉했다. 그것이 가끔 사람들을 놀라게 했다.

일화가 남아 있다. 1894년이면 네 살 때이다. 어느 날 진섭이는 아침밥을 먹다가 배가 덜 찼던지 앞자리에 있는 아버지의 그릇에서 밥 한 숟가락을 퍼갔다. 아버지가 모른 체할 수 없었다.

"어른 밥을 함부로 덜어가니 한 대 맞아야 쓰겄다."

진섭이 천연덕스럽게 대꾸한다.

"아부지가 때리기 전에 내가 먼저 아부지를 놀라게 해불지."

박성삼은 하마터면 웃음을 터뜨릴 뻔했다. 머슴의 자식으로 태어나 마름까지 올라가되 길룡리 6걸로 회자되는 저력이 그냥 생기는 건 아니다. 일대에서 박성삼을 당황하게 만드는 일은 아이들은커녕 어른도 상상할 수 없었다. 그래서,

"네가 무슨 재주로 날 놀라게 할 수 있을꼬?"

이래놓고 한참을 흡족해했다. 어린 녀석이 울음기를 섞어서 어리광스럽게 굴지 않는 것이 그저 기특했던 것이다. 그리고 낮잠에 들었는데, 꿈결에 이상한 소리가 들려온다.

"워메, 저것이 뭐여? 노루목 길에 동학군 좀 봐."

박성삼은 깜짝 놀랐다. '동학군이라!'

영광에 동학군이 입성한 것은 그해 5월 16일이었다. 왕실의 척족 민영수가 군수로 있으면서 부정부패가 어찌나 심했던지, 동학군 팔천 명이 군수 축출, 관청 방화, 무기 탈취 등으로 읍내를 쑥밭으로 만들었다. 군수는 칠산 바다로 도망쳤고, 동학군은 전운서轉運署를 몰아냈다. 그리고 법성포에서 선주들의 늑탈과 일인 잠상들의 횡포를 막기 위한 폐정개혁 조목을 발표한다. 박용덕의 기록은 이렇다.

법성포에서는 일본 상인들이 배를 몰고 들어와 일본에서 가져온 각종 잡화와 석유를 비싸게 팔고, 한편으로는 쌀을 헐값에 사서 실어가기에 바빴다. 법성포의 모든 객주나 여각을

습격하니 일본 잠상들과 객주 주인은 모두 도망쳤다. 동학군은 구수리에서 바로 물 건너 동네인 법성포에서 열흘간 머무는 동안 모든 폐단을 개혁했다.

폭력은 폭력을 부른다. 동학군 2차 봉기 때 수백 명의 농민군이 일본군과 싸우다 전사했는데, 가족들이 시체도 찾지 못하게 무더기로 화장해버렸다. 이에 여기저기에서 폭민暴民들이 나타나 민간인 약탈조차 가리지 않았다. 솥단지를 온전히 걸어놓고 사는 사람들은 어느 불똥에 벼락이 튈지 모르는 상황이었다.

박성삼은 뒷담을 넘어 꽁지가 빠지도록 달아나고 말았다. 그리고 야산에 숨어서 동태를 살피는데 아무리 봐도 동학군의 기미가 느껴지지 않았다. 소리없이 아내를 보내 살피게 한즉, 마을을 다 돌아봤지만 역시 조용하다는 것이었다. 결국 아들에게 확인하지 않을 수 없었다. 제 어미가 나서서 가만히 진섭을 불렀다.

"노루목에 동학군 있는 거 참말로 봤다야?"

"아니."

"거짓말이라는 거여?"

"응."

"어째서야?"

"아부지 놀래주려고."

"뭣 땜에?"

"아침에 약속했어."

"워메, 이를 어쩔끄나."

어머니가 부리나케 달려가 아버지에게 알렸으나 박성삼은 믿지 않았다. 네 살짜리가 동학군이 무엇인지를 어찌 알며, 그 나이에 무슨 중정이 있다고 상황극을 꾸며댄단 말인가?

하지만 그것은 지나친 방심이었다. 박진섭은 어리지만 코흘리고 눈물이나 짜며 누구와 싸우는 아이가 아니었다. 그 흔한 비어卑語나 욕설도 함부로 내뱉지 않았다. 가까이에서 지켜본 사람들의 평은 한결같았다. 담대하고, 침착하며, 한번 하기로 한 일은 반드시 실행하는 성미라는 것.

열 살 때 서당에 가서도 그런 일화를 남긴다.

훈장은 길룡리 6걸 중 하나인 '말 잘한다, 이화숙'이었다. 나름대로 문자깨나 다룹네 하는 처지에 인근 산장을 지키는 산감이기도 했으니, 오죽 떵떵거렸을 것인가. 동네 일꾼들을 출동시켜 수만 다발의 소나뭇단을 산더미처럼 쌓아놓는 한편, 산 바닥에 떨어진 솔 비늘을 긁어모아 솔가리 더미도 집채 같았다. 기세에 눌려, 글방에 다니는 학동의 부모들은 세안이 되면 으레 책거리라 하여 과일이라든가 떡을 갖다 바쳤다. 그런데 찢어지게 가난한 집에서도 무엇을 보내오는데 박진섭의 집에서는 기척이 없었다. 이화숙은 괘씸한 생각이 들었다.

"지 애비가 명색이 6걸 아녀."

그래서 동짓날 학동들에게 팥죽을 줄 때 진섭이를 쏙 빼놓고 지나갔다. 어린 녀석이 고픈 배를 움켜쥐고 잔뜩 군침을 흘려봐야 뭔가 신호가 올 것이라고 생각한 것이다. 과연 며칠이 지나서 소식이 왔다. 그날은 이화숙 훈장의 친구가 와서, 학동들은 글이나 외우라고 시켜두고 둘이서 실컷 방담을 하던 중에 이화숙의 호언장담이 도를 넘게 되었다.

"암, 나는 평생에 무엇에 놀라본 적이 없고, 어느 놈을 무서워해본 적도 없네. 솔직히 날 놀래킬 수 있거든 천하에 언놈이든 나와보라고 그래."

그 소리를 진섭이 듣고 조심히 참견해보았다.

"훈장님, 지가 한번 놀라게 해드릴까라우?"

훈장은 어처구니없다는 표정을 지었다.

"예끼 이놈, 그럼 개천에서 용 났게?"

"진짜로 놀라시면 어떻게 하실라우?"

"요놈 봐라. 감히 나를 놀래켜? 좋다. 만일 해전에 놀라게 하지 못하면 어른을 놀린 죄로 네놈 종아리가 성치 못할 줄 알아라. 됐냐?"

그리고 오후가 되었다. 동네 사람이 "불이야, 불이야" 외치는 소리가 들려 훈장이 문을 열어보니 제집 나무 벼늘에서 연기가 치솟고 있었다. 훈장은 혼비백산이 되어 신발도 꿰지 않고 뛰쳐나갔다. 어찌나 놀랐는지 웃옷을 벗어 소변 통에 적셔서 불을 끄러 가면서도 고래고래 소리쳐 난리를 피웠다. 동네 사람들 덕분에 불길은 이내 잡았으나 훈장은 정신이 쉬 돌아오지 않아서 한참을 오락가락해야 했다. 수염조차 볼품없게 타버려서 평소에 거드름 피우던 체면 또한 말이 아니게 되었다. 한참 만에 아들을 불러 불이 난 연유를 조목조목 따져대니 이실직고를 했다.

"아부지, 이 일은 진섭이가 시작했어라우."

"뭣이여?"

자초지종을 들어보니 아연실색할 소리가 나왔다. 진섭이 미리서 불길이 확대되지 않도록 단속하는 책임, 마을 사람들에게 알리는 책임 등을 다 짜놓고, 하필 훈장의 아들이 소꿉놀이를 하다가 부싯돌을 긋게 만들었다. 이화숙은 밤톨만한 학동에게 조롱당했다는 배신감에 화를 삭일 수 없었다. 노기가 탱천하여 소리를 질렀다.

"진섭아, 이노옴!"

길길이 날뛰는 훈장에게 오히려 차분하게 대한 것은 진섭이었다.

"훈장님, 노할 일이 아니어라우. 이건 훈장님이 약속한 일이랑게요."

"네 이놈."

곁에 있던 친구가 보기에 딱했던지 훈장을 말렸다.

"그만 참게. 저 아이가 보통내기가 아니네."

하지만 박진섭의 성장사를 이같은 일화들로 구성하는 것은 나무 몇 그루로 숲을 대신하는 결과를 낳기 십상이다.

4

어린 날의 박진섭이 무슨 생각을 하면서 살았는지 아는 사람은 없었다. 이웃들은 박진섭이 서당에 다녔지만 공부를 잘했던 게 아니라고 말한다. 오히려 천자문도 못 외우던 축에 끼어 주목할 것이라곤 없는 아이 같은 인상을 얻게 되었다. 당대 교육의 한계였다.

진섭은 서당에 갈 때마다 궁금한 것이 많았지만 해소할 길이 없었다. 서당을 이끄는 훈장은 헤아릴 수 없이 많은 문자들을 익히되 소리내어 암기하도록 하는 것이 가르침의 다였다. 하지만 진섭은 누가 시키는 것을 영문도 모른 채 따라 하기가 되지 않는 아이였다. 한마디 외울 때마다 그것이 담고 있는 세계에 대한 의문이 모락모락 피어올랐다. 한번은 답답해서 동네 형에게 천자문의 뜻을 물었다.

"하늘을 왜 검다고 한당가?"

'하늘 천 따 지 검을 현 누르 황'을 두고 묻는 질문이었다.

"고것은 '흑黑'이 아니라 '현玄'이여. 하늘 너머를 누가 안다냐? 만 사람이 봐도 그냥 깜깜할 뿐이제. 그랑게 색깔이 시커멓다는 말이 아니고, 고것이 뭔지 통 알 수가 읎응게 컴컴허다 하는 것이여."

진섭은 감동을 받았다.

"맞어. 알 수 없으면 어둡다 해야제."

하지만 그와 동시에 실망하였다.

"근디 내 말은 그게 왜 현玄인가 이거제. 하늘에도 뭐가 있을 거 아녀. 글먼 현이 아닌디?"

아서라. 그 시절 진섭의 호기심을 다잡은 것은 책이 아니라 자연 자체, 혹은 세상 자체에 숨어 있는 현실세계의 마법들이었다. 세상의 원본과 마찰하면서 사유를 확장해가는 것,

그것은 현실을 대하는 전혀 다른 태도의 출현이었다.

대지에는 무한 수의 중생이 있다. 혹자는 알을 까고 나오고, 혹자는 자궁에서 태어나며, 혹자는 습지에서 탄생한다. 그것이 자라고 변형되기까지, 혹자는 땅에서 살고, 혹자는 물에서 살며, 또 불에, 바람에, 꽃에 산다. 광대무변의 점토 위에서의 온갖 무기적이고 유기적인 것들의 상호작용, 그것은 광대한 연결이며 생명 하나하나는 그 지체들이다. 그 위로 강물이 흐르는 것처럼 삶이 흐른다. 그 위로 과객이 지나가는 것처럼 탄생과 소멸의 그림자들이 스쳐간다. 그로 인해 대지는 거대하고 고독한 동화를 쓴다. 보라. 한없이 높고 넓고 큰 하늘과 쉴새없이 분주한 구름과 눈에 보이지 않지만 너무도 선명하게 움직이고 있는 바람, 사시사철의 변화, 낮과 밤의 교체, 그리고 안개나 비, 달이나 별이 나타났다 사라지는 것들.

진섭이 처음으로 그 앞에 선 것은 일곱 살 때였다. 어느 날 하늘이 산 끝에 닿아 있는 것을 발견하고 부리나케 산꼭대기로 올라갔다. 그런데 산 아래서 보았던 것이 위로 가보니 어디로 사라져버리고 없었다. 분명히 바위 모서리에 앉아 있던 구름도 종적이 묘연했다. 어디에 있는가? 틀림없이 이곳에 있던 것들. 산에서 내려와 하늘을 보니 구름이 역시 산자락에 닿아 있어서 다시 꼭대기로 올라갔다. 그런데 또 없었다. 몇 차례나 되풀이하며 실지를 탐사했으나 허사였다. 한번은 옥녀봉 위에 낮은 구름이 내려와 있는 것을 보고 장대를 든 채 그것을 곁눈으로 놓치지 않으면서 올라가보기도 했다. 그래도 없다. 오호, 애재라! 진섭은 실로 안타까웠다. 눈에 보이는 것이 진실의 다가 아니었던 것이다.

이건 마치 유소년의 신체에 담긴 메를로퐁티의 영혼 같은 것이다. 인간의 눈은 세계의 극히 일부만 볼 수 있다. 그 작은 눈으로 거대한 움직임과 마주하는 것은 광야에 갇힌 작은 짐승의 질주처럼 애처로운 것이다. 노루 한 마리가 구름 그림자를 벗어나기 위해 열심히 달리고 나서 다시 하늘을 봐도 구름은 여전히 머리 위에 있다. 이곳의 거리와 저곳의 거리는 왜 다르단 말인가? 여기에서 진섭은 거듭 실감하였다. 세상 만물을 눈과 감각만으로 모두 확인할 수는 없다. 눈보라 사이에서 빛나는 별빛처럼 우리의 눈앞에는 찰나적인 것도 있고 무궁한 것도 있다. '찰나적인 것 따로, 무궁한 것 따로'가 아니라 모든 곳에 그것들은 서로 겹쳐 있어서 감지된 진실을 교란시킨다. 이를 어찌할 일인가? 그는 인간의 신체에 설치된 감각기관의 오류와 무능을 절감했다.

'아아! 세상은 너무 크고 아득하구나.'

진섭은 틈만 나면 잔디 위에 앉아 고개를 젖히고 하늘을 올려다보면서 생각했단다.

저 하늘은 얼마나 높고 큰 것이며 어찌하여 저렇게 깨끗하게 보일까? 어느 때는 저와 같이 깨끗한 천지에서 바람이 동하고 구름이 일어나니, 그 바람과 구름은 또한 어떻게 되는 것인가?

사람들은 모든 의심을 대충 얼버무리고 말지만 진섭은 그게 되지 않았다. 그래서 잘못이란 말인가? 서당 훈장의 눈에도, 동네 아이들이나 어른들에게도 그것은 결코 잘하는 짓이 아니었다. 그러나 아무것도 그려지지 않은 백지처럼 순수한 오관 안에서 인간의 이성이나 감각으로 감지되지 않는 세계가 존재한다는 느낌이 무럭무럭 자라는 시간들이야말로 오늘날 우리가 대과학자라고 말하는 이들의 그것과 동일한 것이다. 지구 안에는 허공 속조차 빈 곳이 없다. 생명의 요소들로 가득차 있는 것—가령, 사과가 썩어서 벌레가 태어난다. 그 물건은 어디에서 온 것인가? 벌레의 영혼은 무엇인가? 그래서 신화, 귀신, 과학……, 모든 것이 가능하련만 우리 이성의 주관 속에서 그것은 사실이 되기도 하고 허구가 되기도 한다. 그래서 세계의 비밀을 묻는 자는 속절없이 바보가 되기 십상이다.

정녕 철없는 것은 그처럼 중요한 현상을 없었던 일처럼 무시해버리는 어른들이다. 인류가 바로 이런 문제를 발견하고 각성하여 후손에게 가르치기 시작한 것은 극히 최근의 일이다. 다음은 내셔널 지오그래픽이 제작한 다큐멘터리 〈코스모스―시간과 공간을 초월한 빅 히스토리〉에 나오는 장면이다.

1800년대를 살았던 한 천문학자가 아들과 함께 해안을 걷고 있었다. 아들이 묻는다.

"아버지는 유령을 믿으세요?"

"그럼, 믿는단다."

귀를 의심하지 않을 수 없다. 아버지 같은 과학자가 유령을 믿다니. 그러자 아버지가 고개를 쳐들어 별을 가리킨다.

"위를 보렴. 밤하늘은 유령으로 가득하단다."

그리고 이어지는 설명은 장쾌하기까지 하다.

"모든 별은 태양처럼 크고 밝다. 얼마나 멀리 이동시켜놓아야 저리 작을 수 있을까? 아주 먼 별들이 지구까지 오려면 헤아릴 수 없이 많은 시간이 걸린다. 우리는 헤아릴 수 없이 오래전에 죽은 별을 보고 있단다. 그전까지 누구도 본 적이 없는 백만 년 전을 지금 우리가 보고 있는 거야."

박진섭은 누군가 이렇게 의문을 풀어줄 사람을 필요로 했다.

진실을 안다는 것은 어려운 일이다. 천지의 경계는 바다의 수평선처럼 진짜가 아니다. 새카만 먹통처럼 보이는 밤하늘조차도 "누구도 본 적이 없는 백만 년 전"을 보여주는 마술을 부린다. 여기에서는 별빛이 보이지만 정작 저기에는 그 빛을 보낸 별이 죽어버리고 없는 것이다. 그러나 진섭이가 밤하늘 아래 서게 되었을 때 그에게는 자신이 어디에서 와서 어디로 가는지 설명할 수 있는 스승이라고는 없었다. 어머니의 등에 업혀 있던 순간부터 세상은 모르는 것투성이였지만 그는 무방비의 상태로 안내판 하나 없는 우주의 어느 모서리에 놓여 있었다. 어른들의 관심은 전혀 다른 곳에 가 있으니, 그는 모든 것을 혼자 묻고 스스로 알아내야 한다. 그걸 겪어보지 않은 사람은 태초의 고독을 기억하지도 못할 것이다. 그들은 세계의 원본 앞에 너무도 쉽게 좌절하고 투항하여 세간의 상식이 내모는 쪽으로 마구 달아나버린다. 그러나 진섭이는 달랐다. 비록 어려서 어머니의 등에 업혀 있을 때조차도 그는 어머니의 등이 아니라 별빛 아래서 잤다. 어머니의 품을 빠져나와 고샅에서 노는 동안에도 하늘이 이야기책이고, 달력이고, 삶의 안내서였다. 거기에서 점점 복잡한 의문이 출현하기 시작한다.

한번 의심 머리의두가 시작됨에 따라 일백 의심이 꼬리를 물고 일어나서 나를 생각한즉 내가 스스로 의심이 되고, 물건을 생각한즉 물건이 또한 의심이 되고, 주야晝夜 사시四時를 생각한즉 주야 사시가 모두 의심이 되어, 이 의심 저 의심이 한가지로 가슴을 긴장케 하였다.

이런 호기심은 어른들의 전례를 따라 곧장 사라지는 게 아니라 점점 독자적인 화두의 형태로 자리잡기 시작했다. 그리하여 차차 줄어들기는커녕 오히려 자연현상에서 시작되던 것이 점점 인간사에 얽힌 미묘한 일들에까지 확대되어 더욱 어렵고 복잡해져갔다. 시간이 흐를수록 피할 수도 없고 잊을 수도 없었다. 그것은 그야말로 고독하고 머나먼 구도적 여정의 시작이었다.

3장

소를 찾아 나서다

1

소태산의 제자들은 '발심發心'에 이어 '구도求道'의 시기가 펼쳐진다고 말한다. 그것은 불자佛者가 도를 얻는 과정을 열 단계로 설명한 심우도尋牛圖를 상상케 한다. 심우, 즉 소를 찾는 일에서 가장 중요한 것은 소를 잃었다고 자각하는 순간이다. 어느 날 문득 목동은 소가 사라졌음을 깨닫는다. 세계의 실체를 잃었으니 찾지 않으면 안 된다. 그것이 발심이다. 어린 박진섭이 그랬다.

한번 의심의 길에 접어든 영혼은 눈앞에 놓인 천지만물을 모두 안개 낀 골짜기처럼 아득하게 만들었다. 진섭은 날마다 질문투성이였다.

"아부지, 어째서 대문에 괭이 그림을 붙인당가?"

"호열자를 쫓을라고 그런다."

"글먼 호랭이 그림을 붙여야제."

"어째서야?"

"괭이는 안 무서운게."

놀라는 사람은 매번 아버지였을 것이다. 진섭에게는 도대체 건성으로 답할 수가 없었다. 아이들이라는 게 동쪽 이야기를 하다가 슬쩍 고개만 돌려도 주의력을 잃기 마련인데, 진섭은 아무리 딴청을 부려도 속는 법이 없었다. 그렇다고 함부로 답했다가는 어느 고비에서 더 큰 질문과 맞닥뜨릴지 모른다.

"요 봐라 잉. 호열자가 쥐통이여. 발에서 쥐가 올라와. 그래서 쥐를 잡는 괭이 그림을 붙이는 거여."

호열자의 통증은 쥐가 오르는 것처럼 발에서 몸 위쪽으로 잠입해 복부에 이른다. 그로 인해 근육이 뭉치는 것을 당시 사람들은 쥐 귀신의 소행이라고 믿었다. 민간요법에서는 쥐한테 물리면 고양이 똥을 바르는 걸 최고로 친다. 같은 논리로 대문에 고양이 초상을 내걸면 쥐 귀신이 놀라서 달아나리라고 본 것이다.

아버지는 또박또박 답해주던 것이 이제는 습관이 되었다.

하지만 의문의 시발점과 목적지를 알지 못했다.

'긍게 쥐 귀신이 어디서 오느냐 이 말이제. 고것이 고양이 부적을 보고도 어째서 달아나지 않는가 이거여.'

소태산의 훗날 제자들은 이 시절을 '관천기의상觀天起疑相'으로 그렸다. '하늘을 보고 의문을 일으키던 모습'이라는 말이다. 그런데 하늘이라…… 오늘날 대다수는 '뜬구름이 오락가락하는 허공'을 떠올릴 것이 틀림없다. 거기에 꿈 많은 소년을 기특하게 여기는 느낌표까지 얹히면 금상첨화가 된다. 바로 여기에 언어의 함정이 있다. 그 시절의 나이는 지금과 많이 달랐다. 근대인들의 선입관 속에서 피보호자로 존재하는 꿈 많은 소년 같은 것은 조선에 없었다. 소년이라는 낱말 자체가 서구 산업문명의 발명품이었다. 최남선이 1908년에 발표한 「해에게서 소년에게」 정신은 근대의 물결을 환영하는 사람들이 열심히 섬기는 수입 이데올로기였다. 그해 11월에 창간된 잡지 『소년』은 비로소 조선에서도 '꿈꾸는 세대'라는 신상품을 생산하는 문화 공장이 창립되는 사건이었을 터요, 그것이 목표로 하는 일은 세계에 대해 '희망'을 품는 인력을 창출하는 일이었을 것이다. 그러나 현실세계에서는 갑오농민군의 태반이 열다섯 살이었다. 박용덕의 기록에도 나온다.

무장에서 기포起包한 동학농민군은 백산으로 본진을 옮기고 전봉준을 동도대장으로 추대한 뒤 호남창의대장소의 깃발을 올렸다. 황토재에서 양 진영이 맞닥뜨렸을 때 태인 강삼리에 사는 열여섯 살 문남용은 접주인 중형 문선명을 따라, 정읍 대흥리에 사는 열다섯 살 차경석은 접주인 아버지 차치구를 따라 황토재 전투에 참가하였다.

님 웨일스의 소설 『아리랑』의 주인공도 열다섯 살에 시베리아로 향하며 열아홉 살에 중국 혁명에 뛰어든다. 십대의 나이에 대륙을 누비는 직업혁명가가 되는 것이다. 이러던 시기에 박진섭은 전생에 수운이었다고 얘기되는 인물이다. 수운은 하늘을 모시는 '시천주' 사상을 펼쳤는데, 이때 하늘은 '사람이 곧 하늘'의 그 하늘이었으니, 세상 자체, 우주 자체를 일컫는 말이라 해도 된다. 더욱 유념할 것은 박진섭이 동학군 이야기로 아버지를 놀라게 한 전력이 있었다는 사실이다. 한국 나이로 네 살 때 동학군의 사회적 파장을 눈치챘던 아이가 점점 퇴행하여 세상 물정 모르는 상태로 되돌아갈 수도 있단 말인가?

내 나이에도 열 살에 지게를 진 경험이 있다. 그 시절의 박진섭이 농사일로 내몰리지 않은 까닭은 막일할 나이가 못 되어서가 아니라 훨씬 어려운 일에 매달려 있어서였다. 아버지 박성삼은 충분히 느끼고 있었을 것이다. 어쩌면 문자삼의 조언을 들었을 가능성이 크다. 가령, 당대 사유체계의 혼란상은 극심하였다. 대다수 백성들의 인식체계 안에서 사람은 대지에 얹힌 거웃들 중 하나였다. 세계의 '지배자요 개조자' 따위가 아니라 땅과 하늘과 흙과 풀과 공기와 물과 나무와……처럼 존재하는 생명군群의 일각一角이었다는 말이다. 그래서 풍수를 받들고 역易을 믿는다. 그들의 사유체계 안에서 사람이 산다는 말은 풀벌레와 우주도 함께 산다는 뜻이다. 하지만 땅은 하늘과 다르고, 흙은 풀과 다르며, 공기는 물과 다르고, 나무는 동물과 다르다. 그 여백에 가득한 것이 귀신이었다. 생로병사에 관계되는 우환이 대개 거기에서 나올 터이므로 그들이 죽음에 대처하는 수단은 귀신 요법이 되기 십상이었다. 〈신명접대가〉는 어느 집에서나 들을 수 있는, 자장가보다 흔한 푸닥거리 주술이었다.

산에 올라서 낙락장송에 목을 매던 자결 영산冤魂, 들루 내려서 만경창파에 둥실 빠져 수살 영산, 낳고 가고 배고 가고 사발을 손에 들고 쳐던 머리를 비저 끼고 청치마 끌고 거적자리 옆에 끼고 가위 실패를 허리춤에 넣고서 울고 가던 산모 영산, 배에 든 동자 영산, 거리거리에 객사 영산, 총포 맞고 칼 맞고 가던 영산, 불에 타 가던 영산, 치여 죽은 영산, 께져 죽은 영산, 염병에 가던 영산, 냉병에 가던 영산, 흉년에 굶어 아귀 들려 가던 영산, 그저 많이 먹고 걸게 먹고, 오늘은 고픈 배 불리고 마른 목 적셔 가고, 진 거는 먹고 가고, 마른 거는 싸가지고 질빵 걸어 지고 가소.

하지만 근대의 물결은 이같은 사고를 추호도 용납하지 않는다. 생물학적 현상 앞에서 푸닥거리나 하는 것을 미개한 짓이라고 확신했다. 근대가 믿는 것은 오직 합리성이라는 유령인바, 후손의 번영을 위한답시고 제의 절차를 행하다가 오히려 전염병을 퍼뜨려놓는 불합리를 멸시하지 않을 수 없었다. 예컨대, 조선에서 괴질이라 부르던 정체불명의 역병은 콜레라였고, 콜레라의 일본어 음역은 '코레라'였다. 조선에서는 '호랑이가 살점을 찢어내는' 고통을 준다는 뜻의 '호역虎疫'을 연상시켜 '호열랄虎列剌'이 되었지만 이내 '어그러질 랄剌'자가 '찌를 자剌'자로 오독되어 호열자가 되었으니 명칭부터 짝퉁이었다. 그로부터 역병 환자가 급속히 늘어나는 혐의를 근대인들은 조선 특유의 장례 풍속에 두었다. 조선에서는 사람이 죽으면 다수의 문상객이 조문을 받을 때부터 무덤에 안장할 때까지 동행하면서 음식을 나눠 먹는 풍습을 지키고 있었다. 전염병의 진원지인 시체 곁에서 다수의 사람들이 머물고, 음식까지 집단으로 나눠 먹었던 것이다. 마찬가지로 길을 가다가 똥이 마려우면 적당한 곳에서 바지춤을 내리고, 골목이나 냇가에서도 오줌을 싸며, 젖먹이 엄마들은 저고리를 오려서 젖을 바깥으로 드러내놓고 다녔다. 그렇게 전 존재를 전염병 앞에 드러내놓고 살면서 감히 조상의 대를 잇는 일을 지상 최우선의 가치로 삼는다고 생각하다니!

'제길.'

이같은 혼란기에 박진섭은 '소'를 찾고 있었다. '관천기의'의 참뜻을 여기에서 살펴야 할 것이다. 당시 조선에서는 인식론적으로 세 가지 종류의 사유체계가 각축하고 있었으니, 하나는 조선 전래의 인식체계요, 하나는 서양의 인식체계이며, 또다른 하나는 조선식이든 서양식이든 고정된 틀을 갖지 않는 태도였다. 그리고 결과적으로, 당시 조선에서 모든 현상에 의문을 품는 건 당대 정신사가 필사적으로 행하지 않으면 안 될 시대정신의 하나였음을 역사가 증명한다. 하필 그 시기에 사상의 대장정을 떠난 독자적 정신체들의 위대성이 여기에 있다. 정신의 탐험자들에게는 자연의 일거수일투족이 신의 음성으로 들렸을지 모른다. 세상을 움직이는 것이 무엇인지, 대지의 생명체들은 어떤 행로를 걸어야 하는지를 나뭇잎에게 물어도 고개를 저었을 것이다. 논둑길을 건너가는 개미 행렬에게 물어도 모른다고 했을 것이다. 그같은 세상의 복판에 박진섭이 서 있었다. 일곱 살부터 열한 살 때까지.

2

심우도에서 소를 찾아 나선 목동은 오랜 방황 끝에 발자국을 발견한다. 실체는 보이지 않지만 흔적을 찾았으니 일단 소를 찾을 수 있다는 기쁨에 젖는다. 행자行者들에게 보통 이때쯤 여러 가지 마魔가 나타난다고 한다. 앞일이 보이기도 하고 귀신이 보이기도 한다는 것이다. 진섭이라고 그러지 않았을 리 없건만 아무런 흔적도 남겨놓지 않았다.

세상이 너무 어지러웠다. 기적을 바라지 않는 사람이 없었다. 동학농민혁명이 좌절된 후 조선의 위정자들이 일본 군대를 앞세워 농민 사냥에 나선다. 토끼몰이는 아무것도 아니었다. 토벌대가 팔도강산 방방곡곡을 총검으로 쑤시고 다니면서 사람 세상의 마지막 윤리까지 뒤집어버린다. 신동엽의 「금강」은 말한다.

영동永同에선
아궁이 속 숨어 있는
일곱 살짜리 계집앨 끌어내
아버지 있는 곳 대지 않는다고
기관총 갈긴
일병日兵,

청산靑山에선
미친개, 이진호李軫鎬 이겸제李謙濟 등이 거느린
왕병王兵과 일군日軍 기관총 소대가
삼백오십 명의 농민 사살하여
보리밭에 버렸다,

그들은 다음날
옥천에 들어가
동학교도 정원준鄭元俊 서도필徐道弼 등
아홉 명의 노인을
눈사태 속 끌어내
발가벗겨 세워놓고

사격,

이두황李斗璜이 인솔한 왕병은, 왜군 기관총 소대의 지원을
얻어 온양에서 농민 구십여 명을 창고 속에 몰아
넣고 불질렀다. 그리고 동네 부녀자들 강간한 뒤
기관총 난사.

마을을 하나하나 쓸면서 자그마치 농민 삼십만 명을 죽이
고 간다. 피被학살자가 오십만에 이르렀다는 주장도 있다. 한
집 건너 미치지 않은 사람이 없었을 것이다. 와중에 만들어진
속담 하나는 모국어의 어문구조에 위력을 더하는 유행어가
되어 그후로도 오래도록 사용되었다.

내 복에 무슨 난리?

제발 난리라도 일어난다면 요행으로 기사회생되는 기회라
도 맞을지 모르겠건만 그런 복조차 없어서 전쟁 참화도 만나
지 못한다는 뜻이었다. 아우슈비츠의 수인囚人들이 가졌음직
한 감정이다. 세상에서 무섭기로 호랑이와 귀신부터 꼽던 아
이들도 사람을 가장 두려워하게 되었다. 인간에 대한 최소의

126

믿음조차 붕괴되었다. 위정자들이 만든 법만 존재 가치를 잃은 게 아니라 우주만물 사이에 존재하는 법, 하늘이 정해놓은 법도 죄 사라지게 되었으니 기존의 사유체계는 모두 허상이 된 것이다.

박진섭은 그 속에서 날마다 의문의 파도를 처대고 있었으나 문제의 실체에 접근할 길도 없고, 그것의 일부를 해소할 길도 없었다. 그러다 우연히 실마리를 풀 수 있을 것 같은 계기가 왔다. 열한 살 때 어른들을 따라 문중 선산에 시향제를 지내러 갔다. 거기에 많은 이야기들이 기다리고 있었다. 아마도 이런 풍경이었을 것이다.

밀양 박씨 종친으로 구성된 인파가 야산을 채운다. 쉬엄쉬엄 이동하는 대열 속에서 박진섭이 연신 두리번거린다. 먼길 걸어온 친척 중에는 깎아지른 선비뿐 아니라 임꺽정의 의붓동생처럼 생긴 할아버지도 있고, 동학군 패잔병의 조카쯤 되어 보이는 장정도 있으며, 이목구비에 전혀 탈이 없음에도 밉상을 벗어나지 못한 까까머리 사내도 있었다.

"왜놈들이 왜 그런다냐?"

한 아이가 묻자 곁에서 상투를 튼 어른이 재깍 답한다.

"첨이 아니어라우. 옛날에도 왜놈에게 붙들리면 남자는 죽고 여자는 능욕당했어라."

"은제?"

"정유재란 때지라우?"

나이가 어린 할아버지에게 나이 많은 손자가 어른 대우를 하느라고 쩔쩔매는 모습을 진섭은 놓치지 않는다.

"말도 마셔라우. 저 앞산이 그 산이다요. 함평 월야 사람들이 피난길에 나섰는디 배를 타고 도망간다는 것이 백수 구수미 앞으로 온 거여라우. 왜놈들이 조총을 쏘아제낑게 법성포로 도망쳤제. 근디 거그도 왜놈 배가 있거등. 포구를 고것들이 싹 차지해부렀어. 긍게 도망쳤는디 폭풍에 떼밀리다 봉게 칠산 바다 한가운데여."

곁에서 진짜 할아버지 한 분이 다가오더니 호통을 쳤다.

"배웠단 놈이 할아부지한테 말버릇이 그게 뭣이냐? 도망쳤제, 이러면 쓰겄냐? 너는 혀가 짧냐?"

"아따, 말꼬리가 아직 안 끝났어라우."

이래놓고, 나이 많은 손자가 멋쩍게 웃고는 이야기를 계속한다. 진섭은 머릿속이 바쁘다. 할아버지에게서 태어난 자식이 아저씨에게서 태어난 자식보다 어릴 수도 있다. 그래도 문중의 위계서열은 바뀌지 않는다.

이 시기에 보고 들었을 내용을 낭만적으로 곡해해서는 안 될 것이다. 정유재란 때 왜적에게 학살되거나 납치당했다가 기록을 남긴 두 비극의 발생 현장이 모두 박진섭의 이웃 마을 구수미 앞 바닷가였다. 조용필의 노래와 TV 사극으로 유명해진 『간양록』의 현장도 그곳이었다. 그때 미완으로 끝난 왜구의 침략이 훨씬 심각한 강도로 조선을 짓밟던 때에 박진섭이 시향제를 참관하고 있었던 것이다. 시절이 시절인 만큼 나도는 소리도 신통 불가사의한 힘을 가진 것에 대한 이야기가 많았다. 불갑산과 구수산이 연애하는 이야기, 모악산이 아이 낳는 이야기 따위를 듣다가 처음 듣는 요설 앞에서 큰 영감이 왔다. 인간의 눈에 보이지 않는 힘을 행사하는 어떤 영험한 존재가 매우 가까운 곳에 있다는 느낌이 든 것이다.

옛적에 계룡산 산신이 하늘서 발령을 받어갖구 오는디, 다 와서 오줌이 매려 그냥 논두렁에 앉아서 눴슈. 그런디 논배미에 사는 긔蟹란 늠이 나와서 거기를 물어버렸슈. 그렇게 산신 할머니가 부애 나서 긔를 냅다 집어 내뜨렸는디 저 삼십 리 백이 나가떨어졌대유. 그래서 시방두 삼십 리 안짝이는 그 긔가 읎슈. 안 사는규. 그 긔 알쥬? 이전버터 궁중 진상품으루 꼽힌, 그 엄지발에 털 난 노성魯城 참긔…… 노성이 예서 삼십 리 백인디, 그 긔가 엄지발에 털 난 것두 그때 거기를 물어서 났다는규.

그 틈에서 진섭은 이상한 사실을 발견하게 되었다. 어른들이 조상님께 제사를 지내기 전에 반드시 산신제를 모시고 있었던 것이다. 그는 곧장 물었다.

"조상님한테 제사를 드려야제 어째서 산신님한테 제사를 드린당가요?"

"산으 쥔이 산신님이여. 산에서 나는 걸 다 주재허니께. 글먼 쥔어른을 먼저 대접헌 뒤에 조상님을 모셔야제."

귀한 쌀밥을 고봉으로 차려 올리는 걸로 봐서 산신님이 진짜로 있을 것이 분명할 터였다.

"젯밥을 자실 분이 산신님이 확실허겄지라우?"

"암, 산신님이 젤 높아. 바람도 구름도 마음대로 부리고, 풍년 들고 흉년 드는 것도 거그서 정헌게."

여기서 귀가 번쩍 뜨였다.

"글먼 산신님을 만날 수도 있을게라우?"

"정성이 지극허면 보이기도 헌다더라."

문중 아저씨는 산신 불공으로 영험을 얻은 전설도 들려주고, 절에 가면 산신각이 있다는 이야기, 자식과 재물을 얻고자 산신 기도를 하는 사람이 많다는 사실도 일러주었다.

'옳거니!'

천지의 움직임을 주관하는 자, '산신'이라 불리는 영험한 물체의 발자국을 본 것이다.

3

세상에는 오만의 때가 묻지 않은 신령스러운 것들이 있다. 불경스런 발길이 미치지 않는 곳, 신이 만든 최초의 상태가 아직 부서지지 않은 곳, 존재의 첫 숨결이 흐르는 만물의 처녀성이 살아 있는 곳, 진섭은 이제 그런 곳을 찾아다니기 시작한다. 산신을 만나야 하기 때문이었다. 그런데 그것이 어디에 있담? 그야 구수산일 것이다. 호랑이가 사는 곳에 산신이 있다는 말을 귀에 딱지가 앉도록 들었던 것이다.

'그렇다면 산신을 만나는 일이 어렵지 않을 수 있다!'

열한 살이 되던 해 7월이었다. 어느 날 무더위 끝에 밤새 천둥 번개가 치고 장대비가 쏟아지더니 온 동네가 물에 잠겼다. 진섭의 집도 아슬아슬하게 마루턱까지 짠물이 차올랐다. 강변 주막 옆 개천을 타고 무섭게 바닷물이 역류한 것이다. 세상이 어떻게 되려고 그러는지 또 한차례 놀라운 변고가 찾아온 셈이다. 아버지는 영촌 마을이 언젠가는 바다에 잠길 우려가 있다 하여 구호동에 새 터를 잡아 집을 짓게 된다. 그 시절에 집 한 채를 짓는 것은 마을의 대사에 속했다. 울타리도 없이 세간도 널브려놓고 공사를 시작했는데, 하필 그해에 진섭이네 소가 쌍둥이를 낳았다. 그리고 야밤에 호랑이가 내려와 송아지 한 마리를 물어 죽인다. 어른들은 송아지를 산신님이 데려갔다고 떠들고, 새집을 짓던 목수들이 그 소고기를 먹으며 일을 했다. 호랑이가 송아지의 혼만 물어서 데려간 것이다.

'산신님이 하필 그 호랑이가 사는 곳에 있단 말이지!'

진섭은 호랑이가 있는 곳을 찾아서 처음에는 구수산을 여기저기 헤매고 다녔다. 그러다 정성을 들여야 보인다는 말이 떠올라서 치성 드릴 장소를 찾았다. 구수산에서도 큰골 정자나무 샘터는 길룡리 사람들의 은밀한 피신처요 수양처이며 영험한 기도처였다. 한동안은 그곳에서 기도를 올렸다. 그러나 산신이 나타날 곳이 아닌 것 같아서 점점 깊은 곳을 찾게 되었다. 그리고 자신도 더 깨끗해야 했다. 몸가짐을 정갈하게 하고, 마음에 욕심의 더께가 끼지 않아야 한다. 산신님을 만나려면 어떤 불경도 용납되어서는 안 된다.

집에서 십 리 길, 깎아지른 비탈길, 성벽 같은 언덕, 수백 길의 절벽, 호랑이가 자주 출몰하고 등성이도 가파르고 험하여 힘센 장정들조차 쉽게 오르지 못한다는 곳을 진섭은 애오라지 산신님을 만나려는 욕심 하나로 찾아다녔다. 호랑이가 자그마치 아홉 마리나 산다는 구호동에서 오히려 호랑이가 나타나면 반드시 눈에 띌 자리를 찾아서 무릎을 꿇고 앉았다. 옛날에 큰 샘이 있었다는 정자나무 샘터는 가시덤불이 가득차 샘물도 말라버렸고, 은신처답게 너무 후미져서 답답해 보였다. 그래서 이내, 산신님이 어느 쪽에서 나타나든 자신의 모습을 볼 수 있도록 장소를 옮겼다. 일대에서는 삼밭재에 비길 만한 곳이 없었다. 그 삼밭재에서도 앞뒤가 탁 트인 마당 바위를 정한 것이다. 옛날 어느 때 승려들이 수도하는 조그만 암자가 있었는데, 불개미떼가 어찌나 끓던지 승려들이 견딜 수 없어서 떠나고 말았다는 절터가 있었다. 이를 개미절터라 불렀는데, 마당바위는 그 옆에 있었다.

난처한 일이다. 호랑이를 찾는 위험을 어찌 감당한단 말인가. 지금 같으면 아무도 믿지 않을 것이다. 하지만 당시에는 영광에도 토종 호랑이들이 살고 있었다. 기록에 의하면 불갑산 호랑이는 1908년 한 농부가 구덩이를 파서 포획했는데, 일본인 하라구치 쇼지로가 당시 논 오십 마지기 돈을 주고 사서 일본 동경 시마쓰 제작소에 맡겨 박제했다고 한다. 몸무게 백팔십 킬로, 가슴에서 엉덩이까지 백육십 센티, 앞발 뒤꿈치에서 정수리까지 구십오 센티. 당당한 체구와 황갈색

털에 '왕王'자 무늬가 선명한 전형적인 조선 호랑이의 마지막 모습이었다. 아마도 구수산을 왕래했을 것이 틀림없는 이 호랑이가 진섭이네 송아지를 물어 죽였을 것이다. 화적이 들끓었던 것을 봐도 알지만 그 일대는 몹시 무서워서 범접하는 사람이 없었다. 어린 박진섭은 그것을 어떻게 견뎠을까? 하루 이틀도 아니고 무려 사 년을 말이다.

근원이 없는 물은 멀리 흐르지 못한다. 흐르지 못하는 물은 썩을 수밖에 없다. 무엇이 그를 이토록 멀리 흐르게 했단 말인가? 한 가지 분명한 점은 박진섭이 이미 되돌아올 수 없을 만큼 깊은 구도의 기슭까지 들어가 있었다는 사실이다. 전하는 바에 의하면 갖은 정성을 다했다고 한다. 되도록 이른 시간에 집을 나서서 구호동 골짜기를 타고 깊숙이 들어가면서 오늘은 반드시 산신님을 만나리라는 희망으로 설레고, 제단을 만들고 산과일을 따서 상을 차리고 기도를 올렸다는 것이다. 그러나 곧 잡힐 것 같던 '하늘'은 좀체 잡히지 않았다. 비가 오든 눈이 오든 쉬지 않고 정성을 기울였지만 아무리 노력해도 산신은커녕 그 비슷한 냄새 한 자락 마주칠 수 없었다. 시간은 그렇게 훌쩍 흘러가버렸다.

4

나이 열다섯 살. 을사년 보리가 누릇누릇 익을 무렵, 박진섭은 인근 마을에 사는 양씨 처녀와 결혼을 하였다. 신랑은 말을 타고 가고 신부는 가마를 타고 왔다. 때마침 새집이 완성되었으므로 둘의 신방이 구호동 새집에 마련되었다. 진섭은 더이상 떠꺼머리총각이 아니었다. 가부장제적 서열이 엄연하던 때라 결혼식을 올리고 나면 이름을 함부로 부르지 못하도록 자字를 써야 했다. 마을의 현자 문자삼이 처화라고 지어주었다.

다음날부터 당장 처화로 불리기 시작하자 초조한 마음이 들지 않을 수 없었다. 남들처럼 일을 많이 한 것도 아니고 서당 공부에 충실한 것도 아니었다. 애오라지 산신을 찾는 일에 전념하느라 서당에 나가다 말다 다니다 말다 하면서 보낸 햇수가 오 년이었다. 고장난 세상은 조금도 좋아지지 않았다. 오히려 더욱 망가져서 을사조약이 체결되자 민심이 회복할 길 없이 사나워졌다. 일본은 공공연하게 조선의 보호국으로 행세하기 시작했다. 세력을 확대하기 위해 우편·전신 제도를 장악하고, 날이 갈수록 주재소와 헌병들을 늘렸으며, 곳곳에 병영을 세웠다. 사람의 마을을 취급하는 방식도 나날이 거칠어졌다. 모든 공적 활동에 일본 연호를 사용한다는 포고문을 발표했으며, 도시 이름도 일본식으로 바꾸어갔다. 조선 가옥이 마음에 안 들면 그 안에 사는 사람을 몰아내기 일쑤였고, 토착 주민의 행실이 거슬리면 함부로 시비를 걸어 구타하고 범법하고 살인을 일삼았다. 그것이 억울해서 피를 토한 황성신문 사장도 「시일야방성대곡是日也放聲大哭」을 썼다고 감옥에 보냈다. 지사들이 자살을 해도, 관직에서 물러나도, 아무리 슬퍼해도 소용없었다. 일본 헌병대가 거리의 행인들을 제멋대로 협박하고, 그들의 보호를 받는 일본인들이 갖은 폭력과 불법을 저질러도 일제는 그것을 다만 개화의 길을 걷는 약한 형제를 돕기 위해 우정 어린 압력을 가한 것처럼 기만했다. 저항이 없을 수가 없었다. 근대 언론은 민란의 성격이 변해가는 과정을 관찰한다. 코리아 데일리 뉴스 1907년 9월 10일 자는 이렇게 전한다.

하세가와의 고시문에 의하면 폭동이 일어나는 곳은 온 마을을 파괴하라고 명령하고 있다. (…) 양민의 학살을 의미하는 것이다.

팔도 각지에서 우후죽순으로 의병운동이 일어났다.

남부 지방에서는 약 이천 명이 봉기하여 일본군을 습격했다. 그들 중 대부분은 구식 무기로 무장되어 있다. 그들에게는 대포도 없다. 그들이 화약을 보유한다는 것은 극히 어려우며 그들의 조직도 틀이 잡혀 있지 않다.

일본군의 응수 또한 나날이 무자비해져갔다.

우리는 내륙 지방으로부터 들어온 믿을 만한 소식을 여기에 논평 없이 싣고자 한다. 우리에게 소식을 전해준 사람은 충청도 지방의 사태를 들려주었다. 그는 충주 가까이에 있는 그의 집으로부터 걸어서 평택을 거쳐 지난 화요일 오후에 이곳에 도착했다. 그가 들려주는 바에 의하면 제천으로부터 나오는 국도에서 칠십 리 떨어진 곳에서 일본군들은 온 마을의 집을 불태웠다고 한다. 그곳은 놀라울 정도로 폐허가 되어 있다. 남은 것이라고는 다 타버린 집터와 연기 나는 초가지붕뿐이다.

하루가 멀다 하고 참사가 줄을 이었다. 9월 24일 자에 이르면 더이상 사건을 지목하는 게 무의미할 정도가 된다.

일본인들은 일진회원들을 앞세우고 떼를 지어 다니면서 무자비한 도적의 생활을 하고 있다. 그들은 약탈과 도적질로 살아가고 있으며 닥치는 대로 파괴한다.

무엇을 보았는지가 무엇을 깨닫는지를 결정한다. 처화 박진섭의 삶에서 가장 설명하기 어려운 시절이 이때일 것이다. 연보가 말하는 행장行狀은 현실도피의 혐의를 뒤집어쓰기 알맞게 되어 있다. 집안 형편이 옹색하지 않아서 서당 월사금 걱정도 없었고, 결혼 후에도 정진을 멈추지 않을 만큼 농사일에 등한했다. 부인 양씨는 큰며느리 역을 맡아서 시부모도 잘 섬기고 시동생도 잘 보살피며, 논밭에서 곡식 가꾸고 거둬들이는 일이며, 밥하고 베 짜고 절구통에 방아 찧는 일까지 묵묵히 잘했다. 한데도 남정네는 도대체 어디서 무얼 하는가 말이다. 아마도 한량 이미지의 완성판이 처갓집 방문 때일 것이다.

해가 바뀌어 정초에 설 인사차 처가에 갔는데, 사위가 큰손님이라 잔치를 벌였다. 술을 빚고 떡을 하고, 밤에는 이웃들이 사랑방에 모여 희미한 호롱불 밑에서 옛날 이야기책을 읽으며 겨울밤이 깊도록 이야기꽃을 피웠다. (도대체 어느 시절이라고? 이쯤 되면 1906년의 전라도 산골이 무릉도원 아랫마을쯤 되고 만다. 이어지는 장면은 푸시킨에 열광했던 차르 시대의 러시아 농가를 연상케 한다.) 한 사람이 낭랑한 목소리로 책을 읽어내려가면 듣는 사람들도 덩달아 흥겨워했다. 특히 고소설 『조웅전』이 재미있었는데, 주인공이 어떤 도사를 만나 공부한 결과 탁월한 정신력을 얻어 소원을 성취했다는 내용이었다. (그러는 순간에도 당해에 을사조약이 체결되었던 밑그림을 그려놓고 있어야 할 것이다.)

읽기를 끝마치자 방안의 사람들은 모두 감동하고 재미있어라 했다. 다들 조웅이라도 된 듯이 흥분에 들떴다. 처화는 이때 갑자기 머리가 맑아지는 경험을 했다. 쌓이고 쌓인 숙원 하나가 해결될 실마리를 보인 것이다. 그간 모든 의문에 대한 유일한 답이 산신이었다. 산신님이 세상을 그렇게 운영한다는 것인데, 그 생각의 치명적인 약점은 모든 의문을 애오라지 산신으로 끝내버린다는 것이었다. 뿐더러 산신님은 네 해가 넘도록 머리카락은커녕 그림자 한 번 얼씬하지 않았다. 봤다는 사람도 없었다. 과연 존재하기라도 하는 것인지 정체 자체가 확실치 않은 것이었다. 그런데 도사는 다르다. 소설의 주인공처럼 교제가 쉬울 뿐 아니라 수많은 사람 중에 반드시 없지도 않을 터였다. 심중에 일대 변화가 생겼다. 어딘가에는 틀림없이 있을 것이다.

처화는 이제 도사를 찾아다니기 시작한다. 신통한 사람이 은둔한 곳이 없는지 수소문도 해보고 행인들 속에 묻혀 있는지 살피기도 했다. 길을 가다가 옷차림이나 생김새, 행동거지가 이상한 사람을 보면 한참 뒤따라가보기도 했다. 그 시절을 훗날의 제자들은 구사고행상求師苦行相으로 묘사했다. 예로 언급되는 일화가 두 개나 있다.

하나.

어느 날 근동의 주막 앞을 지나다가 걸인 하나가 술집 벽에 붙어 있는 시를 큰 소리로 읽는 것을 보았다.

"대몽大夢을 수선각誰先覺고 평생아자지平生我自知라(큰 꿈을 누가 먼저 깨칠 것인가, 내 평생 스스로 알리라)."

『삼국지』에 나오는 제갈공명의 시구였다. 눈을 씻고 다시 보았다. 제갈공명이 어떻게 바람을 호령하고 구름을 불렀는지, 그의 지략이 어찌나 신출귀몰한지 길룡리 사람들은 죄 알고 있었다. 6걸 중 하나인 박윤중의 재담이 감칠맛이 나서 삼국지의 인물들을 숫제 이웃으로 삼고 지냈던 것이다. 처화는 현실 속에 제갈공명 같은 사람이 있다면 신통묘술을 부리는 도사임에 틀림없을 것이라고 생각했다. 거지의 행색을 보니 머리카락은 검불이 묻어서 어지럽고 얼굴은 쥐가 놀다 간 흔적에 복장은 각설이패 같은 누더기를 입었다. 몸에 종기가 나서 고름이 흐르는 것도 예사가 아닌 것으로 보였다. 도사는 보통 사람들의 눈을 피하기 위하여 일부러 궂은 모습을 할 것이기 때문이었다. 그래서 인사를 한 후 곧 술과 밥을 사 먹이고 집으로 모셨다.

"여보, 내가 찾는 도인일지 몰라. 방 치우고 좀 모셔야겠어."

며칠간 식사를 대접하고 극진히 모셨으나 아무 소득이 없었다. 거지가 아는 것이라고는 귀동냥해서 익힌 시구절뿐이었다.

둘.

그러던 어느 날, 박성삼은 산중에 있는 어떤 처사가 용하다는 얘기를 듣고 사람을 보내 모셔왔다. 속칭 도사라는 자가 말했다.

"어험, 나는 산중에서 도를 깨달은 지 오래라, 귀하의 자제가 나를 좇아 배운다면 필시 불가사의한 능력을 얻을지니라."

"어찌하면 되리까?"

"공부에 착수할라믄 귀가에서 키우는 소 한 마리를 폐백으로 내놓으라."

아버지가 처화를 불러 대면케 하자 처화가 예를 갖춰 청했다.

"이치로 보자믄 마땅히 절부터 올리고 모셔야 하나 오늘 도인을 만난 것은 보통 회견하고 다름이오이다. 서로 마음이 합할 시는 영원히 사제를 맺기로 할 터인즉 선생의 포부와 능력을 베풀어서 제게 믿음이 오도록 해주소서. 그럼 폐백도 드리고 사제의 예도 갖추리다."

도사는 침을 꿀떡 삼키며 말했다.

"나는 육정육갑六丁六甲을 통령通靈하야 신장神將을 능히 부르고 보내는 재조가 있어. 만일 원이 있거든 시험해보라."

"제가 보는 앞에서 신장을 보여주소서."

도사가 즉시 응낙하자 그날 밤부터 방을 치우고 모시게 되었다. 도사는 자신이 평소 외우는 주문을 밤낮으로 큰 소리로 읊었다. 그런데 신장은커녕 그림자 하나 얼씬하지 않았다. 며칠 후 도사가 다시 말했다.

"근동에 초상난 집이 있거나 해산한 집이 있는 거로구나. 아니면 바로 이 방에서 초상이 났거나 해산한 적이 있는 게지. 하니, 방을 옮겨주시게."

처화는 곧장 사술임을 알아차렸다.

'허무맹랑한지고. 공부가 생사 현장을 피해야 쓸모를 얻는다면 그 한심한 짓을 어디에 쓰려고 배우리오.'

내심 포기했으나 새로 방 하나를 내주지 않을 수 없었다.

그리고 며칠 후 아침에 주문 외우는 소리가 들리지 않아 방문을 열어보니 도주해버린 후였다. 처화는 씁쓸하기가 이루 말할 수 없었다. 도사를 만나는 일도 산신을 만나는 일만큼이나 어렵다는 생각이 차차 들기 시작했다. 제길, 도사마저 이야기 속에나 나오는 허풍이란 말인가? 그러나 천만에. 나는 그럴 턱이 없다고 생각한다. 그 시절 삼수갑산에 가 있던 스님 경허는 결코 가공인물이 아니었다. 그는 천상에서 노닐다가 뜬 구름 속에서 도를 주운 게 아니라 참으로 안타까운 이웃들이 호열자로 죽어가는 참혹한 현장에 발을 딛고 그 지옥도 안에서 '한 생각'을 건져올린 자였다.

5

처화가 도사를 찾아 헤매는 시기는 열여섯 살에서 열여덟 살에 이른다. 인간의 신체활동이 절정에 닿는 나이에, 정체 모를 걸인 노숙자에 사기꾼까지도 받들어보려고 노력했던 처화가 그토록 맥없이 구사행을 포기했을 리는 없다. 두 개의 일화는 그 시절을 설명하기에 너무도 빈약한 것이다. 그리하여 텅 빈 여백을 향해 다시 물을 수밖에 없다. 찾아갈 위인이 그렇게도 없었단 말인가? 바로 가까운 곳에, 영광 백수 사람이 결코 모를 수 없는 진짜 도사가 천지를 울리던 시절이 하필 그때였던 까닭이다.

당시 남도 땅에는 태을주太乙呪 치성이 유행이었다. 아무도 그것을 모르고 지나갈 수 없었다. 이유를 말하자면 다시 전봉준이 동학군을 모으던 때로 거슬러가야 한다.

갑오년에 전봉준은 마흔, 강증산은 스물네 살이었다. 향리의 훈장 전봉준이 거병을 꾀한다는 말을 듣고 강증산이 찾아간다.

"어이, 잘 오셨네. 나 좀 도울라는가?"

같은 고장 사람이었다. 증산이 만류한다.

"이게 아닌 것 같어라우. 지금 거사하시먼 안 돼라우."

전봉준이 답한다.

"시방 귀를 막자는 말인가? 백성들 원성이 안 들리는가?"

"그렇다고 피바다로 몰아넣을 수는 읎지라우."

"선 자리가 피바다여. 참고 있으면 삼천리 농민이 다 죽어."

"관군은 암것도 아녀라우. 왜놈, 뙤놈, 아라사 놈. 아따, 죽창하고 대포하고 어떻게 싸운다요?"

"앉아서 죽을 순 없잖은가? 길을 찾아야제."

수술을 집도하는 양의洋醫의 상상력과 근원적 치유를 도모

144

하는 한방韓方적 상상력의 차이였다. 그로부터 혁명할 계기가 되었다는 사람과 성공할 계기는 아니라는 사람 간의 차별 행보가 시작된다. 홍미를 끄는 일화가 있다. 박용덕의 서술이다.

해가 뉘엿뉘엿 넘어갈 무렵이었다. 어디선가 "생불이 오신다!" 외치는 소리가 들려 보니 키가 큰 장정 하나가 어린아이를 업고 와 내려놓더니 무릎을 꿇고 고개를 숙인 채 미동도 하지 않았다.

"신인神人이다. 오세동五歲童이다!"

아이의 체구가 일곱 살은 돼 보였다. 오세동이 자기를 업고 온 장정에게 물었다.

"진중에 총 든 군사가 몇이냐?"

키 큰 장정이 대장에게 물어 오세동에게 그대로 전했다. 오세동이 일어나 좌중을 향해 호령하였다.

"총 든 군사는 모두 모여라."

오세동은 총 든 군사의 수만큼 손바닥만한 종이에 '푸를 청青'자를 써서 나누어주며 말했다.

"이것을 잃어버리면 너희는 죽는다."

오세동이 시키는 대로 동학군은 산을 둘러가며 잔솔가지에 이불보와 치마를 뜯어 중간중간에 쳐놓고 밤새 간간이 관군을 향해 총을 쏘며 신경전을 벌였다. 관군은 이불보를 동학군으로 오인하여 총을 쏘아댔다. 그 틈에 동학군은 관군 진영을 기습하여 동이 틀 무렵에 대승을 거두었다. 오세동이 써준 부적을 지닌 군사들은 하나도 다친 자가 없다는 소문이 돌았다.

전투가 끝나자 오세동은 말하였다.

"십 세가 안 된 아이는 전쟁이 불가하다."

오세동은 자리에서 벌떡 일어나 자신을 업고 왔던 장정에게 "가자!"고 하였다.

동학군들이 무릎을 꿇고 오세동을 붙잡으며 물었다.

"언제 좋은 시절이 옵니까?"

오세동이 한시 두 구절을 써주었다.

"이제 꽃은 지려 하나 아직 콩과 벼가 다 여물지 못했다."

증산이 보낸 오세동이 일화는 당시 양호초토사였던 홍계훈이 동학군의 귀화를 회유하도록 각 읍에 보낸 공문에서 확인할 수 있다.

여기서 유의할 것은 강증산이 전봉준을 섬기는 사람이었다는 점이다. 하지만 세계관이 달랐던바 강증산은 농민군이 해를 넘기지 못하고 패망할 것을 예견하여 대량 살상을 앞둔 자리를 찾아다니며 한 사람이라도 더 살리고자 노력했다. 그

과정에서 엄청난 신화가 만들어진다. 그가 전투 현장을 쫓아다니며 지인들을 말리되 죽을 자리와 살 자리, 죽음이 기다리는 시간과 빠져나간 시간을 귀신처럼 짚어내곤 했던 것이다. 세상에 회자되지 않을 수 없었다.

동학혁명에 대한 관군의 보복이 시작됐을 때 강증산의 행적은 감동 그 자체이다. 조선에서 삼십만 내지 오십만이 살육을 당했다면 산천은 완전히 적막강산이 된다. 사람이든 개든 풀이든 기울어지지 않은 것이 없었다. 모두가 전멸했을 때, 전부 패망하여 민중이 실의에 차 있을 때, 그 텅 빈 우주의 복판에 홀로 선 그의 모습은 마치 광야의 예수를 연상시킨다. 미친 폭력의 광기에 맞서려는 예수의 무기는 사랑이었다. 인간과 인간을 잇는 생명의 끈이라 할 '연민'의 실오라기 하나까지 끊기고 만 자리에서 강증산은 어쩌면 세계에 대한 사랑의 길을 찾고자 몸부림쳤는지 모른다. 그는 모든 죽임의 현장을 찾아다니며 목놓아 외친다. 한 사람이라도 더 살려달라. 제발 살아 있는 목숨을 짓뭉개지 말라. 그러면서 동학 재건의 길을 밟는 것이다. 자기 스스로 후後동학이라고 했다. 수운의 선先동학이 동세개벽(폭력혁명)의 길을 갔다면 자기는 정세개벽(의식혁명)이라고 하면서, 새로운 삶의 질서를 만들어가기 시작한다. 특히 농민이 떼죽음을 당한 지역들을 찾아다니면서, 삶은 소머리, 식혜, 술, 맑은 물, 시루떡을 상에 차려놓고 제사를 지내며 신명들도 먹고 살아야 한다고, 신명과 인간 사이의 척을 풀고 화해 상생의 마음으로 '걸군굿 초라니패 남사당 여사당 삼대치'라는 구절의 주문을 외웠다. 이걸 업신여기면 벼락 맞아 죽는다고 엄포를 놓고, 농악 가락에 맞춰 노래를 부르고 춤을 추게 하였다. 이 사람이 어떻게 처화가 찾고자 했던 도사가 아니란 말인가?

강증산은 모악산 대원사라는 절에서 사십구 일 동안 수도한 끝에 도를 깨쳤다. 나중에는 물과 음식도 먹지 않았다. 원수를 사랑하는 정도가 아니라 원수 자체를 없게 하려는 사상을 펼쳤다. 1897년부터 전국을 돌아다니며 충청도 사람 김경흔에게 장차 제자들의 주문이 될 태을주를 얻고, 연산에서는 『정역正易』의 저자 김일부를 만나 후천개벽의 학문적 원리를 터득하였다. 이후 1902년부터 모악산 일대에서 포교활동을 하면서 의병 모의 혐의로 체포되기도 하고, 지지리도 못나고 힘없고 무식하여 종노릇이나 하던 사람들의 한도 풀어주고자 했다. 민생이 도탄에 빠지고 외세와 근대에 대한 두려움으로 가득찬 난세에 우주 전체의 질서를 바로잡고 조정하기 위해 '천지공사天地工事'라는 굿도 벌인다. 그같은 사상을 김지하는 5·18이 끝나고 출감한 후에 이렇게 설명한다.

한 사람 속에 수억만 년 동안 쌓여온 상처받은 생명의 역사, 상처받은 생명의 내상, 심리적인 피억압 상태의 축적, 이런 것 전체를 끌어내야 한다. 사회심리학적으로 봐서 한 인간이라는 게 생물학적인 근원을 따져본다면 수억천만 년인지 수억만만 년인지 알 수가 없는 세월 동안 축적되어온 유전적 집합체니까. 그동안 한 인간 속에 쌓여온 온갖 형태의 업장, 심리 속에 쌓여 있는 온갖 형태의 악, 저해 심리, 장애받은 심리, 상처받은 마음, 이 온갖 것을 다 풀어야 된다는 얘기이다.

박처화가 도사를 구하던 때 강증산은 생애 마지막 시간을 불태우고 있었다. 해원상생이라는 것은, 선천先天시대가 상극 세상인 까닭에 음양이 상극하고, 남녀가 상극하고, 빈부가 상극하며, 또한 시대가 부동不同인 까닭에 귀천이 부동하고, 강약이 부동하여 서로 충돌하며 악순환하는 관계를 풀기 위하여 혼신의 힘을 쏟던 사상이었다. 세상의 가난한 자, 빼앗긴 자, 짓밟히는 자를 위한 연민으로 피골이 상접하여 죽어가는 동안에 경상도에서도 소문을 듣고 찾아오는 사람이 많았다. 화천化天하기 삼 년 앞둔 증산은 만나야 할 인연을 다 만나야 할 시기였으므로 남도 땅에 태을주 치성이 가장 성행할 무렵이었는데, 때마침 딱 그 시기에 구사행을 시작한 박처화가 어떻게 그것을 모르고 지나갈 수 있단 말인가? 여기에 대한 박용덕의 추정에는 중요한 사실이 담겨 있다.

처화는 가장 친한 동네 형인 태을도 도꾼 김성섭과 함께 증산 상제님을 찾아 나섰을 것이다. 그때부터 어디에서 태을주 치성을 드린다, 천지공사를 한다는 소식을 들으면 빠지지 않고 참석하였을 것이다. (…) 이때의 빈번한 출입 비용으로 가세가 상당히 기울어졌는데 삼 년간 수십 차례의 경비가 만만 찮았을 것이다.

일거에 세 가지의 의문을 해소하는 발언이다. 하나는 처화의 구사행에 감춰진 페이지가 있다는 내용이고, 하나는 박처화와 김성섭이 어떤 교분을 나누었기에 의형제 관계가 성립되었느냐 하는 것이며, 마지막 하나는 구사와 고행 사이에 놓여 있는, 장차 부친 사후에 큰 짐으로 돌아오는 납득할 수 없는 가계 부채가 어떤 과정에서 발생되기 시작했는가 하는 점에 대한 단초이다.

김성섭은 길룡리 돛드레미 사람이었다. 처화보다 열두 살 위. 일찍이 집안 간 교의가 깊고, 성장기에 자주 마주쳤으므로 두 사람은 형제같이 각별했다. 김성섭은 특히 천성이 근실하고 용단력이 남달라서 한번 하기로 한 일은 반드시 실행하고 한번 아니하기로 한 일은 죽어도 하지 않는 버릇이 있었다 한다. 서당 공부도 잘해서 열 살 때부터 열여섯 살 때까지 한학을 마치고, 열일곱 살 때 와탄천 건너 마촌 앞산에 들어가 초막을 치고 음양복술을 공부했는데, 그가 주문을 외울 때는 밤마다 호랑이가 내려와 문밖을 지켜주었다. 육 척 장신에 기골이 장대한지라 무서워하는 것이 없었다. 마을 사람들 사이에는 그가 호랑이와도 개처럼 친하게 지낸다는 소문이 파다했는데, 박처화가 도사를 찾고 다닐 무렵에는 집으로 돌아와 조용히 농사를 지으며 살고 있었다.

두 사람이 언제 의형제를 맺었는지는 알 수 없다. 하지만 둘 중 먼저 찾아간 쪽은 처화였을 것이다. 왜냐하면 김성섭이 구사행을 일찍 시작한 선배였기 때문이다.

어디서 천지공사를 한다는 소식을 들으면 빠지지 않고 참석했을 것이다. 김성섭은 태을주 치성을 드릴 때 증산 상제님을 더러 단독으로 만난 적이 있었을 터라 나름대로 치성비를 만들어 찾아가면 된다고 생각했는데, 어인 일인지 기회를 잡기가 쉽지 않았다. 한 달에 한 번 이상, 어쩌면 세 해 가까이 정성을 기울였으나 증산 상제는 곁을 주지 않았다. 공석公席에서는 눈길도 자주 주고, 말씀도 처화가 듣고 싶어하는 내용을 많이 했는데, 사적으로는 매번 자리를 떠서 조우할 여지를 남기지 않는다. 정식 사제를 맺지 못하게 부러 피한 것이다. 박용덕은 유추한다.

누구나 쉽게 신자가 되는데 유독 애써 먼길을 찾아온 처화만 정식 제자가 못 되고 허탈한 심정으로 돌아오는 길에, 왜 나는 상제님의 제자가 되지 못할까? 왜 나는 이렇게 운이 없나, 왜 그럴까, 감수성 예민한 열예닐곱 소년은 그 충격적인 체험을, 상제님 말씀 하나하나 곰곰이 생각하고 곱씹으며 그의 잠재의식에 가라앉혔을 것이다. 그러다가 어느 순간 증산의 복심에 근접하였을 것이다. 이때의 체험은 소태산의 각 후에도 무슨 일이 있을 때마다 생생하게 떠올라 하나하나 실천으로 나타난 것이 그의 언행록에서 발견된다.

처화는 결코 희미한 성격이 아니었다. 생애의 족적들은 그가 한 번도 자신이 설정한 주제를 놓친 바가 없음을 집요하게 웅변한다. 만나야 할 사람이 강증산이라면 그는 틀림없이, 언젠가는 만나주려니 하고 견뎠을 가능성이 아주 크다. 그렇게 찾아다니면서 경비도 많이 쓰고 말씀도 늘 새겨들었을 것이다. 어쩌면, 동세개벽은 틀려먹은 게 있다, 피를 봐야 되니까. 정세개벽은 온화하고, 만인을 유화하며 섭수攝受하는 장점이 있다 하는 얘기들, 또 그 무렵 강증산이 선천 수만 년 동안 누적된, 저마다의 심정 속에 맺힌 한을 풀기 위해 매진하던 때라 처화는, 조그마한 미물 하나도 자기가 가지고 있을 수 있는 우주적 구조를 다 갖추었음을, 생명에는 작은 것 큰 것 구별이 없음을 귀가 닳도록 듣고 생각했을 것이다.

인류의 역사만 (혁명으로) 뜯어고친다고 해서 후천개벽이 되는 것은 아니다. 그렇기 때문에 인류 전체의 의지로, 정신력으로 천지 즉 우주 전체의 기틀을 바꿔야 된다. 바꿀 수 있는 것은 자기가 다 바꿨다. 너희들은 이제 실천만 하면 된다.

나 역시 그렇게 추측해본다. 천지공사에 다녀올 때마다 처화는 결기가 높아지고는 했다. 문제는 스스로 그런 혜안의 주체가 되는 것인데, 그래서 더욱 분발해야 할 때 강증산이 죽고 만다. 처화는 일순 속수무책의 상태에 빠졌다. 증산을 만난 후 후천개벽을 화두로 얻었지만 더이상의 정진은 유보되고 있었다. 이제 발길을 어디로 떼어야 옳을까? 사실은 강증산도 그랬을지 모른다. 만일 천지공사 때마다 처화가 찾아갔다면 젊은이의 근기가 남달라 보이지 않았을 까닭이 없다. 처화의 용모는 모든 사진에서 드러나듯이 화면의 어디에 서 있어도 중심인물이 된다. 실로 걸출했다. 강증산은 틀림없이 눈여겨봤을 것이다. 그럼에도 둘 사이에는 겉으로 드러날 관계가 아무것도 성사되지 못했으니, 그 개연성은 딱 하나 강증산 쪽에서 피하는 길밖에 없다. 실제로 증산은 피했을 것이다. 왜냐? 만일 처화가 증산의 제자가 되었다면 그의 생애가 어떻게 펼쳐졌을지를 짐작하면 곧 답이 나온다. 만일 그랬다면 처화는 일제강점하에서 결코 무사하지 못했을 것이다. 여기서 증산의 입장을 추측하는 것은 전혀 어렵지 않다. 아마도 강증산은 자기의 뜻을 받드느라고 근엄주의, 엄숙주의도 모자라 혹세무민하고 신비화의 길을 가다가 제국주의자들에게 학살당하거나 체포, 변절의 길을 가는 자가 아니라, 말 그대로 지혜롭게 해원상생의 시대를 끌고 갈 제자가 반드시 필요했을 것이다. 자신은 대代선생이며 뒤이어서 대大선생이 등장할 것을 예언하기도 했다. 다음 자료에서도 확인할 수 있다.

원기 전 10년대에 강증산은 '내가 곧 대선생代先生이로라'고 말하고, '예수교도는 예수의 재강림을 기다리고, 불교도는 미륵의 출세를 기다리고, 동학신도는 최수운의 갱생을 기다리나니, 누구든지 한 사람만 나오면 각기 저의 스승이라 하여 따르리라'고 말하여, 이 땅에 새 세상의 주세성자가 뒤이어 출세하여 새 세상의 큰 회상을 건설할 것임을 밝히 예언하였다.

이것이 스스로 '천지공사를 마쳤다!'고 말한 참뜻일지 모른다. 그리고 처화는 이를 알아들었다. 그래서 강증산이 죽는 시점에서 처화의 구사행은 칼로 베듯이 싹둑 잘라지고 만다. 더이상 도사를 찾는 일 따위는 하지 않게 되는 것이다.

4장

고행 苦行

1

삶을 고해苦海에 비유하는 것처럼 절묘한 수사는 없다. 바다를 멀리에서 보면 물밖에 보이지 않는다. 그러나 가까이 다가서면 들리는 소리, 가득찬 몸짓, 한없이 출렁이면서 오는 막무가내의 기운을 피할 수 없다. 그것이 요동치면서 몰려올 때 발생되는 내면의 격정을 이기지 못해 마구 울어버린 시인도 있다.

파도야 어쩌란 말이냐.

숲에서 식물들이 경쟁하고 대지에서 동물들이 갈등하듯이 바다에서도 물결들이 싸우고 사랑을 나눈다. 그러면서 생겨나는 것, 파도는 실상 허망한 거품에 지나지 않는다. 바다 한 대접을 떠서 아무리 뒤져도 거품을 찾아낼 수는 없다. 원래 없는 것이었다. 그간에 보았던 것은 모두 물들이 부딪쳐서 만든 뒤척임이자 아우성의 흔적일 뿐. 불가에서는 이를 바다에 찍힌 도장, '해인海印'이라 한다.

생의 흔적이란 해인 같은 것이다. 바다의 파도처럼 본디 없었던 것, 부재와 부재의 연쇄 상태가 세상의 소란을 구성한다. 이를 바라보는 일을 관세음觀世音이라 한다.

관세음보살!

그리하여 삶은 결국 허망한 것이 된다. 이것이 종교의 눈이다. 하지만 예술은 다르다. 존재에 드리운 매혹의 가치를 결정하는 것은 누구나 살면서 지불하는 번뇌의 물결들이다. 인간의 목숨 위에서 출렁거렸던 파도였는지, 휘몰아쳤던 바람이었는지 모를 적막과 소란, 탄생과 죽음, 사랑과 이별을 '생'이라는 개념 속에 담지 않으면 위대한 것이라고는 하나도 없다. 박처화의 생애에 거룩한 아우라가 드리우게 하는 것은 스무 살에서 스물다섯 살까지에 이르는 '대절망의 세월'을 버텨낸 처절한 고독의 냄새일 것이다. 그가 사수한 '평범함'의 원칙들이 가위 성자의 것으로 명명돼야 하는 이유가 여기에 있다.

그 이야기를 하자면 불가피하게 조선 병탄 직전의 마을 풍경을 다시 떠올려야 한다. 그 시절에는, 기울어진 초가지붕들 틈새에서 밥 짓는 연기가 피어오르는 것만 봐도 절로 경건한 마음이 들지 않으면 안 되었다. 밤에 야트막한 처마 밑에서 흘러나오는 농사꾼들의 코 고는 소리는 대낮에 펼쳐지는 어떠한 재앙도 허물고 마는 선천시대 최고의 명장면이었다. 길룡리도 그런 촌락의 온기가 살아 있던 시절이 있었으며, 또한 한순간에 그것이 깨어지고 마는 안타까운 사건도 없지 않았다. 그 풍경을 나는 이렇게 그려본다.

책 없던 시절의 경전은 장터였다. 누가 뭐라 해도 그곳에서 전해오는 기운이 농사꾼에게만큼은 세상 만물을 접하고 소통하는 희열의 다른 이름이었다. 남들 장에 가니 두엄 지고 장에 간다? 그것이 얼마나 행복한 헛걸음인지 이후 사람들은 결코 알지 못한다.

장터에 가면 꼭 물 건너온 가락지를 사는 사람이 있었다. 길룡 부락 김서방이 그랬는데, 논바닥에서 평생 손갈퀴질을 했던 아내가 물 건너온 가락지를 그렇게 좋아했다. 그 시절에도 외제 방물이 있었느냐, 반박해도 어쩔 수 없이 그 바닥에는 왜놈, 되놈의 것이 널려 있었다. 읍내 지주 조부자는 허공에다 햇빛을 반사시키는 쇠붙이를 보면 싸구려라고 얕보다가도 오금이 저리곤 했다. 한번은 기운 좋은 상쇠에게 실컷 두들겨맞은 꽹과리처럼 금빛이 번쩍번쩍 나는 놋요강을 샀다. 그 마누라가 오줌을 쌀 때마다 요강이 징처럼 우는 것이 일품이라 매번 아랫배에 힘을 주어서 한여름 폭우 소리를 감추지 않았다. 그 틈에 끼어든 뇌성벽력 같은 방귀 소리를 듣고는 머슴이 동네방네 퍼뜨려놓자 소작인들이 배고플 때마다 지주 마누라님의 방귀 흉내를 내는 것으로 허기를 달래고는 했다. 그런가 하면, 장터를 통째로 들고 오는 고수도 있었다. 이름이 이인명인데, 그가 파시에라도 다녀왔다 치면 뱃놈들이 설치는 커다란 장터 하나가 꼼짝없이 제사상에 오른 조기 신세가 된다. 중간에 해찰하는 사람이 있을 때 이인명이 주목시키는 방법은 단 한 동작이면 족했다. 호주머니에서 슬그머니 딱성냥을 꺼내어 땟국물 흐르는 저고리에 스윽 그어대면 다들 뒤집어지고는 했다. 불똥이 파팍 튀면서 어느새 꼬투리에 불꽃이 피어올랐던 것이다. 곰방대를 물고서는 부싯돌로 갖은 정성을 다해야 겨우 연기를 뻐끔대던 시절에 간단한 동작 하나로 옷깃에서 불꽃을 꺼내 쓰는 모습이야말로 귀신이 곡할 노릇이라 한눈을 팔라고 해도 파는 사람이 없었다.

이같은 재담꾼에 의해 마을에는 왕왕 이야기판이 벌어지곤 했다. 어쩌면 그 겨울 이야기도 이인명에게서 시작되었는지 모른다. 온 마을 사람이 덤벼들어서 장터의 오장육부를 맛보느라 겨울에 시작된 얘기가 이듬해 봄까지 지속되었다. 그 황당한 사건을 정확하게 기억하는 사람은 바랭이네뿐이었다. 네 살 때 유괴되고 아홉 살 때 매매되어 박복한 운명에 떠밀린 여인. 그녀가 양부모를 만나 시집살이를 떠났으나 두번째 소박을 맞고 돌아온 곳이 길룡리였다. 대장간에서 망치질을 하던 둘째서방이 하필 다른 여편네를 만나 달아나버린 탓에 남의 눈에 띌까 밤길을 골라 오다 산그늘 밑에 뭐가 쌓여 있는 걸 보았다. 짚 얼개가 촘촘한 쌀가마니인데, 푸대가 뒤룩뒤룩 살찐 것으로 보아 조부자네 것이 틀림없었다. 이게 야밤에 왜 여기 있을꼬? 자그마치 나락 몇백 가마니가 소작인들이나 오가는 밭둑에 길게 늘어서 있었던 것이다. 잰걸음으로 가늠해도 한참을 끝나지 않는 게 족히 삼백 석은 되었다. 쭉 따라가보니 달구지 뒤쪽에 복면을 쓴 강도들이 서 있었다.

"활빈당이오. 가져가시오."

"나넌 가마니럴 들 근력도 없어라우."

"다 가져가도 된다고 동네 사람들한테 전하시오."

무서워서 뒤도 보지 않고 냅다 뛰었는데, 마을에 닿고 보니 사람들이 모여 떠들고 있었다. 활빈당이 전하라는 말을 모른 체했다간 언제 후환을 겪을지 알 수 없는 노릇이다.

"쩌그, 산밑에 쌀가마니가 있어라우. 활빈당이 가져가라고 합디다."

금방 숨이 넘어가는 소리로 용건만 전하고는 피해버렸다.

갑오년에 동학군이 두 번이나 쓸고 간 탓에 그 잔당을 찾는다고 순사들이 내리 십 년을 쑤시고 다니던 뒤끝이었다. 삼엄하기가 이루 말할 수 없던 시절에 뉘 집에서 조부자네 가마니에서 나온 쌀이 한 톨이라도 발견됐다 치면 꼼짝없이 활빈당 혐의를 뒤집어쓰는 판이다. 다들 속마음이 똑같았다. 배는 고프고 쌀가마니는 탐나지만 언감생심 아무도 엄두를 내지 못했다. 혹시라도 누가 앞장서서 손을 대준다면 그 틈에서 너 쪽박 빼돌릴 꿈이라도 꾸어보겠건만…… 이것이 주민들로 하여금 밤에 잘 생각도 없이 모여서 떠들게 만든 이유였다. 동학군의 말로가 얼마나 비참했는지를 실컷 목격한 뒤라 그 상황은 필시 조부자 댁에서나 쌀을 회수해가야 종료될 일이었다.

난리통에 장수가 나는 것이다. 이인명의 장터 이야기가 맹위를 떨치기에 너무도 좋았으니, 길룡리의 이야기마당은 눈이 몇 차례나 오는 동안 계속되었다. 쌀가마니는 눈보라 치는 벌판에서 임자 없이 나뒹굴고, 조부자네는 활빈당에게 얼마나 혼쭐이 났는지 머슴은커녕 먼 친척 나부랭이조차 코빼기도 얼씬대지 못하며, 마을 사람들은 겨우내 짚신이라도 결면서 이야기 삼매경에 빠져 있다. 그렇게 동장군이 가고 보릿고개가 시작되어도 일대에서는 아무도 나서는 사람이 없었다. 활빈당이 이를 지켜보고 있었던지 마침내 나락 가마니를 옮겨가기 시작했다. 그 많은 양식을 달구지에 싣고 가는 것이 한사코 아까워도 결코 알은체하는 사람이 없었지만 다들 달구지가 밀재 너머로 사라져간 사실만은 알고 있었다. 함평으로 넘어갔으니, 때아닌 복덩이를 차지하는 사람들이 있긴 하겠지. 활빈당 사건의 전말이 이렇게 매듭지어졌으면 얼마나 좋았을까?

하지만 머잖아 사건의 파장이 밀어닥치기 시작한다. 우선, 조부자 댁에서 세대교체가 이루어져 그의 아들 조박사가 새로운 지주가 되고, 이어서 박성삼이 마름직을 잃었다. 그리고 연거푸 동네 사람들이 소작을 떼이게 되는데, 땅뙈기 하나가 금붙이처럼 보이는 시대가 열린 것이다. 빈농의 가슴에 피멍울이 들지 않을 수 없었다. 가난한 것이 뭔 죄란 말인가? 오랜 세월 마을의 중추였던 두레도 점점 기능을 잃어간다. 예전 한때에 동학꾼들을 그토록 강력한 군대로 만든 것이 두레였다. 여기에 설상가상으로 일제가 행정단위 개편에 착수하자 사람들은 복장이 터지지 않을 수 없었다. 일제는 1909년에 이미 이씨 왕조를 격하시키는 방안으로 창경궁을 동물원으로 만들어버리는 만행을 지은 바 있었다. 그것이 1914년에 이르면 시골 마을까지 당도하여 이제 당산나무도 공동 우물도 남아나지 못한다. 조선 왕궁이 동물원이 되었듯이, 그간에 촌락 공동체를 지켜주던 삼신할미들이 사는 곳도 토막토막 쪼개져 때깔 좋은 길들이 되어간다. 소위 신작로가 생겨나는 것이다. 그리고 신작로는 역사의 두께가 두꺼운 곳을 에돌아가면서 한동네 사람들이 서로 다른 행정구역을 사용하도록 낱낱이 갈라놓는 역할을 하고 만다.

이것이 박처화의 수난기가 펼쳐지는 배경이다.

2

박처화는 여전히 구도행에 여념이 없었다. 강증산의 서거 이후, 깨달음의 길만은 도대체 다른 무엇이 대신할 수 없다는 걸 거듭 절감하던 터였다. 막연하나마 선천과 후천의 경계를 가르는 자리에 옥황상제 강증산은 알 수 없는 침묵만 남겨

놓고 떠났다. 1907년 고부에서 천지공사를 하다가 의병 모의 혐의로 모진 고문과 옥고를 치르더니 1909년 기어이 화천한 것이다. 그래도 찾아 나설 스승이 아직 남아 있단 말인가? 처화는 어느덧 유형무형의 우상을 떠받드는 종교 행위에 대한 허망함을 최종 확인해야 할 단계에 이르러 있었다. 이제 만인이 무서워서 떠는 자리를 살피지 않을 수 없었다. 이웃들이 가장 많이 찾는 곳이 절이었다. 법당에 들어가서 오른쪽에 서 있으면 부처님이 오른쪽을 본다고 했다. 왼쪽을 보면 무서운 눈동자가 또 왼쪽을 본다고 했다.

처화가 큰절에 닿았을 때 법당에는 황금 불상이 모셔져 있고, 승려들은 그 앞을 지나면서 머리를 조아렸다. 또 조석예불이며 점심 공양은 마치 효성스러운 아들이 생부모를 봉양하듯이 지극정성이었다. 처화는 이곳저곳 들여다보면서 법당 주위에 인적이 끊기기를 기다렸다. 그리고 스님들이 없는 틈을 타 몰래 잠입했다. 이제부터 불경스런 짓을 저지를 심사인 바 만일 불상에 영험이 있다면 내게 큰 벌을 내릴 것이다. 급살을 맞거나 신체의 어디가 어긋나 병신이 되어도 하는 수 없다. 처화는 작심을 하고 불상 앞으로 다가가 뺨을 냅다 후려쳤다. 왜 이게 부처님의 뺨인가, 쇠붙이의 뺨이지. 천둥벼락 소리가 들리지 않자 이번에는 옆구리를 힘껏 걷어찼다. 얼마나 떨리는지 공포감을 이기기 어려웠다. 온몸에 땀을 쏟고 가슴이 짓눌렸지만 결과가 어떻게 되는지 하룻밤을 지켜보는 수밖에 없었다. 그리고 해가 지자 심한 두려움 속에서 잠을 청했다. 다음날 일어날 때 죽어 있거나 신체 어디가 망가져 있을 것이었다. 그런데 아침에 깨어보니 표시가 나는 곳이 없었다. 얼떨떨한 기분으로 동네 한 바퀴를 돌아도 평소와 똑같았다. 사람들과 대화를 하면서 자신을 대하는 것을 봐도 역시 변화가 없었다. 산신님이 허망했고, 도사가 허망했듯이, 불상 또한 허망할 뿐이었다.

'그래서 양놈들이 불교를 우상숭배라 하는가? 그렇다면 그곳으로도 가보자.'

며칠 후 마을 사람 하나가 예복을 갖춰 입고 외출하는 모습이 목도되었다. 읍내 예배당에 간다고 해서 처화가 슬슬 뒤를 따랐다. 미국 선교사가 여덟 칸 가옥을 매입하여 설립한 교회였으니 결코 허풍스런 곳은 아닐 것이다. 직접 관찰한바 사람들의 모습은 한결같았다.

"하날 아부지, 복을 주십사. 하날 아부지, 병을 나수어주십사."

미국인 선교사가 설교하는 모습도 놓치지 않았다.

"야소님은 하늘의 독생자요. 모든 인류의 죄를 대신하여 십

자가에 못박혔소. 부귀빈천과 수명 복락이 다 하늘의 것이오."

그러면서 가리키는 하늘을 본즉 높고 푸른 허공에 무엇이 들어 있는 것 같은 느낌이 들었다. 저게 내가 어릴 때 구름을 잡으러 갔던 하늘과 정말 다를까? 그러고 보니 무섭게 푸른 하늘이 자신을 노려보는 것 같았다. 처화는 긴 막대기를 움켜쥐었다. 그리고 사나운 동작으로 찌르고 후비고 휘젓기 시작한 것이다.

"요놈으 하늘아. 니한테 영험이 있냐? 옜다, 이거라도 먹어라."

엄청난 각오를 했건만 아무리 기다려도 벌이 내려지지 않았다. 처화는 이제 훨씬 불경스런 몸짓으로 외쳤다.

"망할 놈으 하늘아. 요놈, 나한테 맞기 싫으면 소리라도 질러봐."

작대기를 쿡쿡 쑤셔 후벼도 반응이 없었다. 맹탕이로고. 하물며 산신이나 도사를 만나겠다는 생각은 얼마나 부질없고 허망한 짓이었는가? 처화는 결국 자신의 아버지 박성삼 앞에 가서 꿇어앉았다.

"혼자 공부헐라우. 바깥을 돌 일이 아니었어라우. 애저녁에 들어앉아 정진했어야 헐 일이었는디."

아버지는 언제나 최고의 후원자였다. 처화가 어떤 공부를 한다고 해도 믿고 도와주었다.

"글먼 어떡했으먼 쓰겄냐?"

"움막이라도 하나 있었으먼 좋겄어라우. 아무도 읎이 혼자
공부헐."

아버지는 다시 승낙하였다. 외삼촌을 시켜서 삼밭재에 허
름한 삿갓 초막을 짓게 한 것이다. 그리하여 이내 면벽수도에
들어갔는데, 마음은 이미 쫓기고 있었다. 세속 사회의 거친
파도가 걷잡을 수 없이 밀려오는 것을 온몸으로 느끼고 있었
기 때문이다.

아버지는 조부자네 마름을 그만두면서 손수 부쳐 먹던 전
답마저 내놓게 되었다. 겨우 개간해둔 따비밭 몇 마지기로 버
티자니 당장에 생계유지가 막막했다. 그와 동시에 건강마저
악화되어 바깥출입을 못하고 시름시름 앓기 시작하더니, 아
침저녁으로 찬바람이 불면 기침 가래로 숨이 자지러지는 곤
욕을 치렀다. 지병인 해수, 천식이 도진 것이다. 날마다 소작
인들과 일꾼들의 내왕으로 북적거리던 집안이 식구들만 들밭
으로 나가고 나도 괴괴하게 정적이 감돌아 아버지의 콜록대
는 기침소리가 크게 울렸다. 순식간에 집안 살림이 기울어갔
다. 처화의 구도행에 들어간 돈 외에도 소작인들이 보릿고개
를 나느라 진 빚을 조부자 아들 조박사가 긴급히 회수하겠다

고 나선 것이다. 농사를 지어야 한푼이라도 만질 수 있는 궁촌 작인들이 마지막 논뙈기조차 떼이고 나자 하나같이 빈 몸뚱이가 되어 모든 책임이 아버지에게 돌아왔다. 우환중 처화도 결혼 사 년 만에 딸을 낳아 핏덩이를 마당가에 버려둘 수 없었다. 아버지의 병환은 나날이 깊어가고 집안 살림은 걷잡을 수 없이 기울어져갔다. 그래, 먼 곳은 엄두도 못 내고 어릴 적에 산신님을 찾던 삼밭재 개미절터에 칡넝쿨로 얽어 지은 삿갓집에 들어앉아 선천과 후천이 나뉘는 우주의 계절을 홀로 읽는 독수獨修 독공獨工에 들어간 참인데, 하루는 헐레벌떡 동생이 뛰어왔다.

"성! 아부지가 이상해. 얼릉 가봐, 얼릉."

급박하게 내려가보니 전혀 다른 낯빛이 되어 있었다.

"니가 깨닫는 걸 못 보는 것이 한이구나. 꼭 소원성취를 해야 쓴다."

이렇게 뉘우칠 틈도 없이 숨을 거둔 것이다.

박처화는 참담했다. 그해는 경술년, 일제에게 조선을 강점당하는 국치를 겪은 뒤에 초겨울의 문턱에서 부친까지 잃었으니, 나라 잃은 설움과 한 인간의 몰락과 한 가정의 파탄이 함께 찾아온 것이다. 기가 막힌 처지련만 주섬주섬 상복을 챙겨 입고 곡하는 일 외에는 할 것이 없었다.

'내 이를 장차 어찌할꼬.'

빈소에는 생전에 인사 다니던 소작인들의 자취가 없고, 아버지를 모실 장지 마련이 안 되었어도 돕겠다고 나서는 이가 없었다. 멀지 않은 곳에 선산이 있지만 자별하던 일가들조차 자기네 묏자리도 부족하다면서 난색을 표했다. 처화는 사정을 해볼 데가 의형 김성섭밖에 없었다.

"아우님, 속상했겠네. 우리 종중산에 안장허세."

"성님, 고맙소."

이렇게 해서 상여가 나가게 되었다.

　　어─노 어─노 어한이 넘자 어─노
　　북망산이 멀다더니 앞 냇물 건너니 북망일세

마을 판관의 뒤끝이 그리도 허망했다.

　　어─노 어─노 어한이 넘자 어─노
　　명사십리 해당화야 이 꽃 진다 설워 마라

일할 때는 보이지도 않다가 상주가 되어서야 전모를 드러낸 처화를 향해 마을 사람들은 다투어 구시렁거리기를 마다 하지 않았다.

"죽은 양반 아달이 영판 잘났어. 근디 히말테기가 읎당게. 사람이야 어질어빠지고 좋제만 아무 실속이 읎단 마시."

한심한 상주에게 삼우제가 끝나기 무섭게 조박사 집에서 사람을 보내왔다.

"선친이 진 빚을 빨리 안 갚으먼 난리가 몰아칠 것이라 합디다."

조부자를 위해 그토록 열심히 일했건만 조문은커녕 빚쟁이 노릇부터 하는 것이 기가 막혔다. 처화는 이제 도고 수양이고 한 발짝도 뗄 수 없게 되었다.

'내 이를 장차 어찌할꼬.'

3

처화는 4남 2녀 중 삼남이었다. 큰형은 양자 갔고, 둘째형은 죽고, 누이는 출가하고, 동생은 어렸다. 가계를 책임질 사람이 없었다. 시간이 흐를수록 아버지의 공백이 너무도 컸다. 살림은 갈수록 기울고 아내의 고생은 날로 심해졌다. 어머니는 늙고, 아내는 어린 자식을 기르며 힘센 장정들이 하는 일을 도맡아 했다. 낮에는 논밭에 나가 곡식을 가꾸고 김을 맸다. 밤이면 보리 수수 벼 등을 절구통에 찧어서 끼니를 장만했고, 짬짬이 길쌈에 땔나무까지 해 날랐다. 인간의 세속적인 행복의 최고의 성채는 가정이다. 가정의 안정이 만사의 근원이다. 그러나 한편으로 가장 큰 장애물이 그것이었다. 처화는 가슴이 아팠다. 옥녀봉, 마당바위, 또 도사를 찾아 헤매던 길들을 돌아보았다. 세월만 흘렀을 뿐 갈 길은 아득히 멀기만 했다. 내 이를 장차 어찌할꼬.

처화는 장승처럼 우두커니 서 있기 일쑤였다. 자꾸만 이웃들이 소곤대는 소리가 들렸다.

"안 되얐어. 부친상 당하고 길이 막혔당게. 화병이 들어서 우두커니가 돼분 거여."

귓속말로 속삭이는 소리가 낭떠러지에 떨어지는 폭포 소리처럼 컸다. 자신의 처지가 딱할 뿐이었다. 이제 어떻게 해서든 빚으로부터 놓여나지 않으면 안 되었다. 그래서 여기저기 사람들도 만나보고, 이것저것 손도 대보았으나 쉬워 보이는 일이라고는 하나도 없었다. 그때 찾아온 어른이 아버지의 친구 김성서였는데, 대뜸 처화를 부르더니 형편없이 변한 얼굴을 보고 개탄부터 했다.

"세상이 망가져부렀네. 인자 6걸 시대가 아녀."

처화는 뭐라 할말이 없었다.

"심려를 끼쳐드려서, 염치가 읎구만이라우."

김성서 어른은 이 얘기 저 얘기 끝에 물었다.

"자네, 밥장사 한번 해볼랑가?"

마음이야 굴뚝같지만 그 또한 속수무책이었다. 최소한의 밑천도 없이, 주막은 어디에 차리며 음식은 누가 만든단 말인가? 한참을 머뭇거리자 어른이 처방을 내렸다.

"노는 흙구덩이가 있는디 밥집 자리가 될랑가 모르겠네. 글고 내 누이가 길러서 시집보낸 아이가 과부가 됐어. 음식 솜씨가 여간 아니네. 데리고 허소."

이렇게 해서 난데없이 주막을 차리게 됐다. 처화와 바랭이네가 만나서 차린 이 주막은 길룡리 앞길을 오가는 사람들의 새로운 사랑방이 됐다. 당산나무가 사라지고 공동 우물이 신작로가 된 탓에 구심점을 잃은 사람들은 틈만 나면 주막에 와 진을 쳤다. 특히 바랭이네는 얼굴에 살짝 곰보가 얽은 값을 하느라 술 담그는 솜씨가 남달랐다. 독하기로 유명한 법성 토주, 즉 '빼갈'이 일품이었다. 정확한 내력도 주조법도 알 수 없는 증류주를, 바랭이네가 자기만 아는 '약주정'을 써서 고두밥에 발효시켜 내놓으면 술꾼들은 그것을 옥황상제님의 하사품쯤으로 알고 마음껏 호기를 부렸다.

하지만 장 구경깨나 하고 다닌 사람의 눈에는 주막이 망할 것이 너무나 분명했다. 앉음새는 그럴싸했으나 장사해서 이문을 남긴다는 게 뭔지 모를 까닭이 손가락으로 세어서는 모자랄 지경이었다. 동네 장사는 외상 장사이고 처화는 상인이 아니라 도인이었다. 게다가 주막집 부엌데기조차 부처님 가운데 토막이어서 정성껏 만든 음식을 아무 입에나 섬겨 바칠 줄만 알지 대가를 받으려 하지 않았다. 아예 숫자를 셀 줄 모르는 사람 같았다. 절에서 시주받아서 일하는 불목하니가 따로 없었다. 그 집을 찾는 손님들조차 마찬가지여서, 바랭이네가 만든 술이 조금만 순했어도 덜했을 텐데 사내들이 앉았다 하면 외상술로 코가 비뚤어지느라 말이 되든 말든 수운 대신사大神師부터 찾았다.

"궨 양반은 수운 선생 칼노래 들어봤당가?"

처화야 열 번을 물어도 웃고 말지만, 장사치로는 꽉 막힌 절벽이었다. 틈만 나면 도를 닦느라고 자리를 비웠으니, 그나마 어쩌다 들르는 외삼촌 유성국이 챙겨주지 않으면 다음날 쓸 찬거리값도 만들어내지 못했다. 주막집 공기가 이렇다보니 유성국의 친구 이인명이 나서서 열 번이고 스무 번이고 충고를 해야 했다.

"현찰 장사럴 해야 허는 법이여. 주막을 칠산 파시로 옮기

잔 말이세."

그 무렵이면 이미 술장사든 밥장사든 신식 바람을 타지 않으면 안 되었다. 왜놈들이 부쩍 늘어나면서 천하의 중심이 논두렁에서 장터로 옮겨가던 것을 주막집 주인은 아는지 모르는지 대꾸도 없고, 객들만 나서서 떠들던 끝에 주막은 양식값도 모자라서 문을 닫고 말았다. 그래, 이인명이 노루목 고샅길에 짝다리를 딛고 서서 제 친구 유성국에게 목이 쉬어라 하고 훈계를 해대었다.

"팔도 기생이 대궐로 불려가던 때넌 옛날이여. 이제 칠산 바다로 출장을 온당게."

"그러기까지야 할라등가?"

"음마. 파시가 목숨줄이랑게는."

틀린 말은 아니었다. 파시에 나가야 장사가 될 터이긴 하지만, 워낙에 천하의 잡놈들이 모이는 곳이라 기골이 장대한 떡대가 끼어 있어야 한푼이나 만져도 감당이 된다는 것이었다. 이인명은 처화 같은 사람이 서 있으면 역할이 저절로 이루어진다고 입맛을 다셨다. 왜냐? 인물값이라는 게 있다는 것이다. 유성국도 그런 생각이 없지 않지만 조카의 관심이 너무 먼 데 있어서 말을 붙여볼 엄두가 나지 않았다.

"묻지 마소. 우리 성님이 움막 지어준 야그 안 들었는가?

당장이야 빚잔치하느라 난리지만 그래도 도꾼이여. 온통 딴 생각인디 거그다 대고 뭣이라고 할 거여?"

"음마. 삭신을 꿈쩍거려야 밥이 나오제. 밥이 나와야 도도 나오고."

이 의견은 마침내 처화에게로 옮겨가 타리 파시까지 돈 벌러 가기로 발전하게 되었다.

거기에 동원될 바랭이네는 아무 낙이 없는 상태였다. 주막을 닫던 마지막 장면은 너무나 가슴이 아파 세상이 영영 무너질 것만 같았다. 장사 밑천이 거덜이 났는데도 처사 양반은 아무 소리 없이 먼산이나 쳐다볼 뿐이었다.

"이 일을 장차 어찌할꼬?"

"주막 땜에요?"

"아니, 아니. 미안허네."

그래서 다시 마음을 다잡고 삯품거리라도 있는가 봐야겠다, 마음먹고, 한숨을 늘어지게 쉬는 판에 처화 쪽에서 의중을 물어왔다. 파시에 갈 터인즉 밥을 해주고 살림을 돌봐줄 이가 필요하다는 것이었다. 그날로부터 바랭이네는 장사를 떠날 준비를 하느라 정신없었다. 여러 달이 걸리는 장삿길이라 필요한 물자며 그동안 먹고 잘 살림 도구를 장만하느라 서두른 지 사흘 만에 법성포 앞에 서게 된 것이다.

바랭이네는 그 시절만 생각하면, 처사 양반은 어떤 상황에 내놓아도 하늘이 결코 버릴 사람이 아니라는 확신이 섰다. 파시에 가득찬 장정들 속에서도 당당하던 모습이며, 풍랑에 까무라쳐가는 배를 다잡아 무사히 섬까지 당도시키던 일이며를 자신은 도무지 말재간이 모자라서 남들에게 들려줄 수 없었다. 이렇게 참으로 어처구니없이 임자도 타리 파시로 장사를 떠나서는 불과 삼 개월 만에 돈을 벌어온 처화는 무엇보다 조박사네 빚부터 갚고 손을 털어버렸다. 놀랍고 놀라운 일이었다.

4

한번 돈 버는 요령을 터득한 사람이 그것을 버리고 다시 가난한 자리로 돌아가는 모습을 나는 본 적이 없다. 그런 엄청난 풍경은 동서고금의 성자들에게서도 보기 힘든 일이다.

세속 사회의 모든 악행은 '간난艱難'의 두려움에서 비롯된다. 좋은 옷과 맛있는 음식과 쾌적한 집을 갖다주는 것은 결국 부富이다. 그것들에 대한 관심과 염원은 필경 부자가 되어야 한다는 데에 귀결된다. 부만이 인간 세상의 관심의 초점인 것이다. 그러나 석가모니는 이와 같은 것에 대한 욕심을 버리라고 설법하였다.

해탈은 가난함에 있다.

옛사람들도 '길은 가난함에 있다'고 가르쳤다. 가난은 현자들을 끌고 다닌다. 길에서 살아보면 세상을 알 수 있을 것이다. 뜬구름은 쉬지 않고 흘러가고, 흐르는 물은 흐르고 흘러 멈추지 않는다. 그 구름처럼, 그 물처럼 사는 자를 불가에서는 운수납자雲水衲子라 한다. 기독교도 마찬가지이다. 예수 그리스도는 하늘나라는 가난한 자의 나라라고 했다.『마태복음』에 나온다.

공중의 새들을 보아라. 그것들은 씨를 뿌리거나 거두거나 곳간에 모아들이지 않아도 하늘에 계신 너희의 아버지께서 먹여주신다.

예수는 또한 들판의 꽃을 가리켜 말했다.

들꽃이 어떻게 자라는지 살펴보아라. 그것들은 수고도 하

지 않고 길쌈도 하지 않는다. 그러나 온갖 영화를 누린 솔로
몬도 이 꽃 한 송이만큼 화려하게 차려입지는 못하였다.

과연, 무엇을 먹을까, 무엇을 마실까, 또 무엇을 입을까 걱
정하지 말라! 이 자리가 바로 성자의 자리이다. 처화는 타리
파시에서 돌아올 때 여기에 도달해 있었다. 그것을 알아본 사
람은 바랭이네밖에 없었다. 아니나 다를까, 처화는 조박사의
빚을 청산하더니 태연하게 제자리로 돌아갔다. 인간의 생각
이 얼마나 쉽게 교란되는지를 그는 이미 뼈아프게 목격했다.
눈도 반쯤은 열리고, 진리의 빛도 희미하게 비치기 시작했으
니, 그는 일상의 먼지에 덮여 있어 참다운 모습을 볼 수 없었
던 인간 존재의 '있는 그대로의 모습'이 어렴풋이 보이는 것
같았다. 세상의 어지러운 소리들 너머에 있는 것을 항용 '볼
수 있는 눈'과 '들을 수 있는 귀'를 얻자면 어떻게 해야 하는
가? 한때는 열심히 스승을 찾아다녔으나 이제는 그런 생각
도 필요 없게 되었다. 그래서 자신과 함께 걸어줄 수 있는 것
은 자신의 그림자뿐이다, 생각했다. 구도자의 마지막 관문을
넘어서기 위한 외로운 삶이 시작된 것이다.
제자들은 이 시기를 '강변입정상江邊入定相'으로 그렸다. 우
연히 떠오르는 주문을 외우기도 하고, 때로는 등신상처럼 한

곳에 우두커니 서서 깊은 명상에 빠져들기도 하던 때, 그는 오직 한 생각만으로 아침에서 저녁에 이르는 삶을 살았다고 한다. 남들은 그가 호랑이와 싸우는지 사자와 싸우는지 알 수 없지만, 간헐적으로 전해지는 목격담은 그가 너무도 처절하게 살았음을 보여준다. 귀동냥한 바를 재구성하면 이렇다.

처화는 늘 병자처럼 보였다. 추운 겨울에도 불기 없이 싸늘한 방에서 지냈다. 세간의 이목 따위는 안중에도 없었다. 자신의 고백은 이렇다.

혹은 산에 들어가서 밤을 지내기도 하고, 혹은 길에 앉아서 날을 보내기도 하며, 혹은 방에 앉아 뜬눈으로 밤을 새우기도 하고, 혹은 얼음물에 목욕도 하며, 혹은 절식도 하고, 혹은 찬 방에 거처도 하여, 필경 의식을 다 잊는 경계에까지 들었다.

그는 끊임없이 의심과 불안과 공허감에 휩싸여 있었다. 이끌어줄 사람도, 공감해주는 사람도 없었다. 상황은 날로 어려워져가건만 흔하디흔한 도반道伴 하나 만날 수 없다니! 말하자면 그는 배 한 척은 물론 지칠 때 발붙일 섬 하나 없이 망망한 바다 한복판에 떠 있었다. 주위는 한 치 앞도 볼 수 없는 암흑이었다. 도망칠 수도 없고 지름길이 있는 것도 아니었다.

그럼에도 의심하지 않고는 어떤 것도 그냥 받아들이지 않았다. 그러다보니 사소한 일들까지 의심 덩어리가 되어 기혈의 순환을 막고 세포의 활동을 방해하며, 육신을 구성하는 것들을 하나하나 파열시켜갔다. 밤마다 격렬한 기침과 고열로 시달렸다. 점점 복부가 보기 흉할 정도로 팽만하게 솟아올랐으며 온몸은 만신창이가 되었다. 그것이 부스럼 딱지로 응고되는 것을 누가 지켜봐주기라도 할까? 다음과 같은 술회의 행간을 보라.

　들여다보는 사람도 없었다. 지나가는 새도 가까이 안 지나갔다.

　구호동에 사는 가족들과 바랭이네는 근심이 몹시 크지 않을 수 없었다. 그가 조금만 의식을 챙기지 않거나 참을성과 용기를 잃어도 완전히 미치광이가 될 상황이었다. 너무나 가난했다. 그것을 처화와 의형제를 맺었던 김성섭이 딱하게 여겨 자주 아들을 시켜 조밥 한 그릇을 갖다주곤 했다. 심부름을 했던 아들은 이렇게 말한다.

　머리는 빗지 않아 산발하고 침식을 잊고 푸대 모양 앉아 있었다.

그렇게 스물네 살 정초가 되었다. 무장 선운사에 가면 뜻을 이룰 수 있다는 말을 듣고 산내 암자에 가 있고자 했으나 사람들의 왕래가 많아서 번거로웠다. 자리를 옮기기도 여의치 않았다. 집에서는 당장 먹고 살 끼니도 없는 터에 타관에 가서 살 여비는 엄두도 낼 수 없었다. 그런 사정을 알고 김성섭이 찾아왔다. 그는 살림을 잊고 궁핍을 견디며 수양에 들어간 처화를 위해 가끔 살림을 보조했고 어떤 때는 공부하는 비용을 전담하기도 했다. 이번에는 고창 심원 연화리에 좋은 곳이 있다고 가자고 했다. 그의 친지가 지은 초당이 연화봉에 있는데, 인근 소재지에서 한의원을 해서 살림이 넉넉한 편이라, 멀리 곰소항을 낀 서해 바다가 아련히 내려다보이는 초당을 그냥 빌려 써도 된다고 했다.

그리하여 3월 초순, 겨울도 아니고 봄도 아닌 어느 날, 처화는 쌀 한 말과 간장 한 병을 가지고 김성섭과 함께 초당을 찾았다. 사람이 거처하지 않던 빈집의 싸늘한 적막 속에서 두 사람은 첫 밤을 맞이했다.

"적적하지 않겠는가?"

"성님도 참 별말을 다 허요."

다음날 김성섭이 떠나고 나면 처화는 사실상 외톨이 은둔자로 지내는 수밖에 없었다. 그것은 마치 세상을 등지는 일 같아서, 바람 속에서 끼니를 때우고 이슬을 맞으며 잠을 자는 풍찬노숙이나 한가지였다.

그 시절에도 처화는 시종 만물의 본체本體에 대해 관심을 집중한 것으로 보인다. 그래서 머릿속에 무엇이 한번 들어서고 나면 시간이 쏜살같이 흘러가는 것을 느끼면서 수양력을 얻는다. 생각이 한 방향으로 사뭇 깊어져갔다는 얘기이다. 한번 자리에 앉으면 며칠을 그대로 배겼다. 구태여 밥 짓고 잠자고 옷 갈아입고 할 것도 없이 줄곧 입정이 계속되었다. 봄눈이 녹지 않은 추위 속에서 불기도 없는 방에 앉아 정진하다 잠이 오면 골짜기에 내려가 몇 동이씩 물을 끼얹어 정신을 차렸다. 난행이다. 그것이 얼마나 치열했는지를 보여주는 일화가 있다.

어느덧 산속에 눈 녹는 소리가 들리면서 겨울이 물러가자 하루는 아주 예쁜 아가씨가 나물바구니를 끼고 찾아왔다.

"뉘신데 이 깊은 산중에 들어왔소?"

아가씨는 한참 만에 떠듬떠듬 이실직고를 했다.

"쥔집 딸인디요."

"귀한 분이시네. 근디 용무가 뭣일게라우?"

"저희 집에서 하룻밤 묵으실 적에 뵈었는데."

"초막을 쓰게 해줘 얼마나 고마운지 모르겠소."

"나넌 어르신께서 보통이 아니라고 느꼈어라우."

"시방 내가 뭘 하는지 알지라우?"

"자꾸 떠올랐어라우. 그래서 부끄럼을 무릅쓰고……"

살펴보니 천방지축 나대는 성미도 아니고 행동거지가 산만한 처녀도 아니었다. 하지만 처화는 조금도 망설이지 않았다. 저 아가씨가 나타나기 전과 나타난 다음은 무엇이 다른가? 그래서 마음이 상하지 않게 조심스럽게 말했다.

"서 있지만 말고 앉으쇼. 나는 밖에 하던 일이 있응게."

금방 돌아올 것처럼 말하고는 건너편 산 위로 올라가 입정삼매에 들어가버렸다. 그리고 다음날 연화동 시절을 마감했다.

훗날 회고에 의하면 이때, 초당에서 수행 정진기간 동안 방에 불을 때지 않았기 때문에 해수병을 얻었다 한다. 그와 함께 그에게서 이적異蹟이 나타나기 시작했다. 아무도 없이 혼자 여러 달을 났는데 처음 가져간 쌀 한 말이 두 되나 남아 있던 일, 길을 가다 사람들이 둘러앉은 화롯가에 마음을 주자 곧 불기둥이 솟구쳐올랐던 일, 두레박이 없는 우물에서 물을 마시고 싶어하자 물기둥이 올라왔던 일, 산너머 마을의 모습이 눈에 환히 보였던 일 등등 말이다.

5

처화는 다시 노루목으로 왔다. 몸은 옛 자리로 돌아왔지만 마음은 여전히 백척간두에 서 있었다. 이제 지쳐서 단지 숨 쉬고 사는 것도 쉽지 않았다. 주위에서 무슨 일이 일어나는지도 알 수 없었다. 입맛도 완전히 잃었다. 여러 날이 지나도록 배고픔도 갈증도 느끼지 못했다. 그를 염려한 바랭이네가 강제로 입에 밥을 넣고 물을 부어넣어야 했다. 몸뚱이라는 것이 도대체 있는 것 같지도 않아서 그것을 느끼기 위해 가끔 상처를 입혀야 했다. 머리가 제대로 붙어 있는지 벽에다 이마를 찧어보기도 했다. 말 한마디 꺼낼 수 없을 때도 있었고, 때때로 정신이 돌아와 대화를 하던 도중에 자신의 말을 잊어먹기도 했다. 이상한 일이 아닐 수 없었다. 급기야 정신을 놓기까지 하다니! 이런 낭패가 어디에 있단 말인가? 그는 입을 열면 마구 지껄이는 소리가 터져나오는 현상 때문에 그저 벽을 쳐다보며 숫자 놀이로 다스려야 할 때도 있었다.

일타동공일타래, 이타동공이타래, 삼타동공삼타래……

의식이 초점을 되찾기까지 몇 달이 걸렸다. 곁에서 도와주는 사람이 있으면 좋았을걸. 하지만 이웃들의 눈에 띄면 용천뱅이문둥병자가 되거나 쓸모없는 폐인으로 낙인찍히기 십상이었다.

믿어주는 사람은 오직 바랭이네뿐이었다. 바랭이네는 남의 논밭에 나가 품팔이를 하면서 겨우겨우 끼니를 이었다. 여름이면 지붕에서 빗물이 새었고, 겨울에도 방을 덥힐 땔나무가 없었다. 집은 지붕을 일 수 없어서 언제나 금방이라도 무너질 것처럼 위태로웠다. 그럼에도 도대체 변할 기미라곤 없었다. 끼니를 변변히 이을 수 없고, 자식 둘을 거둬 먹이기도 힘든 판에, 또 옷가지가 한 벌뿐이어서 빨래를 하는 날은 이불을 둘러쓰고 지내고, 장마에 일거리가 없을 때는 나물죽으로 연명하는 게 과분할 정도가 되어도 바랭이네는 처화에게만은 지극정성이었다. 그녀에게는 병든 처화가 귀인이요 성자였다.

안타까운 일이다. 그러는 동안에도 처화는 어느 때는 분별이 있는 듯싶다가 혼몽에 빠지고, 정신이 다시 돌아온 듯싶다가 망각의 세계로 빠져들었다. 장마가 지는 동안, 빗물이 새어서 방바닥이 도랑이 되어 무릎 아래로 흘러도 처화는 '방에는 작은 못, 부엌에는 큰 못'이 되도록 놔두고 살았다. 그것을 바가지로 품어내고 걸레로 훔쳐내는 일은 다 바랭이네의 몫이라 한번은 바구니를 들고 산비탈로 나물을 캐러 갔다가 실신하고 말았다. 사흘을 굶은데다 방안 곳곳에 물이 고여 잠을

186

못 잔 터라 기진맥진하여 나물을 캐다가 정신을 잃은 것이다. 그때 지나가던 행인이 양식 두 되를 살 돈을 주어서 바랭이네가 자루를 들고 재 너머 마을로 가다가 또다시 쓰러지고 말았던 이야기도 오래오래 전해진다. 바로 그 집, 몇 해를 개초하지 않아서 지붕이 썩을 대로 썩고 잡초가 무성하여 가랑비가 내리면 작은 물방울들이 모여서 방안에 뚝뚝 떨어지기까지 했다고 김형오는 말한다.

집은 모두 헐어서 풍창파벽風窓破壁이 되어서—벽도 창도 절단나서—바람은 들어오고, 지붕은 모두 썩어가지고 서까래가 총부리 나오듯이 나오고 지붕 위에선 백동아童과 가시꽃이 허옇게 피고, 그리고 하늘에 가랑비가 오면 방안에는 큰비가 되어 떨어지는데 그 간장국 같은 물이 흘러내리고 하니 누가 들여다보냐 그 말이여.

기록에 의하면 그 시절 처화는 최하 세 번 입정에 든 것으로 되어 있다. 한 번은 밥을 먹다가 동작을 멈춘 일인데, 어느 날 바랭이네가 품을 팔아서 보리밥 한 그릇을 준비하여 처화에게 올렸다. 그날도 꽁보리밥이지만, 바랭이네는 처화를 교주처럼 모시는 사람인지라 갖은 정성을 다하여 차려주고는 품 팔러 갔다가 점심때가 훨씬 지나서 돌아왔는데, 웬일인지 처화가 밥상 앞에 앉아 있었다. 아이고, 저 양반이 어쩌다 점심 챙겨 드실 생각을 다 했네, 하면서 다가갔다가 깜짝 놀랐다. 자기가 차려준 그릇이 그대로였던 것이다. 꽁보리밥은 바짝 말라서 더욱 새까맣고, 파리떼까지 달라붙어서 쳐다보기도 징그러웠는데, 처화는 아침 모습 그대로 한 손에 숟가락을 든 채 눈을 감고 앉아 있었다. 두번째 이야기는 더 황당한 것이다. 처화가 귀영바위 가는 길에서 오줌을 누다가 수습할 새도 없이 그냥 우뚝 선 채로 한나절을 흘려보내는 일이 생긴 것이다. 그리고 세번째는 무더운 여름날, 선진포 나루터에 서 있는 느티나무가 쓸쓸한 그림자를 드리우던 무렵이었다. 극성스럽던 매미 울음도 잦아들어 사위가 정적에 빠져 있는데, 법성포 장에 갔다 오던 사람들이 한 젊은이가 장승처럼 꼼짝 않고 우뚝 서 있는 것을 보았다. 옷은 허름하고 몰골은 초라한 사람이 산 건지 죽은 건지 분별하기 어려운 모습을 하고 길가에 나무처럼 그냥 꽂혀 있어서 다가갔다가 깜짝 놀랐다고 한다.

　"아니 이 사람, 여기서 뭐하는 거여?"

　처화는 장승처럼 답이 없었다.

　"정신 차리소, 이 사람아."

한참을 지나서야 눈을 뜨고 두리번거렸다.

"여그가 어딘가?"

"실성했나벼. 선진포제 어디여?"

처화는 멀뚱멀뚱 쳐다보다가 생각난 듯이 말했다.

"아하! 내가 장에 가다가 뭔 생각에 잠깐 빠졌나벼."

"아니, 그럼 종일 서 있었단 말여? 큰일이네, 이 사람."

소문은 삽시간에 퍼졌다. 그리고 그것은 가까운 이들에게 금방 확인되었다. 처화는 행동만 이상해진 게 아니라 설상가상으로 온몸에 종기가 가득해서 고름이 흘러내렸고, 해수증이 그치지 않아 기침을 달고 살았다. 끼니를 잇기 어려워 영양실조에 걸린데다 뱃속에는 소위 화병이라 부르는 적癰이 들었다. 늠름한 기상과 장대한 기골은 찾아볼 수 없었다. 차마 눈뜨고 볼 수 없는 문둥병 환자 같아서 마을 사람들은 노루목 근처조차 가기를 꺼려하였다. 폐인 취급을 받게 된 것이다.

"젊은 사람이 안됐어. 인물이 좋았었는디."

집안 이야기도 거론되었다.

"선친께서 덕을 많이 쌓았는디. 아부지 묏자리를 잘못 쓴 거 아닌가 몰라."

그것이 누구보다도 걱정되는 사람은 아내 양씨였다. 양씨는 밤마다 큰골 정자나무 샘터에 올라 정화수를 떠놓고 빌어야 했다.

"우리 바깥양반 소원 좀 풀어주시요. 지발 그 양반이 아프지 않게 해주시요."

바랭이네도 노루목 집 샘에서 정성을 들여 기도했다. 하루는 처화가 그 모습을 보고 물었다.

"바랭이네는 뭔 기도를 그렇게 올리는가?"

"처사 양반, 병 나으시고, 고을 원님 되시라고 기도했어라우."

"허허, 고을 원님이 뭐여. 이왕이면 온 세상을 구제허는 사람이 되라고 빌어야제."

6

스물다섯 살 되던 해 8월 15일에 둘째아이가 태어났다. 처화의 입정 상태는 더욱 깊은 단계에 가 있었다. 영문靈門과 혜문慧門이 열렸다 닫히기를 반복했다. 어떤 때는 영문이 열려 하루에도 밤과 낮으로 한 달에도 선후 보름으로 밝았다 어두웠다 하는 변동이 생겼다. 혜문이 열릴 때는 천하에 모를 일이 없고, 땅 위에 못할 일이 없이 자신감이 들다가도 닫히고 보면 제 몸 하나도 어찌할 수 없이 가라앉았다. 처화는 혼몽 중에도 무엇에 홀린 것 같은 상태에 빠지지 않으려고 노력했고, 잠시도 정신줄을 놓치지 않으려고 애썼다.

그리고 그다음 과정은 나 같은 범인은 짐작하기 어려운 영역에 속한다. 박용덕의 기록을 간추리면 이렇다.

이제 그 자신에게 변화가 오기 시작했다. 그의 힘이 미치지 않는 곳에서 어떤 일들이 일어나고 있었다. 그는 무엇인가를 끝없이 찾아 헤매고 있었다. 알지도 못하면서 숱한 문을 두드렸었다. 이제 아무것도 바라는 것이 없게 되었을 때 그 문이 열리려 하고 있었다. 그는 조용히 앉아서 명상했다. 그러고는 점차 그 중심부로, 그 공간으로, 아무런 행위도 하지 않으면서 다만 내가 있는 곳, 하나의 존재로서, 하나의 관찰자로서 있는 그곳으로 들어가기 시작했다. 명상은 점점 깊어져갔다. 여러 체험들은 그를 마지막 폭발로 이끌어가고 있었다. 명상의 신비 속으로 더 들어가자 그가 갖고 있던 의문들이 걷히기 시작했다. 더이상 갈 데가 없는 지점까지 나아간 것이다.

그러다 병진년 음력 3월 스무엿샛날(양력 4월 28일), 그는 문득 깨달았다. 수많은 날을 스스로 시험하고 애쓰고 갖은 방법을 동원해 알고자 해도 왜 아무 일도 일어나지 않았는

가. 바로 그 노력이 가로막고 있었다. 사다리(방법)가 그를 지붕 위로 올라가지 못하도록 막고 있었다. 찾으려는 욕망이 장애물이었다. 그런데 며칠 전 처화는 기진맥진하여 모든 노력을 포기해버렸다. 더이상 찾아나가는 일을 그쳐버린 날, 자신이 더이상 무언가 찾지 않고 있을 때, 더이상 어떤 일이 일어나기를 기대하지 않게 됐을 때, 그것은 일어나기 시작했다. 그 어떤 것도 아닌 것으로부터 새로운 에너지가 솟아났다. 그것은 어떤 것도 아니면서 또한 모든 것으로부터 오고 있었다. 그것은 나무들 속에 있었다. 돌멩이들 속에, 하늘에, 태양에, 그리고 공기 속에, 삼라만상 일체 모든 것에 있었다. 아주 멀리 있다고 생각했던 것이 아주 가까이, 바로 곁에, 자신 안에 있었다.

그 얼마 동안 아주 무력하고 희망도 없는 상태 속에 살았다. 그러나 동시에 무언가 일어나고 있었다. 더이상 바라는 것이 없는 상태는 절대적인 것이었고 완벽했다. 희망이 사라졌고 그에 따르는 절망마저 사라졌다. 그것은 송두리째 새로운 체험이었다. 아무것도 바라는 것이 없는 것, 그것은 결코 부정적인 상태는 아니었다. 그것은 완전한 긍정적 상태였다. 그것은 없음만이 아니었다. 새로운 있음이 느껴졌다. 무언가 속 안에서 흘러나오고 있었고 넘쳐나고 있었다.

그 얼마 동안은 엄청난 탈바꿈, 완전한 탈바꿈의 시간들이었다. 그리고 그 마지막날에는 통째로 새로운 에너지를 가진 존재, 새로운 빛, 새로운 기쁨이 너무나 강렬해서 참을 수 없을 정도였다. 마치 자신이 사방으로 터져나갈 것 같았고, 넘치는 환희를 못 이길 것만 같았다. 일어나고 있는 일들을 이해하는 게 불가능했다. 그것은 도저히 이치에 안 맞는 세계였다. 윤곽을 잡기 힘들고, 테두리를 정할 수도 없고, 말이나 어떤 표현을 쓰기도 어려운 세계였다. 모든 말들이 힘없어 보였고 이 경험을 드러내기 위해 사용되어온 모든 말들이 나약하고 덧없어 보였다. 그 경험은 그토록 생생하고 살아 있었다. 그것은 굽이쳐오는 환희의 물결이었다.

5장

옛사람이 먼저 보았네

1

어떤 사람의 어떤 하루는 칠십이억 명의 운명과 관계된다. 처화가 감히 그런 하루를 겪었다고 생각한 날이 있었다. 그래서 기념하게 되는, 그가 자신의 생애에서 골라낸 '유일한 하루'는 자신만의 것이 아니라 누구나의 것이었다. 이는 석가탄신일이나 아기 예수가 태어난 날과는 많이 다르다. 그가 선택한 날은 '한 위대한 인격체'가 출생한 날이 아니라 지상에서 고통을 겪는 '보편적 생명체 하나가 선천先天에서 후천後天으로, 두 하늘의 경계를 넘은 날'이었으니까.

그날은 서력西曆으로 1916년 4월 28일이었다. 박처화는 누추하고 좁다란 방, 길룡리 노루목의 오두막집에서 눈을 떴다. 왜 하필 그곳이었을까? 누가 점지해둔 것처럼 간택된, 자신도 모르는 한 우연이 거기에 있었다. 기록에 의하면, 영촌에서 구호동으로, 구호동에서 다시 노루목으로 도합 세번째 이사를 한 집이었다. 집 뒤에는 야트막한 동산이 마치 닭 한 마리가 기지개를 켜는 듯이 서 있는데, 그 발밑을 실개천이 감싸고 빙 휘돌아나간다. 개여울이 부서지는 지점은 아무데서나 봐도 아름답지만, 그 자리를 더욱 절경으로 만드는 곳은 따로 있었다. 영촌 생가 터에서 바라보면 지금도 보인다. 저 옛날, 보름달이 떠오를 때면 어린 박진섭이 어머니의 등에 업혀서 달을 잡으러 가자고 보채던 노루목 현지, 그곳은 바라보는 자의 마음까지 두둥실 떠오르게 한다. 나는 앞에서 인간의 첫 기억이 생애의 비밀을 풀어갈 열쇠라고 얘기한 적이 있다. 박처화가 생애 최초의 기억으로 간직했던, 만물의 본질에 닿고 싶은 흰 그늘의 자리에서 하필 그날을 맞다니!

나이 스물여섯 살. 한 새벽에 처화는 전혀 다른 얼굴이 되어서 눈을 떴다. 몇 시간 전까지도 병자인지라 육신이 망가지고 정신도 혼미했는데, 밤인지 새벽인지조차 식별되지 않던 시각에 문득 눈을 떠 이상한 기운에 휩싸이기 시작한다. 자신의 몸뚱이에서 테두리가 사라지고, 좁은 방도 네 벽이 모두 없어져버린 것이다. 그것은 마치 텅 빈 지평선의 정체를 보는 것 같았다. 김제 만경 너른 들에 서게 되면 많은 사람들이 들판 끝을 가리켜 지평선을 봤다고 이야기한다. 그러나 그 자리를 찍어서 표시해두려고 아무리 노력해도 기념할 자리가 보이지 않는다. 다가가면 멀어진다. 이정표도 세울 수 없다. 본디 없는 것이었다. 사막에서 만나는 신기루처럼 그것은 오직 바라보는 자의 신체에 갇힌 감각의 유한성을 증명하는 착시 현상일 뿐. 그러나 사람의 눈은 그것을 실체로 알고 믿는다. 그날 처화의 눈에는 그런 가상의 경계들이 일체 제거되고 없었다. 자유로웠다. 바람벽에 갇혀서도 한없이 광활한 천리가 보였다. 완전히 다른 세계가 열린 것이다.

처화는 잠시 얼떨떨했다. 자신의 색신은 사라져버리고 법신만 남은 것은 아닐까?

과학은 물질의 세계요 사상은 정신의 세계이다. 현상계의 만물은 감각할 수 있지만 그것이 운동하는 법칙은 냄새도 없고 보이지도 않는다. 사람도 몸을 지배하는 마음은 감각할 수 없지만 마음에 따라 움직이는 몸은 쉽게 느낄 수 있다. 여기서 보이지 않는 법칙을 '도道'라고 한다. 바로 그같은 것, 그동안에는 느끼지 못했던 세상의 무엇이 홀연히 눈앞에 있었다. 천지신명이라 하든, 진리라 하든, 도라 하든, 법法이라 하든,

혹은 무어라 부르든, 하여튼 '한 두렷한 기틀'이 자기 앞에 있었다.

이윽고 허공에서 들려오는 어떤 소리를 들었는지 그는 신발도 신지 않고 마당으로 나갔다. 한 걸음 두 걸음 떼어보니 중력이 사라진 생소한 걸음걸이가 만들어졌다. 그러는 동안에도 자신이 선 자리는 없고, 평소에 의식되지 않던 무엇이 바람과 별들과 나무들과 땅과 함께 있었다. 모두가 하늘이었다. 하늘조차도 담을 수 없는 그 무엇이었다. 몸이 사라지고 벽이 사라지고 집이 사라지고, 노루목의 정자나무와 구수산의 별이 모두 한 마음에 들어와 뒹굴고 있으니, 세상에 그토록 큰 것이 없었다. 위대하고 거대한 것이라 표현하는 것만으로는 맞지 않았다. 그것은 우주 그 자체였다.

그런 현상에 대해, 내가 말할 수 있는 범위는 여기까지다. 나는 그 이상을 알지 못한다.

수운의 종교체험을 범부 김정설은 "역사도 왕왕 기적적 약동이 있는 모양인지라 혼수昏睡에 취몽醉夢으로 지리支離한 천년의 적막을 깨뜨리고 하늘에서 외우는 소리"가 울려 수운을 깨웠다고 말한다. 처화의 그날은 어쩌면 시천주 사상이 깨웠는지 모른다.

'시侍'자를 시자侍字 내유신령內有神靈 외유기화外有氣化라 하니, 이 내內는 '신神의 내內'인 동시에 곧 '인人의 내內'인 것이고, 이 외外는 '인人의 외外'인 동시에 곧 '신神의 외外'인 것이다. 말하자면 천주天主가 내인데 인간이 외이거나 인간이 내인데 천주가 외이거나 그런 것이 아니라, 아我의 내內가 곧 천天의 내이며 천의 외外가 곧 아의 외에 삼라한 만상이 곧 천주의 기화氣化란 것이다.

처화는 진리의 본체와 본래 마음자리를 '언어도단의 입정처'라고 했다. 낱말들의 질서로는 설명될 수 없는 '분별 명상'이 끊어진 자리. 그곳에서 인간의 언어며 논리며 사유 따위는 얼마나 쓸모없는 것이 되는가? 세상의 거품들 너머, 인간의 시야 바깥에 존재하는 '한없이 춥고 쓸쓸한 것'(이것은 송기원의 구도소설 『청산』의 주인공이 보았다는 만유萬有의 진체眞體이다)이 그냥 정지해 있지 않고 살아 움직이는 것을 본 사람도 없지는 않다. 복희 8괘·문왕 8괘로 표상되는 주역의 선천시대를 우주와 인간의 불완전·미완성 시대라고 얘기한 일부一夫 김항金恒인바, 그는 우주의 기운이 마치 계절처럼 여름을 지나 가을로 옮겨가는 동작을 읽고 『정역』을 지어서 강증산 같은 거대 시야를 가진 사상가에게 새로운 인식론을 제공했다. 우주 운동의 정도正道는 360도인데 선천은 365와 4분의 1도의 비정상 운행을 하여, 인신의 건강도, 세상사의 조화도 숙명적으로 불안전하다. 만물과 현상이 대립, 충돌, 상극을 피하지 못한다. 그것이 점점 360도로 회복되면 동지, 하지, 춘분, 추분이 똑같은 길이가 되어서 화합하는 시운時運이 열린다. 소위 후천개벽에 대한 학술적 해명인 것이다.

하여튼 그로부터 처화 앞에는 전혀 다른 세상이 펼쳐진다. 그날 새벽에 처화는 오래고 오랜 육신의 누더기를 벗고, 세수를 한 뒤에, 몇 년째 앓던 병치레를 홀홀 벗어던진 채 외출을 준비했다. 아직 사람이 거동할 시간이 아니라서 나갔다 들어오고 또 나갔다 들어오고…… 그 때문에 눈을 뜬 바랭이네는 깜짝 놀라지 않을 수 없었다. 꼭두새벽에 분주히 문턱을 넘나들고 있는 저 낯선 화상이 그토록 병을 앓던 분이라니!

흥미로운 것은 처화가 이렇게 될 것을 미리 알았던 이가 없지 않았다는 사실이다. 칠 년 전에 승천한 상제님이 얘기해 둔 게 있었다. 증산도『도전道典』6편에 나오는 말이라 한다.

하루는 구릿골 약방에서 말씀하시기를 "지금은 나하고 일할 사람이 없느니라. 내 일을 해줄 사람은 뒤에 나오느니라" 하시며 "때가 되면 썩은 고목에서 새순이 돋아나서 내 일을 이루느니라” 하시니라. “이제 초막집에서 성인이 나오느니라. 삼천三遷이라야 내 일이 이루어지게 되느니라.”

박처화는 증산의 후대에 속하는 구도자이며, 세 번 이사三遷를 했고, 초막집에서 깨달아, 썩은 고목의 새순처럼 낡은 몸을 빠져나왔다. 이후 과정들을 지목해 박용덕은 말한다.

　강증산은 노루목 초막에서 성인이 나올 것을, 그가 10인 1단의 조직을 하고 9인 제자를 양성할 것을, 그가 금산사에 와 가마솥 위에 선 미륵대불을 보고 '소태산'이란 호를 쓸 것을 예언하였다.

2

무엇을 바라보는 자, 철학자가 인식론적 깨달음의 길을 간다면, 무엇을 저지르는 자, 사상가는 독자적 세계를 실천하는 길을 간다. 처화는 무엇을 '알려는 자'가 아니라 '행하려는 자'였다. 바랭이네가 원님이 돼달라고 빌 때 스스로의 입으로 발설하였다. 이왕이면 온 세상을 구제하는 사람이 되도록 빌라고 말이다. 그의 생애가 시종 세상의 길 위에서 사유된 사실처럼 매혹적인 사태는 없다. 그의 행보는 늘 지상의 모든 지식인들에게 경종을 울리면서 이어진다. 대각 후 인식의 능력을 확인하는 과정조차도 그랬다.

그날은 장날이었다. 구수미장은 칠산 바다로 나가는 나루터에 서는지라 뭍에서 나는 곡물과 바다에서 올라온 해물이 겹치는 풍성한 곳이다. 이른 아침부터 장꾼들이 붐비지 않을 수 없다. 하필 화창한 봄날에다 칠산 조기 파시를 코앞에 두고 있어서 인근 골짜기에서 쏟아져나온 사람들이 보따리를 이고 지고 강변 나루로 몰려들었다. 쉬엄쉬엄 물굽이를 따르고 산길을 휘돌아 한 시간 반은 족히 걸리는 길이건만, 모처럼 장에 가는 사람들은 아는 얼굴을 만나면 그렇게 반가울 수 없었다. 그래서 노루목 앞길에는 막걸리로 목을 축이고 서로 안부를 나누며 쉬어 가는 사람이 많았다. 한문깨나 읽는다는 유학자도, 동학 바람에 물든 농투성이도, 답답한 세상의 개벽을 꿈꾸는 훔치교 도꾼들도 두루 지나다녔다. 그 속에 낀 동학꾼 하나가 아는 체하는 소리였을까?

"오유영부吾有靈符하니 기명선약其名仙藥이요 기형태극其形太極이요 우형궁궁又形弓弓이라."

새소리처럼 시끄러운 발음들 속에서 처화의 귀에 중요한

표현 하나가 들어와 박힌다. 『동경대전』 「포덕문布德文」의 한 대목인데, 수운이 깨달아서 얻은 '신령한 부적'이 태극 모양을 하고 활 두 개를 맞댄 궁궁弓弓 모양, 즉 일원대원一圓大圓이라는 것을 단박에 알아들은 것이다. 처화는 신기했다. 외삼촌 유성국이 동학꾼이라 종종 수운 이야기를 들은 바가 없지 않지만 자신은 정작 『동경대전』을 읽은 적이 없었다. 그런데도 수운이 "나의 부적을 받아 사람의 병을 건지고 나의 주문을 받아 사람을 가르치되, 나를 위하게 하면 너 또한 길이길이 살아 도를 천하에 펴리라" 하고 말한 진의를 알아들은 것이다. 그것은 선천시대가 끝이 나고 오만 년 운도運度를 가진 무극대도無極大道의 후천개벽 시대가 오는 것을 앞장서 맞으라는 신호음이었다(이것이 훗날 일원상을 그리게 되는 이유일 것이다).

그리고 잠시 후 해름이 되었다. 이번에는 노루목에서 어떤 선비가 이야기를 하던 중에 『주역』의 건위천乾爲天 「문언전文言傳」 끝 절을 들먹이는 소리가 고막에 쏙 들어온다.

"대인여천지합기덕大人與天地合其德 여일월합기명與日月合其明 여사시합기서與四時合其序 여귀신합기길흉與鬼神合其吉凶이라."

처화는 그 또한 알아들었다. '무릇, 대인은 천지와 더불어 그 덕이 합치하고, 해와 달로 더불어 그 밝음이 일치하고, 사

계절과 더불어 그 순서를 같이하고, 귀신과 더불어 그 길흉을 합일한다.' 그와 동시에 자신도 이제 움직여야 할 때가 되었음을 다짐하지 않을 수 없었다. 스스로 생각해도 믿기지 않을 만큼 왕성하게 영기靈氣가 동動하고 있었다. 기나긴 겨울과 어둠만이 반복되는 동굴을 빠져나오자 이렇게 마구 눈앞에 들이닥치기 시작한 봄, 푸른 산, 반짝이는 물결, 춤추는 보리밭, 크고 작은 새소리, 온누리에 가득찬 새 움들의 기적. 이제 발걸음을 어디로 떼어야 하나? 세상 만물과 느닷없이 신호가 통하면서 솟구쳐오는 통쾌한 심정을 누군가와 더불어 기뻐하고 나누면 좋으련만. 갑자기 외로움이 몰려오기 시작했다. 그래서 의형을 찾아가자 김성섭은 얘기도 꺼내기 전에 변화를 알아보았다. 피골이 상접해 있던 박처화의 안면에 화색이 돌고 얼굴을 빙 둘러 광명이 서리는 것을 보고 대번에 대도 성취한 기미를 간파한 것이다. 그는 마치 자신이 대각을 이룬 듯이 기뻐하였다.

"장허네, 아우님. 얼굴이 전하고는 딴판이여."

"달라 보이요?"

"두상 뒤로 커다란 보름달이 떠 있당게."

환골탈태였다.

"전에 안 보이던 게 자꾸 보여라우."

"지금 이러고 있을 일이 아니네."

김성섭은 복장을 챙기고 나와 동행하기 시작했다. 그는 광산 김씨 대동보를 만드는 일을 하는지라 한학 실력도 뛰어나고 아는 사람도 많았다. 두 사람이 함께 다녀보니 처화의 염력이 더욱 실감되었다.

처화 스스로도 믿기 어려웠다. 아무리 어려운 경전도 전혀 생소해 보이지 않았다. 그래서 이내 불경을 한 권 들고 한때 다녔던 서당의 훈장을 찾아갔다. 그에게 『통감』을 가르친 김화천 선생이었다.

"훈장님, 책을 구했는디 읽어주실 수 있을게라우?"

대뜸 내놓은 불경을 보고 김화천은 놀라긴 했으나 상대가 처화인지라 당황할 정도는 아니었다. 서당 시절에 그다지 영특하다는 생각을 못해본 제자였다. 그래서 마음놓고 덤볐다가 범어梵語가 나오자 막히고 말았다.

"젠장, 내가 유서儒書나 알제 불경을 언제 봤어야제."

처화가 넘겨받아 훑어보니 못 알아볼 바도 아니었다. 소리 내어 낭독을 해보니 막히는 데가 한 곳도 없이 넘어갔다. 훈장은 물끄러미 지켜보다 기가 질리고 말았다. 길룡리는 산중 궁촌이라 딱히 견문을 넓힐 만한 사회 시설도 없었다. 또한 처화는 서당에 다닌 기간이 다섯 해이지만 그나마 바짝 공부한 것은 결혼 전후였다. 그런데도 물 건너온 낯선 문자를 저리 쉽게 읽어갈 수 있다니. 삽시간에 소문이 돌지 않을 수 없었다. 이웃들에게는 참으로 놀라운 일이었다. 곧 죽게 생겼던 사람이 되살아나 얼굴 뒤에 등불을 켜둔 듯이 환해진 모습도 예삿일이 아니었지만, 서당 시절의 실력을 이미 아는데, 배운 바 없는 경전까지 손바닥을 보듯이 들여다보니 경천동지할 노릇이었다.

그러거나 말거나 처화는 묵묵히 낮은 길을 가고 있었다. 비유하자면 각자覺者 초년생인바 옛 성현들의 생각부터 알고 싶었던 것이다. 서양에서 들어온 기독교의 말씀이라는 게 도대체 무엇인지, 또한 동양의 도덕을 이루었던 유교, 불교, 도교의 내용들은 무엇인지. 김성섭에게 부탁하여 『소학』과 『논어』『중용』『대학』『맹자』 등 사서四書를 구해 읽었다. 어렵다는 책들이 죄 고만고만하게 느껴져서 대충 훑어보기만 해도 속살이 감지되었다. 그렇게 동학을 믿는 친지들에게 부탁하여 『동경대전』과 『용담유사』도 보고, 선도를 공부한 이들에게 선서仙書『음부경』『옥추경』, 기독교도들에게 『신약』과 『구약』도 빌려 보았다. 그러고는 명언을 내놓는다.

"내 아는 바는 옛 어른들이 이미 간파했도다."

이게 무슨 말인가? 얼핏 보면 탄식이지만 물러서 보면 대양처럼 막힘이 없는 광야의 인격체에게서나 나올 법한 소리였다. 처화에게서 그러한 자질이 곧 드러나게 된다.

이듬해 4월 어느 날 꿈에 있었던 일이다. 잠결에도 이게 꿈이로구나 하고 있었는데, 뜬금없이 풍채 좋은 도승이 나타나 소매 속에서 조그만 책자 하나를 꺼내 보였다.

"선생, 이 책의 뜻을 아시겠소?"

'금강경'이라는 글씨가 박혀 있었다.

"본 적이 없소."

"이것이 선생의 종지宗旨인즉, 흠, 예 두고 갈 테니 읽어보시오."

너무도 생생해서 처화는 깨자마자 그런 책이 있는지 알아보았다. 불가에서 읽는 경전 중에 『금강경』이 있다는 것이었다. 신통한 일이라 어서 확인하고 싶었으나 책을 구할 방도가 없었다. 김성섭에게 물어도 알지 못했다. 대신 의견을 내놓기를,

"큰절에 가면 있을 거여."

했다. 불갑사를 가리키는 말이었다. 얼마 지나지 않아서 군서사람 이재풍을 소개받아 그에게 부탁하여 불갑사에 다녀오게 했다. 책이 손에 들어온 것은 초가을이 다 되어서였다. 받아보니 한지로 된 육십여 쪽의 책자였다. 불갑사에는 훗날 보물로 지정된 귀중한 문헌 전적이 몇 가지 소장되어 있었는데,

그중에 우리나라에서 유일하게 조선 세조 대에 간경도감에서 역해한 『금강경』 언해본이 끼어 있었다. 불갑사 수도암에서 목판으로 『금강경』 독송을 위한 음역본을 만든 것은 광무 5년(1901년), 책은 한자 원문 좌측에 한글 음을 달아 누구나 쉽게 독송할 수 있게 되어 있었다.

처화는 곧장 책장을 넘겼다. 맨 앞에 『금강경』 '계청문 啓請文'이 나오는데 이는 독송하기에 앞서 부처님께 "삼가 이 『금강경』을 받들어 봉독하옵니다" 하고 청하는 예를 가리키는 것이었다. 처화는 그렇게 했다. 이어서 경을 독송하기에 앞서 구업口業을 깨끗이 하는 진언인 '정구업진언淨口業眞言'이 나오고, 뒤이어 재앙을 제거하거나 큰 신통력을 청하는 말과 네 가지의 보살을 청하는 말이 나온 후 '발원문'이 있었다. 그 내용 중에 "이 『금강경』을 수지독송受持讀誦하여 위로는 사중은에 보답하고, 아래로는 삼악도에 헤매는 중생을 제도하겠나이다 持此金剛經 上報四重恩 下濟三途苦" 하는 구절을 지나다 처화는 전율이 일 듯하였다. 세상에! 벼락이 치듯 긋고 가는 말씀을 본 것이다. 청천벽력처럼 내리치는 지혜!

처화는 책을 덮으면서 "석가모니는 성인 중의 성인이다" 하였다. 그래서 자신의 종교적 연원을 석가모니에게 정하고 회상을 열 때에는 불법을 주체로 삼겠노라고 다짐했다. 『금강경』의 무엇이 처화를 그토록 사로잡았을까? 김용옥의『금강경 강해』를 펼쳐보면 박처화를 이해할 때 필요한 영감을 자극하는 사례가 셀 수도 없이 나온다. 가장 먼저 눈에 띄는 것은 세계를 이데올로기로 접하는 자가 아니라 세계의 원본과 마찰하면서 깨닫는 자에게서 보이는 '사유의 육체성'이다.

혜능은 산에서 나무를 해다가 시장에 지게 짐을 놓고 팔아 생계를 꾸려가고 있었다. 공부할 겨를이 없는 일자무식의 나무꾼이었던 것이다. 그런데 어느 날 어느 손님이 나무를 한 짐 사더니, 그 나무를 자기가 묵고 있는 여관까지 배달해달라고 하는 것이었다. 혜능은 그 여관까지 다 배달을 해주고 그 손님에게 돈을 받았다. 그리고 여관문 밖을 나서려는데 바로 문간방에 묵고 있던 어느 손님이 경을 읽고 있었다. 그런데 그 경전의 내용이 귀에 쏘옥 들어오는 것이 아닌가? 그 경이 바로 문제의『금강경』이었고, 문제의 구절은 현금의 텍스트 제10분「장엄정토분莊嚴淨土分」중 "응무소주이생기심(應無所住而生其心, 반드시 머무는 곳이 없이 그 마음을 낼지니라)"이라는 구절이었던 것이다. 나무꾼 혜능은 그 구절을 듣자 마음이 활짝 개는 것 같았다.

"그 경이 무슨 경이오?"

"『금강경』이외다."

김용옥에 의하면 『금강경』은 독립된 단일 경전이 아니라 '반야경'의 일부이며, '반야경'이란 단권의 책이 아니라 반야 사상을 표방하는 일군의 책들에 붙여지는 일반명사이다. 그럼 반야 사상이란 무엇인가? 김용옥의 설명은 이렇다.

'금강'에 해당되는 말은 '바즈라'이다. (…) 바즈라의 원래 의미는 '벼락'이다. (…) 대기중 음전하체와 양전하체 사이에 방전이 생겨 발생한 막대한 에너지가 절연파괴 현상에 의하여 대기를 타고 땅으로 이동하는 것을 말한다. (…) 사실 『금강경』의 올바른 번역은 '벼락경'이 되었어야 하는 것이다.

여기에서 박처화가 무엇 때문에 자신의 연원을 석가모니에 두겠다고 했는지 짐작되는 내용을 빠뜨리면 안 될 것이다.

그렇다면 다시 묻건대 보살이란 무엇인가? 그것은 일체의 차별주의를 거부하는 일승一乘인 것이다. 일승이란 무엇인가? 그것은 곧 나만이, 혹은 내가 속한 어느 집단만이 구원을 얻을 수 있다고 하는 일체의 구분의식이나 우월의식이나 특권

의식의 거부를 말하는 것이다. 이 우월의식·특권의식의 거부가 곧 대승의 출발인 것이다. 이 대승 정신이 바로 보살 정신이요, 이 보살 정신이 바로 반야 사상인 것이다. 그리고 이 반야 사상의 최초의 명료한 규정이 바로 『금강경』인 것이다. 따라서 대승의 의미는 능단금강能斷金剛의 지혜의 실천, 곧 『금강경』이 설하는 지혜를 실천하는 자에게만 주어질 수 있는 것이다.

나는 이 글을 쓰면서 자료를 뒤지다가 흥미진진한 글을 하나 읽게 되었다. 처화가 읽었던 불갑사의 『금강경』을 늘 궁금해했던 제자 한 사람이 나중에 자료를 구했는데, 거기에 정말 처화의 것으로 추정되는 친필 서명이 있어서 감격에 겨워 작성한 논문이었다. 김영두가 쓴 「불갑사 수도암 『금강경』 음역본 연구」에는 논자가 책자를 입수하게 된 경위와 진본眞本임이 확인된 순간의 떨림이 고스란히 담겨 있었다.

이 불갑사 수도암 『금강경』 독송용 음역본을 소태산 대종사께서 열람하신 것이 분명한지의 구체적 증거가 필요할 것이라고 생각되어왔는데 놀랍게도 겉표지와 속표지에 대종사 친필로 보이는 묵서墨書가 있다. 필자가 보기에도 이 글씨가 대종사 친필로 분명히 보이지마는 대종사 친견 제자들인 범산 이공전, 문산 김정용, 민산 이중정 원로 교무들도 대종사 친필임을 한눈에 알아볼 정도로 판별이 동일하며 원불교역사 박물관 신성해 관장의 견해도 동일하다.

논문은 "오래전부터 신앙문의 중심이 되는 사중은의 연원을 찾고자 고심해왔는데 이 불갑사 수도암 『금강경』 독송본에서 찾게" 되었다고 밝히고 있다. 그로써 자신이 보았던 것을 "옛사람이 먼저 보았다"는 말뜻이 한층 분명해진다. 이후 어떤 각색도 시도하지 않았다. 진정한 자유는 자기로부터의 해탈에서 나오는바 박처화가 '대각'하여 얻은 기쁨은 자아의 집착에서 해방된 자가 누리는 진정한 자유의 기쁨이었다. 크다. 그는 이렇게 거인이 된 것이다.

3

병진년 봄의 절정에서 출정 오도한 박처화는 그해 겨울까지 오도의 기쁨을 감추지 못했다. 그래서 나온 노래가 〈보은경축가〉이다.

영산에 꽃이 피어 일춘만화—春萬花 아닐런가

일춘만화 되게 되면 사시절이 이 아닌가

사시절을 알게 되면 순리역리順理逆理 알 것이요

혼몽자각 될 것이요 풍운 변화 알리로다

풍운 변화 알게 되면 차별 이치 없어지고

일원대원—圓大圓 될 것이니 경축가나 불러보세

  생사고락의 이치며 우주만물의 이치를 어찌 알았는고 생각하면 흥이 나서 밤에 잠을 잘 수 없었다고 한다. 그로 인해 한번은 겨울 새벽에 눈이 자로 쌓였는데 나막신을 신고 뒷산에 올라가 사방으로 돌아다녔다. 어떻게나 몸이 가벼운지 돌아와 보니 나막신에 눈 한 점 붙어 있지 않았다.

  하지만 이 기쁨이야말로 얼마나 오해되기 쉬운 건지 모른다. 수운에서 증산을 거쳐 소태산에 이르는 토착사상사를 공부하는 연구자들은 이구동성으로 그 시절의 참혹함을 말하지 않는 사람이 없다. 동학농민혁명 당시 일본군이 동학군의 씨를 말리다시피 자행한 대학살은 조선에서만 일어난 비극이 아니라, 19세기 후반부터 20세기 초반에 걸쳐 일본이 지배하거나 침략했던 아이누족, 오키나와 사람들, 중국의 난징 시민

등 동아시아 여러 민족들이 공통적으로 겪은 보편적 사건이었다. 더구나 처화가 대각할 무렵에는 제일차세계대전이 한창이었다. 당대 정세가 안겨주는 고민은 처화에게도 실로 지엄했을 것이다. 전후 맥락을 보아 처화가 현실을 외면했을 가능성은 추호도 없다.

박처화는 광막한 벌판에 홀로 서 있는 기분이었을 것이다. 오늘날 땅 위에서 어떤 일이 벌어지고 있는가? 사람들은 어떤 대접을 받고 있으며 일체중생은 어떤 상태로 존재하고 있는가? 그리고 하늘과 땅 사이에 있는 것들, 나무며 풀이며 바람이며, 여타 만물은 어떤 처지에 놓여 있는가? 한마디로 '거룩한 하늘의 다른 모습인 생명체'들이 다 죽어가고 있었다. 바로 이 시기에 조선 민중은 실생활의 대도정법에 관심을 두지 못하고 호풍환우呼風喚雨하고 이산도수移山渡水하는 허무맹랑한 풍조에 현혹돼 있었다. 대사상가의 출현이 너무도 절실했다. 동학 연구의 권위자 박맹수는 그의 저서 『개벽의 꿈, 동아시아를 깨우다』에서 말한다.

가혹한 삶의 조건들은 대부분의 민중들에게 위대한 능력을 가진 '진인眞人 또는 이인異人'의 출현을 고대하도록 만들었으며, 민중들은 진인의 출현에 의해 고통으로 가득한 현실로부터의 구원이나 해방을 학수고대하기에 이르렀다.

이것이 당시의 상황이었다. 민중은 무지몽매할 수밖에 없었다. 지배계급은 국리민복보다는 개인의 사리사욕에 급급했고, 부패 포악한 관리들의 압정에 시달릴 대로 시달린 백성들은 삶의 희망을 찾지 못하고 죽지 못해 사는 나날의 연속이었다. 혼란하고 괴로운 시대 상황에서 백성들은 정법이 아니라 미신과 허위의 사술에 더 의지하고 싶어했다. 민중을 어떻게 대도정법으로 제도할 것인가 하는 것은 너무도 큰 종교적 문제였다. 동학의 실패로 민중의 구심력을 형성할 수 없게 되자 수많은 신종교가 성행하게 되었다. 특히 강증산을 깊이 이해하지 못하고, 그 권위에만 기대려는 교파가 셀 수 없이 늘어났다.

"하느님께 치성하고 주문을 외워라. 정성이 지극한 사람은 삼 일 만이나 또는 칠 일 만에 통령通靈하여 천제天帝와 대화하여 인간의 질병을 낫게 한다."

길룡리 부근에도 그런 교파가 자못 성행하였다. 물에 빠진 사람이 위급한 마음에 지푸라기라도 붙잡고 허우적대는 것처럼 당시 민중은 기대할 것이 없어 마지막 구원을 갈망하는 마음으로 거기에 현혹되어 재산을 탕진하기 일쑤였다. 처화는 민심의 동향을 눈여겨보지 않을 수 없었다. 물론, 포기하거나 절망할 일은 아니었다. 모든 일은 시절이 있고 인연이 있는 법, 곡식을 땅에 뿌린다고 해서 바로 싹트고 열매를 맺는 것도 아니다. 그리하여 그해 7월에 의형 김성섭을 찾아가 의논하게 되었다.

"내가 깨달은 바는 도덕의 정체正體요, 내가 이룩할 바는 도탄에 빠진 중생을 구제하는 것이었소."

물론 쉬운 일은 아니었다. 얼마 전까지 폐인 소리를 듣던 사람이 느닷없이 설교씩이나 하는 것도 무망한 일이거니와 민심 또한 허위와 사술에 팔려 있어서 말이 통할 리가 없었다. 완강한 중생을 제도하자면 우선 가까운 사람들부터 귀를 열도록 주목시킬 필요가 있었다.

"요새 훔치교가 사방에서 일어나고 있지라우. 정성스럽게 공을 들이면 개안開眼을 한다 하여 사람들이 모여들고 있으니 우리가 한번 치성을 드려보면 어떨게라우?"

그 무렵 영광 일대에도 훔치교가 자못 성행하고 있었다. 가난에 찌들고 병에 시달리던 농민들은 주문을 외우고 치성을 하면 통령하여 천제와 대화를 하고 병이 낫는다 하여 크게 경도되어 있었다. 처화도 그것을 이용해 임시 법회를 열어보자는 의견이었던 것이다.

한때 마흔 앞산에 올라가 음양복술 공을 드린 적이 있는 김성섭이 반대할 리가 없었다. 그래서 김성섭의 주선으로 이른바 개안을 했다는 무장 사람을 초청하여 제물을 걸게 차리고 치성을 드렸다. 박처화는 식구들을 다 데리고 가서 찬물에 목욕을 하고 음식을 차려 치성을 하였는데, 그로 인해 처화가 칠 일 만에 개안하여 도통하게 되었다는 소리가 멀리까지 퍼져가게 되었다. 방편이 통한 것이다.

"소문 들었나?"

"무슨 소문?"

"박처화가 이레 동안 치성을 드리고 주문을 외우더니 개안 통령했다잖은가."

"천제하고도 마음대로 얘기한다등만."

이제 박처화가 천제와 대화한다는 말이 사실로 취급되기에 이르렀다. 그러자 제자가 되겠다는 사람들이 몰려들기 시작했다. 대부분 강증산 교파의 주문을 외워 천제와 대화할 수 있기를 바라는 이들이었다. 한번은 이런 젊은이도 찾아왔다.

"지가 천제님을 스승님으로 모시고 싶어서 왔는디요."

"무엇을 배우고 싶은가?"

"개안 통령하는 법이라우."

"그것을 어디에 쓸 셈인가?"

"세상도 험하고 살기도 어렵고 그런게라우. 암만 해도 신통묘술을 부릴 줄 알면 남보다 잘살 수 있겠제라우."

"그걸 꼭 배워야 쓰겄는가?"

"야."

"그러면 이레 동안 치성을 드려보기로 허세."

처화는 젊은이와 함께 칠 일간 목욕재계하고 치성을 올리며 태을주를 외웠다. 그리고 말했다.

"근디 한번 생각해보세. 여그에 신통묘술을 부리는 사람이 있어. 그이가 영광에 있는 산을 뽈깡 들어다가 장성으로 옮겼어. 그러자 딴 사람이 함평에 있는 산을 갖다가 영광으로 옮겨부러. 글먼 세상이 좋아지겄는가?"

젊은이가 한참 생각하더니 고개를 흔들었다.

"세상이 어지러울 것 같어라우."

"또 어떤 사람이 둔갑술을 배워갖고는 도둑질도 마음대로 하고 살생도 쉽게 해부러. 글먼 세상이 어떨 것 같은가?"

또 한참을 있더니 고개를 절레절레 저었다.

"생각해봉게 그래선 안 될 것 같어라우."

"사람이 참 별것이여. 새처럼 날 줄도 모르고, 호랑이처럼 날쌔게 달릴 줄도 몰라. 근디 호랑이도 새도 사람을 못 당허네. 뭔 말인 줄 알겄는가? 자네가 바라는 신통묘술은 사술이

218

여. 인제 집에 가서 부지런허게 일하고 살소. 신통묘술이 아니라 대도정법을 배워야 허는 거여. 그걸 배우고 싶은 마음이 생기면 다시 오소."

이렇게 신자들이 내왕한 지 몇 달이 되었으나 대개는 일시적 허영심과 무지몽매한 생각만 드러내다 말 뿐이었다.

4

처화가 조급하게 생각한 흔적은 없다.

'저 사람들 중에서도 진실하고 성실하며 투철한 마음을 가진 사람이 틀림없이 있을 것이다.'

차차 회상會上을 열 꿈을 꾸었던 것이 드러나기 시작한다. 그 생각을 처음에는 김성섭에게 말했다.

"큰일을 할라문 진실한 인물이 필요해라우. 먼저 여덟 방위를 정허고 거기에 사람을 채울까 하는디 성님 생각은 어떻소?"

흔쾌히 동의하여 금방 마음이 통할 수 있는 동지를 찾기 시작했다. 그사이에 유명세를 얻어서 전혀 어렵지 않았다. 김성섭이 먼저 사돈관계에 있는 이웃 동네 천기동 훈장 김성구를 불러들이고, 유성국은 타리 파시에 같이 갔던 친구 이인명을 불러들였다. 오재겸은 같은 면 학산리 사람으로 훔치교 치성에 대단히 열심이어서 자주 노루목을 지나 구수리로 치성을 지내러 다니던 중 친구인 김성섭을 만나 처화의 제자가 되었다. 오재겸은 오내진을 인도하고, 동학을 믿는 군서면 학정리 신촌에 사는 이재풍을 이끌었다. 처화는 친동생 박한석을 불러들였다. 이렇게 근방의 건각 여덟 명이 뭉치게 된바, 이들은 대개 친지들로서 김성섭은 의형제, 유성국은 외삼촌, 박한석은 친동생으로 길룡리 사람들이었다. 이웃 마을 천정리에 사는 김성구, 이인명도 자주 어울리던 사이였고 오재겸, 오내진도 같은 면 학산리에 살아서 알고 지내던 처지였다. 군서면 학정리 사람 이재풍만 초면이었다. 그리하여 김성섭, 오재겸, 김성구, 이재풍, 이인명, 유성국, 박한석, 오내진 여덟 사람이 첫 일꾼으로 내정된 것이다.

그런데 기강을 세우기가 쉽지 않았다. 김성섭은 호형호제하고 지내던 일을 그만두고 선생으로 받들었다. 김성구는 처화보다 한 살 위인 이웃 동네 친구인데 김성섭과 사돈이라 길룡리 내왕이 잦았다. 일곱 살 때부터 한학에 출중하여 열세 살 때 문리를 터득하고 열일곱 살 때부터 동네 훈장이 된 사람으로, 사돈 김성섭의 말을 듣고 돛드레미 재각齋閣에서 처화를 대면하자마자 도통했음을 알아보고 배움을 청하기에 이르렀다. 처화보다 네 살 손위인 오재겸은 백수면 내에서 제법 농토를 지니고 사는 학산리 이장으로 집 짓는 일에 능하였다. 그의 집안사람들은 대대로 불교 신자로 부친이 절 옆에 초당을 지어서 수양하기도 했다. 본인은 훔치교에 경도되어 구수리를 내왕하며 치성을 드리던 중 처화가 도통했다는 소문을 듣고 바로 제자가 되었다. 이재풍은 부친이 유기점을 하다 동학에 참여하여 갑오년에 고창, 영광, 나주, 장성으로 진군할 때 진두지휘한 사람이었다. 그 자신도 훤칠한 키에 준수한 용모를 가졌으며 이상적인 세계를 동경하여 새로운 문명에 관심이 컸다. 이재풍은 가정에서도 진보적 문화생활을 실천하였다. 그러나 세상이 뜻에 맞지 않아 사회를 바로잡을 의인이 없음을 개탄하다 하루는 성내 장에 다녀오던 길에 사돈뻘 되는 오재겸을 만났다. "천상에서 세상을 구하러 온 처사님이 있다네." 이 말에 솔깃해 길룡리로 찾아와 처화를 보는 순간 압도당하고 말았다. 얼굴에 광명이 어려 있고 안광에 쳐다볼 수 없는 위엄이 서려 있었던 것이다. 그래, 오랫동안 자신이 품고 있던 원을 풀어줄 것 같아 즉석에서 고개를 조아리고 지도하여줄 것을 간청하였다. 외삼촌 유성국은 처화가 영촌에서 살 때 돌담장 하나 사이로 이웃하면서 일찍이 동학에 입문하여 득도묘술에 발원하였으나 뜻 같지 않아 방황하던 중 생질이 칠 일 치성 끝에 개안 통령하는 것을 보고 감복하였다. 그리하여 처화가 저녁을 먹고 있을 때 열한 살이나 어린 조카 앞에 덥석 무릎을 꿇었다. "성사님!" 큰절을 올리고 간청한 것이다. "지도를 받을랍니다." 이렇게 해서 천도교 3대 교주 손병희를 성사님으로 받들던 사람이 옮겨온 것이다. 이인명은 천정리 안동에 남의 땅 밟지 않고 다니노라 할 정도로 실팍한 살림을 가진, 처화보다 열두 살 많은 사람이었다. 몸집이 크고 뚱뚱한 편이며 성격이 호쾌하여 한량이라는 소리를 들으며 법성포 어간을 드나들었다. 슬하에 아들을 두지 못해 서울 여인을 첩으로 둘 정도로 살림이 넉넉했는데, 처화가 대각했다는 말을 유성국에게 듣고 입문하였다. 박한석은 처화보다 여섯 살 어린 동생으로 형이 오도할 즈음 모친을 모시고 살다가 도통하였다는 소식을 듣고 제자가 되었다. 오내진은 종질 오재겸의 안내로 입문하였다. 처화보다 열여덟 살 손위로 여덟 제자 중 가장 연장자였다.

인근에서 신망이 두텁고 권위만 있다고 해서 8인 제자가 되는 것은 물론 아니었다. 처화의 서당 훈장이었던 김화천이 한때 중앙위에 거론될 정도로 유력하였으나 얼마 뒤 여덟 사람의 대열에 끼지 못하게 되자 몹시 언짢아할 정도로 신중을 기한 선발이었다. 그러나 그럼에도 불구하고 모두 한동네 이웃이거나 옆 동네 친구였다. 그것도 다들 연상이라 평소에 '어이' '자네' '처화' 또는 '장촌양반'이라 불러주던 사이였다. 그들은 이제 자기들과 다른 사람이 된 박처화를 그냥 부를 수가 없어서 당분간 존칭을 쓰는 둥 마는 둥 했다. 형식상으로 사제의 의가 맺어졌으나 다들 전날의 관습으로 우물쭈물하면서 넘겼던 것이다. 제 담뱃대가 없으면 거침없이 박처화의 담뱃대를 가져다 쓰기도 했다. 그래서야 낡은 관계를 청산하고 새로운 공동체를 도모할 수가 없었다. 하루는 박처화가 김성섭에게 장에 가거든 담뱃대를 하나 더 사오도록 부탁했다. 그것이 무슨 뜻인지 모두 알아들었다. 처화를 중심으로 사업을 하려면 뭔가 통제와 규율이 있어야 했으나 종전의 관습을 초월하여 스스로 제자라고 나서는 이가 없었다. 하지만 계속 그렇게 하고 있으면 곤란이 많겠으므로 어느 날 여덟 사람이 합석한 자리에서 유성국이 입을 열었다.

"우리가 막연히 모일 일이 아니라 저기처화를 선생이라 부르고 지시를 받도록 허세."

외삼촌 되는 사람이 이렇게 나서자 다들 두말없이 동의하였다. 그런데 어떻게 불러야 하나? 동생이, 의형이, 외삼촌이, 친구들이 비로소 그를 선생님으로 받들며 머리를 숙이기로 했는데 마땅한 호칭이 없다보니 임기응변으로 나오게 된 표현이 '당신님!'이었다. 하나의 새로운 공동체가 형성되면서 나온 최초의 존칭이 '당신님'이 된 것이다.

처화는 그런 변화를 자연스럽게 받아들였다. 세상 모두에게 겸손했으나 8인 제자들에게는 엄해야 할 상황이었다. 그래서 사석에서는 존대를 하되 공적으로는 하대를 하는 관계가 시작되었다. 처화는 외삼촌까지도 '하오'를 하기가 어렵지 않았는데 의형 김성섭에게는 좀처럼 되지 않았다. 어려서부터 '하시오'를 해왔던 까닭이었다. 하지만 대의를 위해서는 바꾸어가야 했다.

그리고 처화는 장터를 열심히 찾아다녔다. 세상을 살펴보고 싶어서 구수미장은 물론 법성장, 영광장도 빼먹지 않았다. 되도록 김성섭과 동행했는데, 둘은 이미 사인私人이 아니었다. 사람들이 사는 모습은 어디나 참담했다. 그 때문일까? 여덟 제자까지도 신통묘술, 이적異蹟에 대한 호기심과 경이감에 수시로 마음이 흔들렸다. 이재풍은 처화가 도통을 한 분이라 믿기는 했으나 한편으로 자꾸 의심이 일었다. '내가 이렇게 고생을 해서 마을에서라도 무슨 흔적이 있는 인물이 될 수 있을 것인가? 무턱대고 당신님을 따르는 일이 허망한 것은 아닌가?' 처화가 이같은 낌새를 모를 리 없었다. 하루는 이재풍에게 배코를 쳐달라고 한 후, 상투머리를 풀어 그 앞에 보였다. 이재풍이 배코를 치려고 당신님의 두상을 들여다보니 정수리에 깊은 우물이 생겨서 자신의 몸이 그리 빠져드는 것 같았다. 그래서 어찌할 바를 모르고 서 있자 처화가 웃으며 말했다.

"워찌 그러는겨? 성현의 마음을 법으로 찾지 않고 육신의 표적으로 찾는 건 생각이 낮은 사람들이 허는 짓이제. 성현이 다른 점은 육신에 있지 않고 맘에 있는 거여."

이재풍이 정신을 차리자 당신님의 두상은 아무 흔적이 없었다. 김성구도 마찬가지였다. '저 양반 말씀만 믿고 허송세월하다가는 큰 뜻을 펴보지도 못하고 마는 것 아닌가?' 그래서 한때 장성 백양사로 피해서 쉬었다 온 적도 있었다. 그리고 이듬해 여름, 학질에 걸려 몹시 앓았는데 다른 병까지 겹쳐 얼굴이 누렇게 붓고 몸에 오한이 나며 고열로 눈이 충혈되고 정신이 흥분되어 헛소리까지 할 지경이 되었다. 제자가 이렇게 반송장이 되었는데도 낫게 하지 못하고 방치하다니! 그때 여덟 제자 중 연장자인 오내진이 마음의 변동을 보이자 김성구는 덩달아 흔들렸다. 술자리에 앉으면 오내진은 단장과 여러 단원들에 대해 흉을 보고 마구 지청구를 해대었다. 이를 보고 김성구가 속으로 생각하기를 '내진이 중한 맹세를 하고도 저와 같이 변심 행동을 감행하니, 만일 서약한 바가 영험이 있다면 저 사람의 신변에 반드시 어떤 죄벌이 있을 터, 이제 저자에 대한 영험의 유무를 보아서 장차 내 신앙도 결정하리라' 하고 오내진의 변심 상황을 보고하였다. 당신님이 말했다.

"내 오늘 내진의 전도를 미리 판단하지 않겠네. 하나 사람이 진심으로 중한 말을 해놓고 지키지 못하면 필시 어려움을 겪지 않겠는가?"

김성구는 그 말을 듣는 둥 마는 둥 하고 오내진과 주막집에서 술을 마셨다. 술자리에서 오내진이 다시 말했다.

"천자문 한 권도 못 뗀 사람이 뭘 안다고 천제님 흉내를 내는가 모르겠네. 처화가 옥황상제를 어찌 봤겠는가? 자네는 학자 아닌가. 그 사람한테 댕기지 마소."

이러고 헤어졌는데, 그날 밤 오내진이 대취하여 잠 못 들고 뒹굴다가 마루에서 떨어져 뇌진탕으로 죽고 말았다. 김성구는 온몸을 떨며 두려워하였다.

6장

버려진 땅은 없어

1

김성섭은 한동안 처화의 생각을 읽을 수가 없었다. 눈빛의 깊이가 달라진 건 분명했다. 처화가 행한 이적異蹟의 경지를 누구보다도 먼저 자신이 겪었다. 노루목에서 둘이 밀밭을 매는데, 처화가 한참 낫질을 하다 멈춰 서서 대수롭지 않은 글귀를 외웠다.

호남공중하처운湖南空中何處云

천하강산제일루天下江山第一樓

그러자 갑자기 공기가 맑아지고 밝은 빛이 선회하며 벌판 가득 풍악이 밀려왔다. 그 한가운데 태연하게 서 있는, 한없이 평온한 얼굴. 그러나 뒤로는 커다란 후광이 드리워져 있었다. 가장 낮고 어두운 곳에서 가장 높고 고귀한 자리에 있다고 노래한 뜻을 처음에는 못 알아들었다. 범인이 이를 수 없는, 한 깨달음을 얻은 자만이 보일 수 있는 원융회통圓融會通의 자리를 점하고 있었던 것이다.

하지만 그것만으로 제세구민의 길이 열리는 건 아니었다. 처화는 타력신앙을 배제하고 대도의 길을 가야 한다고 연일 말하지만, 김성섭은 일말의 걱정이 없지 않았다. 도인다운 신비스러움이 없었던 것이다. 어떤 때는 각자覺者가 너무 들떠 있는 건 아닌지 의심이 들기도 했다. 그럴 리 없다, 그것은 평소의 성품과도 안 맞는 덕목이다 하고 고개를 저었지만 길이 아직 보이지 않는 것은 사실이었다. 심지어는 제자들의 마음을 결속할 때조차도 전래 신앙을 좇아 천지 허공에 빌고 천지신명에게 기도했으니, 그것이 무엇을 의미하는지 김성섭은 너무도 잘 알고 있었다. 종교란 무엇인가? 『대순전경』을 편찬한 이정립은 종교를 '집단 이상의 현실적 구현을 통해 인류 문화의 진화를 선도하는 운동'이라고 말한다.

종교란 인류 공통의 표상의식 아래 서로의 종교적 에너지를 한데 모아 신앙체계를 수립해서 인간의 삶이 진화해가는 과정의 상급 단계인 '새로운 삶의 질서를 구축'하는 것이라 할 수 있다.

박처화는 이 '표상의식', 즉 제자들이 마음에 담아야 할 미래 표상을 아직 제시하지 않고 있었다.

김성섭은 적이 염려되었다. 자신이 음양복술을 익히다 중단한 연유가 그것이었으니, 음양복술 따위로는 도대체가 세상의 어지러움을 감당할 수 없었다. 조선의 시골은 '근대'의 혜택을 누리기는커녕 해악만 잔뜩 받는 곳이었다. 개화와 함께 걷잡을 수 없이 닥쳐든 무질서가 하도 심해서 조선 농가에서는 한 치 앞의 내일도 엿보이지가 않았다. 가령, 1916년은 제일차세계대전이 한고비에 이르러 있었다. 독일과 프랑스는 십개월에 걸친 베르됭 공방전으로 각각 삼십만여 명의 사상자를 냈고, 영국과 독일의 주력함대는 유틀란트 앞바다에서 일차대전 최대의 해전을 벌였다. 동학혁명과 청일전쟁을 전후하여 조선에 큰 영향력을 행사했던 청의 원세개가 죽고, 민족자결주의를 표방한 윌슨이 미국의 대통령으로 재임중이었으며, 과학자 아인슈타인이 '일반상대성이론'을 정식화했다. 그럼에도 조선에서는 애오라지 의병장 임병찬이 거문도 유배지에서 단식 자결하는 일, 대종교의 나철이 황해도 구월산에서 일제의 폭정을 통탄하는 유서를 남기고 죽는 일 따위만 반복되고 있었다. 조선총독부는 그에 아랑곳없이 무단정치를 휘두르고, 초대 총독 데라우치 마사타케가 사임하자 육군대장 하세가와 요시미치가 부임하여 일본군 2개 사단 병력을 상주시킨다. 여의도, 용산, 대구, 나남 등지에서는 토지 수십만 평을 군용지로 강제수용했다. 또한 헌병 경찰기관을 팔도에 천칠백여 개소나 설치하여 사상 통제와 경제 사찰에 더욱 신을 올렸다.

세상은 그토록 지리멸렬의 극치였다. 한번 찢긴 하늘은 영원히 찢긴 채 펄럭일 뿐이다. 어디에도 봉합될 기미는 보이지 않았다. 하늘과 땅 사이에 있는 모든 관계들이 쑥밭으로 변하자 신앙의 염원은 더욱 치열해졌다. 누구라 할 것 없이 미신에 열광적으로 사로잡혀갔다. 멈출 길이 없었다. 동요의 한 소절처럼 '돛대도 아니 달고 삿대도 없이' 마지막 햇살조차 기울어버리는 서쪽 하늘로 '가기도 잘도 가'고만 있었던 것이다.

세상이 이렇게 어지러워지면 팔자타령만 천지에 가득찬다. 도대체 팔자란 무엇인가? 누구의 것은 늘어졌다고 하고, 누구의 것은 사납다고 하며, 누구의 것은 타고났다고 하는. 세상이 명리命理의 문제뿐이라면 차라리 김성섭이 도사로 나서는 게 옳았다. 삶의 고통이란 대저 무슨 까닭이 있어야만 오고가는 것은 아니니, 운명의 부침과 곡절은 아무도 예기치 못하게 와서 치유할 방도 또한 없게 하는 것. 팔자라는 말에는 그래서 수백 년에 걸친 필부필부의 고단한 삶이 아로새겨져 있었다. 그렇다면 백성들은 세상살이가 힘들수록 신이 자신을 어떻게 사용할지를 더욱 알고 싶어하기 마련이라 너도 나도, 사람의 것이긴 하되 사람의 힘으로 바꿀 수 없는 천운天運을 묻고자 육십갑자 중의 자기 기호 여덟 글자를 들고 용한 점쟁이라도 찾아다니지 않으면 안 된다. 사주 풀이를 가능케 하는 기氣에 속하는 다섯 가지 요소가 결코 답이 되지 못해도 어쩔 수 없다. 나무木 불火 흙土 쇠金 물水 들의 기운이 혹여 생존에 도움이 될까 기대하다 안 되면 알 수 없는 귀신의 팔다리 한 짝이라도 붙들고 늘어져야 하는 게 인지상정이었다.

그렇다고 '비결'에 목매달라고 할 수도 없는 노릇인 것을 김성섭은 애저녁에 알고 있었다.

하늘에는 별의 변화가 있고 땅에는 운기運氣의 남음과 모자람이 있다.

말은 솔깃하지만 그곳에서 발동된 '비결'이 비결로 전해오는 것은, 기인奇人들이 생활언어로 교화하다보면 중생들이 게을러서 제대로 다루지 않으므로 짐짓 신비감을 줌으로써, 중생들로 하여금 '무엇일까' 하는 의문을 품게 하여 애써 찾고 따르게 하는 데에 있었다. 김성섭도 그 허상의 그림자들 속에서 고뇌했던 세월이 길었다. 강증산 상제님이 전혀 다른 믿음을 촉발하지 않았다면 그는 영영 허무 속에 파묻혀 지냈을지도 모른다. 하지만 상제님은 '천존天尊'과 '지존地尊'보다 '인존人尊'이 크니 이제는 인존시대니라 하여 역사와 세계를 지배하는 결정적 주도권이 '천'에서 '인'으로 옮겨졌음을 역설했다. 그분이 화천한 뒤 깜짝 놀랄 만한 기행奇行과 이적異蹟을 행하는 도꾼들은 셀 수 없이 많았지만 믿음이 가는 표상을 더는 얻을 수 없었다.

이같은 상황에서 처화가 대각하여 잔뜩 기대를 불러일으킨 터였다. 그 모습을 김성섭은 지울 수 없었다. 한 처음에, "성님, 붓을 한번 잡아볼라요?" 해놓고 읊은 시는 자신의 눈마저 환해지게 만들었다.

清風月上時 맑은 바람 불고 달 떠오를 때
萬像自然明 삼라만상이 절로 밝도다

이것이 소위 '오도시悟道詩'인 것이다. 처화는 이때 모든 생명의 일체 관계가 '은恩'으로 묶여 있다고 말했다. 무엇이 무엇에게 베푸는 관계가 아니라 만유가 은혜로 맺어져 있어서, 서로 없어서는 안 되는 관계. 그렇다면 우주만유, 삼라만상은 '은'의 집합체인 것이다. 천지의 운세, 부모의 운세, 세계의 운세, 법률의 운세를 그토록 박복하게 타고난 생명체가 사람뿐만 아니라 세상만물이 모두 '사은四恩'을 입는다고 감사하는 사상을 피력하는 것은 놀라운 일이다. 그렇다면 그것을 전파하는 방식이 무엇인가 말이다. 뭔가 신비스런 동작이 따를 줄 알았는데 감감무소식이었다. 그러다가 마침내 첫 생각을 내놓은 것이 '방위'마다 제자를 두는 것이었다.

물론 그 상태만으로도 박처화의 조직화 효과는 일단 뚜렷했다. 여덟 제자는 첫 일꾼으로 정해지자마자 전혀 다른 모습들이 되었다. 특히, 한 사람 유고가 생긴 자리에 박경문이 오고 나서 여덟 사람의 관계가 더욱 공고해졌다. 박경문은 몹시 가난했으며 배운 것도 없었다. 용모도 볼품이 없어서, 다들 기골이 장대하고 인물이 훤한데 그만 유독 키가 작고 체질이 약했다. 열다섯 살에 먼 친척의 양자로 들어가 고생길을 시작한, 그러나 천성이 한없이 어질고 공손하며 부지런했고 은근과 끈기도 남다른데다 늘 남이 하기 어려운 일에 앞장서는 사람이었다. 박경문은 특히 1879년 음력 정월 열엿샛날 태생으로 이인명 김성섭과 동년배였으나 생일이 빨라 여덟 사람 중 가장 연장자가 되는 사람이니, 그가 헌신적인 모습을 보이는 것이 다른 사람에게 미치는 영향이 컸다. 그로 인해 회상을 준비할 기초는 마련된 셈인데, 박처화가 말하던 정법이 무엇인지는 제자들도 아직 알지 못했다. 그래서 '틀림없이 다른 뭔가가 있을 텐데' 하고 고개를 갸웃대던 중에 박처화가 전혀 뜻밖의 제안을 해왔다.

"우리 조합을 만드세. 어떤가?"

김성섭으로서는 전혀 생각해보지 못한 영역이었다.

지나온 역사에서 '돈오頓悟'를 이룬 고승들은 많았다. 그 중에는 중생과 함께한 각자覺者도 있었으나 대개는 깊은 산중에서 '가르침'만 내려주었다. 하지만 제도와 권력이 중생을 극단적인 가난과 굶주림 속으로 밀어넣고 있을 때, 그들에게 영혼의 구원이라 할 자성(自性, 본래의 마음자리)만 깨우치게 하는 것이 무슨 의미가 있단 말인가. 처화가 방언조합을 구상한 까닭이 여기에 있었다. 동학혁명의 발상지였던 전라도는 민중의 피해가 이루 말할 수 없었다. 그들에게 필요한 것은 '기복신앙'이 아니라 노동을 통해 육체가 얻는 존재의 건강성을 되찾는 일이었다.

박처화는 방언조합이 필요한 까닭을 일단 설명한 뒤에 실천 방안을 놓고 한참을 강조했다.

"우리 모두 무산자 처지 아닌가. 그러니 특히 인내하고 노력허지 않으면 안 된당게. 입는 것, 먹는 것, 마시는 것, 요런 것들을 아끼지 않으면 단 몇원도 만들기가 어려울 거여. 술, 담배들 끊을 수 있겠는가? 그게 어려우면 처음에는 반으로 줄여. 그래갖고 고것을 저축허고, 거기에다 매달 천제께 올리는 제사 지낼 금액을 얹으면 상당할 것이여."

제자들은 그것이 성에 차지 않았다. 자꾸 더 빠른 '개안'의 길이 없는지 열망하고는 했다.

"그러면 공부헐 여건이 만들어진당가요?"

"아니제. 허나 그 밑천은 될 거여. 왜냐면 장차 큰 공사를 벌일 판인게."

이 말도 제자들은 '천지공사' 비슷한 것을 펼치려는 뜻으로 알아들었다.

2

도대체 알 수 없는 일이다. 궁벽산촌에서 세상천지를 탐문하고 다니는 요원들이라도 있단 말인가? 박처화는 마치 국제적인 연구소라도 가지고 있는 사람처럼 사고했다. 근대 조직의 하나인 '협동조합' 운동은 유럽에서도 1940년대에야 모범을 볼 수 있었다. 우리나라에서는 최초가 아니었던가 한다. 소설가 정도상이 그런 이야기를 칼럼으로 쓴 적이 있었다. 요약하면 이렇다.

스페인 바스크 지방의 산악에 있는 몬드라곤은 인구 삼만 명이 채 안 되는 작은 도시다. 스페인으로부터 독립하는 것이 숙원이었던 바스크 사람들은 스페인 내전에 공화파로 참전했다가 태반이 포로가 되거나 처형당한다. 살아남은 주민들은 참혹한 절망 속에서 연명할 뿐이었다. 그렇게 도시 전체가 좌절에 휩싸인 채 다들 프랑코 파시스트에 사로잡혀 죽음의 시절을 보낼 때 한 사제가 뛰어든다. 그는 생각했다. 온 집단이 송두리째 패배감에 사로잡혀 있는데 그럴듯한 말씀만으로 어떻게 개개의 영혼들을 구원할 수 있는가? 그래서 그는 몬드라곤의 빈곤과 실업, 프랑코 정부의 탄압과 절망을 직시하여, 먼저 축구팀을 만들어 즐거움을 선물했다. 이어서 기술학교를 설립하고, 일자리 창출을 설득한다. 생명 회복의 수순을 밟아간 것이다. 그러한 결과로 탄생한 협동조합이 '울고 ULGOR'였는데, 그것은 기업집단으로 성장한 후에도 '오십 년간 노동자 소유의 원칙 고수' '오십 년간 해고 사례 전무' '스페인 정부보다 월등한 사회보장체계 조성' 등의 신화를 만들어낸다. 세계 축구팬을 사로잡는 'FC바르셀로나'도 십칠만 명의 조합원으로 구성된 협동조합이고, 이탈리아 볼로냐는 도시 전체가 협동조합에 가까우며, 미국 언론의 대명사 'AP통신', 캘리포니아의 과일 생산업체 '선키스트', 프랑스 최대 은행 '크레디아그리콜'도 협동조합 기업이다.

박처화가 여덟 제자를 정할 때 그의 조직법 속에는 먼 훗날을 내다보는 원대한 마음이 담겨 있음이 틀림없었다. 왜냐하면 10인 1단법을 내세우면서 '외진 곳에서 시방세계를 얻을 수 있는 가장 단순하면서도 치밀한 방법'이라 말했던 것이 그를 의미하기 때문이다. 처화는 1917년 9월 12일에 여덟 제자를 불러 설명했다.

"내가 생각하는 단 조직법을 소개함세. 이건 오직 한 스승의 가르침으로 모든 사람이 훈련할 수 있는 방법이여. 장차 아무리 많은 사람도 지도할 수 있으나 그 공력은 항상 아홉 사람에게만 들이면 되는 것이니께."

처화의 말에 의하면 그것은, 단이란 뭉쳐서 하나가 된다는 말이니, 10인을 1단으로 하고 그중의 1인은 단장이 되어, 나머지 9인 단원의 공부와 사업의 능력을 얻었을 때 또 그들을 각각 단장으로 한 1단을 조직도록 하여, 각자가 제 아홉 단원의 공부와 사업을 지도 감독하게 되는 '새로운 공동체 조성법'이었다. 조직의 1인은 윗단의 충실한 단원임과 동시에 아랫단의 단장이 되는 것이니, 각자 상통하달의 핵심적 임무를 띠게 되어 있었다. 그러자면 장차 그 역을 맡을 최초의 단원들이 날私 없는 마음, 삿되지 않은 마음으로 천지의 원리를 본받아 시방세계의 주인이 되어야 할 터였다.

"이건 시방세계를 응하여 조직된 거여. 단장은 하늘을 응하고 중앙은 땅을 응하며, 8인 단원은 팔방을 응한 것이라. 거두어 말하면 시방을 곧 한몸에 합한 이치이니."

말은 간단했지만 내용은 심오했다. 박용덕의 자료에는 이렇게 설명된다.

시방十方이란 사방四方과 사우四隅와 상하를 일컫는 말이었다. 단원들의 칭호는 시방의 방위를 따라 정하였다. 문왕팔괘文王八卦에 준해 건(乾, 서북) 감(坎, 북) 간(艮, 북동) 진(震, 동) 손(巽, 동남) 이(離, 남) 곤(坤, 남서) 태(兌, 서) 팔방에 따라 '건방 단원' '감방 단원' 등으로 칭한 것이다. 그리고 종으로 구분을 두어 28수의 순서를 따라 단 명과 단장 명을 칭하게 하였다. 28수는 지구가 태양을 도는 궤도에 따라 천구

天球를 스물여덟으로 구분한 것이었다.

동쪽에는 각角 항亢 저氐 방房 심心 미尾 기箕,

북쪽에는 두斗 우牛 여女 허虛 위危 실室 벽壁,

서쪽에는 규奎 누婁 위胃 묘昴 필畢 자觜 삼參,

남쪽에는 정井 귀鬼 유柳 성星 장張 익翼 진軫.

이를 하향식 조직에 응용하면, 최초의 1단角團장 아래 9인 단원을 각장角長으로 하고, 각장의 단원들 81명이 항장亢長이 되고, 항장의 단원 729명이 저장氐長이 되고, 저장의 단원들 6561명은 방장房長이 되고, 이렇게 벌여나가면 7호 기단箕團에서 478만 2969명의 단원이 되는 것이었다. 1호 각단에서 28호까지 1기의 단이 끝나면 다시 각단부터 시작하면 된다. 숫자가 아무리 많아지더라도 지도 범위는 항상 9인에 지나지 않으며 공력을 들이는 것도 최초 아홉 사람에게만 들이면 된다.

신기한 일이다. 나는 이같은 조직법을 전혀 다른 곳에서 본 적이 있다. 몽골고원에 테무친이 등장할 무렵 유라시아 대륙은 하룻밤 사이에도 몇 개 부족이 흔적도 없이 사라질 만큼 도륙상쟁하는 땅이었다. 고대 유목민의 관습에 따라 각 부족들이 '혈연 마피아' 같은 성격으로 존재하고 있었던 것이다. 그때 테무친이 초원의 유목 민족들을 통일하여 칭기즈칸으로 등장하면서 내세운 사회 구성법이 '천호제'였다. 그는 이 제도를 통하여 혈연 지연 중심의 생물학적 친연성을 해체하고 중세 국가를 만들어낸다. 흉노족이 남긴 조직문화 유산을 활용한 지혜였다. 그로써 혈연으로 인한 공동체의 주종관계를 해체했으니, 칭기즈칸은 천호제 때문에 훗날 십만의 군대로 두 개의 전쟁을 동시 수행하는 동력을 만들 수 있었다. 가신통치, 측근 정치가 아니라 공적 틀이 운동할 수 있는 객관 제도를 구축한 것이다.

박처화는 최초 10인 1단의 수위단首位團을 확정하고 친히 단장이 되었다. 이하 여덟 사람은 건방에 이재풍, 감방 이인명, 간방 김성구, 진방 오재겸, 손방 박경문, 이방 박한석, 곤방 유성국, 태방 김성섭으로 배정했다. 그리고 이를 활용해 방언조합을 가동하기 시작한다.

박처화는 모든 일을 오래전에 계획해둔 사람 같았다. 대각 후 며칠 사이에 집안 살림살이를 정리했다. 집과 시초갓담뱃잎과 뒤주 등 값나갈 만한 것은 모두 팔아서 오백여 냥을 만들고, 그중 백 냥으로 조그만 집 하나를 사서 식구들을 들여앉힌 다음, 나머지를 방언조합에 내놓았다. 첫 출자를 한 것이다. 사재 사백 냥은 당시 곡가로 마흔여섯 가마 정도였다. 이는 나이 스물일곱에 이미 향후 생애, 재산, 명예, 존재의 시간을 오직 한 가지 일에 바치고자 하는 바를 확정했음을 암시하는 것이었다. 그러자 나머지 조합원들도 투자를 망설일 수 없었다. 각기 사재 얼마, 금주 금연해서 모은 돈, 공동으로 울력을 하여 저축한 돈, 거기에 의복 절약, 음식 절약, 그도 모자라 각자의 집에서 끼니마다 한 숟갈씩 모은 쌀을 팔아서 매월 일원 이상을 저축했다. 거기에 처화가 방편으로 시행했던 천제天祭에 들어가던 제물 비용을 합하니 상당한 금액이 모이게 되었다.

박처화는 천제님의 말씀임을 내세워 즉시 실천할 내용도 밝힌다.

"저축금으로 숯을 사들이세."

이게 어찌 도사가 할 말인가? 이는 제자들이 상상하던 것과 전혀 다른 차원의 사태가 진행되고 있음을 의미했다. 박처화가 있고자 하는 자리는 신성의 자리가 아니었다. 때는 조급한 예언들이 난무하는 '사이비 교주'의 활극시대였다. 경건하지도, 겸손하지도 않고, 힘도 부끄러움도 없이 자신의 인격체를 신격화하던 '선천종교'의 시대로부터 그는 일찌감치 벗어나버렸다. 스스로가 후천시대를 이미 시작한 것이다.

박처화는 자신이 내놓은 돈으로 숯을 사들인 다음, 천정리에 사는 김성구와 이인명을 불러서 천정리 부자 김주사에게 사백원을 빌려줄 용의가 있는지 물어 오라고 했다. 김주사는 누구에게 결코 그냥 빚을 주는 사람이 아니었다. 반드시 담보를 잡거나 덜미를 씌워두었다. 김성구는 당신님이 시키는 일이지만 김주사와 한동네에 살면서 됨됨이를 아는지라 공연히 헛걸음만 하게 될 거라고 실망부터 하면서 재를 넘었다. 아무 담보물이 없었던 것이다. 고로 기대감도 버린 터라 곧장 가지 않고 느긋하게 하룻밤을 건너뛰기까지 했다. 그리고 다음날 아침 방문했다가 깜짝 놀랐다. 박처화의 뜻을 전하자 신기하게도 아무 조건 없이 돈을 빌려준 것이다. 조합원들은 뜻밖의 소식을 듣고 이것은 필시 하늘이 돕는 것이다 하고 생각했다.

당시 구수산 일대에서는 장작개비나 숯을 선진포나 강변 나루로 내가는 일이 많아 목탄을 쉽게 사들일 수 있었다. 박처화는 이 일을 배다른 형에게 맡겼다. 장형 박군옥은 골짜기를 내왕하며 숯을 사들였고, 의붓형 김정집이 그것을 받아 직접 숯을 구웠다. 일은 순조롭게 풀렸지만 조합원들이 갑자기 숯을 사 모으는 것을 이웃들이 알았다면 어리석다고 눈총을 주었을 것이다. 그만큼 생뚱맞은 일이었다. 그러나 갑자기 시세가 오르더니 숯값이 몇 달 만에 폭등하여 자그마치 열 배가 넘는 이익을 남기게 되었다. 공교롭게도 제일차세계대전이 끝날 무렵 일본이 숯을 외국으로 수출하게 되어 난데없는 호황이 왔던 것이다.

숯장사가 방언조합에 끼친 영향은 비단 자본금 확충 정도로 끝나지 않았다. 다들 박처화가 하는 일에 일말의 의구심조차 갖지 않도록 절대 신뢰의 계기를 준 것이다. 박처화는 이때 간척공사의 꿈을 밝혔다.

"어이, 좀 들어볼라는가? 저 길룡리 앞 개펄을 막아 옥답을 만들면 어떻겠는가? 조합 자산이 그쯤은 돼야 만백성을 위한 회상을 만들 수 있겠는디."

본론은 이것이었다. 1918년의 조선은 말 그대로 폐허의 한복판이었다. 더구나 전라도 영광의 작은 마을이라면 더 말할 것도 없었다. 길룡리에서는 "처녀가 태어나서 쌀 한 말을 못 먹고 시집간다"는 말이 유행이었다. 그 지독한 가난 속에서 박처화는 방언조합을 통해 손수 삽을 들고 등짐을 져 나르며 개펄을 농경지로 만드는 모습을 보여주고자 했다. 그것은 불교가 심산오지로 들어가던 것과도 다르고, 신종교들이 부유한 화주化主나 신분 높은 신도를 선호하던 것과도 정반대가 되는 일이었다. 삶의 뜻을 빼앗겨버린 자들이여! 생명체에게 어찌 설 자리가 없을 수 있는가? 풀포기가 시멘트를 뚫고 나오듯 그대들도 스스로 대지를 창조해가라! 이렇게 도를 깨쳤다 하여 선계仙界에서 노니는 게 아니라 땀 흘리면서 진아眞我

를 확인하는 '일하는 한울님'을 몸으로 웅변했던 것이다.

조합원들은 처화의 주장에 난색을 보이지는 않았다. 그러나 도무지 결말이 상상되지 않는 일이라 서둘러지지 않는 건 어쩔 수 없었다.

"바다가 어떻게 논이 될 수 있을게라우? 설령, 방언防堰공사를 헌다 해도 돈이 엄청나게 들 텐디. 그걸 감당할라면 한도 끝도 없어라우."

"사람의 일은 성패가 마음에 달려 있는 거여. 금전이 없을지라도 마음을 독허게 먹으면 되는 법인즉, 그대들이 꼭 하겠다는 작정이 서면 섰다고 내게 단언만 올리소."

이내 여덟 사람이 뜻을 모아 한목소리로 찬동했다.

"당신님 뜻에 따를랍니다."

"개펄은 모든 사람들이 버려둔 바라. 우리가 둑을 막아 논을 만들면 금세 우리 논이 될 거여. 절대 농지가 부족한 판이라 나라 살림에도 보탬을 주는 셈이니, 이건 명분 또한 없지 않은 일이네."

조합원들은 어안이 벙벙할 따름이었으나 숯장사로 이미 엄청난 이익을 남기는 걸 보았던 터라 두말없이 따랐다. 그런데 박처화는 반드시 마음의 구두점을 정확히 찍도록 하는 사람이었다. 심신의 결속이 필요한 일은 언제나 그에 맞는 결단이 요구되는 법.

"바다의 한 자투리나마 그것을 막는 건 아주 어려운 일이여. 그런 일에 착수하자면 한갓 언약만 할 것이 아니제. 철저한 생각과 희생적 노력을 미리 결심해야 할지니 지사불변至死不變하겠다는 서약서를 두 통씩 쓰세. 한 통은 천지에 고하고 또 한 통은 조합에 보관하여 후일 우리끼리 증명해보게."

조합원들은 엄숙한 마음으로 서약서를 썼다.

오직 여덟 몸이 한몸이 되고 여덟 마음이 한마음이 되어 영육고락에 진퇴를 같이하며…… 종신토록 그 일심을 변치 않기로서 혈심서약하오니……

3

바다를 끼고 있으되 수평선 하나 보이지 않는 산골처럼 초라한 벽지는 없을 것이다. 길룡리에는 개울 폭밖에 되지 않는 갯물이 법성포 앞바다에서 굽이굽이 산협을 끼고 들어왔다가 하루에 두 차례씩 빠져나갔다. 변변한 논배미 하나 찾아볼수 없는, 평지라곤 개펄뿐이어서 수수만년 세월 동안 아무 쓸모 없던 땅이 거기에 있었다. 강변 주막은 영촌 마을 앞 갯가의 주막이다. 길룡천이 주막 옆을 지나 개펄로 흘러들어 썰물일 때는 갯바닥이 드러나 갯골이 졌으나 만조 때라도 수심이 깊지 못하여 나루터로 쓰기조차 마땅찮아서 근동의 사람들은 주로 선진포 쪽을 이용하였다. 그래, 강변 나루는 길룡리에서 나오는 숯이며 장작 다발, 연초 등을 거룻배에 실어 법성포로 드나드는 정도가 고작인데, 방언조합이 그곳에 개펄막이를 시작하면서 주막은 폐쇄되고 어느덧 방언 관리소 역할을 하게 되었다. 박처화의 가족이 구호동에서 그곳으로 집을 옮겨 강변 주막은 인부들의 새참 등 먹을거리를 담당하는 곳으로 바뀌었다. 바랭이네와 양씨 부인이 합심하여 일하는 내내 밥을 해 날랐다. 그와 함께 주위 사람들의 조소와 비난도 시작되었다. 주민들은 생전 보지도 듣지도 못했던 일이라 다들 일이 성사되지 못할 것을 장담하였다.

"여그가 동네가 된 지 오래여. 그간 나고 죽고 한 사람이 얼마던고, 또 부자로 살았던 사람도 숱했제. 뻘밭에 논을 쳐 쌀을 먹을 수 있었다면 그간의 종자들이 수수천년 지내오도록 내버려두었겠냐 이 말이여. 공연히 헛힘 쓰는 거고, 나락 씨만 갯물에 썩혀버리는 꼴이니 박가朴哥를 따르다가 필시 패가망신할 것이여."

길룡리 사람들에게는 언제나 구수산이 시야를 가리고 와탄천이 걸음을 막았다. 그 이상을 내다보는 사람은 없었다. 오직 자기가 나고 자란 곳에서 평생 묶여 사는 사람들에게는 자연환경을 바꾼다는 건 상상도 할 수 없는 일이었다. 개펄막이라든가 간척사업 같은 말은 들어본 적도 없었다. 그래서 입방아가 더욱 번지던 차에 태을도 신자 한 사람이 방언공사 현장에 찾아왔다.

"내가 다 심란허요. 저번까지는 선생님의 식견이 뛰어난 줄 알았는디, 이게 뭔 일이라요. 바다에다 둑을 쌓겠다고 덤비다니요?"

사실은 길룡리 인근 마을에도 간척사업을 하는 곳이 없지 않았지만 주민들이야 들은 바가 없었다. 그런 것은 지주나 부호들이 관이나 권력을 업었을 때나 손대는 사업이었던 까닭이다.

처화가 태을도 신자에게 연유를 물었다.

"마음이 어째서 그리 심란해지셨소?"

"어느 시상에 바다에서 쌀이 나오기를 기다린단 말이요. 도대체 가망이 있는 일을 해야제."

"그럼 어찌했으면 좋겠소?"

"말할 것도 없제라우. 거기서 천원만 떼서 나한테 투자하시오. 구태여 둑을 쌓지 않고도 내가 평생 밥 먹을 밑천을 만들어드릴게라우."

"그렇게 좋은 기회는 남한테 권허지 말고 선생이 직접 쓰시면 어떻소."

처화는 딱 잘라 말하고 공사판에 몰두했다.

조수를 막는 제방을 쌓자면 축제선築堤線을 잘 선정해야 했다. 폭풍을 만날 때는 개펄의 위치와 지형에 따라 파랑波浪의 세기가 다르므로 항상 불어오는 방향을 피해 제방을 쌓아야 했고, 배수문을 만드는 것도 중요했다. 큰 배수문은 암반을 찾아 기초를 다지고 갑문을 만드는 것이 큰일이었다. 처화는 처음에 일부는 새끼를 꼬게 하고 일부는 소나무를 베게 했다. 다음에는 바닷물이 빠지고 개펄이 드러날 때마다 직접 갯골을 조사하고 측량하여 축제선을 정하였다. 방축할 재료 역시 중요했는데, 그때는 개흙 땅을 두부모 뜨듯이 삼 면을 세 번 찔러 뻘삽으로 떠서 축제선 표시한 곳으로 던졌다. 돌이나 자갈 같은 외지의 흙은 돈이 많이 들어 엄두도 낼 수 없었으니 겨우 높이 이 미터 정도의 제방을 쌓아 장석張石도 쓰지 않고 갯골이 진 데만 생소나무 말뚝을 박아 제방이 물러나지 않게 했다.

하지만 일이란 감독을 잘한다고 되는 것이 아니었다. 처화는 자신이 먼저 상투 바람에 가랑이를 걷어붙이고 가래를 들고 개펄에 들어섰다. 제자들이 앞뒤 가릴 것 없이 뛰어들었음은 물론이다. 사실, 누구 하나 일하던 사람이 아니었다. 이재풍은 지게를 져본 적이 없고, 이인명은 파시 장사꾼으로 놀던 사람이었다. 김성구는 글만 아는 양반이라 비가 와서 마당에 널어둔 곡식이 떠내려가도 모르고, 유성국도 동학이나 알았지 가래 같은 것은 잡아보지도 않았다. 그럼에도 어찌나 마음들을 굳게 다졌던지 공사가 척척 진행되었다.

그러나 이렇게 일만 하고 말았다면 박처화는 후천개벽의 지도자가 아니라 근대 사업가로 전락하고 말았을 것이다. 조합원들은 방언공사를 하는 일꾼 신분으로 만족할 수 없는 사람들이었다. 낮에는 일하고 밤에는 공부했다. 열흘마다 한 번씩 한 달에 세 번 보는 예회에서는 계문戒文 대조를 하였고, 수련을 게을리하는 사람은 호된 꾸지람을 들었다. 말하자면 그들은 조합원이기 이전에 단원이었고, 조합의 목적사업이 끝나면 재빨리 단원의 위치로 돌아가야 했다. 눈에 보이는 육신의 노동보다 눈에 보이지 않는 도의 수련이 훨씬 중요했다. 그런데 그 중요한 일을 도모할 장소가 여의치 않았다. 그래서 논의 끝에 도실을 짓지 않을 수 없었다.

1918년 11월에 옥녀봉 아래 터를 정하고 조합실 건축에 착수하였다. 조합원들은 간조 때는 제방 축조공사에 힘썼고

만조가 될 때는 산에 올라가 나무를 베고 땅을 녹여 집 짓는 일에 매진했다. 그리하여 마침내 얻은 것이 4칸 겹집이었다. 그들이 만든 최초의 교당이라 할 그 집을 통칭 '구간도실'이라 불렀다. 별로 크지 않은 초가에 방을 아홉 칸이나 들여놓아 장정 하나가 빠듯이 드러누울 정도의 작은 방이 아홉인데, 각기 칸막이된 밀창문을 트면 한 방이 되었다.

박처화의 역사에서 이보다 소중한 문화유적은 없을 것이다. 그가 품었던 꿈들이 여기에 응축되어 있었다. 나는 장차 처화가 이끌고 갈 '마을'의 견본을 이곳에서 본다. 그가 상량에다 썼던 시는 그의 영적 상태가 최절정에 달해 있음을 보여준다.

梭圓機日月　두렷한 기틀에 해와 달이 북질해서
織春秋法呂　봄가을의 법을 짠다

松收萬木餘春立　솔은 일만 나무의 남은 봄을
　　　　　　　　거두어 서 있고
溪合千峰細雨鳴　개울물은 일천 봉우리의 가랑비를
　　　　　　　　합하여 소리치며 흐른다

입을 다물 수 없게 하는 시이다. 식물이 일 센티 자라는 데

'일억 톤의 피'가 필요하다고 한다. 일만 나무에 쏟아질 봄볕이 모여야 소나무 한 그루가 낙락장송에 이를 것이며, 일천 봉우리에 떨어진 빗방울이 모여야 냇물 한 가닥을 만들 수 있다. 일만 봄볕이 만든 나이테의 겹겹 속에서 위대한 하루가 어디 있고, 일천 봉우리에 쏟아진 빗방울들의 결집체 속에서 영웅적인 물방울이 어디 있는가. 이것은 훗날 들뢰즈라는 철학자가 '천 개의 고원'을 이야기한 뒤에야 비로소 통용되기 시작했던 것이 아닌가 한다. 천 개의 봉우리가 모여서 이루는 '유일하고도 같은' 오직 하나의 고원이여! 천 개의 바다 안에 구석진 강에서 흘러든 물이 어디 있고, 천 개의 함성에서 변두리 목소리가 어디 있으며, 천 개의 나이테 속에서 어느 후미진 봄날에 쏟아진 볕의 초라함이 도대체 어디 있다는 말이냐.

후천개벽의 지도자로서 박처화는 제자들이 이같은 정신을 지키는 '영구적 가치'에 평생 헌신할 것을 밝히는 포부를 드러낸 것이다. 아니나 다를까 박처화는 이 조합실 기둥에 '대명국영성소 좌우통달 만물건판양생소大明局靈性巢 左右通達 萬物建判養生所'라는 글귀를 써붙여 옥호로 삼았다. 크고 밝은 세상이 열리는 판에 영성이 보금자리를 만들어 좌우통달하도록 창조적 양생(훈련한다는 말이 아니라 기른다는 말이다)을 하는 곳이란 말인가? 집단, 조직, 체제를 꿈꾼 것이 아니라 개인과 개인의 소통이 열리는 광대한 네트워크를 준비한다는 뜻인 것이다. 열일곱 자의 기다란 옥호에는 앞으로 어떻게 제자들을 가르칠 것인가 하는 장래 회상 건설의 포부와 방향을 찾아볼 수 있다. 크고 밝은 세상의 마음의 보금자리에서 모든 주의와 사상이 막힘없이 통하게 하며 천지만물을 새롭게 살려내는 곳.

어쩌면 박처화가 자신의 법명을 공식적으로 사용하기 시작한 곳도 여기에서였을 것이다. 대각하자 곧 새 이름을 지었다고 하지만 자료에는 박중빈이라는 성함이 이전에는 타인의 입에 오르내린 흔적이 없다. 중빈이라는 이름은 『동경대전』의 「수덕문修德文」 속 '빈빈성덕彬彬聖德'이라는 말에서 나왔을 거라 해석되기도 하고, '다시 빛으로' 태어났다는 뜻을 가졌다고도 한다.

모든 일에는 반드시 우여와 곡절이 있기 마련이다. 방언공사에서는 기초 틀이 잡혀가자 점점 품을 얻어서 해야 할 일들이 많아졌다. 저녁에 물이 들었다가 아침에 썰물이 지면 쌓아올렸던 흙이 가라앉아 더 단단하게 굳어 있었다. 하지만 밀물일 때는 작업을 할 수 있는 낮시간이 짧은데다 뻘 안 깊숙이 물이 들어오므로 썰물이 빠져나간 뒤에도 바닥이 질어서 일을 할 수 없었다. 특히 조수의 간만이 심해 한 달 중 사리 때

보름간은 개땅이 질어서 아예 일을 할 수 없으므로, 조금 때 보름 동안만 일을 할 수 있었다. 까닭에 인부가 많을 때는 오십여 명이나 되어서 품삯이 만만치 않았다.

김주사에게서 어떤 압박이 들어오기 시작한 것은 이때부터였다. 부자가 고분고분 돈을 내놓을 때는 필시 그만한 속셈이 있기 때문이다. 공사중에 자금난으로 쪼들리자 김성구는 자진하여 동네 부자 김주사에게서 빚을 가져다 썼다. 그리고 정한 기일에 갚지 못하자,

"다애 아들 이 도둑놈아. 왜 돈을 떼먹느냐?"

돌아가신 부친의 함자까지 들어 욕을 해대더니, 동네 훈장 노릇 하던 사람을 마침내 집에 데려다 몰매를 쳤다. 부인과 딸들이 발을 동동 구르며 안타까워했지만 그는 꿈쩍 않고 수모를 견뎠고, 마침내 서 마지기 땅을 팔아 빚을 갚았다.

조합원들은 이렇게 몸과 마음을 바쳐 제방 축조 역사役事에 진력하였다. 일이 뜻대로 진행되자 주위의 인식도 차츰 달라져갔다. 간척사업을 부정적으로 보던 사람들도 없게 되고 돈 벌 욕심에 품 팔러 오는 사람들도 늘었다. 방조제 공사는 점점 피폐한 길룡리 사회의 구휼사업이 되어갔다. 춘궁기에 죽 한 사발 개떡 하나 얻어먹고 논배미를 내주어 '개떡배미'니 '죽배미'란 말이 생기던 때였다. 처화는 굶주린 농민이

품을 팔러 오면 새참에 직접 나서서 굶은 사람에게는 밥을 먹이고, 밥을 먹은 사람에게는 술을 먹였다.

박처화에 대한 이야기는 점점 널리 퍼졌다. 그간에 보았던 것과는 전혀 다른 성자요 도인의 풍모 또한 이 고장 저 고장에 전파되었다. 그럴 만한 일화들이 나날이 늘어갔다. 가령, 이웃 마을에 기운이 장사처럼 센 사내가 있었다. 그가 돈도 벌고 뚝심도 자랑할 겸 품을 팔러 나왔다. 개땅은 물기가 있는데다 차지어 무게가 나갔는데 보통 장정에게 세 덩어리면 빠듯한 짐이었다. 사내는 열 덩어리의 짐도 끄떡없이 졌는데, 자꾸만 박처화가 가리키는 쪽을 피해서 짐을 부려놓고는 했다. 괜한 시비를 만들어서 박처화를 넘보자는 수작이었다. 몇 차례나 그러는 것을 본 박처화가 한번은 작대기로 사내의 지겟다리를 후려치며 호통을 쳤다. 순간 사내는 맥을 못 추고 쓰러졌다가 겨우 깨어났다. 그리고 다시는 우쭐거리지 못하고 고분고분 말을 잘 듣게 되었다.

이렇게 해서 방조제 공사가 순조롭게 되어가자 불원간 길룡리 바다에도 천지개벽 이래 처음으로 옥답이 생긴다는 소문이 나더니, 장차 소작을 얻을 궁리를 하는 사람까지 생겨났다. 그와 함께 여러 차례 돈을 빌려준 적이 있는 김주사가 간척사업한 농지를 자기의 권세와 금력을 믿고 탐내기 시작했다. 그는 한때 돈을 빌려준 것을 기회로 호언장담하고는 했다.

"네놈들이 서서 둑을 쌓으면 나는 앉아서 쌓겠다."

간척지를 빼앗으려고 일천여 원짜리 말을 사서 타고 도청으로 경찰서로 교섭하러 다니기 시작한 것이다. 조합원들은 걱정이 아닐 수 없었다. 김주사가 간척지 대부 원서를 관계 당국에 제출하는가 하면 요처에 청원운동을 전개하여 허가권이 나올 조짐까지 보였다.

"이를 어째야 쓸게라우? 분통 터져 못살겠네."

처화는 말했다.

"우리는 헐 일만 허세. 못 쓰던 땅을 옥답으로 만든다면 설사 빼앗긴다 해도 땀 흘린 공이 어디 가겠는가? 길룡리 사람들이 소작만 얻더라도 쌀밥 구경을 허게 만든 것도 공덕이요, 어디선가 세금이 늘어나게 만든 것도 공덕이 아니겠는가? 우리가 시방 사복만을 채우자고 이러는 건 아닌게. 여그서 땀 흘린 덕으로 도덕을 펴고, 또 중생이 낙원에 이르도록 제도하자는 것이 목적이었응게."

제자들은 박처화의 말을 듣고 게으름 없이 공사를 끝냈다. 그런데 김주사가 갑자기 병이 들어 급사하고 명마라고 소문이 났던 말도 죽어버렸다. 김주사를 도와서 서류를 만들던 사람도 엉뚱한 잘못으로 경찰에 잡혀가고, 개간 허가장은 방언조합 앞으로 나왔다. 다들 뛸 듯이 기뻤다. 하지만 그보다 훨씬 중요한 성과가 따로 있었다. 조직이다.

4

박중빈은 10인 1단을 조직하여 스스로 단장이 되고, 그 버금 자리인 중앙위는 비워놓은 채 첫 단을 8인으로 조직했었다. 그러한 까닭을 여덟 명 중 아무도 묻지 않았다. 당신님께서 해둔 생각이 있을 거라 믿은 것이다. 그런데 어느 날 박중빈이 제자들에게 난데없는 말을 꺼냈다.

"들어들 보소. 이제 중앙 자리에 들 사람을 데리고 와야 쓰겠네. 그대들이 돌아댕겨봐. 어디든 가고 싶은 데로 가서, 이분 같으면 우리 선생과 비슷허다, 요런 생각이 들면 모시고 오라고."

노잣돈까지 마련해주었다. 단원들이 일제히 나서서 찾아보았으나 아무데서도 그럴듯한 사람을 발견하지 못하고 노자만 쓰고 되돌아왔다. 그리고 며칠이 지난 어느 날, 박중빈이 밤하늘에 뜬 별들의 움직임을 찬찬히 살펴보더니 말했다.

"뭣이 오고 있어. 우리가 만나야 할 사람이 가까이 오고 있당게."

그렇게 얼마가 지나간 후 단장이 이재풍과 오재겸을 불렀다.

"그대들이 장성역으로 나가볼랑가? 체격이 작고 낮이 깨끗해. 어쩌면 소년이여. 차에 내려서 갈 데를 못 찾고 있으면 데리고 오소."

두 사람이 명을 받들고 다음날 출발하기로 하였다. 그런데 저녁밥을 먹고 나서 다시 일렀다.

"장성 갈 일은 그만두소. 자리잡아 앉은 뒤에 데려오세."

그리고 길룡리 앞 개펄막이 공사를 시작할 무렵이었다. 박중빈이 제자들을 데리고 "우리가 찾던 사람을 찾으러 가자" 하며 옥녀봉 중턱에 올라가 한동안 천기를 살폈다.

"그 사람이 멀리 있지 않네."

김성섭에게 말했다.

"오늘은 나허고 저 윗녘에 가보세."

"어쩐 일로요?"

"진작부터 말하지 않던가. 우리허고 일헐 사람이 가까이 왔다고 했제? 지금이 적시여."

두 사람은 보행으로 무장, 고창을 거쳐 정읍 화해리로 갔다. 백이십 리나 되는 먼길이었다.

화해리 동네 앞 냇가에서 박중빈이 새터 마을을 바라보더니 김성섭에게 말했다.

"저기 저 집에 가서 얼굴 해사한 청년이 있으면 데리고 올랑가?"

그러다 벌떡 일어나 앞장섰다. 누구에게 물을 것도 없이 성큼성큼 걸어들어가자 열아홉 살의 젊은이가 이마 위에 손을 얹고 한참 쳐다보다 선풍도골의 신선 같은 어른을 맞아들였다. 그토록 갈망하던 스승과 제자가 만난 것이다. 송도군은 손님 둘을 문중 양반이라 둘러대고 하룻밤을 함께 지새웠다. 아침에 궁금증을 못 이겨 김해운이 물었다.

"밤새 뭔 이야기를 그렇게 했다요?"

"긴한 문중사라 이바구가 질었심더."

김해운의 집에서는 송도군의 친가에서 누가 온 줄 알았다. 박중빈은 송도군의 마음을 돌려 영광에 데려가려고 이틀간을 화해리 이웃집에서 머물렀다. 그러나 김해운의 지루한 만류로 뜻을 이루지 못하고 두 달 뒤 여름에 다시 만나기로 하고 헤어졌다. 그리고 약속한 날이 되자 박중빈은 김성섭을 보내 송도군을 데려왔다. 그 긴 과정에 대해서 『대종경 선외록』 자초지종장은 다음과 같이 소개한다.

하루는 김성섭을 불러 '전북 정읍 땅에 송모라는 젊은이가 있거든 데리고 오라'고 말했다. 김성섭이 정읍을 찾아가 송도 군宋道君을 만나 소태산의 말씀을 전했다. 도군 또한 숙연임을 크게 깨달아 말하기를 '나 역시 큰 원을 품고 수백 리를 정처 없이 왔으나 항시 마음에 무엇이 걸린 것만 같아 걱정하던 중 오늘에 불러주시니 이제 영겁대사를 해결할 날이 왔습니다' 하며 즉시 동행하려 했다. 그러나 집주인김해운의 만류로 김성 섭만 영광으로 돌아갔다. 김성섭이 돌아와 사유를 고하니 소 태산은 미리 짐작한 듯했다. 두어 달이 지나 소태산은 김성섭 을 대동하고 정읍 화해리 김해운의 집을 찾아가 하룻밤을 묵은 뒤에 송도군과 사제 겸 부자의 의를 맺고 말했다. '이 일이 우연한 일이랴? 숙겁다생에 기약한 바 컸었느니라.' 소태산은 송도군을 영광으로 데리고 와 교화단의 중앙에 임명하고 제반 사무를 대행하게 했다. 여덟 명의 제자와 일반 대중은 송 도군이 열아홉 살에 불과했으나 장형같이 숭배하며 받들었다.

송도군은 이렇게 길룡리에 닿아서 내심 놀라움을 금치 못했다고 한다.

내가 일찍 경상도에서 구도할 때에 간혹 눈을 감으면 원만

하신 용모의 큰 스승님과 고요한 해면의 풍경이 눈앞에 떠오르더니, 스승님을 영산에서 만나보니 그때 떠오르던 그 어른이요, 또한 그 강산이 영산이더라.

송도군이 정식으로 박중빈의 제자가 된 날은 음력으로 무오년 6월 스무엿샛날, 양력으로 1918년 8월 2일이었다. 그로부터 한 달 뒤인 음력 7월 그믐날에 옛 이름을 버리고 수위단 중앙 단원을 의미하는 '규奎'라는 새 이름을 받았다.

7장
떡이 아니라 밥이여

1

신성神性이 없는 것은 없다. 물가에 사는 미물도 홍수가 날 것 같으면 산기슭으로 피난을 간다. 출항하지 않은 배에서도 쥐들이 풍랑과 파선의 조짐을 감지하여 밧줄을 타고 선창으로 오른다. 당시의 조선은 위기에 처한 영장류의 신성이 각축하는 구도적 혈투의 원형경기장 같았다. 경상도 성주에서 전라도로 옮겨온 한 소년도 그런 검투사의 하나였다. 이름이 도군! 송도군이었다. 머슴을 둔 집안의 선비가 자식을 낳아 '도꾼'이 되어라 이름을 짓지는 않았을 것이다. 그러나 어쩔 수 없이 그의 생애는, 명문가에서 총애를 받던 도련님이, 도탄에 빠진 백성을 구하겠노라고 감행한, 상상을 초월할 만큼 외롭고 무모하며 정처를 기약할 수 없는 구도행의 한 전형을 보여준다. 안전한 곳을 버리고 위험한 길을 떠돌던 끝에, 나이 열아홉에 스승을 만나지 못했다면 아마 기울어가는 세상 끝자락을 붙들고 정체 모를 득도 타령이나 하는 신흥 교주급 거사로 늙어갔을지 모른다. 계룡산이나 금산사 일대에는 그런 사람들이 오래도록 들끓었다. 그래서 그가 박중빈을 만난 것은 하나의 사건이라고 해야 옳다.

송도군은 길룡리에 이르러서야 비로소 마음의 여장을 풀고 한숨을 돌렸다. 그간 전라도 어디에서도 겪지 못한 안온함을 느꼈으니, 본인이 닿아야 할 곳에 닿았음을 무엇보다도 먼저 자신의 신체가 알아차렸을 것이다. 주변의 얼굴이며 풍경들이 모두 꿈속에 예지된, 그래서 집을 떠나올 때 꿈꾸었던 것들과 조금도 다르지 않았다. 돌이켜보면, 유학자의 아들로 태어나 구세제민의 길을 가겠다고 생각한 순간 그의 길은 율곡이나 퇴계의 것이 아니라 수운이며 증산의 것밖에 없었다. 그리고 그것은 오직 순행順行을 목적으로 하되 한없이 역행逆行의 시련을 겪어야 하는 난감한 것이었다. 선각자들의 서사가 모두 그랬다. 수운은 사람이 곧 하늘이니, 저마다 하늘을 모셔야 한다고 했지만, 정작 자신은 남원 은적암까지 숨어들어가 칼노래를 부르고 칼춤을 추는 비원의 삶을 살았다. 그래서 야기한 것이 기포요, 봉기이며, 선천시대적 역성혁명의 대란이었다는 사실은 얼마나 상징적인지 모른다. 증산은 그 반대쪽으로 뻗은 길을 걸었다. 뜻이 옳을지라도 방법이 그르면 순정이 신성을 갉아먹기도 하는 법, 그는 참혹한 학살의 현장에서 전봉준을 위한 제사를 지내며 세상의 운도를 바꿀 정신개벽, 의식개벽을 도모하고자 했다. 참혹히 깨져나간 동학을 일으켜세우고, 선천 수만 년 동안 누적된 한을 풀고자 해원상생의 굿판을 벌이며 '천지공사'를 집행한 것이다. 의통제세醫統濟世, 구릿골 김형렬의 집에 '광제국'이라는 약방을 열고 온갖 병들어 있는 것을 고치는 일을 했지만, 어떻게 말해도 그의 사인死因은 너무 많은 아픔에 파묻혀버린 생명의 비련에 있었다. 대지에서 신음하는 아픈 생명을 낫게 하는 일을 숙명으로 받아들인 자의 거룩한 죽음이었다.

송도군이 여기에서 얻은 생각이 무엇인지 정확히는 알 수 없다. 다만 독자적인 지향성이 이미 형성돼 있었음은 분명해 보인다. 그는 강증산 사후 세 갈래 네 갈래 쪼개져 저마다 다른 교주의 길을 걷는 자들에게 조금도 현혹되지 않고, 홀로 독단의 길을 가고 있었다. 박중빈을 만날 때까지 말이다.

박중빈은 궁벽산촌에서 내세울 것이라고는 없는 사람들을

조직해, 방언조합을 만들고 버려진 개펄을 간척하느라 땀을 흘리고 있었다. 송도군은 그것이 강증산을 흉내내는 짝퉁의 길이 아니라 강증산의 뒷날에 일어나야 마땅한 풍경임을 직감했다. 어쩌면 후천개벽의 역사에서 '은恩' 사상이 놓인 자리를 곧장 읽었는지 모른다. 수운의 '하늘'에 낀 '원怨'을 닦아내고 나니 '은恩'이 나타난 것이다. 그것이 지켜지면 세계는 온전한 하나들로 가득차게 된다. 바로 이 대목에서 그는 박중빈 앞에 엎드려 의부자가 되기를 청하고 곧 모든 것을 의탁하는 것이다. 타자에게 해를 입히지 않고 어울리는 관계, 참된 인연을 망가뜨리지 않고 존재의 경로를 지속하는 것은 얼마나 어려운가? 다들 살아 있으므로 은恩도 살아서 꿈틀대고 있을 수밖에 없다. 그래서 박중빈이 토굴에 들어가라면 토굴로 들어가고 공부하러 나오라면 공부하러 나오는 길을 택했을 것이다. 지난날에 잘못 길들인 습성들을 털어내고자 토굴생활을 해야 하는 것은 송도군이 떠안아야 될 짐이었다. 기행·이적에 대한 박중빈의 지적이 얼마나 통렬한 것인지는 『원각성존 소태산 대종사 일화집』에 나온다. 송도군은 바로 이곳에서부터 새로운 구도행을 시작했다.

어떤 사람이 대종사를 찾아와 말했다.

"제가 얼마 전에 금강산을 유람하던 중에 참도인을 만나보았습니다."

"어떠한 점을 보아서 참도인인 줄 알았는가?"

"그 사람은 날아다니는 까마귀를 보고도 이리 오너라 하고 부르면 곧 날아와서 어깨 위에 앉았습니다. 아무리 독한 뱀이라도 이리 오너라 하고 부르면 곧 달려와서 그의 몸뚱이를 감고 있어도 그가 싫어하거나 무서워하지도 않았습니다. 그런 사람이 참도인이 아니고 무엇이겠습니까?"

"그대가 정말 참도인을 만났군. 그러나 그 도인이 까마귀나 뱀과 친하다 하니 곧 까마귀나 뱀의 유가 아닐까? 까마귀는 까마귀와 떼를 짓고 뱀은 뱀과 어울리는 법인데 사람이 어찌 까마귀나 뱀 중에 섞여 있을 것인가."

송도군은 뼈아픈 반성과 함께 하루하루를 맞았다. 깨달음의 문은 활짝 열려 있다. 그러나 볼 수 있는 눈과 들을 수 있는 귀가 없으면 그 안에 들어설 수 없다. 관찰·반성·사색·실천의 힘이 필요할 뿐 다른 길은 없다. 그렇게 토굴 속에서 지내는 동안, 처음에는 방언공사에 대한 생각을 열심히 했다. 가령, 사부님이 방언공사를 하기 전에 물고기를 천도한 일은 곧 해월 최시형을 떠올리게 했다. 해월선사는 사람만 하늘이라고 본 것이 아니라 미물까지 하늘로 보고, 섬겼다. 땅에 침도 뱉지 않았다. 그렇다면 결코 방언공사 같은 것은 하지 않을 것이다. 미물에게 해가 되기 때문이다. 여기에 실존의 곤혹과 딜레마가 있었다. 그것은 '은恩'의 관계에 맞는가? 생명의 온전성에 맞는가?

이같은 송도군의 등장으로 구간도실은 아연 활기를 띠었다. 송도군의 합류는 그 자체만으로도 10인 1단 조직의 완성이었고, 길룡리 사람들에게 가해진 외계 충격이었다. 뿐만 아니라 여덟 사람과 문화 차이가 컸고 유일하게 경상도 사람이며 김성섭과 스물한 살이나 차이가 났다. 새로운 사투리의 등장은 그들이 항용 공유하던 세상의 실체가 보이지 않는 곳까지 확장됨을 의미했다. 또한 여덟 제자의 결속이 모두 속세의 인연에서 비롯됐는데, 그만은 법연法緣으로 시작되었으니 10인 1단은 더이상 동네 유지 모임 같은 느낌을 줄 수 없게 되었다. 그래서 여덟 제자는 한동안 송도군을 알아가는 재미에 흠뻑 빠졌다. 그것은 자체만으로도 전라도 바깥에서 구도의 길을 찾아온 도꾼들이 겪는 파란만장의 한 견본이었다. 까닭에, 길룡리는 날마다 얘기꽃을 피웠다.

2

송도군은 어려서 선동仙童이라 불렸다. 영특하고 명민하여 주위의 총애를 한몸에 받았으니, 여덟 살 때 한학 수준이 상당했다고 한다. 열세 살에 결혼했는데, 상투를 올리자 창생 제도에 관심을 두게 되었다. 더할 나위 없이 반듯한 선비에게 난행의 그림자가 어리기 시작하는 것이다. 구사행을 시작한 것은 열다섯 살인데, 여처사라는 도인을 만나러 가야산에 갔다가 훔치교 도꾼들을 만났다. 그들이 묻는다.

"뭐할라고 왔능교?"

"여처사를 보러 왔심더."

"우예 만날라 카능교?"

"지도받을라고예."

"그럼 상도로 가야제. 하도에서는 큰 공부가 안 되능기라."

도꾼들이 말하는 상도上道는 전라도였다. 그렇게 말하는 까닭을 알게 되자 송도군은 지체 없이 전라도로 떠난다. 고판례를 찾아 나선 것이다. 왜 고판례였을까? 강증산이 금산사 구릿골에서 죽었을 때, 그를 따르던 제자들이 두서너 명씩 짝을 지어 스승을 기다리기에 여념 없었다. 상제님이 재림할 것을 믿은 것이다. 그중 김경학이라는 사람이, 하루는 귀가하여

보니 노모가 급병으로 죽어 있었다. 대성통곡하다 문득 상제님이 가르쳐준 태을주를 외웠더니 되살아나는 기적을 본다. 강증산의 예언이 이루어진 것이다. 이후 병자가 생길 때마다 그가 자청하여 주문을 외웠었다. 그로부터 태을주를 외우면 병이 낫는다는 소문이 퍼져 조선 팔도에 훔치교가 성행한다. 가난하고 핍박받으며 병에 시달리는 중생이면 훔치교를 찾지 않을 수 없었다. 자연스럽게 증산의 도력을 물려받은 자가 초미의 관심사로 떠올랐는데, 으뜸으로 꼽히는 이가 고판례였다. 그녀는 증산의 시중을 들던 무당으로 수많은 '천지공사'를 지켜본 증인이었다. 하지만 강증산의 제자 차경석의 집에 연금되어 상제님이 죽은 지 일 년이 지나도록 모르고 있었다. '청국清國 공사를 보기 위해 남경에 가셨다'고 속인 것이다. 그런데 주문을 외울 때마다 상제님이 나타나 하루는 강증산이 예시한 구릿골 무덤까지 찾아가 주검을 확인했다. 그녀가 대원사 칠성각에서 사십구 일간 수련하고 돌아와 괴상한 음성으로 이종사촌 차경석을 향해 넌 누구냐 하고 물었는데, 바로 강증산의 목소리였다. 그때부터 고씨가 있는 곳이 상제님의 본소로 알려지고, 그녀는 모든 신자들에게 '사모님'으로 받들어진다.

송도군이 전라도에 닿은 것은, 차경석이 고씨를 연금하고

통교권統敎權을 장악하여 보천교 천자天子가 되면서 소위 차천자의 시대가 열릴 때였다. 그래서 곧장 차천자를 면담했다.

"큰일 하신단 말을 듣고 왔심더. 어떻게 하는 기 천하창생을 위한 대삽니껴?"

경상도에서 사모님을 모시러 왔다는 말을 듣고 차경석은 대꾸는커녕 핀잔만 주었다.

"체, 아직 소년이 말만 옹통스럽군."

송도군은 대번에 연緣이 아니라고 보고 물러나 손바래기에 있는 강증산의 본부인을 찾는다. 본부인에게도 필시 깊은 공부가 있었을 거라고 본 것인데, 만나보니 배울 것이 전혀 없었다. 손바래기 생가에는 강증산의 부모, 누이 선돌댁, 또 딸 강순임이 있었다. 그중 유일하게 공력이 있어 보이는 선돌댁을 대동하여 고향으로 돌아갔다.

"할부지예. 사모님은 광증이 있다 캐, 여동상을 모시고 왔심더."

이것이 송도군이었다. 그는 무엇에 사로잡혔다 하여 가족을 두고 저 홀로 도망가는 유가 아니었다. 유학 선비로서 위를 향해 효자였고 아래를 향해 어른이었다. 이내, 선돌댁과 석 달간 치성에 들어갔다. 제물로 소머리를 놓기도 하고, 개를 잡기도 했다. 저녁이면 가족은 물론 머슴까지 불러 주문을 외웠는데, 그때마다 우르르 천지가 우는 소리가 들렸다.

"전라도 모악산 기운이 몰려오는 소리여."

선돌댁의 카랑카랑한 목소리가 점잖은 선비 집에서 새어나오는 것은 기괴한 풍경이 아닐 수 없었다. 학덕이 높은 송씨 집안에서 무당을 모시고 치성을 올리니 동네에서는 괴변이 났다는 소문이 돌았다. 그것도 전라도 여자가 설치는 걸보고 '늘그막에 첩을 얻었네' 하고 쑤군대는 사람도 있었다. 견디다못해 할아버지가, 치성을 당장 중지하라고 명했다가 갑자기 복통이 나서 데굴데굴 굴렀다. 송도군이 치성을 올린청수를 드리자 할아버지가 언제 그랬냐는 듯이 일어나더니다시는 손자의 일에 반대하지 않았다. 뿐 아니라 밤마다 치성실 주변에 서기瑞氣가 어리고, 호랑이가 내려와 지켜보기도했다. 선돌댁이 신장神將을 불러들이는가 하면 송도군이 한번도 보지 못한 장모의 인상을 말하고, 어려서부터 지병이었던 처의 만성 체증을 씻은듯이 가시게 했다. 그렇게 송도군은자잘한 신통력을 얻었으나 깨달음을 얻는 일에는 진전이 없었다. 그래 불법 공부를 해볼까 생각하자, 아주 원만한 용모의 큰 스승과 고요한 해변의 개펄에 빨간 해초가 있는 풍경이떠오르곤 했다. 안 되겠다, 그분을 찾아가자, 마음먹고 집안어른들께 간곡히 청하였다. 아버지는 아들의 됨됨이를 아는지라 급히 땅을 팔아 노자를 장만하여 김천역까지 전송했다. 그것이 1917년 음력 9월이었다.

송도군이 전라도로 옮겨와서 구사행을 시작한 자리는 정읍 두승산 시루봉 아래 손바래기 마을이었다. 한동안은 강증산의 유족들과 함께 지내며 김제, 고창, 장성 등지를 사찰하고 도꾼들을 찾아다니다 마침내 고씨를 만났다. 때마침 고씨가 차경석의 울을 벗어나 김제 백산의 신도 집에 머물던 때라 송도군도 얼마간 백산에 있었는데, 경상도에서 아버지가 왔다가 고씨에게 "제발 댁의 아들 좀 데려가소" 하는 말을 들었다. 고씨의 허령虛靈에 방해가 됐던 셈이다.

송도군은 어디에서도 갈증을 채울 수 없었다. 이름난 도인들을 두루 편력했지만 모두 헛되었다. 그러다 증산의 딸 강순임에게 뜻밖의 말을 듣게 된다.

"오빠, 비밀 하나 가르쳐주까?"

"말해보그라."

순임이 송도군을 별실로 데려가 낡은 종이로 때움질한 천장을 가리켰다.

"아부지가 쩌그다 책을 넣었당게. 뒷날 찾아갈 사람이 있을 텡게 입 밖에 내지 말거라 험서 봉해부렀어. 오빠가 뜯어보면 좋겠네."

송도군이 궤짝을 딛고 올라서서 천장을 뜯어보니 빛바랜 백지에 붓글씨로 쓴 한문책이 있었다. 표지에 '정심요결正心要訣'이라 쓰여 있는데, 필시 보통 비서祕書가 아닐 터였다. 펼쳐보니 '도문 소자 옥포玉圃는 삼가 정정 한 편을 짓노니' 하는 구절이 있는 것으로 보아 옥포라는 호를 가진 은자隱者가 지었거나, 아니면 이름을 감추느라 별호만 적어둔 어떤 기인의 책일 것 같았다. 소문이 돌면 안 되겠으므로 순임에게 단단히 일렀다.

"남한테 말하지 말그라이. 요결 뜯어본 것도, 책을 가져간 것도 말이다."

그리고 책을 품고 모악산 대원사로 들어갔다. 강증산이 서른한 살 때 큰 비바람이 몰아치던 날 대도를 깨닫고는, 충청도 사람 김경흔의 태을주에 송아지가 어미를 부르는 소리 '훔치훔치' 두 자를 더 붙여 '수운의 시천주는 이미 행세되었으니 태을주를 쓰라' 했던 절이었다. 대원사에는 노승 둘과 동자승이 있었는데, 매일 끼니를 잇기 어려울 만큼 가난했다. 동자승에 의하면 '진묵대사가 삼백 년이나 가난에 묶어두어 아직도 오 년 더 기다려야 먹을 것이 생긴다'는 절이었다.

송도군이 『정심요결』을 읽고 났을 때는 가을도 다 저물어 있었다. 그 무렵 대원사에 드나들며 치성을 올리던 사람들도 그런 송도군을 허투루 보지 않았다. 태을주문에 열성인 두 사람 중 하나가 각별히 나서서 그를 모시기 시작했다. 정읍 김태형의 아내 김해운이었는데, 슬하에 4남 1녀를 두고 온 가족이 치성을 올리는 훔치교 신자였다. 그녀는 강증산의 유족과도 교류가 자별할 뿐 아니라 정성이 얼마나 갸륵한지 날마다 오십 리 길을 걸어 도꾼들의 집합처까지 나다녔다. 그러다 대원사에 경상도에서 온 생불님이 계신다는 말을 듣고 찾아가 달덩이 같은 얼굴을 접하고는 생불님이시구나, 하고 환희심이 났다. 스스로 자청해 사가에 모셨는데, 근방이 막막한 벌판이라 땔감이 귀한데도 겨우내 불씨 한 번 꺼뜨리는 법이 없었다 한다.

그녀는 송도군을 만국양반이라고 불렀다. 앉아서 천리를 보는 양반이라 여기며 대접이 초라한 것을 늘 아쉬워했다. 한번은 이웃 마을 딸네 집에 가서 반찬 걱정을 하다가 괜한 손님을 모시어 걱정을 자초한다는 핀잔을 듣고는, 딸네가 잠깐 자리를 비운 틈에 달걀 몇 개를 버선목에 담아왔다. 다음날 아침상을 받은 송도군이 혼잣말을 했다.

"옛말에 달걀 도둑질을 하면 당달봉사 된다 카데예."

그녀가 깜짝 놀라 변명했다.

"자식 것을 가져왔는디, 고것이 어쩨 도적이 된다요?"

"딸네 것도 말 않고 가져오믄 도둑질이 됩니더."

송도군은 남의 속을 꿰뚫는 신통력이 있었다. 한번은 김해
운이 마당에 곡식을 말리는 것을 보고 말했다.

"어무이, 비가 올 테니 거둬들이소."

그러자 멀쩡한 하늘이 흐려지면서 갑자기 비가 내렸다. 어
떤 날은 해가 뉘엿뉘엿 넘어가도록 일을 끝내지 못해 허둥대
는 걸 보고,

"어무이, 해 지기 전에 끝내야 됩니껴?"

했다. 그러자 일을 마칠 때까지 해가 지지 않았다. 이토록 신
통한 만국양반을 김해운이 그냥 놔줄 리 없었다. 박중빈이 찾
아갔던 날 송도군이 선걸음에 따라오지 못한 이유도 거기에
있었다.

3

박중빈은 송도군을 너무도 아꼈다. 비록 옥녀봉 토굴에 숨
어 지내도록 했지만 늘 그곳에 마음을 쓰고 단원들이 예회를
볼 때는 구간도실로 나오게 했다. 송도군은 나날이 감화되어
사부가 대각 직후에 썼다는 시문詩文에 촉각을 기울이고는

274

했다. 박중빈은 대각 후 한때 선비들 못지않게 시를 지었으나 송도군이 영산에 닿았을 때는 모두 태워버린 뒤였다. 하는 수 없이 시문 이야기는 김성섭의 기억에 의존할 수밖에 없었는데, 송도군은 그것들을 손바닥에 받아두고 싶은 마음이 컸다. 엄격한 형식미에 치중한 백면서생들이 즐기는 음운音韻의 평측平仄 따위에 구애되지 않는, 그러나 엄청난 발언이 담긴 구절에 자주 놀랐을 것이다. 가령, 김성섭이 처음 들었다던 시문은 길룡리 밀밭의 하늘만 정화시키고 풍악이 넘치도록 한 것이 아니라 바로 송도군의 머릿속도 맑게 씻어내고 가슴에 기쁨의 노래가 가득차게 해주었다.

허, 호남공중하처운湖南空中何處云, 천하강산제일루天下江山第一樓라! 이 말을 알아들을 사람이 길룡리에 과연 있단 말인가? 동학운동의 발원지요, 수많은 농민이 학살된 호남은 지옥 바깥이라고 할 땅이 한 뼘도 없을 만큼 무서운 아비규환 속이었다. 그곳의 외진 밭두렁에 서서, 호남의 허공이 천하가 한눈에 보이는 제일의 누각이라고 외치다니! 가장 소외된 곳, 가장 억울한 곳, 가장 슬픈 곳에서 내려다보면 인간사에서 일어나는 모든 이치가 한눈에 보인다. 이 엄청난 발언을 듣고 송도군은 토굴에서 날마다 생각했을 것이다. 그동안 후천개벽 사상에 불나비처럼 뛰어들었으면서도 가장 외진 곳이 가장 좋은 곳이라는 말을 왜 알아듣지 못했는지…… 세계 어디를 가든 부당한 학살과 죽음이 없는 곳이 있겠는가. 또한 그것을 이기는 정신이 어찌 없겠는가? 어떤 날은 다산 정약용의 말을 생각했을지도 모른다. 한 역관이 중국에 가면서 세상의 복판 구경을 하게 됐다고 들떠 있을 때 다산이 그랬다. "중화가 세상에 어디 있는가? 내가 서 있는 자리가 세상의 중심이지. 나는 언제나 중화에서 살고 있다. 날마다 해가 내 머리 위로 떠올라서 정오가 되면 내 이마를 비춘다." 그 놀라운 인식의 힘 앞에서 한낱 까부는 재주에 불과한 기행·이적 따위의 마술은 얼마나 하찮은 것인가? 서양 언어로 말하자면 현상학적 이해가 아니라 존재론적 이해를 꿰뚫는 사부 앞에서 그는 숨도 못 쉬게 긴장했을 것이 틀림없다. 송도군에게 토굴 생활 육 개월은 이렇게 박중빈을 아는 것만으로도 바빴을 것이다. 가령, 박중빈은 늘 주변을 청소하되 빗자루로 쓸어모은 후에 내버리는 것이 하나도 없었다. 제자리를 못 찾은 것은 있을지라도 쓸모없는 것이란 없나니. 송도군은 이를 스승의 사상으로 이해했다. 버려져야 하는 것, 못 쓰는 것, 초라한 것 따위는 모두 무엇인가가 '관계 우위'를 점해서 스스로를 격상시켜놓으려 하는, 세속 권력의 탐욕이 빚은 '관계의 사각지대'일 뿐. 생각이 여기에 미치자 송도군은 방언공사의 참뜻이 명쾌하게 이해되었다. 인간이 무심히 동의해버리는 못 쓰는 땅, 버려진 것, 쓸모없는 것들이란 구분이 어떻게 허구인가를 사부님이 보여주고 있었던 것이다.

박중빈은 수천 년 동안 '생명 바깥의 땅'으로 취급해온 개펄을 전답으로 일구고 있으며 검불 하나라도 버리지 않고 쓸모를 찾아주려 하고 있었다. 말하자면 사람뿐 아니라 금수초목까지도 은恩 속에 놓여 있음을 중시하는 행위였다. 그리고 또한 박중빈의 언어에는 지적 오만과 권위주의가 터럭만큼도 묻어 있지 않았으니, 인간의 말을 섬김을 받는 일이 아니라 섬기는 일에 쓰는 성자임이 분명했다. 깨달은 자가 말의 함정을 경계하고, 현학보다 구어체를 선호하며, 자신의 뜻을 문자가 아니라 생활 속에 담아두려는 경지에 송도군은 한없이 빠져들었다. 기회가 있을 때마다 방언공사를 하는 형님들에게 묻고 듣지 않을 수 없었다. 몇 번을 들어도 아까운 것은 『법의대전法義大全』 이야기였다.

대각한 지 얼마 안 되어서였다. 김성섭은 광산 김씨 문중 족보를 편찬하는 신분인지라 한문 실력이 자부할 만큼은 되었다. 그래, 본의 아니게 한문을 숭상하는 마음이 없지 않았는데, 그것을 뚫어보았는지 사부가 물었다.

"돌아오는 시상에 교법을 제정할라면 한문으로 경전을 만들어야 되지 않을랑가?"

김성섭이 내심 생각하였다. '당신님은 한학을 깊이 한 바 없는데 어떻게 교법을 제정하시려는고?' 김성섭의 대답이 없자 박중빈이 말했다.

"붓대 한번 잡아보소."

붓끝에 듬뿍 먹물을 묻히자 박중빈이 즉석에서 수많은 한시를 쏟아내기 시작했다. 그렇게 쏟아낸 한시와 가사들을 모아서 엮은 책자를 『법의대전』이라 했는데, 대부분 도덕의 정맥이 끊어졌다가 다시 나온다는 것과 세계 대세가 역수逆數가 지나면 다시 순수順數가 온다는 것과 도덕 회상을 건설하는 내용이었다. 김성섭이 열심히 받아 적다가 어려운 글자가 나오게 되면 어찌할 바를 몰랐다. 그때마다 박중빈이 가르쳐주더니 마침내 매듭을 지었다.

"도덕은 문자에 매인 게 아니여. 성님도 이제 한문에 얽매이는 생각을 놓아버리소. 앞으로는 경전을 아무나 읽을 수 있게 쉬운 말로 써야 헐 거여."

박중빈은 『법의대전』이 비록 한때의 발심조흥發心助興은 될지언정 세상에 내놓을 교과서가 될 수는 없다고 다 태울 것을 부탁했다. 김성섭이 아까운지라 두 권을 석유 궤짝에 담아서 집 뒤란에다 감춰두었다. 그러자,

"놔두면 훗날 사람들이 미신의 근거로 삼응게 다 불살라버

리시제는."

하고 꿰뚫었다. 그래도 한 권을 빼내서 집 뒤쪽 호랑이 굴에 숨겼다. 다음날 또 물었다.

"살랐소?"

"예."

"근디 한 권은 뭐하러 남겨두었소?"

뭐라고 대답을 할 수가 없었다.

"앞으로는 대도정법이 나와야제. 그건 재미삼아 해본 것인 게 다 불살러버리시랑게는."

이렇게 해서 『법의대전』은 모두 소각되었다.

사부 박중빈은 무엇을 주장하는 사람이 아니라 행하는 사람이었다. 지식을 앞세우는 것이 아니라 자신의 사상을 땅 위에 발바닥으로 쓰면 그만인 사람이었던 것이다. 송도군은 질문 한 번 없이 토굴생활에 적응해갔다. 그렇게 해를 보내고 또 봄을 맞았다.

4

인간관계가 심정만으로 가까워지는 것은 아니다. 사람과

사람 사이에 말을 알아들을 수 없으면 서로 낯선 땅이다. 박중빈과 제자들 사이에도 전혀 처음 보는 대륙 같은 순간들이 없지 않았다. 기미년(1919년) 봄. 추위도 아직 물러나지 않았는데, 때 이른 봄소식이 길룡리까지 찾아와 조합원들을 들뜨게 했다. 서울에서 대규모 사건이 일어난 것이다. 민족대표 33인이 선언문을 발표하고 만세운동을 시작했다는 소문은 금방 사실로 확인되었다. 영광 장에서도 만세운동이 일어난 것이다. 단원들은 옥녀봉 조합실에서 소식을 듣고 다들 감격하였다. 일제의 횡포에 치를 떨지 않는 사람이 없던 참이니 누구라도 환호하지 않을 수 없었다. 그러나 한편으로는 어찌해야 좋을지 몰랐다. 방언공사도 바쁘고, 민족적 거사를 모른 체해서도 안 되겠고. 조합원들은 하는 수 없이 사부에게 물었다.

"어찌해야 쓸게라우?"

박중빈은 처음에 동학가사를 외우는 것으로 답을 대신했다.

"홀연히 각지覺知하니 바쁘더라 바쁘더라. 시대가 바쁘더라."

제자들은 말뜻을 못 알아들었다. 당신님의 마음이 바쁘다는 것인지 세상이 그렇다는 것인지. 다들 아리송해하자 박중빈이 말했다.

"억조창생의 동요 소리로다. 방언공사를 서두르세."

이번에는 알아들었다. 천하가 요동칠 것이라는 운을 떼놓고, 그러나 하던 일을 마저 하자는 뜻을 비친 것이다. 그래도 분위기는 좀처럼 가라앉지 않았다. 토굴에서 지내던 송도군도 표정이 차분하지 않았다. '도탄에 빠진 백성을 구제하려면 이럴 때 앞장서야 되는 게 아닌가?' 아마도 이런 생각에 쫓기고 있을 터였다. '속수무책으로 앉아 있다가는 우스갯거리가 되기 십상일 텐데.'

주변 인심이 그랬다. 처음에는 방언조합을 촌락마다 흔한 계모임 비슷한 것으로 알고 관심 밖이었다가 간척사업을 하는 일련의 과정을 보면서 급격히 달라지게 되었다. 영광 바다에 길룡리 아무개가 개펄을 막아 수백 마지기 논을 만들었다는 소문이 파다해지는가 하면 관변의 관심도 달라졌다. 별달리 가진 것도 없는 농투성이들의 조합이 수십 명 인부들에게 품삯을 준다는 건 예전 같으면 상상도 할 수 없는 일이었다. 그래서 박중빈이 요술을 부린다느니 위조지폐를 만든다느니 하는 뜬소문이 돌기도 하고, 도통한 자의 위력이 과장되게 퍼져나가기도 했다. 일제 순사들이 간과할 리 없었다.

일경은, 가난한 촌부들이 무슨 자본으로 바다를 막는 사업에 손을 댔는가, 배후에 불순세력이 있는 게 아닌가 캐묻기 시작했다. 하지만 앞뒤 맥락이 너무나 분명했다. 만세운동 때문에 영광 순사들이 방언조합을 염탐했는데 조합원들은 뼈가 휘도록 일을 하느라 세상이 뒤집어지는지 엎어지는지 모르고 있었다. 문제삼을 게 보이지 않았지만 위폐 제작을 하지나 않는가 하는 의혹은 거둘 수 없었다. 그런 일은 늘 비밀스럽게 일어나는 것이다. 제대로 조사하라는 지시가 있었는지, 순사들이 불시에 들이닥쳐서 조합실을 샅샅이 뒤지기를 반복하더니 점점 수사망을 확대하여 인부들이 품삯으로 받아간 돈까지 회수하여 정밀 검사를 하였다.

박중빈은 아무도 동요하지 못하게 했다.

"그들은 그들 일을 헐 따름이고 우리는 우리 일을 헐 따름이네."

와중에 일제 순사 하나가 박중빈의 이름을 함부로 부르고 불손하게 굴다가 오재겸에게 혼쭐이 나고 말았다. 박중빈이 펄쩍 뛰었다.

"경솔한 처사여. 우릴 몰라서 헌 짓을 탓할 게 뭔가? 질 자리에서 질 줄 알면 반드시 이기는 날이 올 것이고, 이기지 아니할 자리에서 이기면 반드시 지는 날이 오제."

그럼에도 박중빈이 영광경찰서에 불려가 심문을 받는 일까지 생겨났다. 민간의 신망이 높다는 것은 언제나 권력에게는 큰 위협이 된다. 박중빈은 공손했지만 순사는 무서워서 일본도를 빼들고 몇 발짝 뒤따라 걸으며 연행해간 뒤 오재겸은 하루 만에 풀어주고 박중빈은 일주일 동안 심문을 했다. 아마도 지역사회에서 주민에게 미치는 영향력 때문에 만세운동과 격리시키고자 하는 차원인 듯싶었다. 박중빈이 풀려나자 제자들은 사부님께 어느 암자에라도 피했다 올 것을 청하였다. 방언공사도 끝나가고 있었고, 휴식도 필요하던 참이었다. 기록에는 박중빈이 옥녀봉에 올라가 법성포 쪽을 보다가 북녘 하늘에 맑은 기운이 서리는 것을 보고 부안 변산 월명암을 찾았다고 되어 있다. 주목할 사실은 그곳에서 백학명을 만났다는 것이다. 당대 선계禪界의 거장 백학명은 불갑사 아랫마을 출신인데 그 무렵 불교혁신운동 일로 줄곧 한용운과 소통하고 있었다. 전국에 만세운동이 들불처럼 타올랐던 시기에 박중빈은 불교 행보를 갖고 월명암에서 십여 일간 머물면서 백학명 스님과 많은 이야기를 나누었다고 한다.

그리고 길룡리로 돌아왔을 때 제자들은 만세운동의 여파로 더욱 들썩거리고 있었다. 아마도 송도군은 옥녀봉 토굴 속에서 그로 인한 홍역을 극심하게 치르고 있었을 것이다. 그에게 3·1운동은 결코 가볍게 지나갈 수 있는 사건이 아니었다. 아버지는 민족의식이 투철한 유학자였다. 자식을 서당에 보낼 때도 그런 성격이 유난히 강한 친구 공산 송준필에게 맡겼다. 송준필은 만세운동 때 심산 김창숙과 함께 '파리 장서 사건'을 주도하다 투옥되기에 이른다. 박용덕은 『원불교 선진열전1: 정산종사 성적을 따라』에서 이렇게 전한다.

공산은 3·1독립운동의 민족대표 33인 가운데 유림에서 한 사람도 참여치 못한 사실이 수치스러운 일임을 설파하고 파리에서 열리는 만국평화회의에 독립 청원서를 제출하기로 하였다. (…) 십여 일 만에 전국 유림 대표 137명의 서명을 받은 독립 청원서는 성주 유생 심산 김창숙이 상해로 가 파리 만국평화회의에 발송하였다. 공산은 4월 2일 성주읍 장날을 기하여 수천 군중과 합세하여 목이 터지게 독립 만세를 외치며 시위하다 여러 동지들과 함께 일경에 피체되었고, 독립 청원운동의 건이 탄로되어 대구형무소에서 일 년 육 개월간의 옥고를 치렀다.

송도군의 아버지는 자신의 친구이자 아들의 첫 스승인 송준필이 감옥에 가는 과정을 지켜보기만 했다. 구도의 길에 나선 아들 때문이었다. 그러나 발을 동동 구르지 않을 수 없었다. 송도군도, 아버지도, 박중빈을 만나지 않았다면 볼 것 없이 감옥에 가 있을 신분이었다.

박중빈이 길룡리로 돌아오자 제자들이 들끓는 의기를 참지 못하고 질문을 쏟아냈다.

"방방곡곡이 난리여라우. 시방 우리가 헐 일이 무엇이당가요?"

열기가 가라앉지 않을 태세였다.

"우리가 조선 독립을 목적으로 모였으먼 당연히 앞장서야 맞제."

박중빈은 보다 근원적인 태도의 전환을 절감하지 않을 수 없었다. 금방이라도, 은恩적 관계에 해害를 끼치는 놈이 있고 이利를 더하는 자가 있지 조선이 어디 있고 일본이 어디 있느냐, 머릿속에 진리는 안 들어 있고 국가만 남아 있느냐, 하는 투정이 나와버릴 것 같았다.

"근디 인류를 구제허겄다고 맘먹었던 일은 어떻게 헐라는가?"

제자들이 입버릇처럼 맹세했던 말이 있었다.

'장차 창생을 위하여 널리 제도하려고 서원하나이다. 비록 천신만고 함지사지를 당할지라도 조금도 퇴전치 아니하고 후회치 아니하고……'

머뭇거리자 박중빈이 좌중을 정돈시켰다.

"만세운동은 새 세계의 개벽을 재촉하는 상두 소리여."

송도군은 정신이 번쩍 들었다. 그간에는 그 문제가 서로 모순될 수 있다는 사실을 생각해본 적이 없었다. 하나의 사건이 후천개벽을 불러들이기도 하고 장사 지내기도 한다니!

박중빈은 대한 독립 만세의 함성을 단지 감격에 찬 심정으로 듣지 않았다. 각계 대표 33인의 선언은 만인을 깨우는 도화선이 될 것이 분명했다. 시대 분위기가 개벽의 문턱까지 차오르고 있었다. 그러나 희소식 뒤에 이명처럼 뒤따르는 환청을 떨칠 수 없었다. 만세 소리에 이어서 총소리, 말발굽 소리, 비명소리, 그리고 통곡소리를 들은 것이다. 머잖아 세상이 상여를 메고 북을 치면서 구슬프게 마을을 빠져나가는 만가挽歌 소리로 가득하리라.

송도군은 마음속에 떠오르는 질문이 수만 가지였으나 아무것도 묻지 않고 삼켜버렸다. 다른 제자들도 마찬가지였다.

하나의 비극이 끝나면 다시 새로운 막이 열릴 수밖에 없는 노릇이다. 박중빈은 만세운동이 새로운 세상을 여는 해방운동의 전주곡이라는 뜻을 분명히 해두었다. 하지만 더욱 중요한 것은, 한차례의 결기를 보여주는 용맹이 아니라 기나긴 인고의 세월을 버티고 이기는 금강 같은 지혜의 실천임을 명토 박아 표시해두지 않을 수 없었다. 그는 제자들이 창생제도에 임하려면 원대한 호흡을 유지할 수 있는, 전보다 훨씬 강도 높은 결의를 다질 내공의 훈련이 필요하다고 생각했다. 이제 야말로 썩은 새끼줄 같은 도술이 아니라 무아봉공無我奉公의 길을 스스럼없이 가는 득도의 경지가 절실했다. 그래서 제자 들의 단합을 강조하면서 은인자중 구수산 산상에 올라가 백 일기도의 정성을 들이도록 제안하였다. 그들의 정신적 결합 과 정성으로 창생을 위하여 몸 바쳐 일할 수 있는 천지의 감 응과 위력을 얻지 않으면 안 된다는 뜻이었다.

5

여름에 시도 때도 없이 비가 내리는 것을 '장마'라고 부른 다. 장마철에는 대개 비가 오지만 반드시 비가 오는 날만 있 는 것은 아니다. 비가 오지 않는 날도 있으며, 심지어는 아예 비를 뿌리지 않고 지나가는 장마철도 있다. '마른장마'이다. 그래도 분명한 것은 장마전선이 존재했다는 사실이다. 후천 개벽의 전선이 딱 이와 같았다. 이 사상은 민족적 비운의 시기에 태어나 처음에 보국안민의 정신을 실천했다. 그것은 동학농민혁명을 낳았고 마침내 실패로 끝났지만, 다시 만세운동에 미친 영향이 엄청나게 컸다. 수운의 동학이 낳은 제자들이 3·1운동의 주역이었다. 3·1운동은 총 참가 인원 이백만 명, 집회 수 천오백여 회, 전국 218개 군 가운데 211개 군이 시위운동을 벌였던 온 민족의 거국적인 봉기였다. 그러나 사람들은 일제가 바로 장마전선과 싸웠다는 사실을 좀처럼 주의하지 않는다. 실제로 3·1운동은 조선 토착정신의 응집력을 일제가 발본색원하는 도화선이 되었다. 동학농민혁명 이후 농민의 논두렁 응집력이 초토화되었듯이 3·1운동 이후 조선 민중의 정신적 거점들도 산산조각이 나지 않을 수 없었다. 일제의 무력 탄압으로 사만칠천여 명이 체포되고, 칠천오백여 명이 죽었으며, 일만육천여 명이 부상을 입었다. 이때 특히 상처를 크게 입은 게 강증산의 신도들이었다. 동학혁명 때 농민군이 일방적으로 희생되는 광경을 본 강증산은 제자들에게 항일운동에 나서지 못하게 했다. 그러나 자신이 일본 공사를 통해 그들의 운명을 미리 설정하는 작업을 했다고 믿게 함으로써, 도탄에 빠진 백성이 극일의 자신감을 갖고 현실을 이겨나갈 수 있게 했다. 그래서 제자 차경석 등은 1919년 조선총독부에 불온사상을 유포했다는 죄목으로 체포된다. 강증산이 다시 와 독립을 되찾고 조선을 통치할 것이라는 불온사상을 펼치고 국권 회복을 꾀했다는 이유였다. 이후 선도교, 보천교, 인도교 등 강증산의 가르침을 따르는 단체들이 일망타진의 대상이 된다.

이 시기에 박중빈은 멀리 돌아갈 길을 찾고 있었다. 4월 26일 방조제 준공 기념비를 세운 뒤 단원들을 모아 말한다.

"그대들 마음이 하늘의 마음이오. 구름이 끼어 있지 않으면 천지가 통할 것이오. 각자 몸에 담긴 창생제도의 기운을 하늘과 나누는 백일기도를 하겠소."

단원 중 가장 어린 송도군에게 중앙의 방위를 주고, 4월 26일부터 8월 11일까지, 음력 3월 스무엿샛날부터 7월 열엿샛날까지 석 달 열흘 동안 산상기도를 올리기로 한 것이다. 매달 초엿새, 열엿샛날, 스무엿샛날에 기도식을 거행하되 당일 저녁 여덟시에 일제히 옥녀봉 조합실에 모이도록 했다. 단원들은 노루목 뒷산을 축으로 옥녀봉을 제1방위로 시작하여 각자의 방위를 따라 산상에 올라가 시방세계를 책임질 천력을 기원하는 기도를 드리기 시작했다. 다들 도롱이를 걸치고 삿갓을 쓰고 청수 그릇을 들고 병에 물을 담아서 올라갔다. 처음에는 미리 정해준 곳으로 가서 기도를 하다가 나중에는 장소를 수시로 변경했다. 기도 장소에는 팔괘를 원 모양으로 그린 단기團旗를 제작하여 세우게 했다. 열시부터 열한시 정각까지 기도를 마친 후에는 일제히 도실로 돌아와야 했다. 기도의 시작점과 끝점에 조금도 어긋남이 없게 하기 위해 당시에 매우 귀한 회중시계를 사주었다. 이 산봉우리 저 산봉우리에서 똑같은 시간에 불이 번쩍였다. 마음도 똑같이 먹고 행동도 똑같이 했다. 백 일째가 되는 날 박중빈이 말했다.

"지금까지는 참 장허네. 헌디, 아직 천의를 움직일 만큼은 아녀. 각자 마음에 사념이 남아 있는 연고일세. 장차 도탄에 빠진 세계를 구허겄다 할진대 몸이 죽더라도 정법을 드러내지 못허면 공염불이오. 만약 창생이 도덕의 구원을 받는 일을 앞에 두고 있다 한다면 다들 여한 없이 몸을 내놓을 수 있겠소?"

딱 부러지게 답할 수 있는 말이 아니었다. 목숨을 버릴 수 있느냐는 말인즉, 여태 죽을 고생을 해서 방언공사를 마쳐놓고, 결실을 볼 틈도 없이 사라져야 한다면 그간의 노력들이 허사 아닌가? 제자들의 마음을 박중빈이 모를 턱이 없었다.

"그대들이 음부陰府에 가야만 큰일을 성사시키겠고, 또 그 일이 잘되면 다시 살아 오는 수도 있소."

"죽은 사람이 살아난단 말인게라우?"

"서양의 야소도 죽었다 살아났소."

단원들은 박중빈의 말을 믿었다. 사부님에게 놀라운 능력이 있는 것을 여러 차례 보았던 것이다. 그래도 대답하는 사람이 없었다.

"생사 문제는 인간의 대사여. 함부로 정할 수 없는 것, 미련이 남거든 말하시오. 생명을 바치지 않고도 길이 있소. 만약 조금이라도 불안한 생각이 끼어들면 비록 열 번을 죽어도 천지신명이 감동치 않을 거요."

이때 모두 비장한 태도를 보였다. 지체 없이 희생할 수 있다고 각오한 것이다. 그리하여 십 일간 치제를 끝내고 난 기도일을 최후의 날로 정했다. 단원들이 각기 단도를 준비했다가 열시 정각에 자결하기로 약속한 것이다. 이내 그날이 임박하자 이재풍이 읍내에서 단도 아홉 자루를 샀다. 그동안 밀려 있던 집안일을 정돈하고 홀어머니께 마지막 작별 인사도 하고 집을 나서는데, 어머니가 따라 나오며 물었다.

"뭔 놈의 칼을 그리 많이 맞춰 가냐?"

할말이 없었다. 홀어머니를 두고 가자니 발길이 떨어지지 않았지만 모질게 마음을 추어 잡고 길룡리로 들어왔다. 그리고 박중빈에게 말했다.

"늙으신 모친을 봉양헐 사람이 없는 게 걸려라우."

박중빈이 말했다.

"모친 시봉은 내가 책임지겠소."

마침내 최후의 날이 되었다. 단원들은 단도를 숫돌에 갈아서 짚으로 감아 허리에 차고 조합실에 모였다. 평온하지 않은 얼굴이 없었다. 도실에 차려진 제사상을 중심으로 단원들이 빙 둘러서 앉고 아랫목에 박중빈이 좌정하였다.

"죽음을 앞두고 희색이 만면한 건 어쩐 이유일꼬?"

오재겸이 답했다.

"당신님을 만나지 못했다면 평생 궁촌 농민으로 가정을 벗어나지 못할 것이었어라우. 이제 심중에 시방세계를 일가로 보는 생각을 얻었응게 어찌 영광이 아니겠는가요?"

다들 동의한다는 표정이었다. 박중빈은 감동을 금치 못했다. 전원 사무여한死無餘恨의 자리에 도달해 있었다. 정각 여덟시가 되었다. 박중빈은 단원들을 각기 방위에 따라 앉힌 뒤 청수 한 동이를 도실 중앙에 놓게 하였다. 이어서 시계와 단도를 각자 내놓게 하였다. 그러고는 한 사람 한 사람에게 죽어도 좋은지 물었다. 최종 확인과정을 밟는 것이었다. 중앙 단원 송도군이 백지를 들고 일일이 날인을 받기 시작했다. 인주도 없이 그냥 찍는 날인이었다. 이윽고, 최후 증서가 박중빈의 손에 넘어오자 가슴이 쿵쾅대는 소리들이 커졌다. 박중빈이 한참 들여다보더니 입을 열었다.

"날인이 또렷허구나. 혈인血印이여. 하나같이 혼신을 바친 증거요."

단원들은 혈인이 어떻게 나왔는지 보고 싶었다. 하지만 박중빈은 말없이 태워서 하늘에 날렸다. 무거운 정적을 흔들며 가슴 두근대는 소리들이 시종 그치지 않았다. 하나같이 마음속으로 절규하고 있음을 박중빈은 숨소리만으로도 알 수 있었다.

"음부 공사는 판결이 났네. 성공이여. 나는 확신해."

아홉 단원은 자결할 일만 남았다. 이재풍이 물었다.

"자결은 어디서 헐게라우? 각자 기도처로 갈게라우?"

침묵이 흘렀다. 박중빈이 입을 열었다.

"이제 행장을 차리소. 기도 장소로 가시게."

아홉 단원은 비장한 결의로 각자의 시계와 단도를 휴대하고 각기 방위를 향하여 출발하였다. 박중빈은 도실 밖에 나와 그들의 뒷모습을 지켜보다 돌연히 큰 소리로 외쳤다.

"내 부탁헐 바가 있네. 속히들 오소."

단원들이 허겁지겁 돌아왔다. 박중빈이 말했다.

"이미 시방세계에 바친 몸이여. 영원히, 천신만고와 함지사지를 당하더라도 지금 마음을 변치 마소. 장차 어떤 일을 당해도 오늘 죽은 셈만 잡는다면 절대 흔들리지 않을 거여. 그

순일헌 생각으로 공부에 매진해서 길이 중생제도에 각자를
바치소."

흥분된 정신이 쉽게 가라앉지 않았다. 열한시를 지낸 뒤
박중빈이 일제히 중앙봉에 올라가 기도를 하고 오게 했다. 그
리고 돌아오는 시각에 맞추어 저마다 새 이름을 주었다.

"이제까지는 세속의 이름을 썼소. 모두 사사로운 이름이었
제. 옛 이름을 쓰던 사람은 내가 아까 매장시켰응게 다들 다
시 태어난 이름을 들고 창생제도에 나서소. 성공할 거요."

이로써 소위 '사무여한' '무아봉공'의 의식을 마친 것이다.

6

아홉 단원은 전혀 다른 사람들이 되었다. 몸은 전날과 같
아도 눈빛이 몰라보게 달라졌다. 박중빈은 더없이 뿌듯했다.
비로소 세상에 나설 준비가 끝난 것이다. 첫걸음을 어디로 뗄
까? 다들 궁금해하고 있을 때 송도군에게 말했다.

"너 머리 깎고 중노릇 좀 해야 쓰겄다. 불경은 볼 것 없고."

일제히 눈이 동그래졌다. 머리를 깎는다는 것은 예삿일이
아니었다. 대머리도 뒤꼭지에 상투를 트는 시대에 본디 유학

자였던 송도군이 중이나 백정처럼 삭발을 하는 것은 대단한 용기를 필요로 하는 일이었다. 송도군은 아무 미련 없이 시키는 대로 했다. 박중빈은 좀처럼 송도군을 칭찬하지 않았지만 속으로는 무한한 신뢰와 사랑으로 차 있었다. 혈인기도血印祈禱를 끝낸 직후 그를 월명암으로 보내는 데는 특별한 뜻이 숨어 있었다. 송도군을 이미 분신으로 여긴다는 생각, 또 앞으로 발걸음을 불법 쪽으로 떼리라는 생각을 구체화시키기 시작한 것이다. 백학명 스님을 만난 후 불법에 대한 기대가 더욱 커져 있었다. 하지만 이때 박중빈의 마음속에 구체적으로 무엇이 움직이고 있었는지는 안갯속처럼 희미하기만 하다. 오직 확실한 것은 그의 발자국이 찍고 있는 행적뿐이다.

송도군을 월명암으로 보낸 뒤 자신은 김성섭과 함께 김제 모악산을 찾는다. 제자들의 구술에는 '휴양지 물색차', 박용덕의 기록에는 '송도군의 소개로 송찬오의 주선을 받았다'고 되어 있다. 그렇다면 무심코 뗀 발걸음이 아니라 마음에 둔 행보였다는 얘기가 된다.

모악산은 '어머니 산'으로, 온통 평야인 지역에서 옛날부터 외경의 대상이 되어왔다. 여기에 금산사가 들어선 것은 전혀 우연이 아니다. 후천개벽은 음陰개벽이고 당시에 고통받는 사람은 여성들이었는데, 가장 고통받는 이를 위한 강증산의 도력은 모두 이 어머니의 품 같은 모악산 지형 속에서 나왔다.

금산사는 미륵대불로 유명한데, 진표율사가 세웠다. 백제는 얼마나 억울하고 뼈아프게 패망했던지, 천 년이 흐른 뒤에도 건국일이 아니라 패망의 날을 기념하는 곳이었다. 땅 위를 살다 가는 인간으로서 가장 참담한 능멸을 당한 기억 때문에 그 후예들은 두고두고 절망의 그늘을 벗어나지 못했다. 그래, 진표율사가 백제 유민들의 비통함을 거두어 그들이 딛고 일어설 구원의 미륵불을 세운 것이다. 이후 백제 왕 견훤이 미륵임을 자처한 후 이곳을 자기의 복을 비는 사찰로 삼고 중수重修했다. 미륵은 석가가 구제하지 못한 중생을 마저 구제하기 위해 오는 부처이다. 석가의 완성을 위해 오는 부처이며 반드시 와야 할 부처, 즉 당래불이다. 금산사는 미륵 신앙 도량으로 대웅전이 없고 미륵전에 있는 미륵불이 주불이어서, 석가불은 대장전과 대적광전에 따로 모셔져 있었다.

미륵대불상은 본시 깊이를 헤아릴 수 없는 용소에 수만 섬의 소금을 부어 터를 닦아 세웠다 한다. 소沼를 메꾸어 세운 금당에 독존불을 조성할 때 여러 차례 내려앉았다고 한다. 하루는 진표율사가 꿈을 꾸었다.

"솥을 걸어라. 그 위에 부처를 세우면 바로 서리라."

미륵보살이 꿈에 나타나서 가르쳐준 대로 하였더니 불상

이 제대로 섰다. 진표가 세운 사람 키의 여섯 배나 되는 미륵 불상은 현재 전해지지 않는다.

중요한 것은 모악산에서 박중빈이 금산사 송대에 거처를 정했다는 점이다. 그리고 금산사는 그해 그 계절이 평시가 아니라 아주 특별한 때에 속했다.

증산은 죽을 날을 얼마 앞두고 문도들에게 말하였다.

"〈궁을가弓乙歌〉에 조선 강산 명산이라 도통군자 다시 난다 하였으니 또한 나의 일을 이름이라. 동학 신자 간에 대선생 大先生이 재생하리라고 전하니 이는 대선생代先生이 다시 나느니라는 말이니, 내가 곧 대선생代先生이로라."

제자들 중에는 증산이 재림할 때 금산사로 올 것이라는 말을 들은 사람이 여럿이었다. 증산은 생시 얼굴이 금산사 미륵불과 흡사하고 양미간에 불佛 표시가 있었으며, 왼손에 북방 임壬자 오른손에 별 무戊자 손금이 있었다. 그래서 훔치교를 믿는 신도들은 그가 미륵불이 되어 재림할 것을 확신하고 사후 십 년째까지 증산 천사天師의 예언을 따라 금산사 미륵전 치성에 정성이었다. 음력 9월 열아흐렛날이 탄신일이었으니 화천 후 만 십 년 되는 탄생일대순절에는 내로라하는 친자종도 親炙宗徒들이 각기 무리를 이끌고 환생을 보고자 모여들었다.

박중빈이 금산사에 도착한 것은 음력으로 8월 스무날이었다. 모습이 범상치 않았을 것이다. 나이가 스물아홉이면 아직 청년인데, 육 척 장신의 비범한 용모에, 또 시봉하는 사람조차 아주 장대한 중년 아저씨였다. 게다가 행색과 거동 또한 남달라서, 절에서 마냥 쉬는 것도 아니고 시종 짚신을 삼고 있었다. 치성을 드리러 온 훔치교 신도들은 예사롭지 않은 두 사람을 살피느라 노전을 수없이 맴돌기도 하고 미륵불상과 비교하기도 하였다. 당시 박중빈의 용모는 기상이 늠름하고 안광이 형형하며 얼굴에 광명이 발하여 저잣거리에서 만나는 사람들도 쉽사리 범접하지 못했다. 저렇게 훌륭한 분이 어찌 짚신을 삼고 있을까? 그러던 어느 날이다. 치성을 올리던 사람 하나가 갑자기 실신하여 사경을 헤매는 소동이 일어났다. 다들 어쩔 줄 몰라하자 박중빈이 나섰다. 실신한 사람의 이마에 손가락으로 열십자를 긋고 한동안 묵념에 들었다. 그러자 신기하게도 실신한 사람이 멀쩡하게 일어선 것이다. 세상에! 사람들이 놀라 모여들기 시작했다. 여기저기에서 떠들기 시작한 것이다.

"금산사에 생불님이 나셨다!"

"상제님께서 재림하셨다!"

졸도한 신도를 회생시킨 사건의 여파는 컸다. 박중빈이 진실로 살아 있는 미륵일 수 있다는 믿음을 증명한 것이라 당장에 생불님으로 모시겠다고 나서는 이들이 늘었다. 수많은 훔치교 신자들이 박중빈의 교법에 입문하겠다고 줄을 선 것이다.『원불교 제1대 창립유공인 역사』'이만갑' 항에 보면 '금산사 송대 대각전 뒤에서 팔산님김성섭과 짚신을 삼고 계시던 대종사를 뵙게 되었고 그날 밤 음식을 공양하여 법설을 받들고 사제지의를 맺었다'고 기록하고 있다. '구남수' 항에서도 '금산사에서 대종사를 뵙고 크게 감화되어 극진히 대접을 올리고 이듬해 영산으로 가서 대종사의 제자가 되었다'고 기록한다.

이같은 열기에 대해 박중빈의 태도는 분명했다. 자신은 재림 강증산이 아니라고 말한 것이다.

"나는 시루가 아니라 솥이오. 솥에서 산 사람이란 말이오."

그럼에도 불구하고 소문이 꼬리를 물었다. 시절이 하 수상한 때라 곧 문제가 되지 않을 수 없었다. 김제경찰서에서 즉각 연행한 것이다.

8장
돌이 서서 물소리를 듣는다

1

송도군은 월명암으로 가는 걸음이 가볍지만은 않았다. 구세제민의 길은 그다지도 먼 것인가? 어려운 고비를 헤쳐 왔으나 끝이 좀처럼 보이지 않았다. 기다란 평지가 이어지는 봉래산 길가에서 그는 삭발한 머리가 만져질 때마다 아스라이 돌아보았을 것이다. 그가 어린 시절에 배웠던 유학은 인간과 금수, 문명과 야만을 판별하는 기준을 '도덕'에 두었다. 서양 기술이 만든 것은 아무리 우수해도 인간의 도덕성에 해를 끼치는 기기음교奇技淫巧에 지나지 않는 것으로 취급되었다. 그 결말이라 할 위정척사론의 길에서 그는 한없이 멀리 벗어나 있었다. 전라도로 건너온 뒤 얼마나 깊은 사학邪學 속을 헤맸던가? 특히 역도逆道의 사상이라 일컬어지던 후천개벽의 길에서 한 치도 벗어나지 못하고 더욱 깊이 빠져들고 있었다. 어느덧 수운을 넘어 강증산까지도 지나치는 중이었다. 그는 천지공사가 후천개벽의 세계관을 정립하기 위한 의식운동이라는 것을 조금도 의심하지 않았지만, 몇몇 제자들이 선천시대의 미신 숭배 속으로 종도들을 끌고 가는 것을 따라갈 수는 없었다. 그래서 만난 스승이 박중빈인데, 그사이에 일제의 통치는 더욱 제도화되고 구조화되었건만 사부님은 미리 준비해둔 생각이라도 있다는 듯이 조금도 망설이는 기색이 없었다.

"상극 투쟁의 악연이 그냥 끝난다냐? 철모르는 애들에게 칼을 쥐여주면 누가 어느 때 화를 입을지 어찌 안다냐?"

박중빈은 '만세운동'으로는 후천시대를 맞을 수 없다고 보았다. 또한 그 길이 얼마나 지난한 노정을 필요로 한다고 생각하는지를 표정만으로도 느낄 수 있었다. 혈인기도는, 사람 모두가 하늘을 모시는 존재라면 자기 안의 하늘을 감동시키는 일이 바로 세상을 바로잡는 일임을 '박중빈 방식의 천지공사'로 보여준 예였다. 이제 '후천개벽의 종자가 될 마을'이 태어났으니 그것을 세상 속에 뿌려야 할 사람은 자신들이었다. 그 틀을 어떻게 준비할 것인가? 박중빈의 표정에 결연한 의

지가 담기는 것을 그는 금방 알아보았다. 그래서 자신을 선발 대로 보내고자 했던 일에 질문 한 번 없이 나설 수 있었다. 그 목적지가 바로 불법을 모신 사찰이었던 것이다.

그는 학명 스님의 상좌上佐가 되러 가는 길에, 유불선 삼교를 넘나드는 자신의 모습이 기이하기까지 했다. 도를 얻을 요량으로『정심요결』을 품고 대원사에 들어가기도 했지만, 불교에 세상을 바꿀 힘이 있다는 생각은 해본 적이 없었다. 조선시대 내내 불교는 산중 종교로 취급되고, 승려는 천인賤人시되어 도성 출입마저 금지당했으며, 점차 세속화됐다. 조선 총독부가 그것을 이용해 불교계를 친일화시키려고 하자 총독을 면담한 어떤 승려는 "평생 중노릇한 보람을 오늘에야 느낀다"고까지 했다. 불교가 그만큼 모멸과 천대 속에서 살아왔음을 반영하는 것이었다. 그런데『금강경』을 읽고 자신의 연원을 불법에 두겠다고 했던 사부 박중빈은 '불법'이 있는 쪽으로 뿌리를 뻗어갈 뜻을 분명히 했다. 그러면서도 모를 일은, 불경을 볼 필요는 없다고 말한 사실이었다.

송도군은 학명 스님의 상좌로 들어가자 금방 신임을 얻었다. 천성이 부처님이었다. 송도군이 얼마나 빠른 속도로 불교의 소양을 얻어갔던지 학명 스님은 그에게 명안明眼이라는 법명을 주고, 이내 "유학도 보내줄 테니 공부헐 생각을 해라"

할 정도였다. 딱 그 시점에 새로운 상황이 시작되고 있었다.

겨울이 시작되는 어느 날이었다. 해가 뉘엿뉘엿 넘어갈 때 깊은 적막에 빠져든 월명암 마당에 가랑잎 바스러지는 소리가 들리자 송도군은 화들짝하며 뛰어나갔다. 지게를 지고 오는 박경문의 발소리를 알아들은 것이다.

"사부님!"

박중빈이 웃는 얼굴로 오고 있었다. 송도군은 냅다 뛰어가 안기고 말았다. 얼마나 보고 싶었는지 모른다. 박중빈 역시 그랬다. 송도군을 월명암으로 보낸 후 속으로 한없이 서둘렀다. 하지만 마음속에 감춰둔 선각先覺의 탄신 십 주년을 그냥 지나갈 수 없었다. 금산사에서 한 달 남짓 짚신을 삼으며 자신의 길을 정했으니, 이를 표시한 그림이 일원상이었다. 후천 개벽의 길은 얼마나 멀고 험한 것인가? 가닿고자 하는 곳은 한군데이건만, 수운이 유교를 따라 걸었고, 증산은 도교의 숲을 헤쳐 갔다면 자신은 불교와 함께 고행을 할 셈이었다. 그런데 난데없이 중간에 신도 혼절 사건을 맞았으며, 그길로 김제경찰서에 끌려가 구금 취조를 받았다. 그 때문에 살아 있는 부처님이니, 미륵불이니, 재림 상제님이니 하는 소문을 남기게 됐지만 박중빈은 평생 아랑곳하지 않고 태연하게 영광으로 돌아갔다. 길룡리에 남은 제자들이 2차 산상기도를 드리고 있었던 것이다.

방언공사는 참으로 곡절이 많은 사업이었다. 만 일 개년간 공사에 참여한 여덟 제자의 고생은 실로 참담한 바가 있었다. 혹한 혹서에도 불구하고 별스런 장비도 없이 맨주먹으로 바다를 막는 사업을 하고 나서 다들 말할 수 없이 뿌듯하였다. 정부나 외부의 협조도 없이, 순수하게 조합원들의 근검과 합력으로 방언답을 완공했을 때 소작을 부치려는 사람들이 쇄도하였다. 공사가 성공하면 손가락에 장을 지진다고 했던 사람도, 공사비 천원을 자기에게 투자하면 평생 먹고살게 해주겠다고 장담하던 태을도 신자도 다투어 소작을 간청하였다. 이제 대미를 맺지 않을 수 없었다. 간척지는 1919년 9월 16일자로 '전라남도 국유 미간지 허가 대장'에 161호로 등록되었다. 그에 맞추어 방언조합을 발전적으로 해체하고 박중빈은 이제 한층 의미 있는 형태의 회상 건설에 박차를 가할 시점을 맞았다. 그래서 2차 산상기도 마지막날(1919년 11월 26일)에 방언조합을 해체하고 곧장 송도군에게 달려온 것이다.

박경문은 스승님이 영광을 떠나올 때 제자들이 이별 인사를 하면서 목이 메었던 이야기를 송도군에게 들려주었다.

"나는 인제 변산 월명암으로 갈라네. 내가 읊더라도 바닷물이 들지 않게 제방 돌보는 일을 하소. 그리고 회상 창립을 준비허는 대로 부름세."

박중빈이 이렇게 말했을 때 단원들은 울컥대느라 아무 말도 하지 못했다고 했다. 그 소식을 전하던 박경문도 그 대목에서 목이 잠겼다.

"다들 슬퍼했당게. 혈인기도할 때 쓰던 회중시계를 모아서 스승님 여비 허시라고 내놓았어."

경내가 소란해진 기척을 들었는지 어느새 학명 스님이 나왔다. 박중빈은 학명 스님과도 얼마나 뜨겁게 상봉했는지 모른다. 송도군은 그것이 자랑스러웠다.

백학명선사는 당대에 알아주는 선승이었다. 전라도 골짜기 영광 불갑사 아랫동네에서 태어나 어릴 때 영민했으나 집안이 가난하여 붓 만드는 일을 하다가 스무 살 때 양친을 잃자 불갑사에서 머리를 깎았다. 그리고 스승 금화선사의 법통을 이어서 금산 귀암사를 비롯하여 지리산의 영원사와 벽송사, 순천 선암사와 송광사 등 이름난 사찰에서 공부했다. 서른네 살부터 후학을 가르치다가 경을 외우는 것만으로는 생사해탈을 얻을 수 없다는 생각으로 학인들을 해산하고 십여 년 면벽수행 끝에 마흔여섯 살에 월명암에서 깨침을 얻는다. 이후 중국 소주와 일본 임제종 본산 등 대찰大刹을 방문하고 월명암과 내장사의 방장方丈을 겸임하며 선풍禪風을 일으켰다. 그는 조선 불교에서 반농반선半農半禪을 상징하는 선승으로서 조선 불교 총무원 산하 중앙선원의 방장으로 추대되었다.

알 수 없는 일이다. 백학명선사와 박중빈 사이에는 생략된 맥락이 너무나 많다. 그들을 예의 주시했던 일제 순사들도 알아차리지 못한 맥락이 둘 사이에 있었음은 틀림없지만 그 사이를 오가며 시봉한 송도군은 마지막까지 그 얘기를 밝히지 않았다. 그만큼 사려 깊었던 것이다.

2

변산에 입산하여 박중빈은 한동안 월명암에서 머물렀다. 주지 학명 스님과 도우道友로 교류했지만, 절에서의 위치는 한낱 신자요, 처사의 신분에 불과했다. 그래서 학명 스님이 세상에 나가 중생제도할 것을 권하면 박중빈은 시를 읊는 것으로 답을 대신했다.

臨淵羨魚　못가에서 물고기를 바라나니
不如退結網　물러가 그물을 짜는 것만 못하리

길룡리의 제자들을 생각하면 하루라도 빨리 불러야겠건만, 그렇다고 서두를 생각은 전혀 없었다. 이렇게 백지상태에 놓여 있을 때 찾아온 사람들이 훔치교 신도들이었다. 맨 앞장에 선 자가 송찬오였다. 그는 다짜고짜 엎드려 읍소부터 했다.

"천사님께서 말씀했슈. '나는 대리 선생이고 앞으로 큰 선생이 한 분 나면, 동학도는 수운 신사께서 다시 오셨다 할 것이고, 야소교는 야소가 재림하셨다고 하며, 부처 믿는 사람은 미륵불이 하생하셨다 하며 다 따르리라.' 그럼서 '영광에서 소식 있거든 짚신 들메고 쫓아가라' 하셨슈. 헌디 이 늙은 눈구녕이 진즉 알아뵙지 못혀 워쩐대유."

본디 충청도 사람인데 원평에서 엿방 물주를 보며 증산계 신도들의 연락통 역할을 했던지라 발이 보통 넓은 게 아니었다. 수완도 뛰어나서 박중빈에게 올 때 빈손으로 오지 않고 소중하게 싸온 보자기를 풀더니 목침을 내놓았다.

"무슨 목침이오?"

"천사님이 베시던 거구만유. 몰래 간직허구 있다가 가지고 왔슈."

한때 증산 문도들 사이에 천사님의 유품에 비전秘傳이 어린 걸로 알고, 치열한 쟁탈전을 벌인 적이 있었다. 증산의 수부首婦 고판례가 송찬오의 집에 머물면서 구릿골 약방의 기구를 거두어 임시 보관할 때, 송찬오가 강증산의 목침을 극비에 감추었다가 십 년이 흐른 뒤 박중빈에게 신표로 올린 것이다. 하지만 박중빈은 그런 일에 아무 관심이 없었다. 송찬오는 그것이 당황스러웠다. 혹시 상제님이 말한 대선생大先生이 아닌데 내가 잘못 본 건가?

당시에는 증산의 정기에 집착하는 사람이 너무 많았다. 가령, 만주에서 내려온 조철제는 훔치교 치성을 하다가 교단 설립에 야심을 품고 증산이 천지공사를 행할 때 쓰던 신기神器를 얻고자 했다. 그리하여 1919년 어느 여름밤, 심복들을 순사로 가장시켜 차경석의 집안을 뒤지게 했다. 차경석의 동생이 가택수색의 사유를 따지자 방망이로 머리를 쳐서 졸도시키고 치성실에 있던 약장과 궤를 지고 달아났다. 그 궤에다 치성을 드리고 선돌댁과 부친과 삼촌, 심복 등과 교단 창설 준비를 한 것이다. 그리고 성골聖骨을 몸에 지니면 도통한다는 말을 퍼뜨린 뒤, 1921년 8월에 부하 여덟 명을 시켜 강증산의 묘를 도굴하였다. 유해는 비단옷을 입혀 칠성판에 안치하고 각지를 돌며 선전하길, 천사님이 환생하여 도통시켜준다며 치성비를 받았는데, 이때 거둬들인 부인네들의 은가락지가 서 말이 넘었다 한다. 그런데 천사님이 환생한다는 날짜가 지나도 아무 일이 없자, 문공신 일파가 야음을 틈타 습격하였다. 성골을 지키던 사람은 몽둥이에 맞아 팔이 부러지고, 조철제는 왼쪽 손목뼈만 쥐고 도망을 쳤다. 성골을 탈취한 문공신 일파는 증산의 왼쪽 손목뼈가 없음을 알고 다시 추적하여 붙잡았으나 완골은 이미 빼돌린 뒤였다. 그뒤 조철제가 문공신 일파를 강도로 고소함에 따라 일당 이십여 명이 검거되어 성묘 도굴 및 성골 쟁탈 등의 사건 전모가 드러나게 되었다. 갑자년 정월 초하룻날 천사께서 환생한다는 조천자의 이른바 원납도수 공사가 허사로 돌아가자 성골 쟁탈전으로 비화되면서 훔치고 신자들의 믿음은 걷잡을 수 없이 흔들리게 되었다. 까닭에 박중빈을 아는 순간 급격히 기울어 올 수밖에 없었다. 숲이 깊으면 상처 입은 짐승들이 쉬러 오는 법이다. 이를 훗날 김성구가 말한다.

얕은 물에 수달이가 고기를 찾으면 그 고기는 깊은 물로 갈 것은 정리定理요, 평원에서 저루새매가 참새를 습격하면 놀란 새가 깊은 숲속으로 날아갈 것은 사실이라. 못과 숲은 별로 구하지 않았건만 물건을 용납할 만한 기량을 가짐으로써 고기와 새를 얻었으며, 수달이와 저루는 제 욕심을 채우기 위해서 애를 썼건만 결국 못과 숲을 위한 몰이꾼에 불과한 것이다.

태을주 주문을 외우며 이적異蹟을 바라다가 새 스승을 찾아온 증산의 신도들은 송찬오 외에도 김남천, 김해월, 이청풍 등 많았다. 그들은 박중빈을 시봉하겠다고 자원하다가 마침내 봉래산 실상사 옆에 초가 한 채를 지어주었다. 박중빈은 이 집을 석두암이라 하고 자신을 석두거사라 불렀다. 그와 함께 영광 김제 전주 등지에서 심산계곡까지 찾아오는 제자들이 늘어서 법설을 펴지 않을 수 없었다. 실상사 초당과 석두암을 무대로 봉래정사 시절이 펼쳐지는 것이다.

실상사는 월명암에서 사 킬로 떨어져 있고, 초가는 그 곁에 있었다. 송도군은 봉래정사 시절이 열릴 때까지 학명 스님의 상좌를 지내고 있었으므로 험한 바윗길을 내려와 사부님을 뵈러 다녔다. 이 년 가까운 세월 동안 하루도 거르지 않고 밤마다 왕복 이십 리의 산행을 했던 것이다.

학명 스님은 박중빈을 매우 좋아했다. 비록 깊고 깊은 산중에 은거하며 스스로를 아무데나 굴러다니는 돌덩어리인 양하여도 사실은 "하늘을 뚫는 높은 산이여!" 하고 칭송할 정도였다. 인근 마을 사람들도 그를 비범한 독립지사로 알고 산중에서 험의 험식 험주 하는 걸 안타까워했다. 박중빈은 그런 말들을 천연덕스럽게 받아넘겼다.

"바다에서 고기를 잡겠다는 사람이 몽둥이를 휘둘러 몇 마리나 잡을 것이여. 태평양 고기를 잡을라면 그물을 장만해야제. 나는 천하를 건질 그물을 짜는 중일세."

그는 정말로 그물을 짜는 중이었다. 장차 엮어낼 도덕 회상에 필요한 교강을 하나하나 준비하는가 하면 아홉 제자의 법호를 내린 것도 이 시절이었다. 『원광』 42호에 실린 송천은의 「회상 일화—칠산님 증언」에 다음과 같은 표현이 나온다.

송천은 "호는 언제 내리셨던가요? 즉석에서 내리셨던가요?"

칠산 "아니지. 호는 실상사에 계실 때 이산을 오라고 해서 내려보내셨다."

박중빈은 첫 수위단의 법호를 영광의 절경으로 꾸렸다. 구수산 앞바다를 칠산 바다라 하는 이유가 일곱 개의 섬 때문이었다. 구수산에서 보면 망망대해 수평선에 걸쳐 일곱 개의 섬이 보이는데, 일산도, 이산도, 삼산도, 사산도, 오산도, 육산도, 칠산도였다. 이를 멀리서 보면 사람 모습이 되는데 물이 차면 3봉이요 빠지면 칠산이었다. 의형이었던 김성섭은 팔산, 송도군은 구산, 자신은 십산이었다.

3

석두암에서 실상사를 지나 직소폭포로 담배 한 대참 길을 가면 '봉래구곡'이라는 계곡이 나온다. 굽이굽이 물길이 휘도는 산천의 경계가 아름답고, 하늘 아래 병풍처럼 둘러선 바위산이 절경이라 예로부터 신선이 산다는 소문이 있었다. 특히 비가 오면 물이 순식간에 불어서 빙 둘러선 바위숲을 타고 수천 갈래의 폭포로 쏟아지기 때문에 황홀경이 따로 없었다. 큰비가 내린 뒤 날이 개면 영롱한 햇살을 거울처럼 반사시키는 수천 갈래의 폭포들이 자연을 연주하는, 소리와 빛들의 부딪침 때문에 정신을 잃지 않는 자가 없었다. 하루는 큰비가 내려 절벽 위에서 떨어지는 폭포와 사방 골짜기에서 흐르는 물이 천지에 범람했다. 박중빈은 한참 동안 그 광경을 바라보다 입을 열었다.

"저 여러 골짜기에서 흐르는 물이 지금은 그 갈래가 비록 다르나 마침내 한곳으로 모아지리니 만법귀일의 소식도 또한 이와 같으니라."

마른 산이라 아무리 비가 내려도 몇 시간쯤 지나면 말라버리기 일쑤다. 그렇게 떠내려간 물은 모두 백천百川으로 모아지고, 백천은 한줄기로 해창 앞바다를 향해 흘러서 마침내 대해大海가 된다. 석두거사가 그에 대해 한시 두 구를 써주었다.

邊山九曲路 石立聽水聲　　변산 아홉 굽이 길에

　　　　　　　　　　　　돌이 서서 물소리를 듣네

無無亦無無 非非亦非非　　없고 없다 하는 것 또한 없고,

　　　　　　　　　　　　아니고 아니다 하는 것 또한

　　　　　　　　　　　　아니구나

"이 뜻을 알면 곧 도를 깨달은 사람이니라."

박중빈은 제자들이 습득했으면 하는 기본 사상을 이곳에서 정리했다. 사람이 하늘의 뜻대로 살자면 응당 헤아려야 할 도로서 천지·부모·동포·법률의 은혜를 설파한 사은 사상, 또한 사회 평등을 실천하는 데 필요한 자력양성·지자본위·타자녀 교육·공도자 숭배 등 사요 운동, 그리고 공부인이 따를 도로서 정신수양·사리연구·작업취사 등 삼학을 정리하며, 이를 위해 신념과 분발, 의심, 정성으로 추진하고, 불신, 탐욕, 게으름, 어리석은 마음을 없애야 한다고 했으니, 바로 사은사요 삼학팔조 교리였다. 아마도 박중빈의 원력願力이 가장 왕성하게 펼쳐지던 때가 석두거사 시절이 아니었던가 한다. 말 그대로 아무것도 걸리는 것 없이 그는 도인의 모습으로 사람들에게

말하고 그리워하고 사랑했다.

그는 한없이 자유로웠다. 사람들은 자꾸 일어났다 스러지고 응결됐다 해체되는 것들에 집착한다. 바다에서 파도가 일었다가 없어지듯이, 허공에서 바람이 나타났다가 사라지듯이, 땅 위의 물체들도 생성과 소멸을 반복해간다. 문제는 그 너머에 있는 것. 불교적 인식에 의하면 잠시 출현했다 해체되는 것은 인간의 눈에만 보이기도 하고 곤충이나 특정 동물의 눈에만 보이기도 한다. 세계의 본체는 저 홀로 유구하다. 혹자는 태극이라 하고, 혹자는 음양이라 하고, 혹자는 마음이라, 혹자는 리(理,그)라고 하는, 냄새도 소리도 없는 우주만물 조화의 근본을 그는 일원상이라 하고, "일원은 언어도단의 입정처요 유무초월의 생사문"이라 했다. 사람들은 물이 흐르고 꽃이 피는 것을 보고 탄성을 지르거나 한숨을 쉬지만, 꽃은 인간을 위해 피는 것이 아니고, 인간이 슬퍼한다고 해서 지지 않는 것도 아니다.

박중빈은 빈산에 저 홀로 물이 흐르고 꽃이 피는 걸 볼 때마다 영광 골짜기에 두고 온 제자들이 그리웠다. 그래서 자주 왕래하지 않을 수 없었는데, 한번은 영광에 갔다가 배를 타고 오는 중에 풍랑을 만났다. 배에 탄 사람들이 모두 정신을 잃고 울고, 토하느라 난리가 났다. 박중빈이 나서지 않을 수 없었다.

"정신들 잃지 마시오. 이럴 때 옛 죄를 뉘우치고 선업을 맹세하는 사람이 복 받는 것이오. 그렇게 해보시오. 하늘이 어떻게 돕는지 보일 것이오."

이렇게 동요를 가라앉히자 점점 바람이 자고 물결이 평온해졌다. 죽은 줄 알았다가 살아난 사람들이 박중빈 앞에 엎드려 흠모하는 자세를 감추지 않았다. 이윽고 박중빈이 봉래정사에 닿아서 동행했던 제자들에게 말했다.

"배를 타고 오다 바다를 들여다봉게 참으로 깊고 넓드만. 내가 그 물을 낱낱이 말斗로 되어보았제. 고기 수도 일일이 세어봤어. 누가 혹 그 수를 알겠는가?"

다들 말뜻을 알아듣지 못했다. 사람들은 '죄를 뉘우치고 선업을 행하라'는 말을 그냥 착한 마음으로 복을 빌라는 소리로 들었다. 이를 어찌하면 좋은가? 그는 한눈을 팔지 말라고 말하고 싶었다. 생生은 명命이다. 삶은 선택을 허락하지 않는다. 살려면 살고 말려면 마는 것이 아닌 것을, 그러나 인간은 위기 앞에 놓이면 생의 명을 받들지 못하고 다른 관계에 사로잡힌다. 억울해하거나, 무서워하거나, 비굴해지는 사말적인 감정 때문에 큰 것을 놓치고 만다. 이 사실을 깨우치기 위해 박중빈은 풍랑 앞에서도 해수의 움직임을 집중해서 살폈노라는 말을 했던 것이다. 어쩌면 범인의 이해 범주를 초월한 불통 때문에 신화들이 양산되고 널리 회자되는지 모른다.

그 무렵에는 법성포에서 줄포 또는 곰소까지 뱃길이 있었으나 정기 노선이 있지 않아 내왕하는 데 애로가 많았다. 배편이 좋을 때는 곰소에서 법성포까지 윤선으로 다녔으나 그렇지 못할 때는 곰소에서 심원까지 나룻배로 건너 나머지 길을 육로로 걸어야 했다. 한번은 김성섭과 이재풍이 박중빈을 따라 변산으로 향하였다. 육로로 걸어 고창 심원을 지나 바닷가에 이르니 곰소로 가는 배가 없었다. 해는 저물고 갈 길은 멀었다. 그러자 박중빈이 단단히 일렀다.

"내 발꿈치만 딛고 오니라."

그때부터 물길이 오솔길로 변했다. 두 사람은 옆도 돌아보지 않고 사부님의 발뒤축만 따라 디뎠다. 등뒤에는 온통 출렁거리는 물결뿐이었다.

박중빈이 다니던 길은 신작로가 생기기 이전의 시골길로서 산길이나 들길 또는 고갯길이며, 논두렁 밭두렁 등 꼬불꼬불한 둑을 따라 나 있는, 경사가 완만한 산야 지대의 자연로였다. 애오라지 도보 이동을 하던 때라, 날이 저물거나 허기가 지면 주막을 찾기 마련이었다. 한번은 제자 둘을 대동하고 변산으로 가다가 주막에서 붓과 종이를 챙기라 했다. 그리고 참나무정에 이르렀는데, 전에 없던 냇가에 오두막집과 흰옷 입은 여인이 나타나 박중빈을 보더니 금방 땅바닥에 엎디어 한없이 슬피 울었다. 박중빈이 몇 자 적어서 주었다.

"알았으니 속히 가소. 편지는 다 가서 봐."

여인이 공손히 절을 하고 오두막에 들어가는 순간 집도 사람도 흔적 없이 사라졌다. 앞개울로 이무기 하나가 지나가는 것이 보였다. 제자들은 눈이 동그래져 있다가 참다못해 물었다.

"누구신게라우?"

"타리로 돈 벌러 갔을 적에 봤어. 타리 왕 박씨네 부인인디, 주인보다 날 더 위했제. 몇 해 전에 죽었다는 소식을 들었는디 오늘 나타났네."

"어째서 저렇게 나타났을게라우?"

"얼굴 이쁜 거 봐. 돈 좀 모았제. 그 대가로 금실 그물로 된 망을 쓴 이무기가 되는 업보를 받은 거여. 강가에서 섬지기를 하던 중에 수렁으로 옮겨가다 날 본 거제."

"글씨를 써준 건 뭐고라우?"

"음부로 보내는 소식. 아마도 수문에다 머리를 찧어서 저 신세를 청산할 거여. 저 여인이 죄도 지었지만 복도 지었어. 저 몸으로 한 삼천 년을 갈 건디 내가 멸도시켰응게 우리 회상에 와 일꾼이 될 것이구만."

그러나 이런 얘기들이 제자들을 허황된 곳으로 끌고 가지는 않았다. 서민들의 일상적 감각을 지켜내는 압도적 설득력 때문이었다. 박용덕의 기록에 의하면 박중빈은 이동할 때 누룽지를 가루로 빻아 끼니 대용으로 준비하고 괴나리봇짐에는 짚신 두어 켤레와 표주박을 달았다. 길나들이 등짐에는 으레 왕골 돗자리를 지고 다녔는데 도중에 팔아서 여비로 쓰기 위해서였다. 이때 등장하는 소품 '왕골 돗자리'는 전라도 서남 해안 일대의 풍속사를 이해하지 못하면 무의미한 것이 되기 십상이다.

다시 말하지만 내가 태어난 주막은 불갑산 앞 고을에 속하는 장터에 있었다. 이 장터가 전국 최고의 왕골 돗자리가 모이는 장터인데, 거기에 있는 유일한 주막이 우리집이고, 건너편 들판 머리에 교당이 있어서 은은한 종소리가 들려오곤 했다. 우연일 거라 생각하지만 교당과 맞닿은 집이 딱 한 채였는데, 하필 엿장수가 살았다. 우리집 앞 장마당에는 각종 유랑 극단, 판소리꾼, 개땅쇠, 도박꾼, 소매치기 등이 들끓곤 했다. 그 이유를 왕골 돗자리 장터를 빼고는 설명할 길이 없다. 서울에서 큰 상인들이 내려와 새벽 장이 열리고 나면, 으레 산골 오지 사람들이 신이 올라 목소리들이 커진다. 가장 천한 사람들이 만드는 고가 명품 시장이 빚는 희귀한 풍경이었다.

나는 그 불가사의한 문화를 보고 자란 까닭에 훗날 사명감 같은 것을 가지고 왕골 돗자리에 얽힌 풍속사를 알고 싶어했다. 황석영이 『장길산』을 쓴 후 발표한 글 「미륵의 세상, 사람의 세상」에 전라도 버려진 땅에서 사는 사람, 즉 개땅쇠들이 왕골 돗자리를 만들어서 세금을 대납했다고 나온다. 그 외 어디에서도 본 적이 없다가 인병선의 논문 「왕골과 용수초」를 읽고 탄성을 지르게 되었다. 불갑산 일대 문화를 설명할 왕골 돗자리의 정체를 밝히는 유일한 글이었다.

우리 민족은 좌식생활에 필요한 돗자리를 만들어 사용했을 뿐 아니라 왕골이라는 재료를 재배하여 동아시아에서 가장 견고하고 아름다운 돗자리를 생산해왔다. 조선시대까지 돗자리는 중국에 보내는 진헌품進獻品 중 가장 중요한 품목이었다. 인병선에 의하면 『해동역사海東繹史』에 "조선의 만화석滿花席 짜는 풀은 빛이 누렇고 부드러워 비록 접더라도 꺾어지지 않아서 소주蘇州의 것에 비하면 훨씬 좋다"고 나오고, 『계림지鷄林志』에 "고려인은 자리를 잘 짠다"고 나온다. 『삼국사기』에도 "육두품의 경우 수레 앞뒤 휘장은, 진골 이상의 귀인을 수행할 때는 치지 않고 혼자 다닐 때만 대발이나 왕골자리를 사용한다"고 쓰여 있으니, 왕골 돗자리는 신라 때도 이미 생산되고 있었다. 우리나라의 용무늬를 놓은 염석簾席은

중국에 없던 것인데, 중국 예부禮部의 관리들이 매우 좋아하여 선물로 받고 싶어했다. 여기서 주목할 것이 그 가치이다. 다음은 『세조실록』에 나오는 말이다.

> 자리 한 장에 들어가는 왕골은 열여섯 움큼인데, 한 움큼마다 중량이 네 냥이요, 그 값은 한 냥마다 쌀 한 말이니 총 한 장의 값은 쌀 64두요, 오십 장마다의 값은 쌀 3천 2백 두이니 (…) 이로써 자리를 사면 오히려 여유가 있습니다.

조선시대 돗자리는 주거용으로만 쓰인 것이 아니라 일종의 화폐와 같은 구실을 했고, 중국과의 관계에서 중요한 외교 물품이 되었다. 인병선은 말한다.

> 왕골은 『삼국사기』에 등장할 정도로 일찍부터 우리 민족이 애용해온 식물이다. 재질이 뛰어난 우리 고유의 식물인데다 우리 민족과 고락을 같이해온 식물이어서 그 문화사적 가치는 한마디로 말하기 어렵다.

여기서 필히 방점을 찍어둬야 할 사실이 나온다. 박중빈은 늘 여비를 만들어서 썼다. 절에 아무리 많은 시주가 들어와도 그는 한푼도 안 썼을 것이다. 왜냐하면 그는 그곳에서 성聖, 종교, 도덕의 타락을 보고 있었기 때문이다. 그래서 박중빈의 설법에는 서민의 애환이 놀랍도록 생생하게 담겨 있다. 다음은 영산에서 봉래정사로 돌아와서 남긴 설법이다.

　　내가 오는 길에 어느 장 구경을 하게 되었는데, 아침에 옹기장수는 옹기 한 짐을 지고 장에 오며, 또 어떤 사람은 지게만 지고 오더니, 그들이 돌아갈 때에는 옹기장수는 다 팔고 지게만 지고 가며, 지게만 지고 온 사람은 옹기를 사서 지고 가는데, 두 사람이 다 만족한 기색이 엿보이더라. 나는 그것을 보고 생각하기를 당초에 옹기장수가 지게만 지고 온 사람을 위하여 온 것이 아니었고, 지게만 지고 온 사람이 옹기장수를 위하여 온 것이 아니어서, 각기 다 자기의 구하는 바만 구하였건마는, 결국에는 두 사람이 다 한가지 기쁨을 얻었으니, 이것이 서로 의지하고 바탕이 되는 이치로다 하였노라. 또 어떤 사람은 가게 주인이 거만하다 하여 화를 내고 그대로 가니, 사람들이 말하기를 저 사람은 물품을 사러 장에 온 것이 아니라 대우 받으러 장에 온 것이라고 비웃었으며, 또 한 사람은 가게 주인이야 어떠하든지 자기가 살 물품만 실수 없이 사는지라 좌우 사람들이 모두 그를 옳게 여기며 실속 있는 사람이라고 칭찬하더라.

박중빈과 학명 스님이 만나는 지점이 여기에 있었다. 학명 스님은 승려들에게 반농반선을 주창하며 무위도식하는 일이 없도록 가르쳤다. 선농일치禪農一致를 주장한 것이다. 그의 눈에, 제자들과 함께 주작야선晝作夜禪을 실천하는 박중빈은 당대의 불교가 빠져나가야 할 마지막 비상구를 찾아낸 사람으로 보였을 것이다.

4

박중빈과 학명 스님이 있는 자리에 실상사 주지 만허 스님까지 합석을 하면 불교의 혁신에 대한 얘기가 농익고는 했다. 셋이 앉을 때야말로 석두거사라는 별명이 박중빈에게 제대로 어울렸다. 하루는 석두거사가 초당에서 내려와 실상사에 갔더니 두 노승이 젊은 상좌를 꾸짖고 있다가 마침 하소연을 했다. 참선을 아무리 권해도 듣지 않는다는 것이었다.

"내가 저를 미워해서 그러겠소? 생각이 짧어. 저래갖고는 당장에 불보살이 출현한다 해도 제도치 못할 것이여. 세상이

버린 물건이랑게."

젊은 상좌를 매도하는 것을 보기가 딱해서 석두거사가 거들지 않을 수 없었다.

"스님께서 저 사람을 생각하는 방식이, 내가 보기에는 영영 참선을 못하게 막는 것 같구만이라우."

"어째서 그렇게 말하는 거요?"

"원치 않는 일을 강제로 권허면 그 일을 영영 못하게 허는 거나 진배없지라우."

그래놓고 앞산에 솟은 인장바위를 가리켰다.

"지가 두 스님께, 저 인장바위 속에 금이 들어 있으니 채굴하시오, 그러면 그리헐라요?"

학명선사가 고개를 저었다.

"말만 듣고는 착수를 못하제."

"스님께서 확신하지 않는데 지가 강제로 권허면 답답허겠지라우. 참선이라고 다를랑가요? 아무 취미도 없는데, 좌우에서 억지로 하라 하문 저 사람은 허망하게 알 것이요. 그러믄 영영 참선을 하지 않을 것이니, 이는 제대로 된 방법이 아니겠지라우."

만허 스님이 물었다.

"그러면 어째야 쓰겠소?"

"인장바위에 금이 든 줄 알면 남에게 시키지 말고 자기가 먼저 채굴해야지라우. 그래갖고는 여러 사람 앞에서 금전을 광채 있게 쓰면 졸지에 부자 된 연유를 알고자 할 테고……"

한참 설명을 하자 두 노승이 고개를 끄덕였다.

"석두거사 방법이 옳소."

학명과 석두거사는 이렇게 내왕하며 성리 이야기를 즐겼다. 석두거사가 어느 날 학명선사가 올 것을 짐작하고 열세 살짜리 이청풍에게 노스님이 오시거든 이러이러라고 일러주었다. 과연 학명선사가 건너오는지라 청풍은 얼른 절구통으로 달려가 절구를 찧는 체하고, 석두거사는 나가서 혼연히 맞이하였다.

"스님, 방아 찧고 있는 청풍이가 도가 익어가는 것 같어라우."

그러자 학명선사가 청풍에게 외쳤다.

"한 발도 떼지 말고 도를 일러오라."

청풍이 엄연히 서서 절굿대를 공중에 쳐들고 있다가 학명선사가 방으로 들어가니 따라 들어갔다. 학명선사가 벽에 걸린 달마도 족자를 가리키며 물었다.

"저 달마를 걸릴 수 있겠나?"

청풍이 준비된 대답을 했다.

"예."

선사가 "걸려보라" 하니 청풍이 서너 걸음 걸어가자 학명 선사가 무릎을 치며 외쳤다.

"십삼 세 각覺이야, 십삼 세 각!"

하고 열세 살 먹은 여자아이에게 견성 인가를 내렸다. 석두거사가 보고 있다가 한마디했다.

"견성하는 것이 말에 있지 아니하고 없지도 아니하겠제라우. 나는 선사님 방식으로는 견성 인가를 못 내려라우."

본질을 놓치지 않는 기질은 도력이 깊은 선사들과 교류할 때도 마찬가지였다. 박중빈은 자기의 연원을 불법에 두기는 했지만 당대 불교의 제도와 교리에 대해서 매우 비판적이었다. 등상불 신앙을 폐지하고 우주만물 허공법계를 부처로 모셔야 된다는 점을 강하게 주장했다.

한번은 박주사라 불리는 노인 내외가 실상사에 불공하러 가는 것을 보고 물었다.

"노인장, 어딜 가시는게라우?"

"불공드리러 가는구만이라우. 메느리가 어찌나 힘들게 구는지 고쳐달라고."

"실상사 부처님만 부처로 알고 가까운 디 있는 생부처님은 모르는갑구만요."

노부부가 되물었다.

"생불이 어디 있다요?"

"집에 있는 메느리가 생불이어라우. 불공드릴 돈을 메느리한테 써보면 내 말이 참말인 줄 알 것이요."

"어떻게라우?"

"먼저, 쌀을 씻어 멧밥을 지으쇼. 거그다가 나물 사고 떡도 해서 집에 있는 생부처에게 불공을 올리면 되는 거여라우."

"우리 메느리가 증말로 생불일게라우?"

"그러다마다요. 메느리가 뭣을 젤 좋아헙디여?"

"인조 옷 한 벌 해달라는디 안 해줬더니 화가 저리 나부렀소."

인조 옷감이 유행할 때였다.

"글면 부처님께 드린 폭 잡고 인조 옷 한 벌 떠다가 몰래 농 속에 넣으쇼. 글고 열흘 뒤에 오쇼. 대신 나 허라는 대로만 해야제 절대 잔소리허문 안 돼요. 밥이 질면 질어서 좋다, 되면 고슬고슬 좋고, 옷이 길면 점잖아 좋다, 짧으면 활발해 좋다 해야지, 딴 잔소리는 일절 하지 마쇼. 그리고 손자 놈 업어주고 코도 닦아주고 이쁘다고 해주, 무거운 나락 다발 보리 다발 좀 날러주고 말이요."

노부부는 시키는 대로 했다. 며느리가 장롱에 있는 인조

옷을 보면서,

"흥, 해가 서쪽에서 뜰랑갑네. 뭣 땜에 이러셔?"

구시렁구시렁해도 모른 체하고 석두거사가 시키는 대로만 하다가 열흘이 지나서 석두암을 찾았다.

"돈 남았지라우?"

"예."

"메느리가 또 뭘 좋아헙디까?"

"미투리도 하나 사달라고 했는디라우."

"저런. 그래봤자 불공드리는 것보다 훨씬 덜 등게, 메느리가 신발 벗고 방에 들어갔을 때 얼릉 지푸라기로 크기를 재가지고 미투리도 사다 놔봐요. 그리고 잔소리는 안 했지라우?"

"예."

"손자는 예뻐해줬소?"

"예."

"방아도 좀 찧어주제 그랬소?"

"그렇게 했어라우."

노부부가 다시 석두암에 왔을 때는 입이 함지박만했다. 며느리가 제 시부모님 같은 분들은 천하에 없다고 동네방네 떠들고 다닌다는 것이었다. 그러고는 온 마을 사람들이 부러워

할 만큼 시부모를 공경하니, 과연 생부처가 따로 없다는 것이었다.

그러던 어느 날 봉래정사에 모든 제자가 모여 앉았을 때 송도군의 동생 송도성이 나서며 물었다.

"사부님을 뵙기 전에 옛 성현들의 경전도 보고 말씀도 들었습니다. 그런데 도덕이 뭔지 시비이해가 뭔지 선악귀천이 뭔지 통 몰랐어요. 사부님을 뵙고는 이치가 차차 밝아지는데, 알고 보니 전에 보던 글이요, 전에 듣던 말씀인데 어찌 다 새로운지요?"

"너한테 들려줄 말이 있다."

그러더니 옷 한 벌을 들어 보이며 말하였다.

"이 옷을 여기 있는 사람에게 다 입혀봐라. 몸에 꼭 맞겠냐?"

송도성이 답했다.

"사람 몸이 천차만별인데 옷 한 벌이 어찌 다 맞겠습니까? 몸이 큰 사람에게는 작을 것이고, 작은 사람한테는 클 것입니다."

"그러면 어째야 쓰겠냐?"

"사람마다 대소장단을 맞추어서 의복을 지어야 되겠습니다."

"옳다. 자고로 경전이라 하는 것은 옷 한 벌로 여러 사람을 입히는 것과 같다. 방편을 따라서 임시로 변통을 못하는 법이라 깨치는 사람이 적제. 직접 구전심수口傳心授해야 사람의 대소장단을 따라 옷을 맞추는 것과 같은 법이니라."

이어 말하였다.

"성인의 흉중에는 억천만 법이 포함되어 있다가 일의 형편과 사람의 근기根機를 보아서 응해 쓰나니, 천 사람을 대하면 천 가지 법으로써 하고, 만 사람을 대하면 만 가지 법으로써 하나니, 그 제도하는 수단과 방편은 범상한 사람이 측량치 못할 바이니라."

소태산은 늘 생활 속에서 상황에 맞게 가르침을 주었다. 오늘날 소태산에 대한 이야기는 대부분 '말씀'이 놓였던 배경 화면이 생략된 채 전해진다. 때문에 늘 잊지 말아야 할 것이, 그는 항상 '보편'이 아니라 '구체'를 말했다는 점이다. 소태산은 현실 속에 살아 있는 경전을 보라고 강조했다. 그를 따르는 제자들은 다수가 글을 배우지 못한 까막눈이었고, 그중에도 부녀자들이 많았다. 소태산은 그들에게 맞는 훈련법과 교리를 내놓아 정기 훈련을 실시하면서, 경이 많으면 사람들을 오히려 혼란스럽게 한다經多返迷人고 설했다.

대개 경전이라 하는 것은 지나간 세상의 모든 성자 철인이 우매한 세도인심을 깨우치기 위하여 천언만어千言萬語를 베풀어 각가지로 그 심오한 도리를 밝게 해석하여놓은 것이지마는, 그것이 워낙 많고 보면 우매한 세도인심을 깨워주기는 고사하고 도리어 모든 사람의 정신을 현황眩荒케 하며 혜두慧頭를 매昧하게 하는 한 장애물이 되고 만다.

어찌하여 그러하냐 하면, 어떠한 도덕 회상을 막론하고 창도創道 후 기천년을 내려오면 그동안에는 물론 무수한 성자 철인이 나게 될 것이며, 나는 그 성자 철인마다 다 각기 한 말 한 일씩만 끼쳐두고 간다 하여도 필경은 오거시서五車詩書 팔만장경八萬藏經을 이루게 될 것이라. 그러면 후생된 자로서 선인들 유적과 문헌을 다 안 보지 못할 것이요, 그것을 다 보기로 한다면 평생 정력을 다하여 오로지 독서 탐경探經에만 희생하고 말게 될 것이니, 어느 여가에 수양연구의 위대한 힘을 얻어 출중초범出衆超凡한 대인격자가 되기 바라리오.

그는 현실세계 자체를 중시하였다. 세상이 바로 경전이라 설파한 것이다.

대저, 경전이란 무엇인가. 다름아니라 일과 이치 그 두 가지를 밝혀놓은 것이다. 그리하여 일에는 시비이해를 분석하고 이치에는 대소유무를 밝혀서, 우리 인생으로 하여금 방향을 정하고 인도를 밟도록 인도함이니, 유불儒佛의 수천만어와 각 교회의 모든 서적을 통하여 본다 하여도 모두 다 거기에 벗어남이 없을 것이다.

그러나 일과 이치의 진리가 다못 서적 그것에만 한하여 있고 그 다른 데는 없느냐 하면 결코 그런 것이 아니라, 이 세상 전체가 곧 일과 이치 가운데서 나서 일과 이치 가운데서 살다가 일과 이치 가운데서 사라지고, 도로 일과 이치 가운데서 나는 것이다. (…) 그런고로, 나는 제군에게 유불의 천만 서적을 읽으라고 권하지 않는다. 오직 나타나 있는 이 경전을 항상 놓지 말기를 부탁하노라.

놀라운 사상이다. 예술이 늘 종교에 의혹을 품는 '진리의 관념성'을 일거에 날려버린다. 어느 날 저녁에 제자들이 등잔불을 중심으로 하여 둘러앉았다. 석두거사가 등불을 가리키며 물었다.

"등불은 밝은디 어째서 바로 밑은 저리 어둘거나?"

김남천이 답하였다.

"이 말씀은 실로 저를 비유하심이로소이다. 저는 선생님

문하에 시봉한 지가 벌써 여러 해가 되었으되 모든 일이 먼 곳에서 왕래하는 형제들만 같지 못하나이다."

석두거사가 웃으며 송도군을 보자 답했다.

"저 등불은 불빛이 위로 발하여 먼 곳을 밝히고 등잔은 가운데 있어서 아래를 어둡게 하나니, 비유컨대, 사람이 저의 그릇을 알지 못하고 남의 허물은 잘 아는 것과 같습니다. 남의 일을 볼 때는 아무 거리낌이 없으므로 사람의 장단 고저를 거울같이 비추어 볼 수 있음이요 제가 저를 볼 때는 항상 내 것이라는 상相이 가운데 있어서 그 그림자가 지혜의 광명을 덮는 연고입니다."

하루는 포수가 초당 근처까지 와서 멧돼지를 잡았는데 그 비명소리가 심히 처량하였다. 석두거사가 그 모양을 보고

"한 물건이 이로움을 보매 한 물건이 해로움을 당하는도다."

하고 돌아와 제자들에게 일렀다.

"도야지가 죽은 걸 보니 전날에 도야지가 지은 바를 가히 알겠고, 오늘날 포수가 도야지 잡는 바를 보니 뒷날 포수가 당할 일을 가히 알겠다."

5

바로 이 시기, 삼십대 초반의 박중빈은 윤기 나는 검은 턱수염에 정자관(程子冠, 위가 터지고 뾰족이 세 봉우리가 진 이층식 모자)을 쓴 유학자풍이었다. 박용덕의 기록에 의하면, 서중안의 막내딸(당시 일곱 살)의 눈에 비친 풍모는 이랬다.

흰색 두루마기를 입고 아랫수염을 기르고 오셨는데, 소매가 보통 두루마기보다 길었고, 깃도 큼지막하여 촌스러웠다. 아버지보다 훨씬 젊어 보였으나, 아버지는 '사부님'이라 하였고 나는 '할아버지'라 불렀다. 체구가 크고 겁나게 생겨 자연 '할아버지'란 말이 나왔다. 어린 눈에도 종사님의 모습은 남달랐다. 얼굴이 달처럼 두렷하고 몸에서 광채가 나는 듯하였고, 눈은 불빛처럼 환해서 바로 쳐다볼 수가 없었다.

이렇게 잘난 후천개벽의 성자가 세속을 등지고만 살았다면 그것은 거짓이었을 것이다. 조선 천지는 일본 제국주의가 내뿜는 악취로 가득차 있었다. 소태산은 일신의 고결함과 지조를 지키기 위해 현실을 도피하는 사람이 아니었다. 그는 민초들과 함께 제 나라 땅에 뿌리를 내리고 혹독한 기상 조건을 감내하며 열심히 자생력을 키워나가고 있었다. 그리고 현실이 더욱 엄혹해지고 있을 때 세상 속으로 뛰어들 모든 준비를 마쳐가고 있었다. 서동풍, 서중안 형제와의 만남이 그것을 증명한다.

김제 일대에서 한의원으로 절정의 명성을 떨치고 있던 사람이 서중안이다. 형제가 명의였다.

"무슨 뜻이 있어서 왔소?"

"도덕이 높으시다는 말씀을 듣고 왔어라우."

"세상인심이 신기묘술을 원합디다만 도덕을 먼저 말하니 나도 참 반갑소."

그날 밤이 지나고 다음날 서중안이 다시 와 영부靈父로 모시기를 원했다.

"열 살이나 더 자신 어른이 그러실 수 있소?"

"몸뚱이 나이는 더하지만 영은 아직 어리구만이라우."

머리가 희끗희끗한 중년의 사내가 간절히 부자지간의 결의를 하자고 졸라대는 발심이 예사롭지 않았다.

서중안은 어렸을 때 하도 가난하여 형제가 하루씩 번갈아 나무를 하러 다니며 글공부를 했다. 스무 살에 각지에서 서당 훈장으로 초청받았고, 스물여덟 살에 성덕면 면장이 되었다. 하지만 병든 세상에 관리로 살고 있을 수가 없어서 삼십오 세

에 한약방을 차렸고, 훗날 건재 약방이 번창하여 오십여 명의
종업원을 거느리는 등 인근에 파다하게 소문난 김제의 유지
가 되었던 것이다.

　서중안은 약방으로 돌아온 뒤 한 달이 못 되어 다시 봉래
정사를 찾았다. 이번에는 부인을 대동했다. 까닭인즉, 사부님
의 웅대한 포부와 훌륭한 법을 산중에서 포교할 것이 아니라,
장소가 넓고 교통이 편리한 곳에서 열어 천하 사람의 앞길을
이끌 수 있도록 대처로 모시고자 하는 데 목적이 있었다. 서
중안이 거듭 머리를 조아리고 말하였다.

　"천하가 도덕이 미약하고 인도정의가 피폐하여 약육강식
과 잔인패행을 무소불위하는 말로참경에 이르렀습니다. 엎드
려 비오니 사부주께옵서는 무량하신 도덕으로 일체 생령을
자비롭게 보시어 제도하여주십시오."

　"고맙소. 너무 고맙소."

　하지만 박중빈에게는 이미 약속된 일이 없지 않았다. 그는
봉래정사 시기에 『조선불교혁신론』을 준비하고 있었는데, 여
기서 주목해야 할 것이 행간에 깔린 '시대적 묵비권'이다. 백
학명은 조선 불교의 혁신에 앞장섰던 스님이고, 월명암과 내
장사 시절을 줄곧 한용운과 소통하고 있었다. 이때 한용운이
소태산을 만나지 않았다면, 이유는 오직 하나 그가 독립운동

에 투신해 있었기 때문일 것이다. 비유하자면 한용운은 '전선'에 있었고, 백학명은 '진지'에 있었다. 그리고 박중빈은 백학명 스님의 후원으로 자신의 뜻을 펼칠 수순을 밟고 있었다. 박중빈이 만들고자 했던 도덕 회상이 학명 스님에게 안겨준 울림은 실로 컸던 것 같다. 학명 스님은 박중빈에게 동참할 뜻을 밝히고 합작 사업을 꿈꾸었다. 그토록 염원해온 박중빈의 사업이 마침내 구현될 지점에 와 있었던 것이다.

이내 그들의 생각이 드러나기 시작한다. 백학명은 월명암을 떠나 내장사로 가면서 소태산에게 약속했다. 그 내용을 '불법연구회 창건사' 15장에서는 이렇게 소개하고 있다.

원적암은 선생의 주처住處로 정하시고, 고내장古內藏에는 선원 및 강원을 설립하여 모든 학인과 선객을 양성하고, 그 학인과 선객으로 하여금 선생님이 말씀하신 주작야선晝作夜禪 영육쌍전靈肉雙全을 장려하여, 월조암 전면에다 호수를 막아 저수지를 만들고, 그 밑의 풀밭에다가는 논을 만들면 근 백여 두락은 될 것이며, 내장사 부근 산판에는 감나무 밤나무 몇만 주를 심어 후일 인재 양성의 기금을 삼고, 현재 사중寺中 도조賭租와 현재 수입되는 감나무에서 나오는 것이 적지 않고, 불공 시주 등을 합해보면 우선 몇십 명의 선원 양식은 될 것이니 그대로 사용하고, 그후에는 선생이 만들어놓으신 영광 길룡리 간척지 방언답이 완전하게 되면 근 이백여 석이 되겠다 하니 장차 그도 또한 합류할 것이며, 또한 초생지 작답에서 근 백여 석이 나올 것이며, 또는 사중 산전山田을 이용하는 데에도 몇십 섬이 나올 것이니, 이대로 차차 주선해가면 장차 몇백 명의 인재라도 양성될 것이니, 그대로 아시고 내장사로 갑시다.

바로 '출가'와 '재가' 합작 노선이었다. 도덕 회상의 실제 모델이 출현하지 않으면 모든 염원이 실재는 없이 말로만 존재하는 공염불이 될 것이다. 소태산은 걱정이 없지 않았다. 봉래정사에 살면서 절집의 생리를 아는 터라 불교와의 합작 사업이 뜻 같지 않을 것을 염려하지 않으면 안 되었다. 소태산은 학명 스님과 약정을 한 뒤에도 현지의 실정을 파악하도록 제자 다섯 명을 선발대로 보냈다. 그러고 내장사로 뒤따라가보니 일이 잘못 돌아가고 있었다. 산중 대중大衆의 반대로 백학명의 계획은 뜻 같지 않았고, 입장이 매우 난처한 지경에 이르러 있었다. 학명 스님이 면목이 없어서 어쩔 줄 몰라하니 오히려 소태산이 위로하고 돌아서야 될 상황이었다. 산중 승려들에게 소태산의 경륜 같은 것은 보이지도 않았다. 그들에게 중요한 것은 오직 출가와 재가의 변별뿐이었다. 당시 그들이 소태산을 대하던 태도를 훗날 백학명선사의 비문에서도 발견할 수 있다. 1929년 백학명의 입적시 제자가 작성한 묘비명(내장사 학명선사 사리탑명)에 '청신사清信士 박중빈'이라고 적혀 있으니, 그 의미는 '머리를 기른 재가 불제자 박중빈'이라는 뜻이다.

어쨌든, 학명 스님이 제안했던 계획이 중들의 반발로 무산되자 소태산은 다시금 『금강경』을 읽었을 것이다. 아마도 김용옥이 『금강경 강해』에서 언급한 뜻을 거듭 곱씹고 또 곱씹었을 것이다.

사람들은 그를 '깨달은 자' '붓다'라고 부르고 그에게서 깨달음을 얻기 위해 몰려들었다. 이 몰려든 사람들이 싯다르타 주변을 떠나지를 않고 살게 됨에 따라 자연스럽게 어떤 커뮤니티 즉 집단을 형성하게 되었다. 이것을 승가라고 불렀다. 아예 집을 떠나出家 전문적으로 승가에 상주하는 사람들을 남녀 구분하여 비구, 비구니라고 불렀고, 그냥 가정을 유지하면서 집에서在家 승가에 다니는 사람들을 우바새信士, 우바니信女라고 불렀다. 이 출가이중出家二衆과 재가이중在家二衆을 합쳐 우리가 초기 승단을 구성한 사부대중四部大衆이라고 부르는 것이다. 그런데 인간세에는 항상 이러한 집단이 발생하면 집단의식이 생겨나기 마련이고, 이 집단의식이 항상 그 집단을 성립하게 만든 본래 정신과는 무관하게 발전해나가는 상황은 인지상정에 속하는 것이요, 역사의 정칙이다.

불법을 펴는 데 가장 큰 방해물은 불교라는 제도일 수도 있다. 소태산이 생각하는 석가모니의 주장은 모든 생물은 영혼이 있고, 모두 불심을 간직하며 평등하다는 것이다. 법은 한정된 인간의 두뇌에 있는 것도 아니고, 그들이 내뱉는 말에 있는 것도 아니다. 사람은 누구나 주위와의 연관 속에서 살며 그 속에서 자기를 만들어간다. 지금 무엇을 접하고 어떻게 행동하는가에 따라 자기를 변화시키는 것이다.

소태산은 내장사에서 하산을 결심하지 않을 수 없었다. '인간의 마을로 돌아가자.' 그러면서 머리를 깎았다. 여러 차례 입산하여 절간에 드나들면서도 건드리지 않았던 머리를 삭발한 것이니, 속된 사찰에서 거룩한 세속 사회로 출가를 결심한 것이다. 처처불상處處佛像 사사불공事事佛供, 이제부터 닿는 곳마다 불상이요 만나는 일마다 불공이다. 그가 이렇게 하산하고 나서 곧장 찾아간 곳이 서울이었다.

9장
미륵의 눈빛이 떨어진 자리

1

1924년은 갑자년이었다. 인간의 생애를 육십 년으로 본다면 십이간지의 출발점이 되는 첫해가 갑자년이라 세상이 한껏 부풀어 있었다. 특히 전라도 일대는 각지에서 몰려든 도꾼들이 증산의 재생을 기다리는가 하면 미륵불의 출세를, 또는 예수의 재림을 갈망하느라 메시아니즘 현상을 더욱 고조시키고 있었다. 하필 이때 소태산은 산에서 내려와 저잣거리를 누비고 있었다. 너무도 역설적인 행보였다. 대중을 끌어들이고, 우매한 대중에게 카리스마적인 지도력을 행사하기 위해서는 신통력을 앞세우고 신비주의적 외피를 입지 않으면 안 된다고 믿는 통념을 깨뜨리고 정반대의 방법으로 그곳에 도달하기 위해서였다. 그래서 2월, 이리역에서 서울행 열차를 탔다. 기록에 의하면, 최도화의 안내로 서울에 올라가 서중안이 주선한 집에 임시 출장소를 정하고, 한 달간 머물면서 박사시화, 성성원, 이동진화, 김삼매화 등을 만났다. 그리고 3월, 이리를 거쳐 전주에 내려와 7인 발기인의 이름으로 불법연구회 창립 준비가 이루어졌다. 명의 서중안의 헌신이 절대적 영향을 미치던 시절이었다. 주목할 것은 이때 총부를 이리(지금의 익산)에 두기로 했다는 점이다. '토지도 광활하고 교통이 편리하여 무산자들의 생활과 각처 회원의 내왕에 편리하다'는 이유였다. 하지만 숨은 뜻이 따로 있지 않을 턱이 없었다.

익산은 정신사적 내력이 심오한 땅이었다. 잡풀이 우거지고 황량한 빈터만 남아 있지만, 저 옛날 최고의 예술가와 과학자들이 모여 백제의 중흥을 이룰 대역사를 도모하던 곳이다. 이를 가장 재미있게 설명하는 책 『백제의 길, 백제의 향기』는 한 지역이 고대 왕국의 수도였음을 입증하려면 네 가지 조건이 필요하다고 말한다. 첫째, 왕족이 살던 궁궐, 둘째, 국가가 관장하던 사찰, 셋째, 왕들이 묻힌 능, 넷째, 수도를 방어할 산성. 익산은 이 모두가 완비된 땅이었다. 서동왕자와 선화공주의 꿈이 서려 있는 곳. 신라와 영토 전쟁을 하던 백제가 왕위 쟁탈전의 혼란 속에서 익산에서 마를 캐던 몰락한 왕족 출신 서동을 옹립하여 무왕이 된다. 무왕은 익산을 수도로 삼고자 천도를 추진하려는 계획을 세우고 왕궁을 짓고 미륵사를 창건했다. 그러나 아들 의자왕 대에 이르러 칠백 년 왕조가 순식간에 무너져버린다. 그리고 거듭되는 시련과 역사적 좌절 속에서 익산은 미륵의 고장이 되었다.

무왕 때 세워진 미륵사와 미륵탑을 거점으로 진표율사가 금산사에 미륵장육상을 세우고 고려와 조선시대를 거치면서, 어지러운 세태와 불안한 인심 속에 의지할 데 없던 민중은 미륵불의 출현에 대한 기대와 희망을 갖게 되었다. 저 옛날 궁예, 견훤 등이 자칭 미륵불이라 하면서 정치적 변혁과 사회 개혁을 시도했는가 하면, 강증산도 자신이 하늘에서 내려온 상제임과 동시에 미륵불이라 하면서 민중구제와 사회 개혁적 종교운동을 전개했다. 바로 그 미륵의 눈빛이 떨어진 자리에 총부가 들어섰다. 소태산은 백제 미륵사지에서 비롯되는 미륵하생 신앙의 법연과 맞닿는 땅에 천여래 만보살이 모이게 할 미륵 도량의 못자리판을 둔 것이다. 그 때문인지 총부 건물이 들어선 자리에 얽힌 전설들도 심상치 않았다. 옛날에 신룡벌까지 바닷물이 들어와 배산에다 배를 매어놓았다. 신용동 총부 건물 인근 언덕배기가 '내곳리' '신곳리'인데, 곳串이란 바다 쪽으로 길게 내민 부리 모양으로 생긴 갑岬을 일컫는다. 나중에 종법사를 지내게 되는 대산 김대거가 이를 다음과 같이 풀이했다고 한다.

　　만고에 활기찬 이 배산이 우리 회상을 이루었다. 남조선 뱃머리라 한 곳이 이곳이요, 이곳에 열릴 회상이 배 도수度數를 차지한 회상이라, 중류中流할 때는 세상을 지배하게 되고 세상인심이 물밀듯 하리라.

이어서,

　　삼학팔조와 사은사요는 도덕의 배舟이다. 배산은 만국 만민을 건질 돛대이다. 그리고 조선장造船場은 총부이다.

하였다. 한마디로, 익산 총부는 무량중생을 제도할 반야용선을 만드는 곳이라는 것이다. 비산비야非山非野 광활한 신룡벌에 재가와 출가가 하나되는 도덕 공동체의 터전이 마련되었으니, 도학과 과학이 함께하고, 동動과 정靜이 어울리며, 동서의 교법들이 두루 회통會通하여 한집안을 이루는, '과거에도 없었고 미래에도 보기 어려울' 도덕 회상이 들어선 것이다.

하지만 초창기 건축물이 얼마나 허술했는지 당시의 회보는 이렇게 전한다.

막막한 풀밭 속에서 움막을 매고 초가 한 채를 건축할 때에 그 세력 오죽이나 한미하였던가.

회관 건물을 짓고 간판을 걸었으나 열 명 남짓한 전무출신들의 살길은 막막하였다. 그래서 송찬오의 친구 문정규가 발의하여 엿장수 일을 시작하기로 했다. 김성섭이 주무가 되어 엿을 고고, 서무부 서기 송도성이 공양주를 맡아 본관 살림을 보았으며, 나머지는 행상을 나섰다. 다들 한 번도 경험하지 못한 엿장수 행상이었지만 엿판을 지고 눈보라가 휘몰아치는 황등과 이리의 거리와 마을을 종일 가위질을 치면서 돌아다녔다. 엿이 잘 팔릴 때는 오전짜리 빵 한 개로 점심을 때울 수 있었지만, 그렇지 못한 때는 허기진 배로 온종일 거리를 헤매다 본관으로 돌아와 엿밥으로 만든 죽으로 배를 채우곤 하였다. 저녁밥을 먹고 나면 한자리에 모여 하루 일을 반성하며 이야기하는 시간을 가졌다. 밤에는 잠자리도 편치 않고 침구도 변변찮아 이불 모서리를 끈으로 묶어서 방 네 귀 못에다 고정시켜놓고 잤다. 하지만 누구도 고생이라 생각하는 사람이 없었다.

익산 총부는 처음에는 남자들만 사는 공동체라 부엌살림이 어설프기 그지없었다. 진짓상도 소태산에게는 납작한 목침 같은 목판에다 올리고, 제자들은 둥근상에 둘러앉아 밥을 먹었다. 얼마 안 있어 하선夏禪을 나러 온 여자 회원들이 이를 보고 기가 막혀 혀를 내두르며 탄식하였다.

여자 회원이 탄식했다!

이것이 어떤 파장을 낳는지를 소태산의 제자가 아니면 결코 알 수 없을 것이다. 세상의 무엇을 섬기자고 모인 사람들인데, 그에 대한 감수성이 더욱 유난한 여인들이 밑바탕의 정서를 자욱히 깔아놓고 있었으니, 그것이 보이지 않는 곳에 실로 놀라운 용암으로 꿈틀대고 있다가 마침내 화산으로 터질 자리가 발견된 것이다.

2

사람들은 소태산에게 또하나의 호가 있었다는 사실을 기억하지 못한다. 바다 가운데 떠 있는 섬, 해중산海中山이 그것이다. 첫손에 꼽히는 제자 송도군은 해중산을 음陰시대의 법

346

호라고 했다. 그의 제자들은 두 세계에 걸쳐 자기확장을 거듭하고 있었다. 영광에서 시작된 남자들의 수위단에 일산, 이산, 삼산…… 하는 산 이름을 주었듯이, 사람들의 눈에 잘 띄지 않는 또하나의 수위단에 일타원, 이타원, 삼타원…… 하는 법호들을 준 것이다. 여자들이 받은 이름 타원陀圓의 '타'는 해중산과 동궤의 낱말로 '바다 가운데 떠 있는 납작한 산', 즉 섬을 뜻한다.

당시 조선은 남성 중심의 가부장제 문화에 빠져 여성에 대한 억압과 비하가 극심했다. 그에 대한 비판적 탁견이 없던 것은 아니었다. 후천개벽 사상은 태생적으로 음陰을 위한, 음에 의한, 음의 시대를 숙명으로 삼았으니, 수운은 신비체험 후 첫 교화 대상을 부인으로 하고, 여자 노비들을 해방시켜 한 명은 수양딸로, 한 명은 며느리로 삼았다. 해월은 청주를 지나다가 서택순의 집에 들러 그 집 며느리가 베 짜는 모습을 보고 한울로 섬겼으며, 땅을 소중히 하기를 어머니의 살갗같이 하라고 가르쳤다. 침을 함부로 뱉거나 걸음걸이 하나도 경솔히 하지 못하게 했다. 증산은 유교의 잘못된 음양 논리에 의하여 남성의 우월성 및 지배권과 여성의 열등성 및 예속성이 고정화되면서 여자에게 걸림돌이 되었던 여러 가지 불평등성을 통렬하게 지적했다. 특히 과부의 개가를 허용하지 않는 것이 얼마나 큰 재앙의 뿌리인가를 설명하는 대목은 무섭기까지 하다.

예로부터 처녀나 과부의 사생아와 그 밖의 모든 불의아 不義兒의 압사신壓死神과 질사신窒死神이 철천의 원寃을 맺어 탄환과 독약으로 화하여 세상을 진멸케 하느니라.

조선은 남편을 따라 죽으면 열녀라 했다. 재가를 용납하지 않으니, 불의不意의 사고나 어쩔 수 없는 상황 속에서 아이를 갖게 될 경우에 남몰래 낳아 압사시키거나 질식사시키는 걸 조장한 셈이다. 증산은 이렇게 억울한 어린아이들의 원한이 인간 세상을 진멸케 한다고 보았다. 남편을 따라 죽은 젊은 여인을 보고서 "악독한 귀신이 무고한 인명을 살해했도다" 하고 신랄하게 저주했다. 잘못된 음양론에 의해 수천 년간 이어져온 남녀의 불평등한 처우가 여자의 한을 낳는 원인임을 비판하고, 정음정양正陰正陽을 통한 남녀의 평등권을 주장했다. 천지운도를 뜯어고쳐 세상의 모든 재앙과 불행을 제거하고 후천세계의 새로운 기틀을 마련하는 천지공사를 행할 때도 수부首婦를 정하여 자신은 장고를 치고 수부는 춤을 추게 했다.

여기에 대해 소태산은 특별한 주장을 남기지 않았다. 그러나 그의 발자국 하나하나는 놀라울 만큼 천연덕스럽게 음개벽시대의 하루하루를 찍고 있다. 그의 여제자들은 너무도 자연스럽게 수위단, 즉 교단 최상급 지도자로 성장해갔다. 와중에 기념비적인 활동가들이 얼마나 즐비했던지 가위 '여성 지도자 열전'을 써도 될 정도였다. 1호가 일타원 박사시화였다.

박사시화는 친정이 남원이었다. 쌍둥이 자매 중 언니인데, 화엄사 화주 노릇을 하느라 기차를 타고 가다 최도화를 만나 소태산 얘기를 들었다. 반드시 만나리라 마음먹고 기회를 엿보다가 58세(1924년) 때 최도화의 안내로 태평여관에 투숙한 소태산을 만났다. 그 자리에서 사제 결의를 청하고 이질녀 성성원의 집으로 모셨다. 쌍둥이 자매는 사흘 동안 시봉하면서 궁가宮家의 부인 이동진화 등과 인연을 맺고 서울 교화의 터전을 닦았다. 6월 1일 불법연구회 창립총회를 마치고 여름 안거 때 소태산 문하에서 선을 났다. 이때 예의 엿장사 시절의 가난을 보고 만덕산에서 나오면서 설움이 터져 수십 리를 내처 울면서 걸었다고 한다. 신룡벌 허허벌판에 건물이라고는 달랑 초가 두 채뿐이던 초여름에 전삼삼, 전음광 모자가 최초로 기와집을 지어 입주하고 초선初禪을 날 때 남자들만 있는 총부생활이 궁색한지라 밥 먹는 걸 보고 기가 막혔다고 한다.

"세상에 당신님 진지를 퇴침에 차려드리다니!"

서울로 돌아가서 곧 세간 집기를 가져오고, 이내 전음광 식구들이 살림을 전담하면서 총부가 비로소 사람 사는 꼴을 갖추게 되었다.

박사시화는 전국 각지를 돌며 교직 없는 교역자로서 제1대에 오백일흔다섯 명을 입교시켜 전무후무한 기록을 세웠다. 비록 자신은 자식을 낳지 못한 청상과부였지만, 이승에서 구르는 사람이면 단 한 사람도 남의 식구로 여기지 않는 참보살이었다.

그 엄청난 친화력을 가진 박사시화를 입교시킨 사람은 또 한 명의 여걸 최도화인데, 그녀는 천하 명물도 그런 명물이 없었다. 최도화는 임실에서 태어나 일곱 살 때 부친을 잃고 편모슬하에서 자랐다. 어려서 고대소설을 읽다가 백운도사에 빠져서 평생 그런 사람을 만나길 꿈꾸었으나 반드시 집안의 대를 이어야 된다고 생각하는 어머니의 성화에 밀려 열세 살 때 집안 머슴과 결혼하여 1남 1녀를 두었다. 그렇게 사는 꼴이 마음에 안 들어서 내내 비관하다 스물여덟 살에 방죽에 투신했는데, 그만 지나가던 여승이 구하여 서울 근방 절로 들어가게 되었다. 그래도 안정을 얻지 못해 두 해 후 계룡산 동학사를 거쳐 전주로 내려와 훔치교 치성에 정성을 다했다. 영험하다는 기도터와 영통하다는 도꾼들을 백방으로 찾아다니다 만덕산 미륵사에 들었던 것이 송도군을 알게 되는 인연이 되었다.

1921년, 봉래정사 시절에 소태산이 송도군에게 말했다.

"차츰 때가 되어간다. 어디든지 걸음이 내키는 대로 가봐라. 만날 사람을 만나야 허지 않겠냐? 근디 전주는 돌아보지 마라."

전주는 왜 피하라 했는지 모른다. 하지만 송도군이 사부님의 말을 흘려들을 사람이 아니다. 승복 차림을 한 명안 스님의 모습 그대로 그는 부안에서 고부를 거쳐 태인과 모악산을 경유하되 전주를 비껴가다 길동무를 만나 만덕산에 이른다. 길동무가 만덕산 미륵사 주지였던지라 그곳에서 겨울 한 철을 나는데, 워낙 도인 상이라 미륵사에 생불님이 계신다는 소문이 꼬리를 물어 송도군 때문에 가난한 절이 부자가 될 지경이었다. 이때 화주가 최도화였다. 기구한 인생을 타고난데다 용하다는 절집이라면 안 다닌 곳이 없다보니 이 절 저 절 화주 노릇도 하고 비단도 팔고 불연을 맺어주는 것이 업이 되었다. 그녀가 만난 스님 중 최고의 생불이 송도군이었으니, 만사 제치고 아예 시봉만 하겠다고 팔 걷고 나섰다.

송도군은 미륵사에 오래 머물 수 없겠다고 생각해 봉래정사로 편지를 보냈다. 사부님이 돌아오라고 하자 편지를 쥔 채 부안으로 돌아가버렸다. 최도화는 젊은 스님이 옷 한 벌로 지내는 것을 안타깝게 여겨 마을에서 솜옷을 지어 올라오는 참인데, 대뜸 주지가 시비를 걸어 싸움이 벌어졌다. 주지는 최도화가 명안 스님을 빼돌렸다고 하고 최도화는 주지가 다른 데로 빼돌렸다고 하며 다투었다. 결국 꼬리를 찾게 되어 이백 리 길을 물어물어 부안 변산 봉래정사까지 찾아갔다. 생불님 위에 더 큰 스승이 있는 걸 보고 넙죽 인사를 올렸다. 소태산이 좋아했다.

"방죽을 파면 고기가 모인다더니 미상불 모여드누만."

해놓고 절집에 살았던 내력을 알아보고 저녁을 같이하는 자리에서 소태산이 물었다.

"푸른 병에 푸른 물이 하나 있고 노란 병에 노란 물이 하나 있고 붉은 병에 붉은 물이 하나 있는데 그게 뭐고?"

절집에서 듣던 풍월이 있어서 최도화는 얼른 답했다.

"만법귀일이어라우."

소태산은 어처구니가 없었다.

"알고 말하는지 모르겠다."

하지만 비단장수 최여인을 만나는 순간 회상 창립의 일에 한숨을 놓았다고 한다. 과연 그녀는 엄청난 활동가였다. 세상에 둘도 없는 생불님께서 깊은 산중에서 못 먹고 못 입는 것을 얼마나 가슴 아프게 생각했는지 전주나 남원 등지로 나오면 반드시 음식을 장만하여 심산유곡 바람을 무릅쓰고 백여 리를 걸어 공양을 올렸다. 소태산을 만난 후 정신적 안정을 얻자 각지에 교당을 설립하고 삼백열아홉 명을 입교시키기도 했다. 자신의 불행을 거울 삼아 수많은 불우 여성들이 눈물과 한숨의 세월을 청산토록 돕고 산 것이다.

3

최도화의 공식 직명은 '행상 순교'이다. 소태산의 뜻을 세상에 펼치는 초기 사업들은 행상 순교의 몫이 지대하였다. 그들은 허례허식으로 가득찬 저잣거리에서 케케묵은 인습의 굴레를 과감히 벗어던지고 활달하게 비단, 방물 등을 이고 다니며 단지 이윤을 추구하는 장사꾼이 아니라 새로운 삶을 개척하는 이들의 인생 상담자로서 권위를 떨쳤다. 바로 이 행상 순교의 꽃이 방물장수 장적조이다. 그녀는 통영의 유족한 집에서 태어나 열여섯 살에 결혼하여 두 아들을 보았으나 작은 아들이 죽었다. 천성이 남자 성격이라 가정의 울타리 안에 눌러사는 게 성미에 맞지 않았다. 예수교를 믿다가 천도교로 개종하고, 조철제의 무극도에 빠져 서른 살도 못 되어서 남편과 자식을 떨치고 전라도로 건너왔다. 그리고 원평 근방을 돌며 방물장수를 하다 불법연구회로 개종했다. 장적조는 성질이 불같아서 소태산에게 예의 없이 구는 일본 순사의 멱살을 잡고 너 죽고 나 죽자며 뒤흔들 정도였지만 스승에게는 단 한 번도 토를 달지 않고 신심을 다했다. 특히 화장품, 바느질 기구, 패물 등을 파는지라 많은 여염집 규수들과 쉽게 교류할 수 있었다. 그러면서 생긴 기념비적인 무용담의 하나가 회문댁을 교화한 일이다.

하루는 태극도 조천자의 고모 되는 회문댁이 원평에 나갔다가 방물장수 장여인을 만났다. 왜 그동안 내왕이 없었냐고 하자 "도솔천의 생불님에 빠져 있었다"고 했다.

"그것이 또 뭔 소리여?"

방물장수 장여인이 정색을 하고 들이댔다.

"내기를 헐까? 진짜 생불이 아니면 내 목을 베써."

그래서 두 사람이 전주 물망울 이청춘네 집까지 갔다.

"쩌그 서 계신 어른이여."

그때 생불이라는 이가 장여인을 보더니,

"바람이 되나 안 되나 아무디로나 부시네."

그러면서 법명 '풍風'을 뺏고 '적조寂照'라는 이름으로 고쳐주었다. 조철제네 집안까지 끌어들이는 게 걱정돼서 '조용히 앉아 마음을 관조하라'는 법명을 준 것이다. 그래도 전혀 아랑곳없이 회문댁을 붙들었다.

회문댁은 자기보다 젊어 보이는 이가 친정아버지처럼 포근해서 곁에 살고 싶은 생각이 들었다. 제 조카하고는 천지차이로 달랐던 것이다. '세상에 신통한 양반도 다 있구나.' 천지 이치뿐 아니라 사람의 속마음까지 꿰뚫는 데 놀라 회문댁도 두말없이 심복이 되었다. 그런데 회문댁이 소태산의 저녁 밥상을 보니 새파란 김치 한 접시에 고추장하고 마늘, 명태뿐이다. 조카 조천자는 삼시 세 때 칠첩반상에다 신선로가 올라오는데, 이쪽 생불 어르신께는 이런 홀대가 어디 있단 말인가. 어찌나 민망한지 회문댁은 앞치마가 젖도록 눈물을 흘렸다. 그러자 생불님이 오히려 위로했다.

"잘 먹을 때가 있겠제."

식사가 끝난 뒤 회문댁은 그동안 쌓였던 조천자 이야기를 끝도 없이 늘어놓았다. 그리고 법문을 듣는 사이에 사흘이 훌쩍 지나버렸다. 회문댁은 간곡히 부탁했다.

"스새임예, 지발 우리 조카 좀 제도해주이소."

소태산이 답했다.

"물에 같이 빠져 떠내려가면서 어떻게 물에 빠진 사람을 구제할 것이오, 하나라도 물에서 빠져나와야 건질 수 있지."

회문댁은 이 말을, 너 하나라도 신앙줄을 바꿔야 되리라는 뜻으로 알아듣고, 제자로 받아달라고 다시 졸라서 '창환'이라는 법명을 받았다. 그리하여 친정 올케 되는 조철제의 어머니, 또 시어머니 손씨까지 입회시키다못해 나중에는 가족 친척 다 데려온 까닭에 조철제의 조직에서 가두고 고문도 했지만 끝내 막지 못했다.

연꽃을 기르는 것은 맑은 개울이 아니라 시궁창이다. 불법연구회를 꽃피운 것은 기나긴 선천 수천 년의 상처를 자기의 운명으로 담고 태어난 여인들이 처한 현실이었다. 그들의 아픔을 가장 깊이 헤아려 법문을 펼친 이가 소태산이었기 때문에 어딘가 한 군데씩 멍든 이들이 죄다 나서서 불법연구회의 외연을 놀랍도록 넓혀놓았다. 그러나 여기에는 그림자 또한 없지 않았다. 당시 여성 문제에 관심을 갖다보면 반드시 생기는 문제가 있었다. 한번은 소태산이 영산 지부 예회에 참석하자 선진포 술집의 창녀들이 대거 참석하였다. 제자들이 "이 청정한 법당에 저러한 사람들이 내왕하면 남들이 빈정거리고 비웃을 뿐만 아니라 우리 회상 발전에 장애가 됩니다" 하고 꺼려했다. 소태산이 수정하지 않을 수 없었다.

"어찌 그런 쓰잘데없는 소리를 하는가."

이것이 조선의 가장 아픈 곳이었다. 여성 문제를 대하는 가부장제 사회의 이중성은 모든 일을 난마처럼 얽히게 하는 이유가 되었다. 그 시절의 치명적 급소에 속하는 위안부 문제를 겨냥하여 브루스 커밍스는 이렇게 지적한 적이 있다.

여기서 우리는 '위안부' 문제의 진정한 참상, 즉 왜 일본이 그것을 은폐했고 또 그토록 오랫동안 남한 정부가 이를 방치했는지를 이해하게 된다. 이 성적 노예에 대한 조사를 개시하게 되면 많은 한국 여성들이 한국 남성들에 의해 동원되었다는 것이 밝혀지게 될 것이다. 일본은 한국인끼리 싸우게 만듦으로써 한국의 민족정신을 파괴했고, 그 결과는 오늘날까지도 계속되고 있다.

이같은 환경에서 전혀 새로운 삶을 얻는 여성은 극히 드물었다. 그나마 불법연구회에 뛰어들어 새날을 맞은 여성들은 축복받은 축에 속했다. 대표적으로 이청춘이 그랬다. 그녀는 전주 바닥의 한량 사이에 모르는 사람이 없을 만큼 알려진 기생이었다. 불우한 환경에서 자란 탓에 화류계에 몸담았다가 당시 도의원의 셋째 부인이 되었는데, 그녀는 마음이 넓고 활달하여 처첩 간에도 시샘이 없었다. 남편이 찾아오면 반드시 첫째와 둘째 부인에게 방문한 뒤에 와야 문을 열어주었다. 집에서 큰 방앗간을 하는지라 사료가 풍부하여 돼지를 수십 마리씩 키웠는데, 어느 날 뜰에서 암수 돼지가 교미하는 것을 보는 순간, 누가 돼지 껍질을 벗겨다가 자신의 얼굴에 씌우는 것 같은 부끄러운 생각이 들었다.

"우리 인생도 오욕생활에 빠져 본분을 찾지 못하면 저 돼지와 다를 것이 무엇인가?"

이렇게 뼈저린 통찰을 한 끝에 전 재산을 털어서 불법연구회에 헌납해버렸다. 권번기생학교에서는 나이 서른이면 아름다운 향기도 사라지고 꽃잎 떨어지는 낙화의 비운만 있을 뿐 남의 소실 자리로 이 눈치 저 눈치 보며 살아가게 돼 있었다. 그녀는 나이 서른여덟에 자식도 없이 나오는 게 한숨밖에 없던 차에 생불님을 만나 갱생의 길을 찾은 것이다. 그래도 세상에서 익힌 담배만은 끊지 못하고 계속 피우다가 한번은 소태산에게 들켰다. 그것이 얼마나 속상했던지 한차례 굳은 결심을 하고 방문을 걸어 닫고 칩거하며 문구멍으로 세끼 밥을 차입하여 먹으면서 결국 담배를 끊었다. 후일 "구류 살고 담배 끊었노라" 회고하며 전주 기생 이화춘이 변하여 이청춘이 되었다고 기쁨을 노래하였다.

　여기에 또 한 사람, 겉모양과 속사정이 전혀 다른 여인도 있었다. 이동진화는 경남 함양 태생으로 일찍이 양친을 여의고 이모 집에 살다가 '진주언니네 집'에서 부양되었다. 열다섯 살에 서울로 올라가 열여덟 살에 왕궁의 소실로 들어갔다. 임금의 삼촌 이규용이 머리를 얹어준 것이다. '진주언니네 집'이란 기생학교를 지칭하는 말인데, 당시에는 '기생이 재상하고 동품'이라 할 정도로 알아줄 때였다. 그녀는 불법연구회가 창립되기 두 달 전, 서른두 살 되던 해 봄에 소태산을 만났다. 당시에 왕조의 시대는 사라졌지만, 궁가에서 몸에 밴 사치는 극에 달해 있었고 정신적 황폐감은 이를 데 없었다. 극도의 신경쇠약에 시달릴 때라 어디든 기대고 싶었지만 의지할 대상이 보이지 않았다. 성질만 날로 뾰족해져서 옷이 맘에 안 들면 내던지기 일쑤였고, 제풀에 늘 뱃속이 쓰라리고 두통에 시달렸다. 궁가의 지체인지라 소태산을 만났을 때도 처음에는 예를 갖추지 않고 책상다리를 하고 앉았다. 평민을 대하면 으레 그래야 됐던 것이다. 하지만 소태산은 인물이 비범함을 알아보고 의미 깊은 말을 해주었다.

　"사람이 세상에 나서 할 일이 둘이 있소. 하나는 바른 스승을 만나 부처 되는 일이요 또하나는 대도를 성취해 창생을 건지는 것이오."

그 말을 듣는 순간 '니가 어째 그런 데 있냐? 더 큰 일을 해야제!' 하는 것 같았다. 그녀는 세상에 태어나서 처음 들어 보는 속깊은 말이라 내내 가슴에 품고 있다가 어느 아침에 꽃 병에 꽃꽂이를 하면서 큰 깨달음을 얻었다. '내 사는 게 꽃병 에 든 꽃나무와 뭐가 다른가? 언젠가 시들면 버림받고 말 꽃 나무 신세!'

그날부터 불법연구회에 투신하여 열과 성을 다 쏟았다. 하 지만 누구도 그같은 여성들의 배후에 있었던 지도자 이공주 만큼 중요한 역할을 하지는 못했다. 그녀는 마치 그 몫을 하 기 위해 준비된 사람 같았다.

4

이공주는 1896년 서울에서 태어났는데, 백사 이항복의 후 손이었다. 아버지는 양반 사회의 부정부패를 멀리하여 벼슬 길을 피하고 고고한 지조를 지키는 선비였으며, 어머니는 진 보적이고 혁신적인 생각을 가진 부인이었다. 어려서부터 총 명하고 기상이 고결하여, 여섯 살 때부터 한글을 배워 고대

소설을 읽고, 여덟 살 때 천자문과 소학을 배웠다. 열세 살 때 이화학당 초등부에 입학하여 영어와 성경 등 신학문을 접한 뒤 동덕여학교에 다니던 중에 창덕궁 여관시보女官試補로 추천을 받아 조선 마지막 황후 윤비의 시독侍讀으로 입궁했다. 열일곱 살에 일제의 강제합병으로 퇴궁하여 경성여자보통학교(현 경기여고)를 졸업하였다. 부군은 남원 출신이라 고향에서 문맹퇴치운동과 농촌청년운동 지도자로 활약했다. 그는 3·1운동 때 옥고를 치르고, 일본으로 유학하여 동경 메이지대학 삼학년 때 일시 귀국하여 호남 지방 일대에서 민족사상을 고취하는 순회 강연회 도중 급성 폐결핵으로 순직하였다. 그래서 소태산이 처음 상경했을 때 박사시화는 이동진화에 이어 이공주를 입교시키려 했으나, 그녀가 부군을 잃고 상중이라 탈상 때까지 다른 남자를 볼 수 없다고 거절했다. 두번째 상경 때 다시 권했다. 이공주의 친정은 불교 신자 집안이라 다들 대각사 주지 백용성 스님의 제자였으나 이공주만은 신식 공부를 한 탓에 무신론자였다.

그때 소태산이 물었다.

"앞으로 어떤 일을 하고 싶소?"

"저는 여학교 시절부터 일천만 조선 여성을 위해 일해야겠다고 생각했습니다. 문학박사가 된 뒤 글을 써서 조선 여성을 계몽시켜볼까 합니다."

다시 소태산이 말했다.

"일천만 여성이 많은 것 같아도 조선 국민에 비하면 적은 것이요, 더구나 세계 전체 인구에 비하면 작은 부분에 지나지 않는 것이며, 글을 써서 여성을 계몽시키겠다고 하나 글을 읽는 사람 또한 소수에 지나지 않으니, 도덕박사가 되어 인류 전체를 제도하는 것이 어떻겠소."

그녀는 학식이 높고 문학적 재질이 특출하여 지금까지 전해오는 소태산의 법문을 대부분 직접 손으로 받아 적었다고 한다. 회보 발행을 비롯 많은 성가를 작사했으며, 여자수위단 시보단試補團을 조직할 때 중앙위에 선임된 후 줄곧 자리를 지키면서 교단의 정신적 지주 역할을 하였다. 소태산의 금강산 여행도 함께했다.

사실 금강산 여행은 예전부터 계획된 일이었다. 당시 경성 교무 이공주와 이동진화, 신원요가 꼭 한번 모시려고 준비하고 있다가 1930년 5월 하순에야 실행한 것이다.

'금강 정신'은 소태산의 사상적 근원이며 핵심을 이룬다. 소태산은 출정 오도한 후 『금강경』을 접하고 그 감동과 충격으로 종내는 불법을 주체 삼아 회상을 열 것을 구상하게 된다. 십 년 뒤 익산 땅에 회상을 건설했을 때도 자신의 처소를

'금강원'이라 이름 지었다. 하지만 소태산은 금강산을 관광지나 명승지가 아니라 자금강自金剛으로 보았다. 소태산의 관심은 금강산이 아니라 금강에 있었으며 관광지가 아니라 존재의 본질, 내면의 본질, 인간성의 본질에 있었다. 금강은 다이아몬드를 말한다. 영원히 변하지 않고 시간과 공간에도 오염되지 않는 '존재의 본성'인 것이다.

소태산은 제자들에게 자주 물었다.

"누가 이 가운데 허공법계를 완전히 자기 소유로 이전 증명 낸 사람이 있느냐?"

제자들이야 어찌 알 것인가? 답이 없으면 다시 들려주곤 했다.

"삼세의 모든 불보살들은 형상도 없고 보이지도 않는 허공법계를 다 자기 소유로 내는 데에 공을 들였으므로 형상 있는 천지만물도 자기의 소유로 수용하나, 범부와 중생들은 형상 있는 것만을 자기 소유로 내려고 탐착하므로 그것이 영구히 제 소유가 되지도 못할 뿐 아니라 아까운 세월만 허송하고 마나니, 이 어찌 허망한 일이 아니리오. 그러므로 그대들은 형상 있는 물건만 소유하려고 허덕이지 말고 형상 없는 허공법계를 소유하는 데에 더욱 공을 들이라."

사람들은 언제나 형상에 붙들려 산다. 거기에 매달려 울고

웃고 노여워하고 슬퍼한다. 소태산은 제자들에게 형상이 있
는 것들만 소유하려고 아까운 세월을 허송하지 말고, 형상 없
는 법계를 소유하는 데 공을 들이라고 가르쳤다. 형상 없는
그것은 인간 본래의 진면목, 우주 허공이다. 그것이 나임을
깨닫는 순간 그는 시방이 자신의 소유인 줄 아는 도인이 된
다. 내적 다이아몬드를 되찾은 거룩한 사람, 그가 바로 불보
살이며 허공법계를 완전히 자기 소유로 이전 낸 사람이다.

어쩌면 당시 지식인들이 금강산 여행을 선호한 까닭은 거
기에 담긴 뜻 때문이었는지 모른다. 조선 사람들에게 금강산
은 세계 그 자체였다. 선비들이 경서를 두루 섭렵하고 나면
수학여행을 가듯이 가는 곳이었다. 소태산은 금강산행을 자
주 묵시적인 표현으로 사용했다. 어쨌든, 이공주는 금강산 여
행에서 소태산의 진면목을 보았다. 금강산 산행 셋째 날 오
후, 반야암에서 내려오는 길에 절 변소에서 겪은 일이다. 마
침 변소 지붕 위에 다람쥐 한 마리가 올랐는데, 소태산이 그
것을 보고 작은 돌멩이를 던지자 다람쥐가 맞아 떨어졌다.

"내 무심히 귀여워 돌 하나를 던졌더니 네가 그만 죽었구나.
너도 일평생 다람쥐 노릇만 해서 쓰겠느냐. 막 떼를 썼구나."

다람쥐를 놓고 일어선 소태산의 손가락에 피가 묻어 있었
다. 이공주가 말했다.

"그 다람쥐는 참 이상한 일이올시다. 사실 팔자가 늘어졌습니다."

소태산은 이렇게 대꾸하였다.

"저도 금강산 다람쥐 노릇만 하여 쓰겠소. 평안북도로 갈 것이오."

뜻밖의 일격이었다. 이공주의 사유가 펼쳐지는 범주 너머에 있는 세계를 소태산이 늘 보고 있는 것은 사실이었다. 이공주는 곁에서 그것을 아무리 보고 배워도 따라갈 수 없었다. 소태산의 사유에는 언제나 또다른 지평선이 있었던 것이다. 그 뜻깊은 금강산 산행을 마치면서 소태산은 이런 메시지를 남겼다.

"내가 금강산을 돌아다니며 다 거두어왔다. 금강산은 뼈다귀만 남았다."

내가 금강산을 싹 먹어치웠다. 이제 내가 있는 곳이 금강산이다. 언어도단의 경지였다.

5

팔을 벌릴 수 있을 만큼 세계를 껴안을 수 있다고 했다. 인간이 껴안을 수 있는 세계의 크기가 생명의 크기요 그리움의 크기이다. 소태산과 담화해서 설득당하지 않은 사람은 없었던 것 같다. 기독교도도 마찬가지였다. 조송광은 정읍 출신으로 십구 세에 동학운동에 참전하여 전봉준이 생포되던 현장인 순창군 쌍치면 피노리 산중에 있었던 사람이다. 그후 칠보산에 은거하며 의술을 공부하여 한의사로 명성을 떨치는가 하면 개신교 장로가 되기까지 근 이십 년간 독실한 신앙생활을 했다. 원평에 예배당을 설립하고 학교를 세워 문맹자를 가르치는가 하면 기미년에는 만세운동에도 참여했다. 학식으로 보나 경륜으로 보나 신앙으로 보나 달아날 데 없이 구봉교회의 영수領袖였다. 까닭에, 이웃에 사는 송찬오를 전도하려고 했는데, 느닷없이 송찬오가 이상한 주장을 펴는 바람에 전주 한벽루에서 소태산을 만나게 되었다. 그래, 소태산과 대면한 자리에서 문답을 나누기 전에 서로 묻는 말에 설득력 있는 답을 하지 못하는 사람이 제자가 될 것을 제안하였다. 『대종경』 전망품 14장에 두 사람이 대화를 나누는 장면이 비교적 소상히 소개되고 있다.

대종사 말씀하시기를 "그대가 보통 사람보다 다른 점이 있어 보이니 어떠한 믿음이 있는가".

366

송광이 사뢰기를 "여러 십 년 동안 하나님을 신앙하온 예수교 장로이옵니다".

"여러 해 동안 하나님을 믿었다 하니 하나님이 어디 계시던가."

"하나님은 전지전능하시고 무소부재하사 계시지 아니하는 곳이 없다 하나이다."

"그러면 그대가 늘 하나님을 뵈옵고 말씀도 듣고 가르침도 받았는가."

"아직까지는 뵈온 일도 없사옵고 말하여본 적도 없나이다."

"그러면 그대가 아직 예수의 심통心通 제자는 못 되지 아니하였는가."

"어떻게 하오면 하나님을 뵈올 수도 있고 가르침을 받을 수도 있겠나이까."

"그대가 공부를 잘하여 예수의 심통 제자만 되면 그리할 수 있느니라."

"성경에 예수께서 말세에 다시 오시되 도둑같이 왔다 가리라 하였고 그때에는 여러 가지 증거도 나타날 것이라 하였사오니 참으로 오시는 날이 있사오리까."

"성현은 거짓이 없나니 그대가 공부를 잘하여 심령心靈이 열리고 보면 예수의 다녀가는 것도 또한 알리라."

"제가 오랫동안 저를 직접 지도하여주실 큰 스승님을 기다렸삽더니, 오늘 대종사를 뵈오니 마음이 흡연洽然하여 곧 제자가 되고 싶나이다. 그러하오나 한편으로는 변절 같사와 양심에 자극이 되나이다."

"예수교에서도 예수의 심통 제자만 되면 나의 하는 일을 알게 될 것이요, 내게서도 나의 심통 제자만 되면 예수의 한 일을 알게 되리라. 그러므로, 모르는 사람은 저 교 이 교의 간격을 두어 마음에 변절한 것같이 생각하고 교회 사이에 서로 적대시하는 일도 있지마는, 참으로 아는 사람은 때와 곳을 따라서 이름만 다를 뿐이요 다 한집안으로 알게 되나니, 그대의 가고 오는 것은 오직 그대 자신이 알아서 하라."

송광이 일어나 절하고 제자 되기를 다시 발원거늘, 대종사 허락하시며 말씀하시기를 "나의 제자 된 후라도 하나님을 신봉하는 마음이 더 두터워져야 나의 참된 제자니라".

결국, 조송광은 소태산을 만나기 전에는 '박씨'라 하였지만, 대면하고 문답한 뒤에는 거룩함을 인정하여 '박선생님'이라 부르며, 일 년 뒤 제자가 되어서는 '종사주宗師主'로 모신다. 조송광이 이렇게 되자 기전여학교에 다니며 목회자의 길을 가던 딸이 황당하게 되었다. 아버지가 사탄의 꾀에 넘어갔으니 구출하지 않을 수 없었다. 그래서 소태산을 찾았다가 그녀도 설득당해 불법연구회가 배출한 첫 정녀貞女가 되었다.

이같은 일은 다반사로 있었다. 이곳저곳 가리지 않고 각처를 돌아다니던 거지 대장 '거두리 참봉' 이보한도 그런 사람 중 하나였다.

이보한은 1873년 음력 5월 16일 목천포 당메에서 태어나 1931년 음력 8월 16일에 죽었다. 그는 팔백 석지기 지주의 장남으로 태어났으나 서출인데다 일찍이 어머니를 사별하고 홍역에 걸려 심한 신열로 한 눈을 실명하여 평생을 한쪽만 검은 유리알을 박은 안경을 끼고 지냈다. 전라도 기인으로서 독립지사이자 거지 대장이자 크리스천으로 많은 일화를 남겨 전주, 익산 일대에 '거두리 참봉'이라면 모르는 사람이 없었다. 그는 총명하여 어려서는 한학을 익히고 자라면서 미국 선교사에게 영어를 배워 능통하였다. 그에게 '거두리'라는 별명이 붙은 것은 독실한 크리스천인 큰어머니의 영향을 받게 된 데서 기인한다. 경성에 사는 큰어머니가 즐겨 부르는 찬송가가 "새벽부터 우리 사랑함으로써 저녁까지 씨를 뿌려봅시다/거두리로다 거두리로다"였다. 그는 어릴 때부터 이 노래에 감명되어 곧잘 불렀는데, 커서도 '거두리로다 거두리로다' 하게 되었다. 기울어버린 나라를 거둔다收復는 뜻이었던 것이다. 동네 사람과 어울려 놀 때도, 달고방아를 매길 때도 '거두리로다 거두리로다' 하다보니 사람들이 거기에 '참봉'이라는 관등까지 붙여주었다. 거두리 참봉 이보한은 평소에 적서 차별 철폐, 남녀평등을 주장하던 이라 소태산의 경륜에 감복하여 가는 곳마다 떠들고 다녔다.

"강산을 두루 돌아다녔으나 산 가운데 금강산이 제일이고 사람을 두루 상대하였으나 소태산 선생 같은 어른은 처음 뵈었습니다."

사통팔달이었다.

소태산은 경전 공부를 할 때에 '경전을 보자' 하지 않고 "육조 스님을 모시고 공부하자" 또는 "보조국사를 모시고 공부하자"고 하였다. 강증산의 글귀를 만날 때면 "세상일을 한 치도 안 틀리고 아는 것 같어" 또는 "해원시대여. 과거에는 막히고 어두웠제만 이젠 풀어지는 시대라 이거여" 했다. 그런 막힘없는 가르침에 동학교도들도 여럿이 문하로 들어왔다.

최수인화는 친정과 시댁이 여러 대에 걸쳐 동학에 독실했다. 남편이 동학 포교활동을 하다 죽은 뒤 살림이 기울고, 그녀는 오직 수운 대신사께서 다시 오기를 빌었다. 그러다 소태산을 만나고 꼭 수운 선생을 뵙는 것 같아 기뻐하며 큰절을 하였다.

"저는 동학을 신앙하올 때 늘 수운 선생의 갱생을 믿고 기다렸삽던바, 대종사를 한번 뵈오니 곧 그 어른을 뵈옵는 것 같사와 더욱 정의가 두터워지고 기쁜 마음을 억제할 수 없나이다."

그러나 소태산이 모든 사람을 그렇게 대하는 건 아니었다. 소태산이 아끼는 제자 중 황정신행이라는 법명을 가진 여인이 있었다. 서울 장안의 갑부로 여섯 손가락 안에 드는 강익하의 부인 황온순이었다. 그녀는 본시 기독교도였으나 금강산에서 개성 회원 이천륜을 만나 불법연구회에 입회하게 되었다. 그녀는 소태산의 법문을 들을수록 법열이 올라 세상 사람 모두와 기쁨을 나누고 싶었다. 소태산은 그녀를 '영산회상의 수달장자와 같다'고 하고, 그녀도 소태산의 법을 만천하에 드러내고 싶지만 자기의 재주로는 어떻게 해볼 도리가 없는지라 유명한 소설가 춘원 이광수를 통하여 세상에 광고해야겠다고 마음먹게 되었다.

당시 황정신행은 종로 번화가에서 포목점을 운영하고 있었는데 사업이 번창하여 기자나 문인들과도 교류가 활발했다. 그들이 찾아오면 점심도 사주고 돈 쓸 일이 있으면 보태주기도 해서 몇몇 신문기자들을 입회시키기도 했다. 그녀는 이광수 내외와도 친분이 두터워서 여러 차례 돈암동 교당에 데려가 설교를 듣게 하기도 했다. 그러다가 소태산이 상경했을 때 만나줄 것을 간청했다.

"이광수 내외를 불법연구회에 들이면 어떻겠습니까?"

"들간디?"

"퍽 좋게 생각하는 것 같던데요."

소태산은 대꾸하지 않았다. 다음에 상경했을 때 다시 청했다.

"좋아하던데요."

"정신행이가 말하니까 좋아하는 체하지 귀에 안 들어갑니다."

"그럼 제가 연원이 되어 입회시킬랍니다. 법명을 주십시오."

소태산은 이광수의 부인에게만 '제만濟晩'이라는 법명을 주었다.

"그래도 제가 말하면 회관에도 잘 오고 그러는데요."

여러 차례 간청하자 소태산이 더럭 언성을 높였다.

"거기 가지 마시오. 오더라도 내가 안 받을 것이여. 아만我慢이 잔뜩 차서 무슨 말을 해도 들어가지 않을 것이오."

당시 기세대로 한다면 소태산이 펼치고자 하는 법이 조선 팔도를 뒤덮는 건 순식간의 일로 보였다. 한 종교가 수난의 시대에 대각을 하였다면 모름지기 미래에 대한 새로운 희망을 제시하지 않으면 안 된다. 소태산이 전라도 궁촌 벽지 영광 길룡리에서 출생하였다는 사실 못지않게, 식민지 백성으로서 일정日政 초기에 오도를 하였다는 사실은 수많은 딜레마를 다시 돌아보게 한다. 어쩌면 소태산의 마지막 페이지가 거기에 있었을 것이다. 그 험한 세월에 대해 브루스 커밍스는 이렇게 말한다.

남한에서 1935년에서 1945년 사이라는 한 특정한 시기는 비어 있는 찬장과 같다. 일본에 이용당하고 착취당한 수백만의 사람들은 자신들에게 일어났다는 것을 분명히 알고 있는 사건의 기록을 입수할 수 없으며 일본에 협력한 수천 명의 한국인들은 그런 역사를 일어나지 않은 것처럼 아주 지워버렸다. 심지어 군지郡誌 같은 지방의 계보록에 있는 공무원 명단에서도 이 시기는 빠져 있다.

10장
우주 속으로 돌아가다

1

    도산 안창호가 출옥한 것은 1935년 2월 10일이었다. 상해에서 윤봉길 의사 사건에 연루되어 사 년의 실형을 받고 대전 감옥에서 위장병으로 가출옥한 것이다. 그리고 조선을 돌면서 독립을 염원하던 시간에 그가 왜 호남을 순방하고 익산 총부를 방문했는지 모른다. 기독교도로서 한국의 예레미야라고 불렸으며 신민회를 조직하고 독립운동에 뛰어들었으니 불법연구회와 연고가 있을 까닭이 없었다. 그러나 동아일보 지국장, 매일신보 지국장, 조선일보 기자 등과 함께 아무 예고 없이 찾아왔다. 바로 뒤에 고등계 형사가 감시하고 있어서 소태산의 시봉을 맡은 김형오가 황급히 도산 일행을 대각전으로 안내했다. 잠시 후 이공주의 집 응접실로 인도하여 소태산과의 대면이 이루어졌다. 소태산은 아주 깍듯이 인사를 올렸다.

"이런 델 찾아주시어 고맙습니다. 많은 세월 풍찬노숙을 하고 삼 년간이나 영어생활을 하면서 건강을 크게 잃지는 않으셨습니까?"

안창호는 매우 피곤하고 초췌해 보였다.

"참, 장하십니다. 판국이 넓고 운용하시는 방편이 능란하십니다."

"별말씀을 다 하십니다."

소태산은 흐트러짐 없이 예를 갖췄다. 안창호는 감탄하는 모습이었다.

"이렇게 동포 대중에게 공헌하면서도 직접으로 큰 구속과 압박은 받지 아니하시니."

소태산은 평소에 말하곤 했다.

대중을 지도하는 자들이 무슨 뾰족한 재주나 있는 듯이 대중을 충동해가지고 대항하고 폭력적으로 나서는 것은 자기만 망하는 것이 아니라 여러 사람의 전정前程을 그르치고 많은 사람을 해치는 일이라.

안창호는 한참 앉아 있더니, 생각보다 규모가 커서 놀랐다며, 좌우 형사를 쳐다보며 말했다.

"보시는 바와 같이 나는 내 발이지만 어디를 마음대로 갈 수도 없고, 내 입이지만 누구에게 맘대로 말할 수도 없습니다. 나뿐만 아니라 내 뜻을 따르는 동지들도 구속이 많아요. 여기서도 박선생과 내가 속을 다 털어놓고 이야기하면 박선생도 나 때문에 불편을 겪으실 것이니 이렇게 얼굴이나 보고 갈까 합니다."

그리고 돌아서려다 멈춰서 안타까운 듯한 인사말을 남겼다.

"반항도 좋고 투쟁도 좋지만 참으로 민족 대계에는 박선생 방식 같은 정신운동이 더 소중하다고 생각해요. 나도 앞으로 민족의 정신 향상에 힘쓸까 합니다."

그리고 안창호가 가고 난 뒤, 도경은 바로 이리경찰서를 문책하였다.

"안창호가 거길 왜 가지? 감탄까지 했다면 불온단체가 분명한데, 그걸 왜 이리경찰서만 모르느냐고. 앞으로 어떻게 잡을지 대책을 강구하라."

이리경찰서 고등계는 서장 주재 아래 긴급회의를 열었다. 도산 일행을 따라다니며 소태산과의 대화를 지켜보았던 형사들의 보고를 듣고 설왕설래가 많았다. 서장은 도산이 느닷없이 불법연구회를 방문하게 된 전말을 철저히 조사하라고 지시했다.

안창호가 소태산에게 관심을 가질 이유는 많았다. 그는 미국에서 조선 상인들끼리 인삼 상권을 두고 싸우는 것을 보고 교포 가정들을 방문하기 시작하여 조선인들의 불안정한 생활이 어디에서 비롯되는지 인식시키려 했다. 그러나 권익 향상을 위한 모임이 필요하다고 생각해서 친목회, 공립협회 등을 조직하여 교육활동, 산업진흥운동 등을 전개했다. 기독교도이지만 자기 종교를 강요하지 않는 점도 비슷했다. 안창호 같은 고민의 결과가 조선 독립운동에 귀결된다는 점에 경찰은 주목했다.

1935년 9월, 이리경찰서장 이즈미가와 히데오는 조선인 순사 황가봉을 불러 지시했다.

"북일면은 불법연구회가 있고 면적도 넓은데 주재소가 없다. 직할 취급하기가 곤란해서 치안 확보상 주재소를 설치하는 것이 타당하다. 보고서를 작성하라."

이때 총독부 경무국은 조선 팔도에 삼엄한 경찰망을 확대하여 1면 1주재소 설립의 원칙을 추진중이었는데 익산군 관내에는 이리역과 춘포면 두 곳만 주재소가 있었다. 도경에 보고서를 제출하자 한 달도 못 되어서 설치 허가가 떨어졌다. 1936년 10월, 세번째 주재소가 불법연구회 총부 구내에 설치되고 곧바로 고지마 교이치와 황가봉 순사가 파견되었다. 이때 이리경찰서는 불법연구회 사찰 담당 황가봉에게 아주 구미가 당기는 간악한 언질을 주었다.

"네가 깨뜨려라. 불법연구회를 부수면 그 재산을 네게 불하하마."

북일주재소는 총부 구내 이공주 모자의 수양처 청하원에 들어섰다. 청하원은 1932년에 지은 화양식和洋式 기와집으로 총부에서 가장 시설이 잘되어 있어서 당시로서는 보기 드문 영창문을 달았고 응접실도 구비되어 있었다. 경찰은 응접실을 사무실로 정하고, 동쪽 방은 고지마가, 아래채곳간는 황가봉이 사용케 했다. 재미있는 것은 달콤한 제안을 받은 황가봉 순사의 성격이었다.

제가 처음 인상을 좋게 받은 것이 있었는데 한 달이 되면 식비를 청구해요. 세 홉 밥 그것 얼마 안 되는 것입니다. 먹을 때는 치고 안 먹을 때는 빼고 정확하게 계산서를 보냅니다. (…) 우스운 소리입니다만 경찰관, 순사라는 것은 잘못한 사람한테 뜯어먹는 것입니다. 죄지은 사람들이 용서해달라 도와달라고 술도 사고 떡도 사고 하는데 자기 자신이 옳게 사는 사람은 아무것도 소용이 없습니다. 그러니까 이 사람들이 이거 한 달에 일원 팔십전 밥값을 청구하는 것을 보니 굽힐 짓은 안 하는 사람이라는 것을 짐작했습니다. 그런데 일본 순사 고지마는 나쁜 사람들이라는 것입니다.

그는 매달 밥값을 청구하는 것을 보고 일단 '부정단체'는 아니겠구나, 생각했다는 것이다. 일경이 불법연구회를 대상으로 본격적인 내사內查를 시작한 것은 이듬해 3월 백백교 사건 이후부터였다. 백백교 사건은 일제가 우민정책을 조장한 데서 빚어진 사건이었다. 그러나 이 사건이 온 나라에 충격적인 화제로 등장하자, 총독부는 이를 신흥종교에 대한 탄압의 빌미로 사용했다. 소태산은 잔뜩 긴장하지 않을 수 없었다. 일제가 고의적으로 조선 민족성을 흐리기 위하여 사교단체를 두둔 내지 방관해오다 백백교 사건이 여론화되자 갑자기 민족종교를 일망타진할 기회로 알고 칼을 빼든 것이다.

그래서 경찰은 전 조선의 신흥종교단체에 대해 남녀관계, 자산관계, 사상 성향 등을 철두철미 내사하였다. 이때 받은 임무를 황가봉은 「내가 내사한 불법연구회」라는 수기에서 다음과 같이 고백한다.

고등주임 내사에 있어서는 1단계로 요건을 제시해준다. 첫째, 남녀 사교邪交관계, 둘째, 자산관계(운영자본의 출처, 희사금 내용), 셋째, 사상관계(민족주의에 대하여 그 동향과 소련 공산주의와의 관계). 이상의 사유를 철저히 내사하여 발굴할 때는 자산은 전부 정부에서 압수하여 경매 처분할 것이므로 그때에는 그 자산이 그대로 그에게 돌아갈 수 있도록 처리하여줄 것을 약속한다.

서장 내일부터 군은 비밀경찰로서 행동하되 경찰복도 입지 말고 불법연구회 회원과 동일한 행동을 할 따름이요 주재소에 왕래하거나 우리가 가도 알은체도 말고 인사할 것도 없다. 그 대신 봉급은 경찰서에서 주재소를 통하여 가족에게 직접 지급할 것이니 중요한 것 외에는 보고도 할 것 없고 중요한 것이 있거든 비밀히 하여달라.

황가봉 명에 의하여 분골쇄신 철저히 하겠습니다.

이 무렵 불법연구회를 잘 모르는 사람들은 증산계 종교인 보천교 차천자, 태극도의 조천자 등에 빗대어 소태산을 '박천자'라고 농지거리를 하고는 했다. 일경은 아니 땐 굴뚝에 연기가 날 리가 없다고 생각했다. 그러나 이리경찰서는 아무리 뒤져도 꼬투리를 잡지 못했다.

지방의 일개 유사종교단체 하나 제대로 처리하지 못하는 것을 보고 총독부 경무국에서 직접 나섰다.

1937년 어느 날, 일과 후 소태산이 직접 총부 구내 청소를 시작하자 대중 일동이 덩달아서 대청소를 하게 되었다. 그날따라 사부님이 몸소 꼼꼼하게 청소하는 것을 보고 김형오는 마음이 답답해졌다.

'청소가 잘못되었으면 다시 해라 하실 일이지 구석구석 저러실까.'

그리고 새벽이 되었다. 지프차 두 대가 무섭게 총부에 들이닥쳤다. 종교사상단체를 총괄하는 총독부 보안과장, 이리 경찰서장과 고등과장 외 삼사 인이었다. 그들은 닥치는 대로 방문을 열었다. 총부는 기상 종소리에 일어나 이미 공회당에 정좌하여 선정禪定에 들었을 때라 방마다 사람이 잔 흔적도 없이 이부자리가 개어져 있었다. 그들은 의구심이 더욱 커져서 회심의 미소를 지으며 아홉 칸짜리 함석지붕집으로 향했다. 신발장에 무수하게 많은 남녀 신발이 있는 것으로 보아 필시 무슨 사달이 있을 것으로 기대하였다. 그들은 숨을 죽인 채 밀창문을 열어젖히고 방안을 들여다보더니 아서라, 벌린 입을 다물 줄 몰랐다.

희미한 와사등 아래 남녀별로 대중들이 정렬하여 미동도 않고 앉아 있었다. 인기척에도 오불관언 좌정해 있는 것이 마치 천불전千佛殿의 등상불 같았다. 그들은 이날 새벽부터 아침까지 감동의 연속 속에 소태산의 법풍法風에 감화되었다. 김형오의 증언은 이렇다.

대종사님께서 맨 처음 만덕산 이야기를 하시더만. 참나무 밤나무 등 나무를 심었다는 이야기를 하셔요. 그리고 교과서의 창건사를 말씀하시는데 간간이 문자가 나오니 그쪽 측 사람 중에 통역을 못했습니다. 그래 누가 통역할 사람이 없느냐고 묻습디다. 통역할 사람이 많이 있다고, 종사님께서 "그러면 니가 해보라"고 하셔요. 우리는 늘 교과서를 배우고 했으니까 교과서에 대해서는 그 사람보다는 낫지요. 그래 제가 하는데 종사님께서 『불교혁신론』을 말씀하시는데 그들이 "아, 아" 하며 고개를 끄덕끄덕하더만. 한참 말씀을 하는 중에 그 거만하던 놈들이 담배를 끄고 자기도 모르게 틀고 앉았던 다리를 내리고 고개를 숙이고 "예! 예!" 하는 것 아닙니까. 이것은 언뜻 생각하면 대수롭잖은 이야기 같지만 그 교만하고 심문하러 왔던 사람들이 자기도 모르게 겸손해졌다는 것은 그 사람들의 심경이 어떻겠는가.

나는 뒤에 따라다니면서 무엇하러 저런 데를 다 소개하시는고 부끄럽게 생각하는데 여기가 소우리요 하니 "하이, 하이", 여기가 돼지우리요 하시면 "하이, 하이" 하데요.

그들이 돌아가고 나서, 또 어느 날 갑자기 일경 두 사람이 총부에 들이닥쳤다. 도경 내무국 회계주임과 고등계 형사였다. 두 사람은 들어서자마자 사무원 모두에게 손을 들고 책상에서 물러서라고 명하여 장부 일체와 금고를 뒤졌다. 몇 시간에 걸쳐 장부를 검토하고 금고 속의 잔액을 비교하였다. 각 지부 회원들의 희사금까지 출처와 용처를 수사하였다. 그것도 직접 회원들을 경찰서로 출두시켜 '당신 불연 회원이냐, 언제 회원이 됐냐, 돈 얼마 갖다 바쳤느냐' 캐물은 뒤 총부 금고 열쇠를 압수하고 조사하였다. 그런데 대부분 실제 희사금보다 더 많은 액수가 적혀 있으니 도둑놈이라 몰 수 없게 되었다. 오히려 어떻게 희사 금액보다 돈이 불어났느냐고 따졌다. 사무원 왈, 회원들이 방문할 때 조실 시봉으로 가져온 과자나 선물 등속을 돈으로 환산해서 불어났다며 관계 장부를 제시하였다. 그들은 혀를 내두를 따름이었다.

일경은 남녀관계와 재정에 관한 혐의를 잡지 못하자 사상 문제에 초점을 두었다. 첫번째 관심은 공산주의자와 모종의 연루가 되었는가, 그간 불법연구회가 전통 관혼상제 의례 제도를 과감히 개혁하는가 하면 개인생활을 지양하고 공동생활을 하며 여러 가지 법을 내어 양로원, 고아원, 탁아소 등 공익기관 설립 계획을 추진하는 것을 보고 사회주의의 영향을 받았을 것으로 본 것이다. 그래서 미국에서 귀국하여 총부에 새로 집을 짓고 사는 신동기, 북만주와 러시아를 떠돌다가 돌아온 신동기의 아우 동일의 뒷조사를 하고, 청진, 목단강, 대련 등지에 활발히 순교활동을 전개하는 장적조의 동정에 주목했으나 아무런 단서를 잡지 못하였다.

또 시간이 흘러서 1938년 8월, 자동차 두 대가 불법연구회 총부 대각전 아래로 달려들었다. 총독부 미쓰바시 경무국장을 비롯하여 전북도 경찰부장, 고등과장, 이리서장, 고등주임, 총독부 도서과 종교 전문 관속, 신문기자 등 일고여덟 명이었다. 대각전 북쪽 방에서 조사가 시작되었다.

경무국장이라면 총독 아래 정무총감 다음가는 조선 팔도 경찰권을 총지휘하는 거물급 직책이라 분위기가 삼엄하기 이를 데 없었다. 경무국장은 주재 순사에게 오래 고생했다는 치하를 하고 임석하자마자 소태산에게 거두절미하고 담판 조로 질문했다.

"당신들이 종지를 일원으로 하고 일원을 사은이라 하여 천지 부모 동포 법률 사 위를 모셨는데 왜 황은恩 위패는 모시지 않았느냐?"

통역을 맡은 황순사는 평소 교리를 연구하였다는 자신이 있었으나 이 질문에 앞이 캄캄하였다. '이제는 도리 없이 당하는구나.' 체념하고 정신을 똑바로 차려 천천히 또박또박 소태산이 알아듣기 좋게 통역하였다. 소태산이 합장을 하고 바로 대답하였다.

"저희들은 불제자이지만 불은이란 말은 쓰지 않습니다. 불제자 입장에서 보면 사은이 모두 불은이 되듯이 국민의 입장에서 보면 모두 황실의 은혜인 것입니다. 황은이나 불은을 사은과 같이 개별적인 은으로 구분하는 것은 뜻이 안 맞는 일입니다."

소태산의 답변에 통역을 하는 황순사나 총독부 도서과 종교 전문가들은 '싯카리데스 싯카리데스확실히 그렇습니다' 하고 매우 만족하였다.

2

순사 황가봉은 완주군 조촌면 사람이었다. 하필 1910년에 태어나 보통학교를 졸업하고 열아홉 살에 결혼, 장래가 막막하자 순사 시험에 응시해 397대 25의 경쟁을 뚫고 합격하였다. 1931년 이리경찰서에 부임해 역전 파출소, 황등주재소를 거쳐 북일주재소에 파견됐는데, 아주 독특한 인간형이었다. 그는 총부에 주재하며 마루 밑에서 두 달간 조사하고 짚벼늘 속에서 석 달을 조사할 만큼 임무에 충실했는데, 그러던 중에 순사는 소태산의 인품에 감화되어 제자가 되었다. 소태산은 그에게 '이천二天'이라는 법명을 주었다. 또한 이리경찰서장을 지냈던 가와무라 마사미는 재가주의 불교에 매혹되어 종종 부부 동반으로 법문을 받들고, 불법연구회에 위급한 일이 있을 때마다 은밀히 알려서 대처하도록 해주었다.

'이천'이라는 법명에 대해 간부들은 선후천을 의미하는 것이라고 황순사에게 일러주었으나 다른 회원들은 뒷전에서 왜놈 경찰 앞잡이로 한 세상, 불법연구회로 한 세상, 이렇게 두 하늘을 섬긴다고 흉을 보았다.

1939년의 일이다. 사 년 남짓 불법연구회를 사찰하면서 황순사는 부지불식간에 공부가 익어갔다. 소태산의 법설을 듣고 나면 자신이 세상 이치를 다 깨우친 듯한 심정이어서 어느 예회 날은 자청해서 대각전에서 강연한 일이 있었다. 총부를 방문했던 지방의 회원 하나가 이 강연을 듣고 매우 감동하여,

광주 집으로 돌아가서 '불법연구회를 사찰하던 형사가 종사주 법화法化에 도통하였다'고 소문을 내었다. 이 정보가 광주 경찰서에 접수되고 이리경찰서에 확인을 요청하였다. 그로부터 본서에 가면 동료들이 '황순사가 도통했으니 불법연구회 2대 종법사 하게 되었다'며 부를 때마다 '불연 2대 종법사' 하고 놀렸다. 그래서 황순사가 소태산을 찾아와 상의하였다.

"저를 경찰서에서 2대 종법사라고 불러라우."

소태산은 깜짝 놀라는 모양을 보였다.

"그 사람들이 어떻게 알고 그런 말을 헌당가?"

"알긴 뭣을 알아라우. 그저 비웃는 말이제."

"아냐, 이천이가 2대 종법사 될 자격이 왜 없나? 있제, 있고말고. 지금도 내한테 삼 년만 맡겨두면 그런 자격자를 만들 수 있는데. 도가에서 보화성普和性이 으뜸인데 이천은 그 점이 뛰어나."

하지만 일제의 종교 탄압 정책은 각 지부의 교화에 큰 타격을 주었다. 활발하게 전개되던 교화활동은 모두 소강상태로 접어들었으며, 회관 창설을 준비하던 지역은 타 종교의 질시와 아울러 관의 탄압을 받았다. 자택에서 교화의 장을 열고 활동하던 전주 교당 이청춘은 주변의 농간으로 신도들의 돈을 뺏어간다는 혐의로 경찰에 소환되었다. 정읍 북면 화해리 김도일은 자택에서 주민을 모아놓고 법회를 보다가 혹세무민한다는 혐의로 장작개비에 맞으며 취조를 당하였다. 그러다 진짜로 사건이 터지고 말았다.

1939년 기묘년 초여름 가뭄은 대단했다. 못자리 때부터 물이 바짝 말라 모내기는커녕 한 해 농사가 폐농할 지경에 이르렀다. 이때 일본 천황을 준열히 꾸짖는 글 하나가 무기명으로 투서된다.

천황이 박덕하여 재난이 빈발하는 것이므로 연호가 잘못되어昭和＝燒火 그런 것이니 당장 바꿔라. 그리고 조선 총독은 물러나야 할 것이다.

총독부 경무국에서 당장 색출하라는 지시가 내려졌다. 글씨에 능하고 문장이 잘된데다 진안 소인이 찍힌 것을 확인하고 필시 진안 사는 유학자라 단정, 전북도경에서 진상을 밝힐 것을 지시하였다. 그러나 진안 지역의 선비를 아무리 뒤져도 단서가 잡히지 않았다. 일경은 꾀를 내어 진안군수 명의로 백일장을 열었다. 군내에 내로라하는 선비들이 모여들었다. 여기서 필적감정을 해 용의자를 잡았는데, 송인기였다. 송도군, 송도성 형제의 아버지. 인적사항을 들춘바 송인기는 송벽조라는 이름으로 불법연구회 교무를 맡고 있음이 확인되었다. 불법연구회 창립주의 사돈인데다 장남은 영광 지부장, 차남은 교정원장, 본인은 마령 지부 현직 교무라는 사실도 드러났다. 경찰은 불법연구회의 교리에 불온한 내용이 있다는 혐의를 두고 조직 내부를 수사하기 시작했다.

이 사건은 마령 지부뿐만 아니라 불법연구회 익산 본부 종법사를 비롯하여 영광 지부장 송도군, 신흥 지부, 개성 지부 등지의 교무들을 소환하기에 이르며 회가 가사를 두고도 끈질긴 괴롭힘이 시작되었다. 그러나 일경의 다각도의 수사에도 불구하고 불경 투서 사건은 단지 유교 사상에 찌든 송벽조 개인의 행위로 귀착되었다. 제자의 사상이 불온하다 하여 소태산을 심문하다가, 일경 왈 앞으로는 그런 제자가 다시 없도록 하겠다는 서약을 하라고 했다. 소태산이 답했다.

"부모가 자녀들을 다 좋게 인도하려 하겠지라우. 하나 성행性行이 각각이라 부모의 마음대로 다 못하는 것이요. 나라에서 만백성을 다 좋게 인도하려 하나 민심이 각각이라 나라에서도 또한 그렇게 해주지를 못합니다. 정성은 들이지마는 그 많은 사람들을 어찌 일조일석에 좋게 만들 수 있겠소. 그러므로 노력은 계속하려니와 서약하기는 어렵겠어라우."

시말서를 쓰고 도장만 찍으면 되는 형식적인 절차에 불과

했지만 소태산은 불응했다. 평소 매우 부드러운 태도로 순응해오던 소태산의 다른 일면에 당황한 일경은 얼굴이 붉으락푸르락하면서 한나절을 실랑이했다. 그러나 소태산은 태연부동 도무지 응하질 않았다. 아무것도 아닌 일로 하루 내 고생하는 소태산을 두고 일경들은 '그 영감 농판'이라고 흉을 보았다. 이 소리를 듣고 황순사는 머리끝까지 뿔이 났다.

"종사님 왜 이제 나오시오?"

"글쎄 그렇게 돼부렀어."

"그렇게 되다니요. 도장 찍으라니까 안 찍었지라우?"

"그랬제."

"그렇게 갑갑해가지고 대중을 어떻게 지도한다요? 도장 찍어도 아무 상관 없응게 얼른 찍고 나오시제 그랬소."

"내가 좀 미련하고 갑갑하제."

황순사는 종사님 스스로 미련하고 갑갑한 사람이라 자인하니 옳다구나 싶어 조실까지 따라가면서 불평했다. 그것을 묵묵히 듣고 나더니 소태산이 되물었다.

"이천, 내가 무엇이 그리 갑갑할까?"

"도장 백번 찍어도 소용없는디 그것을 안 하고 고생하신 게 그러지 않습니까?"

"거기에 도장을 찍으면 되는 건가? 양심에 비춰 생각해보라."

"안 되지라우. 안 되어도 상관없는 거 아닙니까? 법적 책임이 없응게요."

"수양하는 사람이 다른 사람한테 뺨을 맞거나 행패를 당하는 것은 금시 고칠 수가 있네. 하나 남몰래 마음을 살짝 돌려먹기 시작하면 그 사람은 절대 수양을 할 수 없는 법이여. 그래서 나는 징역을 가도 그것은 안 찍어."

송벽조 필화 사건은 당사자가 일 년 육 개월 옥살이를 하는 것만으로 끝나지 않고 각 지방에까지 파급되었다. 그 아들 송도군이 조합금으로 홍농에 논을 사기 위해 오재겸, 유허일, 상조부 서기 이운권과 같이 답사하고 돌아오는 길에 형사 하나가 나타나 소매를 붙들었다.

"송선생. 서에 좀 갑시다."

졸지에 당하는 일이라 외교에 능한 유허일과 이운권이 새벽같이 영광경찰서로 달려갔다. 송도군이 수갑을 차고 나왔는데 광주로 송치된다는 것이었다. 그는 광주감옥소에서 이십일 일간의 옥고를 치렀다. 그러고도 풀어줄 때 불법연구회 회가 중 하나의 끝 구절 '천양무궁天壤無窮 만만토록 즐겨봅시다'가 천황 폐하에게만 쓰는 표현을 남용한 것으로 황실 모독이라고 다시 붙들었다. 또 나올 때도 불갑산 임야 매입 건을 들추며, 산주가 이중매매로 고소되어 그 공범을 잡기 위한 조치였다고 꾸며대었다.

3

소태산은 자주 경성에 갔다. 일 년에 다섯 번 이상 열 번 가까이 상경하여 보름 넘게 체류하였다. 회상을 창립하던 해부터 서울 교화가 있었지만 교도 수나 교당이 불어나지 않았다. 일부러 순교에도 힘쓰지 않았다. 교화보다도 훨씬 중요한 일이 시국을 관망하고 정세의 흐름을 파악하는 것이었다. 이리 경찰서장을 역임했던 가와무라 마사미에게 연줄을 대어 정보를 얻고 총독부 촉탁 일본 불교신문 사장 나카무라 겐타로, 박문사 주지 우에노 슌에이 등을 통해 소식을 들어 시세에 대응하였다.

소태산의 관심은 오직 불법연구회를 존속시키는 일에 있었으니, 되도록 완곡하게 일경을 대하였고, 가급적 정책에 순응하였다. 창씨개명도 트집잡히기 전에 해버렸다.

제자들이 물었다.

"창씨는 어떻게 하시렵니까?"

"글쎄야. 우리는 '일원'으로 해버리자."

소태산은 스스로 '일원증사一圓證士'라 하였다. 일원의 진리를 증득한 선비라는 뜻이니, 다들 같은 성씨를 쓰기 좋아서 오히려 잘됐다고 했다. 그러나 소태산은 일제에게 무조건 복종하지는 않았다. 일본어를 사용하지 않으면 사회적으로 행세를 할 수 없는 시절인데 제자들에게 일본어를 배울 필요가 없다고 하였다.

이렇게 불법연구회는 갖은 탄압과 수모에도 민중과 함께 견디고 참으면서 민중에게 꿈과 용기를 잃지 않도록 북돋우는 한편 자긍심과 민족의식을 고취하였다. 그것은 마치 살얼음판을 걷는 일과도 같았다.

어느 날 순사 하나가 무슨 일로 영산을 향해 오다 인근 촌가에 머무르면서 사람을 보내 소태산을 만나겠다고 청했다. 소태산이 쉬 일어나서 가려 하자 좌우에 있던 제자들이 불가하다고 막아섰다.

"무엇이 불가할꼬?"

제자 하나가 일어나 여쭈었다.

"그놈이 예를 잃었습니다. 도道라는 게 있을진대, 높으신 선생님을 방문하자면 당연히 예를 갖춰야 하거늘 아무리 막돼먹은 세상이라 해도, 일개 순사가 수백 대중을 거느린 어른을 오라 가라 하는 걸 어찌 두고 본단 말입니까?"

소태산이 답했다.

"그 말도 그럴듯하나 염려치 말라. 순사로 말하면 상당한 사명을 띠고 국가의 치권治權을 가진 자요, 나로 말하면 몇백 명의 두령으로 다만 교주라는 명칭이 있을 뿐이야. 백성의 자리를 벗지 못한 사람이 국가의 통치권을 쥐고 있는 관리가 오라고 하는데 가지 않을 권리가 무엇이냐. 더욱이 조선 교회라 하는 것이 순전히 허위요 미신이므로 다들 교주라 하면 박멸을 주는 것을 많이 보지 않는가?"

하고 곧 일어나서 순사를 만나고 돌아왔다.

소태산은 그를 탄압하는 일인들을 미워하지 않았다. 소태산은 일제하에서 그들과 대지르거나 맞싸운 적이 없었다. 제자들이 '칼이 있으면 저놈들 배때지를 찔러 죽이고 싶도록 밉다'고 하자 오히려 화를 냈다.

"니가 내 속을 아냐? 나는 자나깨나 너희들이 다칠까 우리 회상이 다칠까 걱정이다."

그래서 일본인을 두고 '왜놈'이라 하지 않았다. 분에 받쳐 '일본 놈'이라 욕하는 제자들을 보면,

"'놈'자를 빼라. 알고 보면 남이 아니다."

라고 타이르고, 이렇게 들려줬다.

"증산 선생이 본의 아니게 살인한 일이 있었다. 아주 몹쓸 여자를 보고 '저 벼락 맞을 년 봐라' 했더니 그 여자가 벼락을 맞아 죽었단다. 그 사람을 안타깝게 여겨 제도할망정 미워하지 마라. 부처님이 조달을 미워하면 당장 죽는다."

태평양전쟁 이후 갈수록 패색이 짙어지자 일제는 각계각층 인사들을 동원시켜 가일층 사상 통일을 강조하였다. 불교계에도 범행단을 만들어 제법 한다 하는 스님들까지 순회 시국 강연을 하도록 했다. 마침내는 불법연구회에도 일경이 번번이 찾아와 시국 강연에 동참할 것을 요청해왔다. 소태산은 그런 말을 잘 못 알아듣는 것처럼 반응했다.

"그저 지도만 잘해주셔라우. 우리가 무얼 알겠소. 시키는 대로 해야제라우."

같은 말을 세 번이나 반복하고 세 번이나 절을 하였다. 일경은 이 사람이 풍채가 그럴듯하고 인품은 좋아 뵈는데 통 말을 못 알아듣는 농판이라 여기고 웃으며 돌아가버렸다. 소태산의 법설에 가락을 붙인 〈천하농판〉이라는 노래가 있다.

집에 들면 노복老僕 같고

들에 나면 농부 같고

산에 가면 목동 같고

길에 나면 고로古老같이

그렁저렁 공부하여

천하농판 되어보소

천하농판 되는 사람

뜻이 있게 하고 보면

천하제일 아닐런가

천하제일 아닐런가

　기가 막힌 일이다. 큰 산은 계곡 하나로 명성을 떨치지 않는다. 한눈에 알아볼 수 있는 '장기'가 있다는 것은 크기가 작다는 것을 의미한다. 박중빈은 컸다. 많은 제자들을 거느리고 있지만, 일견 '불법연구회 종법사 소태산'은 줏대가 없이 이런들 어떠하리 저런들 어떠하리, 마치 물같이 지조가 없는 듯했다. 본디 그 바탕에 있는 변함없이 무서운 저력을 일제는 끝내 눈치채지 못했다.

　그 시절, 소태산의 고민은 두 가지였을 것이다. 하나가 친일 부역 문제이다. 이는 창씨개명을 받아들이는 것과는 차원이 다른 문제였다. 제국주의에 협력하는 것은 그것의 일부가 되는 것이고, 백성을 도탄에 빠뜨린 폭력의 일부가 되는 것이며, 사은법계를 깨뜨리는 '파법破法'이 되는 것이다. 그렇게 되면 세상은 선천시대의 상극관계만 돌고 돌게 된다. 그간 '천하농판'을 방편으로 헤쳐 왔으나 점점 한계에 이르고 있었다. 일본 제국주의의 폭력이 극악한 지점에 달해 있었던 것이다. 그들은 모든 집단에게 구체적으로 침략 체제의 일부가 되어 봉사할 것을 요구하고 있었다. 또하나가 후천개벽의 정신을 지키는 일이었다. 조선의 병폐는 강자가 약자를 누르는 데서 왔으며 그 해결책은 약자와 강자가 같은 지위에 놓이는 것에 있었다. 일제가 들어와서 그나마 반상 차별은 무력화되었으나 남녀의 문제는 거의 해결되지 않고 있었다. 소태산은 전자는 답이 있어 보였으나 후자는 걱정이 태산 같았다. 여성들이 활동하다보니 늘 걸리는 게 가정이었다. 결국 전무출신을 선택하는 희생자들이 생겼다. 그러다보니 '정녀'의 길이 열리게 된 것이다. 소태산도 처음에는 펄쩍 뛰었다. "너희들이 그걸 어떻게 감당하겠다고 그러냐?" 하지만 당장에는 방편이 되었다. 불법연구회에 들어오면 남녀 권리가 동등하고 배움의 기회가 열리며 제세구민의 길에 동참하는 게 가능했다. 그러나 출구가 생기지 않으면 방편이 점점 본질이 될 수 있었다. 그렇게 되면 여성운동에 뛰어들었다가 내부에 억압구조를 하나 만들어놓고 마는 셈이 아닌가. 소태산은 곰곰 생각하다 한마디 탄식을 뱉었다. "여자들이 탈이야." 이를 이공주가 들었으나 무슨 뜻인지 알아듣지 못했다.

4

1939년 7월, 황가봉 순사가 소태산에게 물었다.

"선생님도 육신을 가지신지라 어느 땐가는 떠나실 텐디, 그래도 불법연구회가 계승되어나갈게라우?"

"좋은 말을 물었네. 대개의 종교단체는 교주를 신봉하는 고로 그 사람이 죽으면 흐지부지되는 것이여. 근디 불법연구회는 달라. 나를 믿기보다 내가 낸 법을 신봉하기 때문이제. 내가 죽어도 내 법은 죽지 않을 것이여."

소태산은 생사의 경계를 넘는 표현을 자주 하였다. 1923년 8월, 야산에 초분을 했던 모친 묘소를 이장할 때였다. 그는 무덤 뗏장을 꾹꾹 밟으며 동네 사람들에게 말했다.

"나도 쉰셋에는 이 꼴이 되네."

모친 이장 때 산역을 거들던 교도가 익산 총회에 참석했을 때도 이렇게 말했다.

"날 알아보겠냐? 어디 가서 날 만나면 알아볼랑가 모르겠다."

1941년 송대松臺 기지를 닦을 때 두꺼운 석곽 속에서 뼈가 나왔다. 어떤 귀인의 묘인가보았다. 소태산이 옥호를 지어주며 이렇게 말했다.

"나도 좀 한가해야겠어. 별채 지어놓고 좀 쉬어야제."

두 해 뒤 총회 때 조실에 찾아오는 제자들에게는 일일이 작별의 말을 하였다. "깊은 산중에 수양 갈란다." "금강산에도 닦으러 갈란다." 그러나 묵시적인 표현을 아무도 귀담아 듣는 사람이 없었다. 제자들은 스승님이 천년만년 영생할 것으로 생각했는지 아무도 거기에 주의를 기울이지 않았다.

소태산의 주치의인 삼산병원장은 기독교 장로였다. 소태산의 병세가 악화되자 그가 걱정스런 표정으로 물었다.

"저는 선생님을 부처님 같은 성인으로 알고 모십니다. 하나 선생님 백 세 후에는 누가 이 법을 전하겠습니까?"

"내 법이 옳은가 그른가를 묻는 것은 옳소. 그런디 뒷사람을 걱정하는 것은 어리석은 생각이오. 나는 뒤에 사람이 없어 법을 못 전할까 걱정한 적이 없소. 법이 옳을 것 같으면 십 년 뒤 백 년 뒤라도 행할 사람이 반드시 나올 것이니."

1940년 3월 15일, 백백교 사건 재판일은 수은주가 영하 칠 도까지 떨어진 날이었다. 얼마 안 있어 중일전쟁이 고비에 오르고, 일경의 주목과 간섭은 날로 심해졌다. 불법연구회도 계획했던 사업들이 일정의 방해로 좌절되는 경우가 많았다. 일제는 예회 순서에도 간섭하여 국민의례를 강제 편입시키고, 국방헌금을 강요했으며, 교단에 대한 감시를 늦추지 않았다.

1942년 어느 날 숨막히는 분위기 속에서 한 제자 소태산에게 물었다.

"저 사람들의 극성이 얼마나 갈게라우?"

"해를 먹구름이 가린들 얼마나 가겠느냐?"

며칠 후 제자가 종법실을 찾자 소태산이 말했다.

"형사 하나가 내게 귀뜀하기를 경무국에서 나를 '조선의 간디'라고 지목했단다. 더 크기 전에 불법연구회를 조처해야 후환이 없을 것이라고 말하더란다. 그러니 내가 오래 머물기가 어렵겠다."

소태산은 은밀히 떠날 준비를 하고 있었다. 1941년 1월 28일 대중을 모아놓고 말했다.

"나는 떠날 때 바쁘게 봇짐을 챙기지 아니하고 미리부터 여유 있게 짐을 챙길란다."

그리고 게송을 설한다.

유는 무로 무는 유로

돌고 돌아 지극하면

유와 무가 구공俱空이나

구공 역시 구족具足이라

 게송을 읽고 모르는 것이 있으면 물어두라고까지 했지만
제자들은 말뜻을 알지 못했다. 이어서 애제자들과 함께 식사
를 했다. 이때부터 초창기 회상 창립에 애쓴 제자들을 남녀
불문하고 함께 불러 상찬하는 일이 잦았다. 평소 소태산이 남
긴 밥을 나눠 먹길 좋아하는 제자들에게 이보다 더한 행운이
없었다. 하루는 식당에 일렀다.

 "도화하고 겸상 차리거라. 밥 하나 더 얹어 오너라."

 "아이고. 어째서 겸상합니까? 저는 안 할랍니다."

 최도화는 극구 사양하여 방바닥에 밥그릇을 놓고 먹었다.

 "도화가 나 만나가지고 편한 밥 한 번 못 먹고 호강 못하고
고생 많이 했지?"

 소태산의 위로에 최도화는 감격하여 그만 눈물을 펑펑 쏟
았다.

 "금강산으로 수양을 가야겄는디 내가 없어도 괜찮지야?"

 "종사님 가시면 저도 가죠."

402

"도화가 못 오는 데로 가."

"못 가는 데가 어디 있어요. 천리고 만리고 따라가죠."

"따라올 재주를 가졌으면 장하지! 숨어버리면 알간디."

최도화뿐 아니었다. 소태산이 수양을 떠난다는 말에 이청춘은 이렇게 대답하였다.

"종사님 수양 가시면 우리도 따라가죠."

"저 멍청이. 못 따라올 데로 가는데 왜 와?"

그래도 제자들은 못 알아들었다. 다만 금강산으로 수양을 떠날 계획이 있는 줄만 알았다.

그리고 1942년 총회부터 소태산은 제자들에게 입으라며 '행복行服'이라는 검정 법복을 한 벌씩 지어주기 시작하였다. 그해 10월부터 전주, 원평, 신태인 등지를, 11월에는 부산 지방을 돌아보고, 이듬해 3월에는 상경하여 열사흘간을 서울에 머물렀다. 그때 황정신행이 돈암동 앵두나무골 경성 지부에 와 인사를 드렸다.

"어찌 아무 소식도 없이 갑자기 오셨나요?"

"목탁과 경종을 마련하려고 왔다."

"제가 알아볼까요?"

이렇게 해서 일본 불교의 의식 기구인 경종과 목탁을 구입하였다. 그리고 돌아와서, 총회가 다가오자 여행을 앞둔 아이처럼 하루에도 몇 차례씩 세탁부에 들러 법복 짓기를 재촉하였다. 옷을 선물받은 제자들은 여간 기뻐하지 않았다. 마지막 게송을 전해 받고 여제자들은 대각전에서 기념촬영들을 하느라 분주했다. 그러는 기간에도 소태산은 밤이 이슥하도록 『정전』 편수를 서둘렀다.

1943년 5월 16일 일요일 오전, 소태산은 예회를 보기 위해 여느 때처럼 조실을 나섰다. 총부 정문을 벗어나 대각전으로 올라가는 언덕배기를 오르다가 소나무 아래 놀고 있는 아이들을 만났다.

"게이레이경례!"

한 아이가 아이들을 향해 외치자 일제히 오른 손바닥을 이마 옆에 붙이고 거수경례를 하였다. 소태산은 기쁜 마음으로 인사를 받으며 하나하나 머리를 쓰다듬어주었다. 잠시 후 대각전 법상에 좌정하여 생사법문의 서두를 이렇게 시작했다.

"대각전으로 예회를 보러 오는데 아이들이 모여 놀다가 일제히 일어나 꽥 하더니 똑같이 절을 하더라. 거품 같던 것들이 커서 질서 있게 행동하는 것이 참 보기 좋더라."

기록에는 이날 오전 대각전 앞 소나무 아래에서 있었던 이야기를 서두로 소태산 최후 법설 요지를 다음과 같이 발췌하고 있다.

'생生은 사死의 근본이요, 사는 생의 근본이라' 하였나니, 생사라 하는 것은 마치 사시가 순환하는 것과도 같고 주야가 반복되는 것과도 같아서, 이것이 곧 우주만물을 운행하는 법칙이요 천지를 순환하게 하는 진리라, 불보살들은 생사의 오고가는 데 어둡지 아니하고 자유하며, 범부중생은 생사의 오고감에 어두워 자유롭지 못함이 다를 뿐이다. 육신의 생사는 불보살이나 범부중생이 다 같은 것이니, 그대들은 또한 사람만 믿지 말고 그 법을 믿으며……

이날, 제자들의 의견을 수렴하여 솔성요론率性要論 조항 하나를 수정하였다. 솔성요론 제3조였던 '사람만 믿지 말고 그 법을 믿을 것이요'를 1조로 앞당겨 등상불(인격) 신앙을 배격하고 법신불(진리) 신앙을 강조하도록 한 것인데, 이는 교법을 한 개인이 전횡하는 주법신앙主法信仰을 경계함과 아울러 모든 법은 민중에게서 나온다는 주법재민主法在民에 근거한 처처불상 사사불공을 강조하는 것이었다.

5

5월 16일, 예회가 끝나고 소태산은 조실에서 상추쌈에 굴 젓으로 점심을 맛있게 든 후 때마침 도착한 우편물을 일일 이 점검하였다. 편지를 각 부서에 보내고, 무슨 큰 뜻을 결정 한 것처럼 하더니 엄지손가락으로 방바닥에 글자를 몇 자 쓰 며 "여자들 때문에 탈이다" 이 말을 연거푸 하고 한동안 눈을 감았다. 그러다가 갑자기 복통이 일어나 자리에 누웠다. 평소 해수증이 있어 가끔 설법을 많이 하면 상기되곤 하던 터여서 조금 쉬고 나면 나을 것으로 봤는데 호전되지 않았다. 한의와 양의가 번갈아 다녀간 후로도 차도가 없었다. 평범하게 여기 던 병세에 차도가 없자 이내 지방 교무들이 총부로 모여들기 시작했다.

앓는 소리가 조실 밖에까지 들렸다. 마령 지부 서대인 교 무는 이공주의 안내로 조실에 들어갔다. 뭐라고 문병 인사를 할지 몰라하는 대인을 보고 소태산은 오히려 여러 가지로 살 펴주는 말을 했다.

"대인이 왔냐. 못자리는 다 했냐?"

교도들의 안부며 교당 생활 형편 등을 자상하게 물었다.

"어려운 시국이니 집 비워놓지 말아라."

남원 지부 양도신이 인사를 올릴 때는 이렇게 말하였다.

"사람이 살다 아플 때가 왜 없겠냐."

양도신이 계속 울고 있자 송도군이 그만 나가라는 눈짓을 했다. 엎드려 절하는 양도신에게 소태산은 가쁜 숨을 내쉬며 작별 인사를 했다.

"의사가 곧 낫는다고 한다. 걱정하지 마러라."

5월 18일, 심장 압박 증세로 고통을 느끼기 시작했다. 왼쪽 가슴이 결리고 고통스럽다 하여 안색이 창백해졌다. 끙끙 앓는 소리에 조실이 울릴 정도였다. 간호하는 여학원생이 종일 화덕에다 펄펄 끓인 물에 적신 수건을 짜서 조실에 갖다 올렸다. 종일 끓는 수건을 짜느라 손을 델 정도였다. 그렇게 닷새를 하는 동안 소태산은 미음만 들다가 밥을 비벼서 먹고는 증세가 악화되었다.

5월 23일, 아침부터 날씨가 흐리고 공기도 좋지 않았다. 환후는 더욱 좋지 않은데 정오에 부슬부슬 비가 내리기 시작하더니 밤에는 주룩주룩 소리를 내어 침묵을 깨뜨렸다. 이공주가 스승께 병환 회복을 위해 기도를 올리겠다고 말했다.

"공주의 기도는 위력이 있지."

5월 27일, 내과 전문의의 입원 권고가 있었고, 소태산이 "나 보고 싶은 사람은 다 오너라" 하여 구내에 있는 대중이 모두 조실에 모였다. 소태산은 총부에 온 지 며칠 안 된 학생들까지도 일일이 안부를 묻고 "공부 잘하느냐?" "누에가 몇 밥이나 먹었느냐?" 세심히 살폈다.

그날 저녁 여덟시 반, 이리병원 10호실에 입원하였다. 그때로부터 딸기즙, 미음 등을 먹었으나 병세는 날로 침중하였다.

"설사 내가 죽더라도 병원에 체면을 지킬 것이며 대외적으로 오손시키지 말라."

제자들 중 누구도 이 말을 귀담아듣는 사람이 없었다. 다만 스승님이 입원해야 할 만큼 아프다는 것이 슬퍼서, 병원까지 달려온 제자들은 면회하지도 못하고 울기만 했다. 이러는 모습이 딱해 이공주가 나서서 제안했다.

"울고만 있을 것이 아니라 총부로 들어가 일심으로 기도를 올리자."

걸어서 총부로 돌아가는 길에 이공주는 자신만만하였다.

"종사님께서 칠십 정명定命이라고 하셨으니 절대로 큰일은 없어. 만일 큰일이 있다면 우리를 속이심인데, 절대 그럴 일은 없을 거야."

하지만 5월 마지막날이 되자 병세는 더하고 신음소리가 커졌다. 그날 미음 상을 받고 최후로 부촉하는 말을 남겼다.

"이런 말 꼭 할 필요는 없는 것 같다만 너희들을 위해서 한다. 이 살림을 내가 영산, 부산, 경성으로 다니면서 너희들과 같이 된장국 엿밥을 먹고 모았다. 앞으로 너희들이 더욱 가꿔서 후진을 가르치고 교화하는 데 큰 기틀이 되어주거라."

그리고 6월 1일, 백장미 향기가 미풍에 실리는 초여름 첫날이었다. 이리경찰서 황가봉 순사가 병원에 왔다. 입원실 밖에는 사산 오재겸이 있고 복도에는 최상옥, 정세월 등 스무 명 남짓한 교도들이 앉아 있는데 전부 안색이 초조했다. 문에는 '면회 사절, 주치의백'이라 붙어 있었다. 황가봉이 들어가지 못하고 머뭇거리자 안에서 문이 열리더니 소태산이 이천을 부른다는 전갈이 나왔다. 황가봉이 따라 들어갔다가 깜짝 놀랐다. 의자에 앉아 반기는 모습이 전혀 환자의 것이 아니었다. 그래서 반가운 마음으로 물었다.

"대단히 위중하시다고 들었는데 뵈오니 아프신 것도 안 같은데 꾀병이십니까?"

"저런 멍청이 봤나. 금방 죽게 된 사람보고 그러네."

농담은 잠깐이었다.

"이삼 일 전 경찰서장 회의가 있었다등만 무슨 회의였던가?"

"대동아전쟁을 위해 국민 모두 전력에 총집중시키라는 회의였어라우."

"우리에 대한 말은 없던가?"

"불법연구회 말은 없었고요."

소태산은 잠깐 뜸을 들였다.

"이천, 세상이 허망한 거야."

어쩌면 황가봉이 숨기는 것일 수도 있었다. 신심을 믿지 않는 것은 아니지만 업무가 업무인 만큼, 그러면 스승님께 걱정스러운 소식을 전해서 마음을 무겁게 만들고 싶지 않았을 것이다. 그러나 그쪽에서는 거짓으로만 있지는 않을 터였다. 하여튼 불시에 급소를 찔린 셈이다. 황가봉이 놀라서 바라보았다. 소태산은 기운이 없어서 머리를 숙인 채 말했다.

"식은 밥 한 덩이가 그리 큰 거 아냐."

황가봉이 태연히 웃으면서 대답하였다.

"그게 크다 합니까?"

황가봉은 '식은 밥 한 덩이'가 일제를 두고 하는 말인 줄을 못 알아들었다. 그때 소태산이 병실을 지키던 박장식과 박창기에게 일렀다.

"내가 먹고 싶으니 창기야, 너는 시내에 가서 모과수파인애플 한 통을 구해라. 글고 장식이는 시내에서 제일 좋다는 샘물 한 그릇을 구해 오고."

황가봉은 바깥에서 병문안을 하고 싶은 사람들이 기다랗

게 줄을 서 있었기 때문에 일찍 나가려 했다.

"저는 갈랍니다."

그때 소태산이 한 손을 방바닥에 짚으면서 "잠깐만 기다려라" 했다. 황가봉은 자신이 오래 머무는 것을 교도들이 싫어하는 기색이 민망하여 뿌리치고 나와버렸다.

황가봉 순사가 다녀간 뒤 김형오는 열불이 받쳤다. 일개 순사까지 종사님 병문안을 하는데, 초창기부터 공이 큰 9인 제자도, 왕년에 가장 측근에서 시봉했던 자신도, 나흘 동안이나 병실 밖에서 대기하고 있는 처지를 생각하자 화가 머리끝까지 솟은 것이다. 그는 고종사촌 동생인 정광훈이 적극 저지하는 것이 더 못마땅하였다. 그래, 병원 마루를 차며 결연한 어조로 말했다.

"우리가 잠깐 인사드리고 간다고 해서 병이 더해지신다고 생각하면 오산이야. 나는 오늘 기어이 뵙겠다."

그러고는 앞을 가로막는 창기와 광훈을 떼밀어버렸다.

"사산님께서 먼저 들어가 뵙고 나오십시오."

오재겸이 잠깐 뵙고 나오는 안색이 들어갈 때와는 딴판으로 달랐다. 소매로 가리고 눈물을 흘리는 걸 보고는 큰일났다는 생각이 들었다. 바로 들어가서 인사를 올렸다.

"은제 왔냐?"

"사나흘 돼라우."

"또 올라냐?"

"곧 올게라우."

"그래야, 그래라."

하는 말을 듣고 나오니 밖에서는 조전권이 기다리고 있었다. 조전권은 여성 최초 교역자로서 정녀 무녀리였다. 병실에서 시봉을 하던 간부들은 옆방으로 밥을 먹으러 가고 입원실 밖에는 송도군만 쪼그리고 앉아 있었다. 부산에서 급보를 받고 올라온 조전권은 부랴부랴 열차를 타고 왔지만 입원실 밖에서 사흘을 대기했던 참이었다. 조전권이 병실에 들어가 문안을 올리자 소태산은 아무 말 없이 안락의자에 앉아 고개를 숙이고 있었다. 소태산의 장남이 약사발을 들고 와서,

"아버님, 탕약을 드시면 차도가 있다고 합니다."

했다. 이때 조전권을 쳐다봤는데 상기된 얼굴이 평상시 모습 그대로였다. 그리고 잠시 뒤 조전권을 향한 눈빛이 흰자위뿐이더니 탁자가 옆으로 스르르 밀려났다. 안락의자에 앉아 있다가 바닥에 쓰러진 것인데, 탁자 위의 약사발이 하나도 흘러넘치지 않은 채 그대로였다.

송도군이 다급히 들어와 소태산을 안은 채 의자에 앉고, 옆방에서 식사를 하던 송도성, 박장식 등 간부들이 뛰어들었

다. 박장식은 점심식사를 하러 간 일본인 의사를 찾아 달려나가고 다른 제자들은 소태산을 침상으로 옮겨 눕히고 응급처치를 하였지만, 이미 열반에 든 후였다.

6

6월 1일 오후 두시 삼십분. 이리경찰서에 요란하게 전화벨이 울렸다. 소태산의 병문안을 마친 황가봉은 병원에서 경찰서까지 이백 미터를 걸어 문을 열고 막 들어서다가 전화를 받았다.

"여보세요?"

"종사주님이 돌아가셨어요."

황당한 내용이었다. 방금 전까지 아무렇지도 않던 양반이! 그 소식을 사무실에 전하자 경찰서 안에 있던 사내들의 방자한 웃음소리가 터져나왔다. 그는 이를 곧바로 서장에게 보고하였다.

"박중빈이 사망했다 합니다."

경찰서는 왁자지껄 소란이 일었다. 서장실에서는 불법연구회 처리 문제를 가지고 즉각 주임회의를 열었다. 이 자리에는 불법연구회의 전문 사찰 형사인 황가봉도 참석하였다. 먼저 서장이 황가봉에게 물었다.

"후계자는 누가 되느냐?"

"송도군이 됩니다."

고등주임이 바로 말을 받았다.

"2대 종법사는 송도군이 될는지 몰라도 쉽지 않겠지. 이공주라는 경성 출신 하이칼라 여자, 또 유허일, 전음광, 박대완, 오재겸 등 모두 쟁쟁하지. 거기서 거기 도토리 키 재기여."

다들 낄낄 웃었다. 대중을 압도할 만큼 잘난 인물이 없다는 뜻이었다. 앞으로 종주권을 뺏으려고 파벌이 일어나 자멸할 것이라는 전망들을 내놓았다. 이리경찰서는 그리하여 결국 불법연구회가 소멸되리라는 견해를 도경에 올렸다. 황가봉은 오히려 가슴을 쓸어내렸다.

'열반에 들기를 잘한 거야.'

만약 소태산이 살아 있다면 가해와 압제가 훨씬 강하게 들어갈 것이었다. 불법연구회가 불순단체가 아니라는 것을 증명할 길은 이제 황도불교라는 간판을 붙이는 일뿐이었다. 황가봉은 소태산이 그것을 피하기 위해서 일부러 열반에 들었다고 해석했다. 때마침 소태산을 '조선의 간디'라고 몰아붙이던 차여서 친일종교로서의 모습을 보이지 않을 수 없는 상황이었다. 그래서 늘 경찰서 내의 동향을 묻고, 밤새워가며 『정전』 출판을 서둘렀으며, 무슨 변이 있을 때는 『정전』을 가지고 산중으로 들어가라'고 지시한 것을 자기도 알고 있었다. 그래서 황가봉이 내린 결론은 이랬다.

'안타깝지만 소태산의 열반은 교운教運을 지키기 위해 선택한 불가피한 방편이었어.'

같은 시각.

이리병원에서는 하늘이 무너지는 절망과 비통의 통곡이 울려나왔다. 그 곡성 한가운데서 자전거가 읍내 시가지를 빠져나와 북쪽 솔숲 우거진 황톳길 언덕바지로 쏜살같이 내달았다. 읍내에서 북일면 신룡벌까지 몇 개의 잔등을 넘어야 하는 4.7킬로 거리, 자전거로 내처 달리면 이십오 분 남짓 걸린다.

오후 세시경, 신룡벌 삼천여 평의 도량은 곧바로 통곡의 바다로 변하고 말았다. 믿을 수 없는 소식이었다. 금강원에서 스승님의 쾌유를 기도드리고 나오다가 이공주는 청천벽력 같은 비보에 놀라 버선발로 이리 읍내로 달려나갔다. 사산과 영산 박영식이 앞질러 자전거를 타고 달려나가고 그 뒤를 숨가쁜 줄 모르고 따라가던 그녀는 벽돌막에서 총부로 들어오는 영구차를 만났다.

총부 사람들은 모두 넋이 나갔다. 재가, 출가를 막론하고
"돌아가셨습니다"라는 말만 들으면 그 자리에 바로 주저앉아
대성통곡을 하였다. 천지가 온통 뿌옇게 되었다. 하늘과 땅이
합쳐진 것처럼 안개가 낀 듯 흐렸다. 기적 소리도 목메어 슬
피 울고, 닭 우는 소리도, 논밭의 개구리 소리도, 숲속의 지저
귀는 새소리도 슬프게 들렸고 천지가 오열하는 기운으로 보
였다. 그렇게 울부짖으면서도 제자들은 소태산의 열반을 믿
지 못했다. 송벽조가 울면서 들어오자 이제는 더 미루어 생각
할 여지가 없게 되었다. 총부는 발칵 뒤집혔다. 제자들은 조
실 앞마당에 엎디어 대성통곡하였다. 대중들은 울고 또 울고
목이 메어 지치도록 울기만 했다. 어떤 여제자는 곁의 사람을
붙잡고 울다가 치마폭이 뜯어지기도 했다. 목이 바짝 타들어
가도록 울다 기진하여 샘물을 마시게 하여 다시 소생하는 여
제자도 있었다.

그날은 아침부터 흐리더니 저녁에 비가 왔다. 부음을 듣고
각처에서 기차로 도보로 몇십 리씩 걸어 모여드는데, 비는 우
끈우끈 떨어지지 개구리는 와글와글 울어대지 처절한 시간이
계속되었다. 소태산이 열반에 들었다는 비보를 받고 이리로
황망히 떠나는 선생님을 따라 총부에 처음 온 한 영산 여학원
생의 눈에는 모든 풍경이 을씨년스러웠다. 비가 쏟아지고 방

죽에서 맹꽁이가 귀가 찢어지라고 울어대고 기적 소리는 또 그렇게 가깝게 들리고. 총부의 정경은, 슬픔에 형체가 있다면 그것이 모두 총부에 쏟아진 것같이 보였다. 모두가 슬프게 보이고 모두가 슬프게 들리며 빗소리도 슬프고 기적 소리도 슬퍼서 견딜 수가 없었다. 하늘과 땅이 딱 붙고 이 회상도 이제는 아주 없어지고 자신들은 모두 시집을 가야 하는 줄 알고 암담한 마음뿐이었다.

6월 6일 오전 열시, 발인식은 친일 승려 김태흡 등 일인 승려들에 의해 대각전에서 치러졌고, 식순은 철저하게 불교식으로 진행되었다. 발인식 도중에 도경에서 나온 경위 하나가 "어서 가서 화장을 하자"며 상두꾼들을 칼집으로 밀어내며 재촉을 하였다. 이를 보고 김형오가 흥분하였다.

"자기들이 시키는 대로 다 하는데 발인식도 끝나기 전에 영구를 끌고 가자는 법이 어딨냐. 이 자식을 때려죽여버려야지. 곧 끝나가는데 그사이를 못 참아."

두 팔을 걷고 나서는 것을 동료들이 무마하여 겨우 불상사를 피했다.

장례식에는 팔구백 명의 조객들이 모였다. 천지가 뿌옇고 울음소리가 진동하는데 대각전 부근 황토흙산에는 근동의 구경꾼들이 모여들어 인산인해를 이루었다. 일경은 장의 행렬을 이백삼십 명으로 제한하였다. 육칠백 명의 회원은 눈물로 고별 통곡하여 총부는 울음바다가 되고 이리 안통의 구경꾼들까지 다 모여들어 상여가 앞으로 나갈 수가 없었다.

일경은 소요가 일어날까 대비하여 가급적 대중 운집을 금하였다. 행렬 가도에는 경찰들이 길목을 지키고 서서 못 들어오게 제지하였다. 발인 행렬의 선두에는 일원기를 시작으로 '一圓少太山宗師' 열반 표기表旗, 소태산 진영을 실은 인력거가 뒤따랐으며 상기만도 육백아흔여덟 개나 되었고 꽃상여는 머리에 띠를 매고 각반을 찬 쉰다섯 명의 젊은 제자들이 어깨에 메었다. 이들은 모두 소태산이 친히 내린 법복 입은 제자들이었다. 이 모든 장의 절차는 일본 경관들의 삼엄한 감시 아래 진행되었다.

에필로그

인류세 人類世

1

그해에 나는 스물두 살, 시마詩魔에 빠진 문청文靑이었다.
5월 18일은 일요일이라 예의 헌책방을 순례하는 게 정해진
일이었다. 그런데 그날은 계림동에 나왔다가 영영 돌아갈 길
을 잃고 말았다. 계엄군에 쫓긴 것이다. 지금도 망막에 음화
로 찍혀 있다. 불과 며칠 사이에 대지의 나무들이 선 채로 죽
어버렸다. 눈을 한 번 감았다 뜰 때마다 백 년씩 세월이 흘러
가는 것 같았다. 하늘에서는 헬리콥터 소리가 오래오래 쏟아
지고 건물 외벽에는 총소리가 박혀 있어 멎지 않았다. 사물들
이 죄 상여로 보였다. 나는 선 자리에서 늙어버렸다. 그리고

김소월의 시 「옛 이야기」처럼, 모든 것이 내게서 '님'이 떠난 현상임을 상기시켰다. 그간에는 내 몸이 어떤 영원성의 일부였다. 그런데 5월이 가고 난 뒤에는 세계가 영영 파괴되고 말았다. 잿더미의 삶을 경험한 것이다. '평범한 성자'를 그때 알았으면 참 좋았을 것을. 그러나 결코 벗어날 수 없는 우주에 갇혀 숱한 날을, 납득도 할 수 없고 해명도 불가능한 현실과 씨름하지 않을 수 없었다. 얼마나 자주 루소가 말하던 저 '자연' 속으로 달아나고 싶었던가. 얼마나 많이 저 '고귀한 미개인'의 자리로 돌아가 있었던가? 시간이 흐르면서 양상은 조금씩 변했지만, 내게는 여전히 죽음의 현실 속으로 내몰리는 사람들만 목격되었다. '세월호'처럼 가라앉아가는 세계에 대한 아득한 불안, 그 속에서 창밖을 바라보는 눈빛들, 그것을 등진 채 고통스런 연민을 감내해야 하는 대다수의 영혼들. 더 이상 팔 것이 없어서 신체의 일부를 팔아야 하는 황폐한 사회를 정치적 수사와 미학적 왜곡으로 뒤덮는 현실이 내게는 끊임없이 두 세기를 하나의 시간으로 연결시키는 역할을 했다. 나는 결코 21세기로 건너갈 수 없었던 것이다. 그러다 문득 성자들 생각을 하게 됐을까? 불경스럽게도 하루는, 이놈의 세상은 성자들까지도 학력 차별을 한다는 어처구니없는 생각에 몹시 화가 치밀었다. 어리석음의 극치였다. 이름을 날리며 빛나게 일하기는 쉽지만 이름 없이 일을 하기는 얼마나 어려운가. 그것을 견디지 못하는 것은 이미 성자가 아닌 것을.

작가는 모든 글을 오늘의 자리에서 쓴다. 내가 이 평전을 쓰게 된 건 순전히 거리에 가득찬 '숱한 오늘들' 때문이었다. 아직도 종료되지 않는 5·18에 대한 감정이 내 해석의 중심축에 있었다.

2

소태산은 쉰세 살에 죽었다. 하지만 나는 소태산의 역사를 오십삼 년이 아니라 백이십 년쯤 되는 것으로 보고(수운은 1824년에 태어났다), 다시 그 백이십 년을 잉태한 세월을 천삼백 년 전쯤일 것으로 가늠하고는 했다(백제가 망한 것이 서기 660년이다). 그렇다면 소태산의 나이는 천삼백 살이 되는데, 끄트머리 오십삼 년 정도가 우리에게 시공時空의 추억을 허락하는 기간이다.

나는 그것이 태어난 자리를 알 것만 같다.

최초의 현장이라 할 충남 부여 정림사지 오층석탑 아래는 오늘도 고즈넉하게 땅거미가 내린다. 고대국가 하나가 칠 일

낮 칠 일 밤에 걸쳐 불탔던 자리에 유일하게 남은 것이 그을린 돌덩이었다. 석탑 옆구리에는 당나라에서 원정 온 적장의 이름을 새긴 흔적이 패망의 순간을 기념한다. 세상에, 망한 날을 기념하는 국가도 있다니! 하지만 그것이 소태산 사상의 전생前生이 태어난 날이다.

중요한 것은 강자의 기념비 아래에도 불가피하게 그림자가 드리워진다는 사실이다. 너무 일찍 스러진 비운의 천재처럼 쓸쓸한 그림자 밑에서 자라던 풀포기들을 나는 너무나 늦게 바라다보기 시작했다. 아마도 쑥 한 포기에서도 은혜를 발견하여 소중히 여겼던 소태산의 마음이 이같았을 것이다.

나는 쑥을 보면 송구스럽더라. 내가 가장 어려울 때 나의 밥이었기 때문에. 그래서 밟지 않는다.

자신들이 살던 땅에서 이민족 군대의 학대·겁탈·학살의 참변을 겪던 아녀자들이 혼신의 힘으로 달아난 곳이 막다른 벼랑이었다. 오늘날 사람들은 꽃이 떨어진 바위라 해서 '낙화암'이라 부른다. 그곳에서 강물에 드리운 하늘의 품으로 떨어진 아녀자들을 승자들은 궁녀, 시녀, 고대 윤락녀의 이미지로 각색해버린다. 지엄한 인간이 내뱉은 최후의 비명조차 각색해버린 야만스런 세계에서 오랫동안 밥을 먹고 살아야 한다니!

잡초도 오래 두면 숲이 되고 만다. 백제가 망한 후 좌절과 상처와 한을 축적한 이들의 역사가 한없이 흘렀다. 한 번도 태어나지 않은 미륵이 나이를 먹어가며 자손들을 기른다. 야만의 시대에 성자는 언제나 약자일 수밖에 없다. 그쪽에 솥단지를 걸어놓은 사람들은 폭력이 창궐하는 하늘 아래에서 대대손손 좌절되고 또 좌절되었다. 그 긴 슬픔의 드라마를 노래한 신동엽은 서사시 「금강」에서 "백제,/예부터 이곳은 (…) 망하고, 대신/정신을 남기는 곳"이라고 기록한다. 동학농민혁명을 얘기하는 자리에서 난데없이 백제 이야기를 꺼내는 것이다. 그도 정신사의 족보를 알고 있었다.

억울하게 짓밟힌 자아란 반드시 심층에 상처를 쌓아두게 마련이다. 인간 하나하나의 수명은 육십 년밖에 안 되지만, 영혼에 새겨진 상처는 몇 세기를 떠내려간다. 그리하여 19세기에 이르러 지구의 광범한 영역에서 진군해오는 조선을 향한 폭력의 시범지대에서, 백제와 계룡산과 『정감록』의 예언과 미륵, 용화, 종말론 등이 발효되고 또 발효된다. 그리하여 어두운 골짜기 가득, 피 한 방울 없이 피울음을 우는 소쩍새의 밤에 선각자들을 줄줄이 낳는 것이다. 그들이 득도하여 외쳤던 공통 주문이 네 글자였다.

후천개벽!

본디 조선에서 구르던 토종 낱말은 아니었다. 하지만 그 속에 차곡차곡 쟁여진 한 많은 염원은 조선의 것이었다. 당대 지상에서 약육강식 서열의 맨 밑바닥에 있던 것, 나는 이것이 불교의 미륵 사상, 기독교의 메시아 사상에 비견되는, 제삼세 계적 창생제도 사상의 한 흐름이라고 보았다.

3

후천개벽의 눈빛은 세 가지였다. 소태산의 전언 중에 이런 말이 있다.

김기천김성구이 물었다.

"선지자들이 말씀하신 후천개벽의 순서를 날이 새는 것에 비유한다면 수운 선생의 행적은 세상이 깊이 잠든 가운데 첫 새벽의 소식을 먼저 알리신 것이요, 증산 선생의 행적은 그다 음 소식을 알리신 것이요, 대종사께서는 날이 차차 밝으매 그 일을 시작하신 것이라 하오면 어떠하오리까."

대종사 "그럴듯하니라" 하고 수긍하였다.

이호춘이 물었다.

"그 일을 또한 일 년 농사에 비유한다면 수운 선생은 해동이 되니 농사지을 준비를 하라 하신 것이요, 증산 선생은 농력農曆의 절후를 일러주신 것이요, 대종사께서는 직접으로 농사법을 지도하신 것이라 하오면 어떠하오리까."

대종사 "또한 그럴듯하니라" 하고 수긍하였다.

송도성이 물었다.

"그분들은 그만한 신인이온데 그 제자들로 인하와 세인의 논평이 한결같지 않사오니, 그분들이 뒷세상에 어떻게 되오리까."

"사람의 일이 인증할 만한 이가 인증하면 그대로 되느니라. 우리가 오늘에 이 말을 한 것도 우리 법이 드러나면 그분들이 드러나는 것이며, 또는 그분들은 미래 도인들을 많이 도왔으니 그 뒤 도인들은 먼저 도인들을 많이 추존하리라."

수운은 인류의 문명이 근원적인 우주의 질서로부터 이탈하는 현상을 탄식했다. 조선을 향해 이양선이 몰려들고 있을 때, 산다는 것은 하나의 표류였는지도 모른다. 세상이 이기주의에 빠져 한울의 명령을 듣지 않으면 약자들은 모두 어디에 마음을 붙이고 살 것인가? 어떤 안주의 사상도 보장되지 않는 '마음의 피난상태'에 처한 민중을 누군가 붙잡지 않으면 안 되었다. 수운은 그 속에서 〈검결가〉를 부르고 칼춤을 췄다. 저항의 동작이다. 김지하는 그것이 동세개벽을 낳았다고 말한다.

증산은 천지공사를 한다고 굿판을 만들었다. 원혼을 달래는 동작, 한을 풀어가는 동작이다. 동학농민혁명이 실패로 돌아가고 무수한 농민들이 학살되자 세상은 돌이킬 수 없이 황폐해지고 말았다. 현실을 인정할 수도, 인정하지 않을 수도 없게 되면 혐오의 감정밖에는 생겨날 것이 없다. 우주 안에 있는 모든 것이 상호 연결되어 있다는 세계관으로 사고의 틀을 궤도 수정하는 것 말고는 방책이 없었다. 우주적 규모에서 우주에 대한 이해를, 우주관 자체를 바꾸어야만 문명을 바꿀 수 있다. 강증산은 정세개벽을 이끌었다. '의식혁명'을 시도한 것이다.

소태산은 20세기의 문턱에 서서 바야흐로 이성화·과학화·산업화의 융단폭격이 시작될 것을 읽고, 인류가 '도덕의 공황상태'에 빠질 것을 예견했지만, 그렇다고 서구문명을 배척하지 않았다. 오히려 신앙적 봉건 잔재와 혼신의 힘을 다해 싸웠다. 기행·이적도 배척했다. "혁명은 현실 안으로의 도피요, 신비주의는 현실 바깥으로의 도피"라고 생각한 것이다.

그러나 오늘날 그 점을 평가하는 사람은 없어 보인다.

4

소태산 이야기를 들으면 누구나 그의 출현을 하나의 돌발 사태라고 생각할 것이다. 서양에서 산업혁명을 일으킨 자신 감이 넘쳐서 각 대륙으로 물밀듯이 밀어닥치던 때 전라도 영광 갯가 마을은 꼼짝없이 시대적 먹이사슬의 말단 부위에 속한다. 그것도 동네 마름의 아들로 태어나 시대에 뒤떨어진 서당조차 다니다 말다 했던 청년이 "현하 과학문명이여!" 하고는, 탄식을 백번 천번 해도 모자랄 계제에 의기양양하게 "물질이 개벽되니 정신을 개벽하자!" 했던 것은 어떻게 설명해도 돌출이 아닐 수 없다. 서해안 골짜기에서 '물질'이 개벽된 정도를 얼마나 알 것이며, '정신'을 개벽하잔들 그것이 얼마나 유효할 것인가. 다들 틀림없이 우물 밖의 세계를 짐작할 수도 없는 개구리들의 고민에 불과할 것이라고 여기게 마련이다.

그러나 한 발짝만 물러서 보면 전혀 다른 차원의 지평을 목도하게 된다. 돌이켜보면, 세계의 본질에 닿기 위해 그토록 집요하게 매달렸던 생애는 없었다. 19세기의 조선에서 그런 삶이 유지되었다는 것 자체가 하나의 기적으로 보인다. 전라도 변방 바닷가 마을에는 그런 갈구에 도움을 줄 어떤 스승도 없었다. 그럼에도 그는 닿고자 했던 곳에 닿게 되었다.

그곳에서 그린 일원상은 수운의 '궁궁영부'가 증산의 '태을주'를 거쳐 그의 '일원'에 이른, '소태산식 상징언어'라 해도 될 것이다. 궁궁을을이 형상하는 바는 비산비야이다. 도드라질 것 없이 고만고만한 산 모양을 궁궁ㅋㅋ이라 하고, 물 모양을 을을ㄹㄹ이라 생각하면 된다. 장삼이사들에게는 중심과 주변에 대한 개념이 없다. 주류와 비주류를 나누는 것은 얼마나 한심한가? 궁궁을을은 특별하지 않으려는 정신이다. 어떤 원시 부족 추장의 일상에도 생로병사의 문화가 있나니, 오늘도 세계의 모든 곳에서 일상을 지키는 자들의 문화적 고유성과 관습의 존엄성을 '받들어' 모실 줄 알면 된다. '처처불상 사사불공'이 평화의 기점이다.

소태산은 문학으로 여성운동을 하고 싶었던 제자 이공주에게 말한다. 조선 여성이 아니라 인류 전체를 위하라. 문학은 소수가 읽지만 삶의 도덕은 온 세상이 읽는다. 그것은 펜이 아니라 발바닥으로 쓰는 경전이다. 그러나 '사람은 죽어서 이름을 남긴다'고 믿는 이들은 이를 얼마나 무서워하는가?

그런 삶의 흔적은 숱한 존재들의 발자국이 덮어버리면 이내 지층 밑으로 사라져버리는 까닭이다. 법계를 불신하는 자들.

5

소태산은 모든 존재가 은恩으로 맺어져 있다고 보았다. 그는 제자들에게 이렇게 말했다.

소소한 하늘이 위로 장막을 두르고 광막한 지구가 그 자리를 하였나니 이것이 참말로 군의 큰 집이다. 이 집이야 변천도 개조도 없는 천만년을 가더라도 그대로 있는 집이다. 사람이 다 이 집 속에서 살건만 보아도 보지 못하고 한 채의 초가 한 칸의 방 그것만을 제 것으로 인정하여 서로 울과 담을 쌓으며 다투고 싸우기를 마지않는다. 그 집 속에는 또한 한정 없는 살림이 구족히 갖춰 있나니, 일월日月의 전등이 사귀어 돌매 사시의 기계가 어울려 움직이고, 바람 비 이슬 서리 눈 우레 번개가 다 그에 화하여 우리의 먹고 입고 쓸 것을 장만해준다.

그의 은恩 사상은 권장사항이나 윤리적인 차원을 넘어서 전인격적 삶의 의무를 가리킨다. 은을 베풀어야 하는 것이 아니라 은 속에 있음을 이해해야 하는 것이다. '도덕'을 '진리'로 바꾼 것이다. 뭔가를 믿어야 하는 타력신앙은 설 자리가 없어진다. 그렇다면 세상은 왜 '은' 속에서 반목 충돌했는가? 선천시대의 자기분열 탓이다. 광물은 생물과 다르고, 동물은 식물과 다르며, 사람은 동물과 다르고, 나는 남과 다르니, 분리하고, 차별하고, 억압하고, 제거하는 세계를 그는 선천이라 하였다.

그것을 극복하겠다고 나선 근본주의자들의 대응도 그는 보았다. 근본주의가 얼마나 위험한 자기분열인지를 밝히는 사례가 김용옥의 『금강경 강해』에 나온다. 예컨대, 캄보디아의 폴 포트는 '킬링 필드'라는 말과 함께 대규모의 인민학살과 잔혹하고 끔찍한 혁명극을 연상시키는 사람이다. 그러나 폴 포트는 본디 냉혹하고 잔학한 혁명가가 아니라 인자하고 온화하며 과묵한 인물이었다 한다. 유복하게 자라서 프랑스 유학을 했고 사상적 깊이도 없지 않았다. 그가 1975년 국민들의 대대적인 환영을 받으며 정권을 장악하여 1979년 다시 월남군에 의하여 축출될 때까지, 무려 백오십만 명 이상을 살상했으며 이십만 명 이상을 공식 처형했다. 김용옥은 말한다.

폴 포트야말로 노자가 80장에서 설파한 '소국과민'의 농업 주의적 평등사회를 극단적으로 실현하려 했던 과격한 이상주의자였던 것 같다. 그는 근본적으로 도시를 철폐해버렸다. 화폐를 없애버리고, 시장을 없애버리고, 학교를 없애버리고, 신문을 없애버리고, 종교를 없애버리고, 모든 사유재산을 없애버렸다. 그의 사고는 극단적인 반문명론적 해탈주의자의 것이었다. 그리고 그는 이러한 방식으로 모든 사람을 순박하고 무지한 원시적 농경사회의 사람으로 만드는 것만이, 가장 원천적으로, 구조적으로 서양 제국주의의 손길을 벗어나 오염되지 않은 정결한 사회를 구축하는 것이라고 굳게 믿었던 것이다. 나는 그의 판단이 원칙적으로 틀린 것이라고 생각하지 않는다. 그러나 그러한 원칙의 급격한 실현은 인간의 가장 자연스럽고 원초적인 요구를 위배한 것이다. 도시문명이라는 제도 그 자체가 인간이 수천 년을 걸쳐 구축해온 자연스러운 업이었다. 그 업의 부정이 폴 포트 자신의 해탈을 이루었을지 몰라도, 수많은 국민을 기아와 질병과 공포의 아수라 속으로 몰아넣을 수밖에 없었던 것이다.

그것은 마치 벌에 �쐰 뱀이 자신에게 고통을 준 벌을 죽이기 위해 지나가는 수레바퀴 밑에 대가리를 집어넣는 우화를 연상시킨다. 여기에 소태산의 위대성이 있다. 후천개벽은 자아와 세계의 분열, 존재와 관계들의 충돌, 파산과 쟁투가 극심했던 시대에 모든 것을 통합하는 정신의 출현일 것이다. 소태산의 대응은 '삶과 구도를 일체화'하는 것이었다. 주어진 여건하에서 상황을 도피하지 않고 줄기차게 구도하여 상생의 묘수를 찾아내는 지혜야말로 진정 위대한 것이었다. 소태산은 그 누구라도 '자신의 삶을 억울하지 않은 것으로 만들게하는 능력'이 있었다. 언제 어떤 상황에서도 '상극'을 피하고 '상생'의 묘수를 찾아내는 사람, 이것이야말로 내가 어려서부터 늘 듣던 '도사'라는 말의 참뜻에 부합하는 모습이었다. 한 제자는 말한다.

오늘에 되돌아보니 '한 말씀도 땅에 떨어지지 않았다'.

6

나는 이 글을 쓰는 동안 '베를린 문화의 집' 이야기를 들었다. 언젠가의 지구를 홍적세니 쥐라기니 하고 불렀듯이 20세기 이후의 인류를 '인류세Anthropocene'로 부르는 사람들이 있다고 한다. 현대인들은 예전 사람들이 상상할 수 없는 신통자재한 능력을 구사하고 있다. TV를 통해 천안통을, 전화를 이용해 천이통을, 자동차를 통해 축지법을 행하며 자기의 안방에 앉아서도 다양한 매체를 통해 지구촌의 소식을 접할 수 있다. 인간계를 지배한 과거의 어떤 신들도 이보다 강하지는 않았다. 그래서 전개되는 '인류세 프로젝트'는 인류문명 전반에 걸친 위기에 대해 논의를 시작했다고 한다. 막다른 골목에 들어선 지구 자체를 구원하기 위한 '새로운 윤리적 명령'을 찾으려는 시도일 것이다. 그중 하나로, 파울 크루첸이 했다는 말이 떠오른다.

세계는 안과 밖이 없다. 인간은 어딘가 밖에서 들어와 자연적인 시스템을 방해하는 힘이 아니다. 인간이 수없이 환경에 개입했기 때문에 인간은 행위자이며 지구 시스템의 일부이다.

문제는 이것이다. 욕망을 제어하는 힘을 어디에서 구할 것인가? 여기에 더러 소태산의 한계로 지적되던 것이 있다. 그들은 소태산이 문명에 대한 견해를 구체적으로 내놓은 적이 없다고 말한다. 나는 생각이 다르다. 다음은 조선 박람회를 관람하고 오라는 제자의 제안을 듣고 소태산이 설한 법문이다.

박람회는 곧 과거와 현재를 비교하여 사·농·공·상의 진보된 정도를 알리는 것이요, 또는 견문을 소통하여 민지의 발달에 도움이 되게 하는 것이니, 참다운 뜻을 가지고 본다면 거기에서도 물론 소득이 많을 것이나, 나는 오늘 그대에게 참으로 큰 박람회 하나를 일러주리니 잘 들어보라.

무릇, 이 박람회는 한없이 넓고 커서 동서남북 사유四維 상하가 다 그 회장會場이요, 천지만물 그 가운데 한 가지도 출품되지 않은 것이 없으며, 개회 기간도 몇억만 년이든지 항상 여여하니, 이에 비하면 그대의 말한 바 저 서울의 박람회는 한 터럭끝만도 못한 것이라 거기에서 아무리 모든 물품을 구비 진열한다 할지라도, 여기서 보는 저 배산이나 황등호수는 옮겨다 놓지 못할 것이요, 세계에 유명한 금강산은 출품하지 못하였을 것이며, 또는 박물관에는 여러 가지 고물을 구하여다 놓았다고 하나 고물 가운데 가장 고물인 이 산하 대지를 출품하지는 못하였을 것이요, 수족관에는 몇 가지의 어류를 잡아다 놓았고 미곡관에는 몇 가지의 쌀을 실어다 놓았다하나 그것은 오대양의 많은 수족 가운데 억만분의 일도 되지 못할 것이며 육대주의 많은 쌀 가운데 태산의 한 모래도 되지 못할 것이요, 모든 출품이 모두 이러한 비례로 될 것이니, 큰

지견과 너른 안목으로 인조의 그 박람회를 생각할 때에 어찌 옹졸하고 조작스러움을 느끼지 아니하리오.

만국박람회에 가서 근대적 첨단들을 보면서 조목조목 진단한다. 저것들은 모두 '작은 것'들이다. 저것들은 훨씬 크고 대단한 온전한 것(자연) 속에서 왔다. 문명의 패러다임이란 이렇게 '세계 속의 작은 무엇'들이다. 이것이 어찌 문명에 대한 견해가 아니란 말인가? 이것들의 결집체가 아무리 대단해 보여도 그것은 소태산에게 '대립'하는 것이 아니라 세상의 작은 샘플로서 사용되는 무엇인 것이다. 가령, 내가 에필로그를 써야 할 시간을 송두리째 앗아간 것이 '알파고 뉴스'였다. 만약 조송광이 곁에서 이를 '알파고와 이세돌의 대결'이라고 말했다면 분명히 한마디했을 것이다. 알파고는 이세돌의 적이 아니라 도구였다. 둘을 대립시키는 상술은 얼마나 위험한 것인가? 과거 한때 컴퓨터가 도입되던 시기에 컴퓨터의 위력을 공포 분위기로 조장하는 시류에 맞서서 나온 베스트셀러 서적이 『컴퓨터는 깡통이다』였다. 그것은 사용자가 지시하지 않으면 결코 나쁜 짓을 할 수가 없다. 무서운 것은 과학이 아니라 도덕이다. 도덕의 타락이 인류를 위기에 빠뜨리는 주범이다. 이것이 "물질이 개벽되니 정신을 개벽하자"라는 개교 표어가 출현하는 맥락이다.

후천개벽 사상은 근본주의적 주장을 반복하는 사상이 아니라 도덕문명(세계관)을 바꾸지 않으면 안 된다는 사상이다. 지금이야말로 소태산이 말하는 후천개벽의 삶을 살지 않으면 안 된다. 솥에서 콩이 튀듯이 성자가 튀어나오는 '영적 공동체'를 우리가 스스로 일으켜세우지 않으면 안 된다는 것을 그의 생애가, 여기 우리가 사는 대지 위에 이론이나 주장을 담은 글자가 아니라 '발바닥'으로 써놓고 갔다. 해일이 쓸고 난 바다처럼 그뒤는 한없이 고요할 뿐이다.

집필과정 및 자료 해제

1. 경로

책을 쓰면서 빚을 진 문헌들이 너무 많다. 목록을 밝히면서 내가 자료에 접근해갔던 과정도 함께 밝혀두고자 한다.

부끄럽지만 나는 종교 방면에 대한 소양이 매우 취약한 사람이었다. 불교, 기독교, 민족종교 어느 쪽으로도 친화할 기회가 없었다. 특히, 소태산이 연원을 두었던 불교는 낱말 하나하나에 담긴 뜻들이 깊어서 못 알아듣는 경우가 태반이었다. 『소태산 평전』을 쓰는 과정은 그것들의 기초를 함께 알아가는 과정이기도 했다.

그러나 원불교로부터 받은 정서적인 울림들은 거의 '모태

母胎문화'에 버금가는 것이라고 해야 할는지 모른다. 내가 태어난 장터 주막에서 시작되는 조그만 들판을 건너면 세상에서 가장 평화로워 보이는 집이 있어서 날마다 종소리를 흘려보내고는 했다. 학교 가는 언덕 밑에 다소곳이 엎드려 있는 정갈하고 아름다운 교당이었다. 교회 같은 곳인지 절 같은 곳인지 알 수 없는 집에서 들려오는 종소리를 나는 아마 태어난 날에도 들었을 것이다. 슬픈 날도 기쁜 날도, 비 오는 날도 눈오는 날도, 또 불현듯 종소리를 감지하는 날도 그러지 못하는 날도 들었다. '대종사'라는 낱말과 "영산회상 봄소식이 다시와" 하는 노래 소절을 누구한테도 배운 적이 없는데 내가 알고 있었다. 청년이 될 때까지, 그것이 내게 마음의 안정과 평화를 주는 '세상의 소리'였다.

그렇게 형성된 내 '존재의 그릇'을 깨뜨려버린 건 5·18이었다. 실로 많은 날을, 야만스런 세계에 흥분해서 얼마나 좌충우돌했는지 모르겠다. 결과적으로 그것이 『소태산 평전』을 쓰게 된 원인이 되었다. 1980년대 초에 『장길산』을 읽고, 또 『일과 놀이』 창간호에서 황석영의 「미륵의 세상, 사람의 세상」을 읽었으며, 당시 유행 담론인 민중문화운동을 다룬 『공동체문화』 창간호에서 「전봉준과 강증산의 노선 비교」를 읽었던 경험은 개인사적으로 기념비적인 사건이 될 것 같다.

'운동권'을 열심히 따라다니면서 광주가 낳을 것이 '혁명의 길'이 아니라 '사상의 길'이어야 한다는 일말의 여운을 늘 간직하고 살았다. 김지하 시인이 출옥 후 야심적으로 천착하던 수운·해월·증산 이야기를, 그래서 알아듣지 못해도 꼭 훑어보기는 했다. 이후 내 삶의 진정한 형식이 무엇이었는지 나는 알지 못한다. 작가로 살겠다는 자가, 돛대도 아니 달고 삿대도 없이 가기도 잘도 가고만 있어도 되나? 하는 삶이었다.

그러다가 오랜 동료 정도상씨가 "소태산의 평전을 써보면 어때?" 했을 때 "나는 종교는 쥐약이야" 하고 달아나버렸다. 그리고 문득 이영진 선배의 얘기를 듣던 중에 "혁명은 현실 안으로의 도피요, 신비주의는 현실 바깥으로의 도피"라는 표현이 귀에 꽂히는 순간 전광석화처럼 소태산이 내 앞에 나타났다. 에구, 하필 제일 중요하다고 생각하는 가치를 가장 멀리 두고 지나왔을까? 이번에 공부할 기회를 만들어보자, 이것이 『소태산 평전』을 쓰게 된 이유이다.

2. 취재

출판 계약을 한 것은 2013년 송년 무렵이었던 것 같다. 다들 '문학동네' 대표로만 알지만, 내게는 늘 선배 시인, 선배 운동가였던 강태형 형께 자문을 구했다. 내가 천착하고자 하는 가치, "혁명은 현실 안으로의 도피요, 신비주의는 현실 바깥으로의 도피"라는 주제에 소태산이 맞는지 안 맞는지 알 수 없었다. "자네가 백낙청 선생님을 찾아뵙고 말씀을 꼭 한번 들었으면 좋겠네." 이 조언을 받아서 여러 날을 망설이다가 용기를 내어 마침내 선생님께 전화를 드리게 되었다. 나는 내성적이고 부끄러움이 심하며, 마음놓고 '약장수' 역할을 시작하는 자리가 아니면 일절 말을 하지 않는다. 감히 글을 쓰기 위해 어른을 뵙자고 청한 것은 태어나서 단 한 번뿐이었다.

수첩을 뒤져보니 그때가 2014년 4월 3일이었다.

"그 문제라면 원불교를 찾아가야 보탬이 될 텐데 왜 내게 왔는가?"

"선생님께서 무엇에 유혹당하는 걸 본 적이 없습니다. 소태산에 대한 느낌을 꼭 들어보고 싶었습니다."

무슨 배짱으로 그랬는지 유감없이 여쭙고 들었다. 그리고 마음이 흡족해져서 돌아오는 길에 헌책방에 들러 케케묵은 책들을 사들였다. 작업이 이미 시작된 것이다.

하지만 아내가 암 투병을 하고 있었기 때문에 마음이 잠시도 병상을 떠날 수 없었다. 아내는 단 한 번도, 아무 교육도 받지 않은 채, 나를 만나 처음부터 끝까지 문학을 신비화시키지도, 유명해지기를 바라지도, 글쓸 때 경제적 압박감을 느끼지도 않게 하면서 내가 다루는 주제를 남몰래 소화해버리는, 한 사람의 작가에게 너무도 훌륭한 친구였다. 아프다고 엄살을 한 적도 없이 떠나가는 아내의 마지막 시간들을 보는 것이, 내가 글에 담지는 못했지만 소태산의 세계를 이해하는 데 큰 보탬이 되었다. 아내가 떠나간 것이 작년 12월이었으니, 나는 『소태산 평전』을 이 년 동안 열심히 마음으로만 쓰다가 실제로는 대략 삼 개월에 걸쳐 냅다 휘갈긴 셈이 된다. 얼마나 서둘렀던지 앞에서 썼던 말을 자주 잊어먹고는 했다.

이제 취재과정을 밝힌다.

나는 소태산이 거닌 장소들을 가본 적이 없었으나 같은 문화권에서 자란 탓에 많은 취재를 하지 않아도 된다고 생각했다. 인간의 어문구조는 그가 살았던 공간의 문화사를 함축하고 있다. 소태산의 어떤 대사들은 상황과 풍경이 너무도 생생하게 그려졌으므로, 간혹 제자들보다 내가 더 잘 알아듣는 영역이 있을 수도 있다고 생각했다. 구상하는 동안 영광 탄생지를 세 번 찾아갔으나 성격상 질문 한 번 없이 머물다 왔고, 금산사에 세 번, 또 정도상씨를 따라 교당에 간 것이 네 번, 아내 사십구재를 반포 교당에서 했으니 그 시기에 매주 소태산

앞에 앉아 있었다. 그리고 실제 집필을 할 때 박용덕 교무님의 설명을 들으며 익산 총부, 영산 성지, 봉래정사를 답사했으며, 강증산이 등장하는 대목에서는 모악산 대원사를 방문하기도 했다.

3. 자료

소태산에 대해 내가 만난 최초의 자료는 다소 황당한 것이었다.

키 175센티
몸무게 90킬로
두상 사방이 고르고 둥긂
안색 희미한 광채가 남
치아 희고 푸른빛
눈빛 맑은 자색 광채를 뿜음
관상 전호후불상(前虎後佛相, 앞에서는 호랑이처럼 무서운데 뒤에서 보면 자비로운 상)
목소리 금수성(金水聲, 금과 물이 합치는 목소리)

걸음걸이 우보牛步

기타 태음형, 왼손잡이

흡사 방사선 촬영 기록 같은 이 수치들이 소태산이 지상에서 사용한 육신의 제원諸元이었다. 백악기 시대를 살았던 공룡의 화석을 탐사한 기록도 이렇게 쓸쓸하지는 않을 것이다. 여기에서 어떻게 색신을 읽어낼 것인가? 분명히 소태산의 것이지만 어디에서도 생의 질감을 느낄 수가 없었다. 최초의 물방울 하나가 자라서 완성된 신체를 이루기까지를 성장이라 한다. 그것이 또한 마르고 썩어서 끝내 물방울로 사라져가는 과정을 죽음이라 한다. 어디에 그것이 보이는가?

나는 인터넷을 검색하는 요령이 있다는 사실을 좀처럼 떠올리지 못한다. 의문이 드는 것을 한참씩 고생해서 알아본 끝에 느닷없이 간단한 방법이 있다는 것을 알아차리곤 한다. 내가 곧장 달려간 곳은 헌책방이었다. 책더미를 뒤지다가 운좋게도 박윤철의 『원불교적 세계관의 인식과 실천』을 만났다. 나 같은 사람이 원불교를 이해하는 데 필요한 저서와 논문들이 풍요롭게 소개되어 있었다. 제목들만 네 페이지쯤을 적어서 흑석동 정인성 교무님을 찾아가 자료를 구할 수 있게 되었다. 소태산의 일대기에 대해 송도성, 손정윤, 박용덕, 서문성

등의 저술을 차례로 읽고 나서, 원불교 바깥에 있는 독서 대중을 위해 풍속사적 상상력을 자극하는 글들을 찾아 나섰다.

소태산의 삶을 통해 19세기 조선에서 발흥된 후천개벽 사상의 역사를 그려보고 싶었기 때문에 불교의 미륵 사상, 기독교의 종말론 사상도 들여다볼 필요가 있었다. 이즈막에는 한국 토착사상에 대한 상상력이 문학작품에서조차 종적을 감추어서 인물론과 소설이 결합된 형태의 글쓰기가 필요하게 생각되었다. 그래서 많은 시간을 허비한 끝에 마침내 도달한 곳이 박용덕 교무가 운영하는 카페 '가마솥 공동체'였다.

박용덕 교무님은 『원불교 초기 교단사』 『원불교 선진열전』 등 원불교 역사 관계 서적을 서른여섯 권이나 저술한 분인데, 언제부터인지 '박청천'으로 성함까지 바뀌어 있었다. 나는 그간 후천개벽에 대해, 불교에 대해, 또 소태산에 대해 꽤 많은 자료를 읽은 셈인데, 나중에 이름을 확인해보니 태반이 이분의 글이었다. 그러나 저작물이 온통 절판 상태여서 원광대 정은경 교수님이 도와주지 않았더라면 구하지 못할 뻔했다. 그러고도 『원불교 선진열전』 『구도역정기』 같은 중요한 책들을 집필이 끝날 무렵에야 보게 되어 얼마나 아쉬웠는지 모른다. 박용덕 교무님에게 그런 어려움을 호소했더니 내년쯤에나 전면 개정판을 낼 생각이라고 한다.

조선시대 화가들에게 "귀신은 그리기 쉽다. 본 사람이 아무도 없으니까" 하는 화론이 있다. 소태산 같은 성자의 삶은 숱한 사람들에게 실체를 확인시켰기 때문에 그리기가 여간 어렵지 않다. 문학적 글쓰기를 하는 사람은 서술과 묘사와 대사를 동원하는데, 그게 실제와 일체감을 이루기가 어려울 때가 많다. 나는 자료에 동원된 낱말들의 일부가 국어사전식으로 해석하면 '계몽주의적 오류'를 빚기가 십상이라 여러 차례 망설이지 않을 수 없었다. 더러 소태산의 성격과 불일치되는 경우도 있어서 내가 지나친 각색을 하는 게 아닐까 걱정했다가, 나중에 김도공의 논문 「원불교 교의 해석의 근대성 극복 문제1」을 읽고, 아, 억지 해석을 한 건 아니겠구나, 하고 다소 안심을 했다.

끝으로, 집필 단계에서 서술자의 눈빛을 확정하는 데 결정적인 단서가 된 것은 소태산의 시였다. "호남공중하처운/천하강산제일루"는 나중에 알아들은 것이고, 구간도실을 지을 때 쓴 「상량시2」는 첫 대면 때 감전되는 느낌이었다. 시로 등단하여 종종 평론활동을 하면서 든 버릇인지, 소태산의 육성이 담긴 시에서 받은 느낌만큼은 누가 어떻게 설명해도 나의 주관이 앞설 때가 많다. 몇 편의 시 때문에 소태산이 수운과 증산을 자신과 '동일자同—者'로 놓고 살았음을 믿게 되었다.

끝으로, 황급히 써내려간 평전의 뒤표지에 올릴 추천의 말을 백낙청 선생님께 청탁했던가본데, 선생님께서 원고 전체를 읽고 틀린 곳을 잡아주셨다. 원불교에서도 검토한 후 왕산 성도종 교무님이 의견을 주시고, 박용덕 교무님이 사실관계를 잡아주셨다. 그러면서 작가의 해석과 의도를 존중해주신 데 대해 무한히 영광으로 생각한다.

4. 참고문헌

집필 때 사용한 자료는 다음과 같다.

가. 원불교 자료

원불교, 『구도역정기』, 원불교신보사 편찬, 원불교출판사, 1988.

『대종경』, 문학동네, 2015.

『원불교전서』, 원불교정화사 편찬, 원불교출판사, 2011.

『원불교 제1대 창립유공인 역사』, 원불교출판사, 1986.

박맹수, 『개벽의 꿈, 동아시아를 깨우다』, 모시는사람들, 2011.

박용덕, 『원불교 선진열전1: 정산종사 성적을 따라』, 원불교출판사, 2003.

『원불교 선진열전2: 구수산 구십구봉』, 원불교출판사, 2003.

『원불교 선진열전3: 구수산 칠산바다』, 원불교출판사, 2003.

『원불교 선진열전5: 정녀(상)』, 원불교출판사, 2003.

『원불교 선진열전6: 정녀(하)』, 원불교출판사, 2003.

『원불교 초기 교단사1: 소태산의 대각, 방언조합운동의 전개』, 원불교출판사, 2003.

『원불교 초기 교단사2: 돌이 서서 물소리를 듣는다』, 원불교출판사, 2003.

『원불교 초기 교단사3: 신룡벌 도덕공동체 터전의 확립』, 원불교출판사, 2003.

『원불교 초기 교단사4: 금강산의 주인 되라』, 원불교출판사, 2003.

『원불교 초기 교단사5: 천하농판』, 원불교출판사, 2003.

박윤철, 『원불교적 세계관의 인식과 실천』, 원불교교화연구회, 1990.

서문성, 『소태산 대종사의 생애 60가지 이야기』, 송대, 2012.

『원불교 이해2』, 원불교출판사, 2008.

손정윤, 『원각성존 소태산 대종사 일화집』, 중앙문화원, 1995.

　　　　『청풍월상시 만상자연명』, 원불교출판사, 1984.

송인걸, 『대종경 속의 사람들』, 월간 원광사, 1996.

이공전, 『대종경 선외록』, 원불교출판사, 2009.

이혜화, 『소태산 박중빈의 문학세계』, 깊은샘, 1991.

나. 참고 도서

고은·김형수, 『두 세기의 달빛』, 한길사, 2012.

금인숙, 『신비주의』, 살림, 2006.

김영회, 『섬으로 흐르는 역사』, 동문선, 1999.

김용옥, 『금강경 강해』, 통나무, 1999.

김의환 외, 『근대 조선의 민중운동』, 풀빛, 1982.

김지하, 『남녘땅 뱃노래』, 두레, 1985.

　　　　『사상기행』(전2권), 실천문학사, 1999.

동학농민혁명 100주년 기념전시회 조직위원회, 『새야 새야 파랑새야』, 발언, 1994.

로드스꼴라 학생과 선생, 『백제의 길, 백제의 향기』, 호미, 2011.

로버트 M. 피어시그, 『선과 모터사이클 관리술』, 장경렬 옮김, 문학과지성사, 2010.

마스타니 후미오, 『불교와 기독교의 비교연구』, 이종택 옮김, 고려원, 1992.

백낙청, 『백낙청 회화록』 3~5, 창비, 2007.

　　　『분단체제 변혁의 공부길』, 창비, 1994.

　　　『어디가 중도며 어째서 변혁인가』, 창비, 2009.

백성현·이한우, 『파란 눈에 비친 하얀 조선』, 새날, 2006.

브루스 커밍스, 『브루스 커밍스의 한국현대사』, 김동노·이교선 옮김, 창비, 2001.

신동원, 『호열자, 조선을 습격하다』, 역사비평사, 2004.

이이화, 『동학농민운동』, 사파리, 2012.

이정립, 『신성의 끝, 인성의 시작』, 이영옥 옮김, 하이미디어 P&I, 2013.

이지함 외, 『정감록 비결』, 편집부 엮음, 범우사, 2005.

이지형, 『사주 이야기』, 살림, 2013.

전미경, 『근대 계몽기 가족론과 국민 생산 프로젝트』, 소명출판, 2005.

다. 논문

김도공, 「원불교 교의 해석의 근대성 극복 문제1」, 『원불교 사상과 종교문화』 41집, 원광대 원불교사상연구원, 2009.

김승동, 「소태산의 후천개벽 사상」, 『인문논총』 41집, 부산대 인문학연구소, 1992.

김영두, 「불갑사 수도암『금강경』음역본 연구」, 『원불교 사상과 종교문화』 45집, 원광대 원불교사상연구원, 2010.

김홍철, 「수운·증산·소태산의 비교 연구」, 『한국종교』 6집, 원광대 종교문제연구소, 1981.

박용덕, 「경산 연대기『조옥정백년사』고」, 『정신개벽』 6집, 신룡교학회, 1988.

양은용, 「한국 종교사상사에서 본 신종교」, 『한국종교』 23집, 원광대 종교문제연구소, 1998.

유병덕, 「개화기 일제시의 민족종교 사상에 관한 연구」, 『철학사상의 제 문제』 3권, 한국정신문화연구원, 1985.

「소태산의 일원 사상과 그 전개」, 『한국철학연구』 5집, 해동철학회, 1975.

인병선, 「왕골과 용수초」, 『생활용구』 제2권 제1호, 서울, 1998.

차옥숭, 「신종교에서 살펴본 여성해방성—천도교·증산교·원불교」, 『아시아여성연구』 41집, 숙명여대 아시아여성연구소, 2002.

황선명, 「후천개벽과 정감록」, 『한국종교』 23집, 원광대 종교문제연구소, 1998.

라. 문학작품

남지심, 『담무갈』(전4권), 푸른숲, 2001.

송기원, 『청산』, 창비, 1997.

신동엽, 『신동엽 전집』, 창비, 1975.

이광재, 『나라 없는 나라』, 다산책방, 2015.

최인호, 『길 없는 길』(전4권), 샘터, 1993.

마. 영상 및 미디어 자료

다큐멘터리 〈소태산, 일백 년의 꿈〉, 광주MBC, 2009.

다큐멘터리 〈코스모스─시간과 공간을 초월한 빅 히스토리〉,
내셔널 지오그래픽 채널, 2014.

다음 카페 '가마솥공동체(http://cafe.daum.net/zusan)'.

작가의 말

1

내가 잘 모르던 세계였는데, 마치고 나니 갑자기 한눈에 들어온다. 에구.

소설처럼 읽히기를 바라면서 썼다.

각주는 두 가지 취지에서 생략하기로 했다. 흔히, 각주는 지식의 이정표 역할을 하는 게 아닌가 한다. 이 책은 '지식의 안내자'를 맡기에는 빈 곳이 너무 많다. 소태산에 대해서, 또 민족종교에 대해서, 나는 이제야 공부를 시작했다. 나아가, 각

주란 '각'이 의미하듯이 '부분'을 지칭하는 말이다. 여기에서 내게 고유했던 지식이 어디에 있겠는가? 굳이 한두 곳을 지목해 '배워 온 곳'이라고 표시하는 것은 더 큰 전체를 '배워서 쓴 사실'을 기만하는 것이다. 그랬을 때 한 가지 문제가 남는다. 소위 '지적 소유권'이라는, 가치의 소유자를 위해서 말미에 문헌 해제를 두었다.

2

아내를 잃고 처음 책을 낸다. 그동안 보이지 않는 세계를 쳐다본 적이 없었다. 이제 그럴 수가 없게 됐다. 내가 닿을 수 없는, 나의 오감을 초월한 어떤 곳에 두게 된 사람에게 이럴 때 어찌해야 되는지 아직 배우지 못했다. 아아.

3

글을 쓰도록 권해준 정인성 교무님, 『문익환 평전』에 이어 또다시 산파의 역을 해준 동료 정도상, 용기를 북돋워주신 백낙청 선생님, 도움말을 준 이영진, 강태형 선배, 자료를 도와 주신 박용덕 교무님, 책을 만든 정은진씨에게 감사드린다. 그리고 우리 설옥이, 서정이, 용민이 이름을 한번 불러보고 싶다.

2016년 여름의 문턱에서

김형수

김형수

1985년 『민중시 2』에 시를, 1996년 계간 『문학동네』에 소설을 발표하며 창작활동을 시작했으며, 1988년 『녹두꽃』을 창간하면서 비평활동을 시작했다. 시집 『빗방울에 대한 추억』, 장편소설 『나의 트로트 시대』 『조드―가난한 성자들』(전2권), 소설집 『이발소에 두고 온 시』, 평론집 『반응할 것인가 저항할 것인가』와 『문익환 평전』 『옷자락의 그림자까지 그림자에 스민 숨결까지』 『흩어진 중심―한국문학에서 주목할 장면들』 『삶은 언제 예술이 되는가』 『삶은 어떻게 예술이 되는가』 등 다수의 저서, 그리고 고은 시인과의 대담집 『두 세기의 달빛』이 있다. 『소태산 평전』으로 제31회 만해문학상 특별상을 수상했다.

소태산 평전―솥에서 난 성자

ⓒ 김형수 2016

1판 1쇄 2016년 6월 1일
1판 3쇄 2016년 10월 28일

지은이 김형수
펴낸이 염현숙
책임편집 정은진 | 편집 김내리 이성근 황예인 | 독자모니터 김경범
디자인 윤종윤 유현아 | 마케팅 정민호 박보람 이동엽
홍보 김희숙 김상만 이천희
제작 강신은 김동욱 임현식 | 제작처 한영문화사(인쇄) 신안문화사(제본)

펴낸곳 (주)문학동네
출판등록 1993년 10월 22일 제406-2003-000045호
주소 10881 경기도 파주시 회동길 210
전자우편 editor@munhak.com | 대표전화 031) 955-8888 | 팩스 031) 955-8855
문의전화 031) 955-3576(마케팅) 031) 955-8864(편집)
문학동네카페 http://cafe.naver.com/mhdn | 트위터 @munhakdongne

ISBN 978-89-546-4057-2 03810

www.munhak.com